»Es gibt ein Alter,
in dem eine Frau schön sein muss,
um geliebt zu werden.
Und dann kommt das Alter,
in dem sie geliebt werden muss,
um schön zu sein.«

Françoise Sagan

0

Der Mittwoch, an dem das Ende meines bisherigen Lebens seinen Anfang nimmt, wird von einem Jahrhundertregen in zwei Hälften geteilt. Daumendicke Tropfen. Nägelscharfe Nässe, die alles durchdringt, aufschäumt, wenn sie auf das Pflaster trifft. Der Himmel stürzt herab, was er hat – ohne Kompromisse.

Unendliches Prasseln, rauschende, amoralische Gewalt der Natur, die brutal genug ist, um mich an meiner glutleeren Mutlosigkeit verzweifeln zu lassen und mich hier hereinzutreiben. Noch weiß ich nicht, dass es eine Zeit vor dem großen Regen geben wird. Und eine danach. Es ist 14 Uhr 45. Niemand weiß, wo ich jetzt bin. Ich bin verloren gegangen.

Ich schüttele den dünnen Mantel aus, meine Augen gewöhnen sich an das Zwielicht der Bar *R&B*. Nur wenige Schatten, die sich aus der Dämmerung materialisieren, hinter mir feuert der Hamburger Wind nasse Salven an die Scheibe, wie Millionen von Perlen einer gerissenen Kette. Der Mantel aus Wasser verwischt den Blick auf die Welt. Wie hungrig er den Asphalt in Besitz nimmt. Sonnenschirme, Plastiktischdecken, Straßenrinnen, Lederjacken, Motorhauben. Haut.

Wasser rinnt mir die Schläfen hinab, in den Nacken, und ich wünschte, es wäre dieselbe durchdringende Kraft, die mich regieren würde – dass sich das Leben über mich ergießt, prall und satt. Ich wünschte, ich würde es wagen, da draußen zu tanzen. Barfuß.

Ich wünschte, ich würde herausschreien, was ich will. Ich will so intensiv geliebt werden vom Leben, so durchdringend, wie der Regen es ist.

Liebe mich! Schlag mich! Fick mich! Alles, will ich, alles. Ich will spüren und leben, ich will Männer, die wie dieser verschlingende Regen sind, bedingungslos und rasend, pur und ganz und gar Mann. Ich will dieselbe Leidenschaft, mit der sich das Wasser auf mich stürzt, so will ich mich auf das Leben werfen.

Für einen Augenblick aus der Gegenwart herausgespült, sehe ich in diesem Regen alles, was mir fehlt. Und was ich brauche.

Als seine Kraft nachlässt, und er zu einem Rinnsal verläuft, schwächlich und klein, banal und unentschieden, ein Regen, wie es viele gibt, sehe ich, was ich jetzt sofort brauche.

Ich brauche etwas zu trinken.

Ich mag es, wenn mir der Alkohol durch die Adern fließt. Die angenehme Schwere in den Beinen. Die Wärme in den Füßen. Das leise Summen im Hinterkopf. Die Lust. So vieles, was egal ist.

Es ist mir egal, was ich habe, in diesem Moment, wo der Regen nachlässt und mich nur mit einem vagen Echo an das, was ich will, zurücklässt. Keine Ehe, keine Kinder. Ich habe einen Liebhaber, den ich nicht liebe und der mich nicht liebt. Und eine 60-Stunden-Woche als Chefredakteurin der Frauenzeitschrift FEMME.

Ich trage Bauchwegstrumpfhosen und Push-up-BHs. Mein blondiertes Haar ist künstlich verlängert, genauso wie meine Fingernägel. Falsche Wimpern gehören zu mir wie aufgemalte Leberflecken. Wenn ich mit einem Mann ins Bett gehe, darf ich vorher nichts trinken, sonst vergesse ich, meinen figurformenden Body auszuziehen. Erledigt er das, verwandele ich mich mit einem »Pff« von einem schlanken scharfen Erdnüsschen in aufgeblasenes Popcorn. Nein, ich korrigiere – Ich verwandele mich in ein Michelinfrauchen. Ich trage grüne Kontaktlinsen und habe eine Brille, die ich nicht aufsetze.

Und es ist mein letzter Tag als 34-jährige Frau.

Ich werde morgen 35. Das Alter, von dem es heißt, dass eine Frau eher von einem Tiger gefressen wird, als zu heiraten.

Bis Mitternacht hätte ich also noch Zeit.

Ich stelle mir vor wie es wäre, hier in der Bar mit den Blümchentischdecken aus Plastik und den Hängelampen mit Fransen, auf einen der Männer zuzugehen, und zu fragen: »Entschuldigen Sie? Hätten Sie was dagegen, mir bei einer Statistik zu helfen und mich zu heiraten? Sagen wir, in einer Stunde?«

Ich glaube, ich nehme lieber was zu trinken. Das geht schneller.

Windbälle rollen über den Himmel, der sich schroff über der Weidenallee aufrichtet. Möwen kreischen und lachen mich aus.

»Damit man dich heiratet, Helena Levy, müsstest du selbstlos sein«, schreien sie. Selbstlos – wie wird man das Selbst los? Soll ich es wie meine Brille im Wagen liegen lassen? Den ich nicht fahre, weil ich zu oft trinke?

Der Regen hat sich in ein mutloses Gewäsch feuchter Nichtigkeit verwandelt und klebt so schüchtern an der Scheibe, dass ich mich schäme, ihn jemals als Bruder meiner Sehnsucht empfunden zu haben. Ich muss an erschlagene Schmetterlinge im Bauch denken.

Als ich mich auf den Barhocker setze, bemerke ich den Mann das erste Mal.

Er ist nicht schön. Er ist nicht mal mein Typ. Doch er starrt mich an, als sei ich, was er lang gesucht und endlich gefunden hat. Nur dass ich nicht so aussehe, wie er es sich erhoffte. Seine Augenbrauen über der Brille haben sich zusammengezogen, als hätte ich schon meinen halben Arm im Tigerkäfig verloren.

Ach, ja. Männer. Sie glauben immer noch, dass Frauen zum Leben nicht mehr brauchen als einen intensiven Blick, ein halbherziges Kompliment und einen halben Kaugummi am Tag.

Vielleicht ist er auch ein One-Night-Stand, den ich nicht zurückgerufen habe. Wer weiß?

Ich bin auch mal mit einem Schokoladenriegel im Mund aufgewacht und wusste nicht, wie er dorthin kam.

Würde ich mich an all diese Nächte erinnern, mit Männern, an deren Gesichtern ich mich weniger aufhielt als an ihren Körpern, dann wüsste ich auch, wo ich mein Selbst losgeworden wäre.

Ich betrachte seinen Körper. Er trägt ein Nadelstreifen-Jackett zur Jeans, eine eckige, dunkle Hornbrille, ist etwa 40plus und hat dunkelblondes Haar. Unter seiner Kleidung zeichnen sich lange Muskeln ab. Er hat diese Sorte Hände, die immer warm sind. Liebhaberhände. Ich erinnere mich nicht an sie. Wieso sieht er mich so an, als müsste ich jetzt noch spüren, wie es war, als er seine Lust in meine Haut hineinrieb?

»Helena. Es ist nur irgendein Mann. Er beobachtet dich. Er fragt sich das, was alle Männer sich für eine Sekunde fragen: ›Würde ich mit dieser Frau schlafen?‹ Du würdest es ihm sowieso nicht allzu schwer machen, wenn er wollte. Nicht wahr?«

Nein. Nicht wahr. Doch das lässt sie nicht gelten, die Richterin Gnadenlos. Meine innere Stimme.

Ich ziehe den Bauch ein. Es ist ein Reflex, einem Mann gefallen zu wollen, von dem ich noch nicht entschieden habe, ob er mir gefällt. Mein Körper ist mein Feind. Er reagiert. Er beschämt mich, denn er weiß mehr vom Leben als ich.

Ich rechne die Gerichte auf der Karte in Getränke um. Für einen Salat ein Glas Tee. Für das Rinderhüftsteak drei Glas Rotwein und ein Martini Bianco. Nein, ich will mich ja nicht überfressen. Stattdessen werde ich Champagner trinken. 160 Kalorien entsprechen 250 Gramm Nektarinen. Jeder weiß, dass man von Alkohol nicht zunimmt. Die wenigsten, dass sich Kummer darin nicht ertränken lässt: das fette Biest kann schwimmen.

Die Hyäne erhebt sich. Jenes Tier in mir, das alles will, jetzt, sofort. Es ist ein Biest. »Haben, haben, haben. Gib mir was zu trinken«, verlangt es. Ich lege die Speisekarte weg und bestelle ein Glas Champagner bei dem fülligen, hellblonden Keeper,

Richterin Gnadenlos zischt »Säuferin«, aber das macht sie dauernd.
Es ist Zeit, dem Mann, der mich so ansieht, als hätte er auf mich gewartet, ein Gesicht zu geben. Sein Haar – genug am Hinterkopf, um hineingreifen zu können. Nasolabialfalten – ausgeprägt. Kräftige Augenbrauen. Die Ohrmuscheln biegen sich am oberen Rand nach außen, die Läppchen liegen an. Schwierige Ohren. Sinnlicher Mund, mit ... da ist sie ja. Die vertikale Einbuchtung zwischen Oberlippe und Nasenspitze – breit und tief. Bevor er geboren wurde, wusste er alles über Leben und Tod, die Liebe und die Frauen. Dann kam ein Engel und legte ihm den Zeigefinger auf den Mund, grub diese Kerbe ein und verschloss ihm für immer die Lippen. Genau deswegen reden Männer nicht.
Wen liebt er?
Seine Freundin liest wahrscheinlich die FEMME und hat sich an unsere Vorschläge gehalten, um ihn im Bett zu überraschen. Und er glaubt immer noch, es sei sein Augenaufschlag gewesen, der sie dazu bewog, sich ihren Slip mit dem Küchenmesser vom Leib zu schneiden. Weil er nur gefragt hatte: »Was gibt's zu Essen, Schatzi?«
»Mich, du Spießer.«
Aber so sieht er nicht aus. Er liebt die Liebe. Ich beneide ihn.
Der weizenblonde Keeper schaut misstrauisch. Ich habe laut mit mir selbst geredet. Mal wieder. »Sie wünschen noch etwas?«
Nein. Ja. Jemand könnte die Musik lauter drehen. Shirley Bassey. Sie singt »Something«, »Something in the way, he moves ... attracts me like no other lover«. Musik verführt, Dinge zu glauben, die sich doch nur reimen.
Am besten, ich schaue weg. Mein Blick flieht zwischen den Tischen an der Brille entlang nach draußen, um nicht zu verpassen, wann es aufhört zu regnen und ich zurück kann.
Ich sehe auf einen Müllcontainer.

Und einen pinkelnden Hund.
Die Brille schaut. Ich bin bald 35. Sein Hemd ist nicht ganz zugeknöpft. Ich liebe die Männer. Ich habe einen Ausblick auf den Ansatz seines Schlüsselbeins. Ich verliebe mich nicht mehr. Kräftige Hände. Gefalle ich ihm? Liebhaberhände. Ich will diese Hände.
Ich sehe weg, auf Ursula Andress an der Wand gegenüber, und bekomme Komplexe. Ich zwirbele an einer Locke, der Schmerz hilft.

Eine Strähne klebt an meinem Mund. Ein dummes Gefühl, es stört in diesem Augenblick, wo ich mich fast verlieren will in einem alten Traum. Ich beginne die Beine der braunen Bistrostühle zu zählen und mir dabei vorzustellen, ich sei die Andress, die sich anmutig die Mähne von den zart gewölbten Lippen streichelt.
Der Lipgloss bleibt erst an den Haarspitzen hängen, streift meine Nase und schleift an meiner Wange entlang, bis das rechte Nasenloch mit dunkelrosafarbenem Light-my-Fire-Mac-Gloss verklebt ist. Prima.
»Wohlsein«, säuselt der Keeper und schiebt mir Champagner hin.
»Endlich, wieso hat das so lange gedauert?«, schreit die Hyäne.
Ruhig. Ganz ruhig. Die Brille starrt immer noch.
Mein Körper schaltet unter diesem Blick auf Autopilot. Ich schlage das rechte Bein mit graziösem Schwung über das linke. Leider bleibt die Schuhspitze dabei in dem Schulterriemen meiner geöffneten Handtasche hängen, die auf dem Hocker neben mir liegt. Ich beuge mich instinktiv nach vorne, wische dabei das Glas mit dem Ellenbogen vom Tresen, fange es am Stil auf, bekomme einen Krampf im unteren Rücken und muss zusehen, wie das Kelly-Bag vom Hocker auf den Parkettboden flatscht. Heraus kullert mein mobiles Leben.
Als ich mich nach schweigenden Sekunden der Scham, die ich auf den Knien verbracht habe, um meine Geheimnisse wieder

in die Handtasche zu räumen, aufrichte, klebt die Haarsträhne wieder an meiner Oberlippe und der Barhocker furzt, als ich mich darauf setze. Die Bauchwegstrumpfhose ringelt sich nach unten und drückt zwei Kilo Problemzone über den Hosensaum: als ich mir die Strumpfhose aus der Poritze ziehe, streckt der Keeper seinen Blondschopf über die Theke und fragt, ob es noch was sein dürfe.

Eine Reinkarnation vielleicht? Oder ein bisschen Hirn absaugen.

Eine der BH-Einlagen ist verrutscht. Ein wogendes Wasser-Öl-Gemisch. Ich räume die naturidentische Lebendigkeit dahin, wohin sie gehört, und lasse mich mit der Lässigkeit einer geheimnisvollen weiblich weichen Amazone auf dem Pupshocker nieder.

Ich sehe diesen Mann, der mir nichts bedeutet, wieder an. Die Schatten der Regentropfen, die auf der Fensterscheibe liegen, zeichnen sein Gesicht. Ich weiß nicht, was ich darin finde. Ich habe nichts gesucht.

Ich liebe die Männer. Aber ich hasse die Liebe. Hass ist ein großes Wort, und ich wähle es mit Bedacht. Denn Hass ist nichts anderes als gescheiterte Liebe. Ich habe es versucht, einige Male. Ich war jung. Ich wusste nicht, dass die Liebe eine Lüge ist. Ich scheiterte.

Durch das Fenster fällt ein verirrter Sonnenstrahl, teilt die Wolken und verdrängt die erschütternde Ohnmacht, in die sich das Gewitter geflüchtet hatte. Ein unwirkliches Licht. Der Tag ist schwarz gefärbt und diese Sonne ist wie ein gleißendes Messer. Es zerschneidet die Zeit in zwei Hälften. Jetzt beginnt die Zeit nach dem großen Regen.

Ich verharre im Dunkeln. Mein Körper neigt sich dem Mann wie eine Blume der Sonne zu. Verräter.

Das Licht fällt direkt auf sein Gesicht und lässt zwei blaue Leuchtfeuer erstrahlen. Diese Augen. Ihr Blick weicht keinen Millimeter zur Seite, schwankt nicht, flieht nicht zurück. Er starrt

nicht, er fordert nicht. Er sieht auf den Grund meiner Wüste und findet etwas wie Sehnsucht. Es ist ein Blick der sagt: »Ich weiß«, und ich falle in diese Augen hinein.
Was weißt du, Fremder?
»Zeig dich«, sagt dieser Blick. »Scheiß auf Tiger«, singen seine Augen, »scheiß drauf, dass du dich nie verliebst, dass du gehst, wenn einer die drei Worte sagt. Komm mit mir, ich bin dein Regen.«

14 Ich lächele ihn an. Willst du mein Regen sein? Mein alles verschlingender, leidenschaftlicher, wilder Regen? Willst du?
Aber der Mann bleibt stumm. Eine Wolke schiebt sich vor die Sonne. Seine Augen verdunkeln sich. Ich lächele weiter. Er sieht mich nicht. Er sieht durch mich hindurch. An mir vorbei. Und über mich hinweg.
Zum Fernseher in der Ecke, direkt über mir. Tiger Woods schlägt ab. Es läuft Golf auf N24. Ohne Ton. Die Brille sieht nicht *mich* an.
Ich saß die ganze Zeit nur im Weg.
Ich glaube, ich stecke gleich mal den Kopf in die Restaurantküche und frage, ob der Gasherd noch frei ist.

1

Mag ja sein, dass Vita, Virginia Woolfs Geliebte, Virginias Mann Leonard geraten hat, seine Gattin nicht zum Orgasmus zu bringen, weil sie das zu sehr aufrege. Ich schätze, Virginia regte sich aber genau deshalb auf und wurde depressiv, weil sie eben keinen Orgasmus hatte. Gut, rechnet man die Zeit hoch, die eine Frau mit ihren Orgasmen verbringt, kommt man sowieso nur auf etwa 16 Stunden – und zwar im Leben.

Es ist leicht, dennoch an Schicksal zu glauben. »Ach! Alles hat einen Sinn gehabt! Dass ich heute hier sitze, auf dieser Party, an diesem Tresen, in dieser U-Bahn, in diesem gottverlassenen Nest am Ende der Welt und meine Große Liebe finde – das war vorherbestimmt! Eine andere U-Bahn, ein verpasster Flieger, ein Schnupfen, der es mir nicht erlaubt hätte, den schwulen Bruder jener Frau zu treffen, die heute auf diese Party eingeladen ist und mich statt ihres Gatten mitnimmt, da dieser die Geliebte ihres Vaters auf der Wickelkommode vögelte und das rhythmische Quieken des Hunde-Kauknochens unter ihrem Hintern sie verriet. Das musste sein. Denn auf der Party ist die große Liebe mit der ich meine sechzehn Stunden vollkriege!«

Somit hat alles, was man je im Leben getan hat, rückwirkend einen Sinn bekommen, denn es steuerte auf das Happy End zu – den einen. Schicksal.

Was für ein grandioser Quatsch. Das hier ist die Wirklichkeit. Ein nasses Hamburg, frisch gewaschene Großstadtluft, die nach Abfall, Rum und Limette riecht, nach St. Pauli, Reeperbahn und diesem Sexshop, vor dem ich stehe. Hinter mir fährt das Taxi an, in dem ich aus der Bar dorthin geflüchtet bin, wo es Neonreklame und keine Männer mit Leuchtfeueraugen gibt.

Für die 16 schönen Stunden tut es ein Liebhaber genauso gut. Und ohne die Folgen wie Reihenendhaus, Qual, Sehnsucht und Einsamkeit im Ehebett, während der andere schläft, schnarcht und rotzt und alles nicht so ist, wie es sein sollte, nämlich wild, frei und warm.

16 Lex steht mir, wie jeder Frau ein Mann steht, der sechs Jahre jünger ist und die entschlossene Tiefe jener Männer ausstrahlt, die wenig reden. Das, was andere Liebe nennen, bezeichnet er als eine horizontal fokussierte Tätigkeit. Und darin ist er gut.

Deswegen will ich nicht allzu genau definieren, was denn da so ist, dieses »zwischen uns«. Wenn ich eines gelernt habe als Chefredakteurin der Frauenzeitschrift FEMME, dann das: Zwinge einen Mann, die Beziehung zu definieren, und er bekommt eine spontane erektile Dysfunktion. Verbindlichkeit ist eine Zivilisationskrankheit, die Männern auf den Schwanz schlägt.

Der schöne Alexander. Nachkomme französischer Tischler und schlesischer Metzger. Wir waren verrückt nacheinander. Am Anfang kamen wir kaum übers »Bonjour Cherie« heraus und lagen schon im Bett, im Flur, auf dem Küchenboden. Aber bin ich verpflichtet, mich wegen ein bisschen Sex (minus 81 bis 150 Kalorien, je nach Qualität) vor den Altar schleppen zu lassen?

Wenn wir mal wieder welchen hätten, um genau zu sein.

Denn bis auf die Tatsache, dass Lex der perfekte Liebhaber ist, gibt es ein klitzekleines Problem. Wir haben seit Wochen nicht miteinander geschlafen.

Ich bin nicht länger bereit, mit einem Liebhaber ehelichen Sex, sprich gar keinen, zu haben. Wenn der Frauenarzt einen öfters anfasst als der eigene Liebhaber, sollte eine Frau handeln. Ich habe nicht vor, mir die Manteltaschen voller Steine zu stopfen und in die Elbe zu gehen.

Ich werde Lex heute Abend daran erinnern, was der Sinn unserer Affäre ist. Er hat meine Hormone in Ordnung zu halten, und ich gebe die heilige Hure und behellige ihn nicht mit Gefühlssimulation.
Ich bin bereit, meinen Teil der Abmachung zu erfüllen. Ich werde für meinen Liebhaber tanzen. Und ihn mit einem Erste-Klasse-Huren-Outfit betören. Mich von ihm ins Bett tragen, schleifen, treiben, küssen lassen. Kurz vor Mitternacht wird er wohlig erschöpft von mir lassen – um den Champagner zu öffnen. Dann habe ich Geburtstag und wir werden anstoßen. Morgen werden wir ein rauschendes Fest feiern, mit meinen Freunden. Und nochmal ins Bett gehen.
Soweit der Plan. Dafür werde ich erstmalig in meinem Leben einen Sexshop betreten, um mich auszurüsten. Das empfehlen wir doch ständig unseren FEMME-Leserinnen. Also, was ist schon groß dabei?
Dabei ist es nur Richterin Miststück-Gnadenlos, die flüstert: »Früher haben die Männer an deiner Bettkante gebettelt, rein zu dürfen. Und heute bettelst du, dass einer mal reinkommt. Bestell dir schon mal einen Tigerkäfig.«
Schnauze, Euer Ehren.
Meine Verhandlungsmasse heißt »Dirty Dance«. Auch auf glattem Parkett möglich, so verspricht es die Autorin mir, ihrer Chefredakteurin, und über einer halben Millionen FEMME-Leserinnen. *Dirty Dance*, die Solovariante mit Strip und Stuhltanz, aus unserer Serie »Private-Show-Sex«. FEMME erklärt in jeder Ausgabe den Frauen von Passau bis Flensburg mit Fotos step-by-step, wie sie bühnenreife Verführung liefern – vom Lapdance bis zum Pole-Dance, dem Tanz um die Stange. Ein Garderobenständer tut es zur Not auch.
Dafür habe ich Overkneestiefel mit Zwölf-Zentimeter-Absätzen, aus dem Fundus der Moderedaktion und von Angelica, der Modechefin, zum Must-Have des Winters deklariert: »Jetzt müssen

sich die Nutten am Hafen aber echt was einfallen lassen, damit sie neben uns nicht alt aussehen.« Nur die VOGUE hat noch größeren Einfluss auf Kleiderstangen als Angelica. Was brauche ich noch? Ein Korsett. Echte Nylons, einen hochkarätigen Slip. Und einen Kojak, eine intime Totalrasur.

Alles, was zwischen mir und der erotischen Erfüllung steht, ist nur die Tatsache, dass ich mich nicht in diesen Sexshop traue.

Als ich zum dritten Mal an dem hell erleuchteten Eingang der »Boutique Bizarre« auf der Reeperbahn vorbeischlendere, erbarmt sich der Türsteher der »Blue Bar« von nebenan, und kobert mich gutmütig an. »Na, kommense mal rein hier, schöne Frau, gibt 'ne Menge zu lernen für Männe zu Hause, wiesien rischtisch auf Zack bringen könne, hömma.«

»Nein danke, damit komme ich schon zurecht«, erwidere ich höflich und frage mich, ob »Trockenzone« auf meiner Stirn steht. »Dann nisch«, nuschelt er. Ich setze meine Sonnenbrille auf und betrete entschlossen die »Boutique Bizarre«.

Der Fachsalon für Ehehygiene auf der Reeperbahn 35 besitzt den nonchalanten Charme eines Lidl-Supermarktes. Fehlt nur noch die Lautsprecherdurchsage: »Vibrator ›Rabbit‹, in zwei attraktiven Farben, nur heute im Angebot! Nimm zwei, zahle einen, dingdingdadong.«

Die zwei Kassierer, rechts am Tresen, sehen knapp an mir vorbei. Ich wette, das lernen sie in der zweistündigen Begattungswarenfachverkäuferausbildung. Und wer Diskretion will, kann ja darum bitten, dass draußen die Nummernschilder vom Wagen zugehängt werden. Und zwar mit den Paillettenbikinis inklusive Brustwarzenguckloch, die da in der Vitrine neben der Säule liegen. Hübsch. Aber wozu? Eine Art Still-BH »Modell Madonna« vielleicht.

Ich mache mich auf ein entsprechendes Kundengespräch gefasst: »Guten Tag, kann ich helfen?« »Aach, ich suche da ein Video. Ich glaube, es heißt ›Mösenpatrouille 212‹. Und ein Vibrator wäre auch schön. Größe L. Mit extra langer Schnur, die Steckdose ist soweit weg vom Bett.« »Aber gern, wollen Sie ihn gleich mal anprobieren?« Nein. Hier sieht es nicht so aus, als ob sich die Kunden unbedingt helfen lassen wollen. Ich schlendere in Richtung Spielzeugregale.

Nanu? Werden hier auch Waffen verkauft? Ach nein. Ein Dildo. Etwa so dick und lang wie mein Unterarm. Nein, eher wie mein Oberarm. Ob er für die Geburtsvorbereitung gedacht ist? Ah, die Mädchenabteilung! Dildos in pink, Dildos in natur, Dildos mit Delphinköpfchen. Vibratoren, die wie Handstaubsauger aussehen. Prickelschlaufen-Cockringe und oha: Das Bett-Fesselset. Die Lederarmbänder werden mit Kletthalterungen auf der Matratze festgepappt. So wie Seniorensandalen mit Klettverschluss.

Ein quietschrosa Karton hält das Rundumsorglospaket für die Dame bereit. Das »Lust-Set für die totale Sexstimulation« enthält einen Noppenüberzug, einen Vibrator, einen Analdildo, ein ferngesteuertes Vibrator-Ei und Gleitmittel »Flutschi«. Na, damit kann man sich doch mal einen schönen Abend machen. Und alles so schön rosaorange wie marinierte Nackensteaks. Ich schüttele den Karton. Das Plastikfleisch raschelt. Unter den Neonröhren verblassen die Gedanken an warme Liebhaberhände. Hier wird die totale geschlechtliche Stimulation als Maß aller sexuellen Dinge verkauft. Mit so etwas banalem wie Küssen oder Streicheln wird sich hier nicht lang aufgehalten.

Ich stoße am Ende der Regalreihe auf die DVDs und blinzele durch die Sonnenbrille. So ein Sexshop ist ja auch ungemein hell. Schau, schau, was ist denn das da? »Ponyplay«. Niedlich.

Oh. Ein Tierfilm. Sie gibt die Stute. Mit Halfter. Und einem schwarzen Pingpongball im Mund. Meine Güte! Nach meinem bisherigen Wissensstand hätten es ein paar kräftige Segelseile auch getan!

Ich gehe die Cinemathek weiter ab. Teenies. Gouvernanten,

Blacks on Blondes, »Fill Jill« – reizend, »Bunny und Clyde«, »Hure der Karibik« – hmm, »Toy Story Sex« – aha, »Pulp Fucktion« und ... ach, wie nett, Schokoladenspiele. Ich nehme die Sonnenbrille ab.

Putain! Das ist gar keine Schokola ... Ich werde nie wieder im Leben welche essen. Eine Tafel Schokolade macht fünf doppelstöckige Whiskys. Die bräuchte ich jetzt auch, um diesen Anblick zu vergessen.

Ich drehe mich um und stehe direkt vor dem blassen Kopulationsbeihelfer von der Kasse, der sich geräuschlos auf seinen Leinen-Turnschuhen angeschlichen hat. »Suchen Sie was Bestimmtes?«, fragt er. Die grauen Augen hinter seiner Brille – so starr wie tote Fische im Glas. Was denn Bestimmtes? Nur weil ich mich bei der Schokolade vertan habe?

»Dessous«, nuschele ich heiser.

»Was? Ach. *Dessous*. Untergeschoss.« Sein Kinn zuckt unbestimmt in Richtung Treppe. Ich aber muss erst mal das Wort Hämorrhoiden aus meinem Kopf bekommen, während ich die grau gestrichenen Betonstufen herunterbalanciere. Wozu von Liebe faseln, wenn andere Leute lieber Scheiße fressen?

Eine Dame mit langem schwarzen Haar und roten Strähnen – sie erinnert mich an Anjelica Huston in »The Addams Family« – ordnet an einer großen Glasvitrine lange Abendhandschuhe neben einem Strauß neonfarbener Minipeitschen ein, die mich an Schirmchen erinnern, die man sonst in bunte Cocktails steckt. An den Kleiderstangen links hunderte Dessousensembles, rechts eine Batterie von kostbaren Nylonstrümpfen. Weiter hinten leuchtet etwas auf, das mich an die Kostüme von »Holiday on Ice« erinnert. Nur mit weniger Stoff.

»Darf ich Ihnen helfen?«, zwitschert Lady Addams mit einer atemlosen, leuchtstoffröhrenhellen Tweety-Stimme.

»Ich suche ein Korsett.«

»Halbschale, Balkonette, brustfrei? Mit oder ohne Straps? Zum

Schnüren oder mit Zipp? Als Häkchen-Bustier oder Kombi? Farbe?« Atemloses Piepsen. Ich nicke ergeben.

Sie vermisst mich mit geübten Blicken, murmelt was von »38, 40, 80 B, 39«, schließt mit einem Spezialschlüssel eine Tür neben der Galerie himmelblauer Bodyfähnchen auf, winkt mich hinein und zieht die Tür zu. Ich hoffe, bei den Zahlen eben war jetzt nicht mein geschätztes Alter dabei.

Ein halb verspiegelter Raum, gedämpftes Licht, drei rote Sessel – alles in allem so groß wie fünf H&M-Umkleidewaben zusammen. Die Jungs hier haben Ahnung von weiblichen Komplexen. Schmeichelhafte, indirekte Teint-Beleuchtung, und ein Spiegel, der eindeutig schlank macht. Ich beuge mich vor und kontrollierte meinen Hintern.

Morticia Addams schiebt mir ein Armvoll Korsetts, Slips, Probierstrümpfe und ein Paar Nuttenschuhe mit Plateausohle hinein. »Viel Spaß«, tschilpt sie und flattert davon.

Ich nehme ehrfürchtig ein Korsett hoch. Ich möchte sofort Kurtisane werden, mich für den Rest meines Lebens in diesem Ding räkeln und die Legionen von bewundernden Männeraugen auf mir hin und her flanieren lassen.

Das perfekte Rot, die perfekten schwarzen Stickereien, vorne Häkchen, hinten eine Schnürung, dicht wie ein Fischgrätmuster, Strapsbänder zum An- oder Abklipsen, und ein winziger Bindfaden mit Perlen im Schritt. Wieso? Ach so. Der Stringtanga. Und wo ist vorn?

Ich ziehe mich aus bis auf den Bambi-Slip mit Swarovski-Wiese und lege das Korsett um meine 64,6 Kilo – ohne in den Spiegel zu sehen. Nanu? Ich ziehe das Kurtisanenkostüm nach oben – mein Bauch guckt raus. Ich schiebe es nach unten – meine Brüste rufen: »Liberté«. Jetzt die widerspenstigen Häkchen bändigen – kaum ist eines geschlossen, geht das darüberliegende wieder auf –, dann noch die Strümpfe über die Beine, die Strapshalter kommen später, rein in die Schuhe – und fertig. Spiegel, da bin ich. Schön einen Fuß vor den anderen gestellt, leicht seitlich in der Hüfte gedreht, das macht schmal.

Kreisch! Brüste sehen einfach nicht gut aus, wenn sie von einem steifen Spitzenbund erst hochgewuchtet und dann fallen gelassen werden. Wie zwei Topflappen. Das geht so nicht. Irgendwie fehlt ein wenig zu viel Stoff. Indiskutabel. Ich mag Morticia nicht fragen. Meine Topflappen gehören mir. Und dieser Wulst unter den Achseln, über der BH-Linie, der war vor drei Jahren auch noch nicht da.

Oh, Männer, wenn ihr wüsstet, was Frauen alles auf sich nehmen! Und was macht ihr? Ihr vergesst den Fummel, sobald ihr ihn entfernt habt. Würden es zwei gekreuzte schwarze Tapes auf den Brustwarzen nicht auch tun, dazu halterlose Wolfords und ein Glas Martini?

Ich hake die Korsage wieder auf und widme mich der romantischen Variante in Altrosa mit goldenen Stickereien. Hier sind Halbschalen mit dabei. Ein Balkon für die Julias.

Häkchen zu, Häkchen auf, tief ausatmen. Zu eng. Schnürung lockern, das Ganze nach vorne drehen, Schnürung binden, wieder zurück. Noch die Brüste in die Halbschalen klemmen – fertig.

Hm. Jetzt wirken die beiden Girls wie nach innen gerollte Teigpuffer. Die Brustwarzen gucken beleidigt raus und wissen nicht, ob sie schön finden sollen, was sie durchmachen. Sie schielen. Ich schiele auf das Preisschild. Waaas? 249 Euro für etwas, was die Brüste aussehen lässt wie Poffertjes? Und dazu ein Bindfadenschlüpfer?

»Brauchen Sie Hilfe?«, zirpt Morticia von draußen.

»Nein, nein, geht schon«, lüge ich zurück. Was ich bräuchte, wäre eine Ganzkörperstraffung.

Das letzte Korsett mit dem seitlichen Reißverschluss hat endlich mal keine Häkchen. Und die Brüste präsentieren sich auch wohlgeordnet in den dafür vorgesehenen Halterungen. Hm. Enger könnte es sein.

Ich stecke vorsichtig meinen Kopf aus der Tür. »Huhuu …«, hüstele ich unbestimmt in den leeren Verkaufsraum. Wo steckt Morticia denn?
Ich wage mich halb aus der Umkleide. Gucke um die Ecke. Tweety?
»Hallo? Hilfe!« Jetzt mache ich einen Schritt nach vorne.
Die Tür fällt mit einem bösartigen, zufriedenen Schmatzen hinter mir zu.
Ich habe jedenfalls keinen Schlüssel.
Na, reizend. In einem zu großen Korsett, das mir über die Brust flippt, mit meinem Bambislip, Probierstrümpfen mit Naht, die schief über die Wade schlingert, und auf hohen Nuttenhacken stakse ich durch den Keller eines Sexshops. Die Strapsbänder flattern unmotiviert um meinen Schenkeln herum. Ich spähe in den nächsten Raum, der sich neben der Vitrine auftut. Die Lederabteilung. Peitschen, Ganzkörperanzüge, Ketten, gefährlich aussehende Cat-Woman-Gesichtsmasken und kieferorthopädisches Zubehör. Zum Mundspreizen.
Ich halte mir die Korsage in der Taille fest. Ich sehe ein bisschen aus wie ein zänkischer Ehedrachen, der auf den Mann einblökt, weil er zwei Minuten nach der Tagesschau eingeschlafen ist anstatt dem ehelichen Pflichtbeischlaf nachzukommen. Mit Nudelholz wär das Bild perfekt. Fehlt jetzt nur noch, dass jemand vorbeikommt, der mich kennt – und mich nicht mag.
»Helena??!«
Bingo. Bitte lass es nicht Daphne, meine Stellvertreterin, sein. Die soll in der Redaktion sitzen, intrigieren, an meinem Stuhl feilen, Autoren dressieren und mich, an meinem ersten halben freien Tag in sechs Monaten, vertreten. Bitte lass es keinen Exliebhaber sein, der mir seine madonnenhafte, schwangere Frau vorstellen möchte, mit der er glücklich in der Nordheide lebt, die einen Kräutergarten in Herzform anlegt und einen Pailletten-Still-BH mit Guckloch trägt.

Ich war selten so erleichtert, Telse Grill, die Sekretariatsgouvernante meines Verlegers Heiner Zerom, zu sehen. Telse ist eine Cocktailfeministin. Ihre spitzen Kommentare sind so gefürchtet wie ihre Acrylnägel, mit denen sie Eingriffe am offenen Herzen vornehmen kann. Damit überspielt sie jene Männerhörigkeit, die Frauen entwickeln, die es nicht anders gewohnt sind, als dass der Mann im Haus selbstverständlich das größte Stück Fleisch bekommt. Und ein eigenes Zimmer – zum Laubsägen und Onanieren.

Telse ist das, was meine Freundinnen Hanne, Claire, Fanny und ich als »Männer-Frau« bezeichnen – eine Frau, die einem Mann immer den Vorzug – selbst vor der besten Freundin – geben würde. Telse ist eine alt gewordene Männer-Frau, Endvierzigerin aus Hamburg-Klein Flottbek, die mit Bananenknoten am Hinterkopf, Brille am Goldkettchen nebst zweireihiger Perlenkette auf die Welt gekommen ist. Der Typ man-redet-nicht-über-Geld-man-hat-es, gefolgt von eine-Frau-darf-einem-Mann-nie-zeigen-dass-er-sie-verletzt-hat-sonst-verachtet-er-sie. Und wenn mich nicht alles täuscht, ist sie seit 21 Jahren vergeblich in meinen Verleger Zerom verliebt.

Jetzt taxiert sie mich über ihre Goldkante hinweg, um jedes Detail aufzusaugen, damit sie es hinter vorgehaltenen Geierkrallen verbreiten kann.

»Nanü«, näselt sie, »Frau Levy. Sie sehen ja … also … interessant aus.« In ihre Mine mischt sich Tücke. »Haben Sie heute noch was vor?«

»Heute und für den Rest meines Lebens.«

»Ich kann mir denken, wie das aussieht. Aber das Oberteil muss enger sitzen!«, bestimmt sie mit einem Glitzern in den Augen. Und schon geht sie einmal um mich herum, greift sich die beiden Enden der Schnüre und beginnt routiniert, das Korsett enger zu ziehen. Ich atme scharf ein. Und aus. Dann hechele ich nur noch ganz, ganz flach.

»Können Sie noch atmen, Liebchen?«, fragt Telse. Es hört sich wie »Lübchen« an. Ich nicke tapfer.
»Dann ist es zu weit«, stellt sie fest und zieht noch stärker. Gleich werden mir die Julias mit einem scharfen Klack unterm Kinn klemmen und meine Organe auf kleinste Lebenserhaltung umstellen.
Aus dem Lederparadies kullert ein Pärchen, Hand in Hand, Partnerlook-Regenjacken, er mit einer braunen Plastiktüte in der Hand. Wahrscheinlich haben sie da ein Halfter drin oder eine Kollektion Hodenspreizer mit passendem Brustwarzen-Coquillage?
»Kannst du so was nicht auch mal tragen?«, rügt er seine Begleiterin nach einem stieren Blick auf meine quellenden Brüste. Sie ist eine kaum klaviergroße Rothaarige mit doppelten Rubensformen, in der Blüte ihrer Kurven. »Nur für Werbepausen-Sex«, erwidert sie zickig und erdolcht ihn mit Blicken. Und dann mich. Hey, falsche Abteilung, verpartnerte Männer sind für mich tabu, da kann er noch so reizend in seinen Hochwasserhosen, dem praktischen blauroten Blouson und den freiliegenden Zahnhälsen aussehen. Keine Verliebten, keine Verheirateten. Manchmal sind die Verheirateten jedoch schwer zu erkennen. Sie tarnen sich mit Verfügbarkeit. Sie tragen keinen Ehering. Aber man erkennt sie. An der hellen, haarlosen Rille am Ringfinger. An der Visitenkarte ohne Privatnummer. Und letztlich am gebügelten Taschentuch in der hinteren Hosentasche. Teilzeit-Odaliske für frustrierte Gatten zu spielen ist aber nicht meine Absicht, ich will kein Liebesdieb sein. Also, Rotschopf, nimm deinen Mr. Werbepausen-Romantik bitte mit und schlag ihn – love hurts.
Morticia flattert zu unserer kleinen Teegesellschaft. »Ah, Sie haben bereits professionelle Unterstützung bekommen«, piepst sie und nickt Telse zu wie eine gurrende Taube. »Sie können hier jederzeit anfangen, so gut wie Sie sich inzwischen auskennen, Frau Grill«, tschilpt Mrs Addams der Grillerin in der höchsten

Kadenz zu. Ich registriere mit unkeuscher Befriedigung, wie Telse knallrot wird.

Ich schlingere auf meinen gefühlten ein Meter neunzig zwischen den Dessous entlang. Oh, là là, da steht genau so eine Art Bistrostuhl mit geflochtenem Sitz, wie der, der für »Dirty Dance« als Requisite gebraucht wird. Wie ich es dank der FEMME-Step-by-Step-Foto-Anleitung gelernt habe, schwinge ich ein Bein durchgestreckt über die Lehne, stelle es auf der Sitzfläche ab, greife mir durch die Beine und kippele mir den Stuhl Richtung Becken. Das Korsett zwickt etwas, aber wer sexy sein will, muss leiden. »Na, da wird sich aber jemand freuen«, lobt Morticia. »Sie sehen rattenscharf aus«, zwitschert sie. »Wenn ich da noch einen passenden Slip raussuchen dürfte …?« Sie macht sich kichernd auf den Weg. Wäre ich ein Junge, würde ich mich in sie verlieben. Sie wirkt, als ob S/M, Analverkehr und Gruppensex ein riesenlustiger Spaß sind, der erst richtig kitzelt, wenn es weh tut.

Ich wiege mich vor dem Spiegel hin und her, vernehme mich kurz im Zeugenstand, wie es sein kann, dass es mir Spaß macht, meinem Liebhaber gefallen zu wollen. Die Richterin entscheidet gönnerhaft, dass es eine absolut menschliche Regung ist, die man nicht zu politisieren braucht. Und ich greife nach zwei roten Nippelhäubchen mit süßen weißen Punkten, an denen jeweils bunte Bommeln mit roten Perlen befestigt sind. Wie niedlich! Ich halte sie mir testweise an meine Brustspitzen und beginne, die Bommel zu schwingen. Mein Nippelschleuderkurs ist zwar schon etwas länger her – eine Pariser Mätresse hatte es mir beigebracht, während sie mir en passant die Regeln des Seitensprungs erklärte –, aber ich verheddere mich nicht.

So wende ich mich an Telse: »Und Sie … sind also öfter hier?«

Schwing, schwing, schwing.

Telse wird eine Spur dunkler. »Nein! Ich besorge etwas für … für …«

Ich lasse die Nipple Tassles rotieren. Telse sucht verzweifelt nach einer Lüge und krampft ihre Finger um ein rotes BH-String-Straps-Ensemble. Alarmrot. Aber was ist in diesem Moment besser? Zuzugeben, dass sie selbst unter ihrem Waisenhausaufseherinnen-Kostüm einen Traum in Nuttenrot trägt, oder es dem Verleger in die Schuhe schieben und behaupten, dass er für seine Frau Möhrchen ein paar scharfe Bindfäden haben will? Oder für seine Geliebte? Wie tief kann eine Frau, die seit Jahrhunderten in ihren Chef verliebt ist, sinken? Sich in einen Sexshop schicken lassen, um Unterwäsche für eine andere, jüngere, schärfere Frau zu besorgen! Eine unter 35 vielleicht? Mein Kreislauf sackt ab.

Ich halte inne. Die Bommeln hängen herunter. Plötzlich tut mir Telse unendlich leid. Ich hatte immer Angst davor, dass mir ein Mann so viel bedeuten könnte, dass ich alles mit mir machen lassen würde. Und dabei auch noch denken könnte, er würde mich dafür lieben.

Das hat Telse nach all den Jahren davon, sich dem Gott Maskulinum auf dem Altar der Sehnsucht nach Dankbarkeit zu opfern. Sie lässt sich schicken und demütigen. Sie weiß es. Ich weiß es. Und sie weiß, dass ich es weiß. Ich weiß zu viel.

Ich brauche eine Ausrede für sie. Ausreden kannte die Pariser Mätresse auch. Sie amüsierte sich kolossal über den Tick aller fremdgehenden Männer und Frauen, ihren Geliebten gegenüber abzustreiten, noch eine intime Beziehung mit ihren Ehepartnern zu haben. »Sex? Mit mein Mann? Mais non, schon seit Jahren nicht mehr.« Mit Verlaub: Jeder fremdgehende Ehepartner schläft noch mit seinem Ehedings. Alles andere wäre verdächtig.

»Für die Moderedaktion?«, helfe ich Telse also mit einer Ausrede aus und sehe sie dabei nicht an. Wie wund ihr Herz ist. Eine Ewigkeit vergeht. Dann sagt sie: »Genau.« Ich ahne, dass ich eine neue Feindin habe. Mitleid wird Telse mir nicht verzeihen.

Wir verabschieden uns überhöflich. Ich lade Telse in einem Versuch von Versöhnlichkeit zu meiner Party morgen Abend ein, lasse mir von Morticia die Umkleide aufschließen, zippe das

Korsett an der Seite auf und stolziere später, mit einer dessousgefüllten braunen Plastiktüte, beschwingt in die Welt, willens zu lieben, zumindest für diesen Abend, koste es, was es wolle.
Der Preis wird mich überraschen.

2

Lex wird um halb neun kommen. Und es bleiben nur drei Stunden, um mich zu baden, zu peelen, zu salben, meine Haare zu stylen, zu schminken, vor allem die Nase, dieses dominante Nougatei, das Wohnzimmer in einen Sexpalast zu verwandeln und die letzten Verführungsschritte zu üben.
Soll ich Lex wortlos die Tür öffnen und in das von Kerzen erleuchtete Zimmer küssen? Oder dort auf ihn warten, während Teelichter ihm den Weg weisen? Ihn führen? An der Hand? Mich im Flur ausziehen?
Andere Frauen schaffen es, Männer so zu behandeln, als seien sie Nebensache. Diese Gleichgültigkeit wirkt auf viele reizvoll. Ich habe es nie vermocht, Männer anzulocken indem ich sie ignorierte. Also werde ich mich wohl im Flur ausziehen.
Während ich mich der Restauration meines blassen Gesichtes widme, schweifen meine Gedanken ins Tal der Zweifel. Wie war das noch? Wenn ein Mann nicht mehr ständig an Sex mit dir denkt, ist er dann verliebt? Oder heißt es, wenn ein Mann zwei Monate lang nicht mehr an Sex mit dir denkt, ist er nur zu faul, sich zu trennen, und wartet darauf, dass du es von selbst kapierst?
Ich lasse das Fläschchen mit dem Wimpernkleber sinken. Wie lange hat Alexander mich schon nicht mehr berührt mit einem Streicheln, das wirklich mich meint? Wie lange schon berührt er mich mechanisch und abwesend? Gefühlsneutral und lustlos? Zwei sexlose Monate lang.

Der Rand der Badewanne scheint mit entgegenzukommen, mich stützen zu wollen. Meine Hand streichelt über meine Brüste, meinen weichen Bauch. Er schmiegt sich wie eine winzige Katze an meine Finger.

Noch blühe ich, doch dieser Körper ist unberührt. Ohne Berührung bin ich für mich unsichtbar, eingesperrt in einer zurechtgemachten Hülle – innen menschenleer. Ich habe keinen Körper, wenn er nicht berührt wird. Ich bin nicht wirklich da, wenn es niemanden gibt, der mir einen Platz in seinem Leben einräumt.

Was wird passieren, wenn kein Mann mir mehr einen Platz einräumt, nicht mal für eine Nacht? Weil ich nicht mal schön genug für eine Stunde sein werde, weil nicht mal mehr sein drittes Bier reichen wird, mich hackbar genug zu trinken?

Ich befehle mir, nicht zu weinen. Ich habe seit Jahren nicht mehr geweint und werde jetzt nicht damit anfangen. Nein. Lex ist gern mit mir zusammen. Hatte er mir nicht neulich erst die Regale im Schrank neu verdübelt, den Mercedes Roadster 107 aus meinem Geburtsjahr zum TÜV gefahren, einen Abend mit meinen drei Freundinnen klaglos überstanden und mir Chanel No. 5 für die Handtasche geschenkt?

Ich brauche seine Lust. Lust haben Männer immer.

Nur Lex nicht. Ich bin völlig verwirrt. Angst steht mir nicht. Sie vertieft die vertikale Falte zwischen den Augenbrauen. Meine Angstfalte, die sich immer dann tiefer eingräbt, wenn ich mich frage: »War da nicht noch was?«

»Es ist schwer, es sich leicht zu machen«, trällert Richterin Miststück, »aber leicht, es sich schwer zu machen, dummdidumm.« Ich klebe ihr den Mund mit einem Anti-Mitesser-Stripe zu. Was weiß sie schon.

Ich stelle mich zögernd dem Spiegel. Brigitte-Bardot-Haare. Sophia-Loren-Augen, Wonderbra-Brüste wie Claudia Cardinale. Bereit, mich als schöne Bestie zähmen zu lassen.

Ab zehn nach acht stöckele ich Löcher ins Parkett. Kontrollie-

re die roten Teegläser mit den Kerzen, den iPod, der auf Chris Isaaks »Baby did a bad bad thing« eingestellt ist. Rücke das Haar zurecht. Schnuppere an meinen Achseln. Prüfe den Champagner. Entkorke den Pouilly Fumé von der Loire. Kontrolliere nochmal die Frisur. Ziehe den Bauch ein.
Um zwanzig nach ruft Lex an. »Helena, ich verspäte mich etwas.«
Na, toll. Leicht dahin lüge ich: »Kein Problem, Honey.«
Alexander schweigt. Das elektrostatische Rauschen zwischen uns dehnt sich zu einer Bedeutsamkeit. »Was ist?«, frage ich. Die Faust der Intuition dreht sich langsam über meinem Nabel in der Magengrube.
»Nichts. Ich bin in zwanzig Minuten da.« Er legt auf.
Er hat nicht wie sonst gesagt: »Baby.« Oder: »Ma tigresse.« Nicht mal: »Petite fleur«, was er sonst ständig statt meines Namens verwendet.
Wahrscheinlich ist er noch im Büro und es stehen eine Menge Leute um ihn herum. Da redet ein Mann ungern in Kosesprache. Ja. Nein. Weiß nicht.
Die Faust schraubt sich tiefer in meinen Magen, endlose 23 Minuten lang. Als er klingelt und ich den Türöffner drücke, komme ich mir für einen Augenblick schutzlos vor – wie ein geschälter Krebs.
Der Duft von dem sich selbst erwärmenden Gleitgel, das mir zwischen den Beinen brennt, ist ein merkwürdiger Kontrast zwischen meiner plötzlichen Scheu vor der ganzen Idee und der wie von selbst aufkeimenden Lust zwischen meinen Schenkeln. Ich will ihn. Ich will ihn so sehr, dass es weh tut.
Ich sehne mich wie eine Süchtige nach seinen Umarmungen, seinen Küssen, seinem gedrungenen Körper, der mich in Besitz nimmt. Seinen Augen, die meine suchen, um noch tiefer zu mir vorzudringen. Ich brauche Sex, um mich für einen Augenblick geliebt zu fühlen. Nur ein bisschen. Nicht zu sehr.

Und da kommt Alexander die Treppe hoch. Ich trinke das Glas Mutmach-Prosecco in drei Zügen aus. Per Fernbedienung starte ich den iPod und lege sie dann auf der chinesischen, rot lackierten Flurkommode ab – neben der Kerze, die ich aus Paris mitgebracht habe von Collette. Sie heißt Sex. Und verströmt reinste Pheromone, den Duft der Lust. Kann man gar nicht glauben, dass das Zeug aus Schweinedrüsen hergestellt wird.

Alexanders dichte schwarze Haare, am gebräunten Nacken ausrasiert, die tiefbraunen, immer etwas prüfend blickenden Augen. Die gelockerte schwarze Krawatte, die ihm den Look eines zur Sünde bekehrten Bibelverkäufers verleiht. Ich will ihn sofort anfassen. Genau das ist mein Typ. Männer zwischen 20 und 40, dunkle Haare, grausamer Mund, Piratenbartschatten, unanständig kantig und hart, indifferent und ruhelos. Entsetzlich unberechenbar sollen sie sein, meine Spielkameraden, so wie ich, der Genusssucht verpflichtet. Nicht so blonde Schnösel mit Brille und schwierigen Kerben im Kinn, die nach Zuverlässigkeit, Konsequenz und Fels in der Brandung aussehen; die auch noch meinen, was sie sagen.

Wieso denke ich ausgerechnet jetzt an den Regenmann?

Ich schaffe Alexander in den Flur hinein, kicke die Tür zu und drücke ihn dagegen, massiere ihm den halblangen Lederswinger von den Schultern und versenke mich in seinen Hals. Er riecht unfassbar sexy, er trägt das Parfüm, das ich ihm geschenkt habe. Er hält mich fest, wie ein in Gefühlen Ertrinkender und schaut mich an mit diesem gewissen Blick, von unten nach oben, den nur er hinbekommt.

»Helena, ma chère, ich muss …« Er zaudert. Ich bemerke es an seinen Pupillen, die sich weiten, wie die Flügelschwingen eines Adlers, als sein Blick an mir auf und ab gleitet wie tastende Finger.

»Jetzt musst du erst mal mitkommen«, entscheide ich.

Ich knöpfe mir die schwarze Seidenbluse auf und schreite vor

ihm den Flur entlang bis zum Wohnzimmer. Lasse den Stoff wie Wasser von den Schultern perlen, schüttele die Bluse mit einer letzten Bewegung herunter. In der Türöffnung angekommen, ziehe ich mir den Reißverschluss des schwarzen Rockes auf. »Willst du mir nicht helfen, das loszuwerden?«, fordere ich Lex auf.
Er zögert halb fasziniert, halb irritiert, zwei Meter entfernt.
»Wenn du willst.« Er fügt sich und tritt näher, streift mir den Rock herunter, während ich mich winde. Mein Po ist eines der wenigen Dinge, die ich an mir schätze. Und von dem ich weiß,
dass er ihn liebt.
Ich gehe in meiner nun entblätterten Vollmontur ins Wohnzimmer, die Musik begleitet meine Bewegungen und rahmt sie ein. »Did you ever try with all your heart and soul to get your lover back to you? I wanna hope so.« Chris Isaak singt sich die Sehnsucht so dringlich aus dem Leib, wie sie in meinem Schoß wühlt. Meine Silhouette spiegelt sich in den Fensterscheiben. Sanduhr.
Und Baby Sanduhr wird gleich ein wirklich bad bad thing machen. Ich ziehe mir den Stuhl heran und beginne für meinen Liebhaber zu tanzen, so als ginge es um mein Leben.
Alexander sieht mir von der Tür aus zu und verfolgt jede meiner Bewegungen mit seinen Bronzeaugen. Fixiert meine Hände, die über das Korsett tasten, bis in den Saum des nahezu durchsichtigen Slips. Die Elektrogitarren wirken wie erotisierende Peitschenhiebe.
Ich lasse mich auf Lex zutreiben, wiege meine geschnürten Kurven, kose mit dem feuchten Finger über seine Unterlippe und greife nach dem Ende seiner Krawatte. Ziehe ihn zu mir. Doch er greift nach meinen beiden Handgelenken und drückt mich mit ausgestreckten Armen fest an die Wand. Unter seiner Hose drückt eine Kleingeldrolle an mein Becken. Hopsa, geht doch. Aber dass es so schnell wirkt, hätte ich nicht gedacht.
»Baby, ich muss dir etwas sagen.« Er schaut mich so dringlich und bittend an, als ob er es kaum abwarten kann, mir seine Ge-

fühle zu gestehen – bevor noch ein Unglück passiert. Dann küsst er mich. Nein, er verschlingt meinen Mund und füllt mich mit seiner Zunge aus. Es ist ein harter Kuss. Es ist der schlimmste Kuß meines Lebens, denn er fühlt sich falsch an. Er stöhnt leise auf, als ich am Reißverschluss seiner Hose entlangstreiche. Ich berühre ihn. Es ist ein Reflex.

Er beißt mich in diese schöne Stelle zwischen Hals und Schulter. Seine Hände greifen sich meinen Hintern. »Luxushure«, keucht er in mein Ohr. Es ist nicht das erste Mal, dass er mich so nennt, aber es ist das erste Mal, dass es sich so anhört, als meine er es ernst.

»Deine«, betrüge ich ihn um die Wahrheit, obgleich es mich erregt. Erregt und verletzt zugleich. Ich schiebe ihn von mir. Und tanze.

In dem Augenblick, als ich das Finale anstrebe und mich wie ein Taschenmesser zusammenklappe, um zwischen den durchgestreckten Beinen nach hinten zu schauen, ist es soweit. Der CD-Spieler hüpft auf den nächsten Song. Nancy Sinatra beginnt die Eingangsmelodie von »Kill Bill«, mit nichts als ihrer Stimme und einer Elektrogitarre als Begleitung, zu singen. So entseelt und einsam, als ob sie in der Mitte einer leeren Insel steht und dem Wind antwortet. Lex' Lieblingslied. Nancy haucht »Bangbang«. Ich höre Lex' Stimme, angeraut wie Bimsstein.

»Helena. Ich hab immer gedacht, ich kann ohne dich nicht leben … aber ich werde es versuchen.«

Dann sagt Lex die magischen drei Worte: »Es ist vorbei.«

He shot me down.

Ich schaue immer noch zwischen meinen Knien hindurch. »Bitte?«

»Ich sagte, es ist vorbei.« Er sieht nicht mich an, sondern meinen Arsch. Bangbang.

Er geht. Ich trete mit den Overkneestiefeln auf meine künstlich verlängerten Haare, stolpere und falle auf die Knie.

I hit the ground.
»Oh, bitte Helena, mach's nicht so dramatisch«, höre ich ihn murmeln.
Bangbang.
Dann klappt die Wohnungstür zu.
That awful sound.
Ich knie auf dem harten Parkett und warte auf nichts.
Bangbang.
Lex hat mit meinem Hintern Schluss gemacht. 35
My Baby shot me down.

3

Allein mit Nancy Sinatra lausche ich dem Echo einer zugezogenen Wohnungstür. Mir ist kalt. Das Einzige, was mich wärmt, ist die Schamesröte im Gesicht.
Ich lutsche weiter auf der abgetreten Haarsträhne, bis ich mir das Korsett mit der Nagelschere aufschneide und dann über das Parkett und den roten Flurteppich in die Küche krieche.
Näher zum Kühlschrank. Der Krampf wächst über die Wade bis in den Bauch. Weiter kommt er nicht.
Im Weinkühler reibt sich das Eis aneinander. Die Richterin führt einen Stepptanz auf. Ich ertränke sie in dreistöckigen Gin-Tonics. Ohne Tonic – das geht schneller. Nach der Hälfte der Flasche ist sie still.
Regenmann. Ich will, dass er mich umarmt. Dass er mich tröstet. Das er mir sagt: »Das Spiel ist aus. Es ist vorbei. Ruh dich aus, Helena, zieh dir was an, ruh dich aus.« Kein Mann kann den anderen wegheilen, das weiß ich, aber es ist mir egal.
Dann schleife ich meine Bettdecke aus dem Schlafzimmer zur Couch und schiebe eine DVD ein. »Die Nanny«. Allheilmittel gegen alles. Als die Szene kommt, in der Niles, der Butler, behauptet, dass man das, was man im Leben will, meist schon vor der Nase hat und es nicht merkt – um klar zu machen, dass Millionär Mister Sheffield und Kindermädchen Fran Fine füreinander geschaffen sind –, schalte ich entnervt aus.
Alexander. Er hätte es nur noch übertreffen können, wenn er mich ihm noch rasch hätte einen blasen lassen, bevor er ging.

Ich hätte es getan. Zwei Teelöffel salziges Sperma – elf Kalorien. Alternative: Einmal am Butterkeks riechen. Nur Männer, denen eine Frau etwas bedeutet, geben eine Vorwarnung. Die anderen geben nichts und gehen, ohne zurückzusehen. Als er ging, verriet er mir, was ich ihm bedeutetet hatte: Nichts.

Ich öffne den Kleiderschrank und reiße in hellroter Wut seine eingebauten Scheißregalbretter herunter. Dann schleudere ich den Chanelflakon gegen die Wand. Er zerbricht nicht. Das Scheißding bricht nicht, mein Herz auch nicht, der Schmerz tobt irgendwo anders, ich kriege ihn nicht zu fassen, dieses beißende Tier, es zieht und zerrt und … Nicht mal mehr zum Bumsen gut genug. Was bleibt denn dann? Was? Bleibt? DENN DANN?

Nichts.

Dieser Halbfranzose, der mir im Nachtzug von Paris nach Hamburg Champagner ins Liegeabteil brachte, weil er meinen Nimm-mich-vergiss-mich-Blick im Speisewagen richtig verstanden hatte. Ich bin noch nicht fertig mit ihm gewesen. Er hat mich zu früh vergessen. Es tut weh. Verblüffend weh. »Heul doch«, lockt die Richterin. Sie hat ein Cheerleaderkostüm an, aber ich tue ihr den Gefallen nicht. Ich werfe die Regalbretter aus dem Fenster. Habe ich etwas übersehen, habe ich Lex so beiläufig geliebt, erkenne ich das Gefühl nicht mal mehr, wenn es mich streift, in seiner beschissenen Güte und Demokratie?

Mitternacht. Ich öffne den Champagner selbst und mixe mir mit dem Rest Gin französische Champagnercocktails: French 75, 76, 68.

Mein Plan war ein anderer. Mein Platz war ein Witz! Ich sitze unter dem Küchentisch und zähle die Perlen im Glas. Es sind 1378. Stricksocken an den Füßen, über den halterlosen Strümpfen, das Korsett eingetauscht in eines der Oberhemden meines Vaters. 30 Stück hatte meine Mutter ihm zum 30. Geburtstag geschenkt, vor 40 Jahren. Eines davon trage ich. Er wird es nicht vermissen. Er vermisst nicht mal mich. Manchmal schreibt er sich Zettel, wenn er sich über meine Mutter geärgert hat, und legt sie auf den Küchentisch, um am nächsten Tag über seinen Ärger reden zu können. Meine Mutter räumt sie weg, in eine Schublade abseits seines dementen Erinnerungsvermögens, und er vergisst, dass er sich geärgert hat. Manchmal schreibt er Zettel, wenn er sich über sie freut. Die hängt er an den Kühlschrank, wo er sie sehen kann. Sie führen eine gute Ehe.

Sie vergessen nicht, mir um 0 Uhr 35 ein Fax zu schicken, an ihre Tochter, die 35 wurde. »Das beste Alter einer Frau«, schreibt Mama, sie hat mich mit 35 geboren. Papa schreibt, ich solle mir Erinnerungen schaffen, die es wert seien, erinnert zu werden. Eine milde Herbstnacht drückt sich von außen warm und dunkel an die Fensterscheibe, und ich betrachte seine sorgfältig gemalten Großbuchstaben, die aussehen, als hätte Mama ihm mit einer Schablone geholfen. Ich schreie.

Was wäre, wenn mein Vater anfangen würde, mich ganz zu vergessen? Werde ich dann durchsichtiger? Wer soll sich dann an mich erinnern? Ich bin nur ein fremdes Gesicht hinter einem Fenster.

Ob ich als Erinnerung in Lex' Gedanken überleben werde? Manchmal, nur manchmal, wenn er in mir war und mich ansah, ich in das weite Bronzeland seiner Augen tauchte, dann bedauerte ich es fast, dass Lex nur der andere in einer Reihe anderer war.

Ich bin niemand, nicht die andere, nicht die eine.

Jetzt verliere ich die falsche Schönheit auch noch. Mit jedem Jahr, das unter meinen Fingern zerrinnt. Und irgendwann wird der Zeitpunkt kommen, an dem die Erinnerungen die Hoffnung zersetzen.

Ich hocke in der Küche am Fenster auf dem Barhocker und sehe dem Himmel über Hamburg beim Himmelsein zu. »Mama«, höre ich eine kleine Stimme, es ist meine. »Ich mag nicht mehr. Ich kann nicht mehr erwachsen spielen. Sag Papa, er soll mich

nach Hause holen. Ich finde den Weg nicht mehr. Schnell.« Mama hört mich nicht. Ich bin nur eine von vielen, die nicht schlafen, weil niemand da ist, dessen Atem sie lauschen könnten. Lex zuliebe habe ich geglaubt, dass ich schön genug bin. Schön genug, um vom Leben geliebt zu sein. Es tut mir leid, ich bin es nicht.
Ich versuche es mit meinem zweiten Allheilmittel. Das Gesicht mit grobem Meersalz peelen und einer Zitronensäuremaske, gefolgt von Mandelmilch. Es hilft nichts, außer dass ich aussehe
wie ein zermatschter Kochfisch. Ich krieche unter den Küchentisch und suche den Whiskey. Da ist er ja. »Mistwichse. Halb leer. Soll ich verhungern?« Michael Bublé singt »You know how I feel. It's a new life for me. And I'm feeling good.« Die schlanken Bassboxen vibrieren. »Doch, mir geht es auch gut, ich lebe noch. Mir geht's gut, mir geht's gut«, irgendwer lallt. Das ist furchtbar, besoffene Frauen sind dürftiger als eine Handvoll Dreck. Ich bin's, die lallt, »mir geht's wunderbar! Großartig! Fantastisch! Und ich spring jetzt aus dem Fenster.« Macht minus 64 Kilo. Mit dem Glenlivet-Whisky unterm Arm öffne ich das Küchenfenster und falle in den Hinterhof fünf Stockwerke hinab.
»Mir geht's guuuuut!«, brülle ich meinen schlafenden Nachbarn zu.
»Schnauze, da draußen! Ich ruf gleich die Polizei!«, schallt es zurück. Ich stehe immer noch am Fenster und halte mich an dem schwankenden Rahmen fest. Ich schiebe ein Bein nach draußen. Mein Pantoffel geht mir verloren. »Spring.« Wenn nicht jetzt, wann dann?
Ein Wummern an der Tür sagt mir, dass das jetzt nix wird. Meine Güte, ist die Polizei schnell heutzutage.
Ich ziehe meinen Fuß in die Küche, verliere die Whiskyflasche aus der Hand, die Sekunden später auf den Asphaltboden im Hof klatscht, halte mich an einem Champagnerglas fest und humpele an die Tür. Lex, Lex, ach Alexander, was ist mit uns passiert?

War ich schlecht im Bett? Arschloch. »Ich kündige hiermit mein Arschloch-Abo!«, brülle ich mit geschlossenen Augen den Kerl an, der vor der Tür steht.

»Ich werde es an die entsprechenden Stellen weiterleiten«, sagt Jo.

»Hallo, Johannes Ritter«, sage ich feierlich und lasse dabei nur die Hälfte Buchstaben weg. Ich knicke in seine Arme und zerquetsche die Torte, die mein Nachbar in einer Hand balanciert.

40 Meine Wangen werden feucht, dabei lache ich doch. Oder ist es nur der Eisblock, der schmilzt? In der Nähe eines Mannes, dessen Wärme ich sogar spüre, wenn er nebenan die Wohnungstür aufschließt, ganz leise. Wenn er nachts zurückkommt. Von einem Job. Einem Fuckjob.

Ich trete einen Schritt zurück, ohne die Finger von Jos Nacken zu nehmen. »Wie siehs dunenaus?«, sage ich streng. Sein weißes Ausgehhemd ist an der festen Brust mit Mascara beschmiert. Ich kippe Champagner darauf und versuche es wegzureiben. Es will nicht, dummes Zeug. Am besten, ich lege mich einfach drauf. Die Torte, die Jo in der Hand hält, wird zwischen meinen Brüsten zerquetscht. »Mir geht's gut. Mir geht's richtig richtig gut«, flüstere ich in Jos Halsgrube, die nach einer anderen Frau riecht.

»Wie heißt das Schwein?«, fragt Johannes. »Ich bring ihn um. Was er mit deinem Gesicht gemacht ist eine Schande. Aber lass mich vorher rein, im Treppenhaus zieht's. Glückwunsch übrigens.«

Jo, Jo, Jo. Der Mann mit dem goldenen Herzen und dem mietbaren Schwanz. Der Mann mit der Tochter, ohne Frau, Johannes Ritter, der Nachbar, Callboy, Freizeitkoch. Johannes, der Mann mit dem Geheimnis, das nur ich und seine Kundinnen kennen. Nun, seine Kundinnen kennen etwas, was ich nicht mal kennenlernen wollte, und das ist Jos Hannes, Doctor Loves Kernkompetenz sozusagen. Ein Chevalier zum Leasen. Ich be-

ginne zu singen, wie immer, wenn ich schreien will. »I'm just a Gigolo …«
»Jaja«, sagt Jo, »und every where I go furchtbar lonely, ist klar. Lass mich rein.« Er lehnt sich gegen mich und ich gegen ihn.
»Selling each romance …« Ich probiere die Tortenfüllung an meiner Brustspitze. Fast wie ein Nipple-Tassle. Erdbeer-Eierlikör-Bommeltörtchen. Ich finde ein Amarettini, das in mein Resthaar geraten ist, und halte es mir an die andere Brustwarze. Es ist nach Mitternacht, ich darf jetzt was essen.
»Eeeeeeeiiijajajajeeeiimm so sad and loooonly.« Gute Akustik, so ein Treppenhaus. Ob Jo mir die Haarverlängerung antackern kann?
Jo greift mit beiden Händen nach dem Türrahmen, um mich mit Kraft zurück in die Wohnung zu drängen. »Komm schon, Hel.«
»Eeeeeeiiiiaaaaaa äint gatt nobaaady.« Mir geht's gut.
»Schickse!«, fiept jemand mit hoher Stimme. Von gegenüber schiebt die kleine Irma Roosenbaum ihre 87-jährige Nase durch die Tür und hackt ihre Blicke in mein tortenbeschmiertes Vaterhemd, den rosa Minnimausbademantel und in die halterlosen Strümpfe. Vor allem in den heruntergerutschten. Jo greift nach dem Besen, den unsere gemeinsame Putzfrau Gosia hinter der Tür hat stehen lassen.
»Hier, Frau Roosenbaum, fliegen Sie doch schon mal los.«
»Schmock!«
»Nobaddy!«
»Lass mich endlich rein, Helena!«
»Mischpoke!«
»Nooobaddy!!«
»Helena Perdita Margerite Levy, lass mich rein!« Jo drückt mit seinen 81 Kilo auf ein Meter 88 verteilt gegen mich. Es fühlt sich gut an. Ist nur ein bisschen laut.
»Ja doch, schrei nich so.«
»Kaffer!«

»Ich hab beute Burtstag, und mein Liebhaber hat mit meim Hintern Schluss gemacht«, wage ich schüchtern einzuwenden.

»Selber schuld«, sagt die Roosenbaum und knallt ihre Tür zu.

»Willsu Kaffee su dem Kuchn?«, biete ich meinem Lieblingsnachbarn an, ich bin gut erzogen und gehe in die Küche vor, setze mich unter den Tisch und halte mir die Hände vor die Augen. Johannes schließt leise die Tür und kommt mir nach.

Er muss die Tischdecke beiseiteschieben, um in meine Höhle zu kommen. Seine graublauen Augen, hinter der schwarzen Brille ganz nah. Er riecht nach Vetiver, nach Sex, Schweiß und Sicherheit.

»Hast du diesen Alexander geliebt oder so?«, fragt er und putzt mir die Nase, wie ich es ihn oft bei seiner Tochter Mikki habe tun sehen, als sie in dem Alter war, wo sie die Nase hochzog, anstatt sie zu putzen.

»Oder so«, antworte ich nach einer Weile.

Jo schlingt seine Arme um mich und singt mir flüsternd »Happy Birthday« ins Ohr, bevor er mein schrundiges Gesicht mit Bepanthen betupft, mir zwei Spiegeleier brät und mir das Versprechen abringt, den nächsten Mann aus Liebe mitzunehmen und nicht, um seinen Schwanz anzubeten. Ich verspreche es und meine es nicht so.

Wir hatten uns vor drei Jahren kennengelernt, als ich im Hotel Vier Jahreszeiten im Kaminzimmer ein Teatime-Gedeck für 28 Euro bestellte (je teurer das Essen, desto weniger isst man), nachdem ich mir bei der Hauskosmetikerin einen Kojak zwischen den Beinen hatte verpassen lassen und Jo am Nebentisch mit einer Kundin verhandelte. Fünf Minuten später verschwanden sie. 65 Minuten später war er wieder in der Halle erschienen, und ich hatte ihm den Sex angesehen. Männer, die gerade geliebt haben, gehen vorsichtiger.

Das nächste Mal traf ich ihn bei meinem Einzug in die Schlüterstraße, in dem alten geschwungenen Treppenhaus, als er in

Mikkis Schulranzen eine Tupperdose packte. Ich hatte mich als neue Nachbarin vorgestellt. »Kennen wir uns?«, hatte er halb lauernd, halb ängstlich gefragt und ich behauptete unwahrheitsgemäß: »Nein, wir haben uns nie gesehen.« Sein Lächeln war das eines Komplizen.

Jo hasst es, beim Staat zu schnorren, und verdient sich das Geld für Tagesmutter und Krankenversicherung als Callboy, anstatt Sozial-Formulare auszufüllen. Er ist der einzige Mann auf dem Spielplatz und der Einzige, der sich im Herbst die Jeans nicht in die braunen Stiefel steckt oder im Sommer Flipflops zum knielangen Rock trägt.

Die Alleinerziehenden lieben ihn aus der Ferne und lachen extra lauter. Die Verheirateten auch. Auch wenn sie nicht wissen, was er nachts für Geld tut. »Bezahlter Sex macht schön.« Ein gutes Thema für die Februar-Ausgabe. Da kann FEMME gleich klären, ob es notwendig ist, sich für einen Callboy hübsch zu machen, oder ob er einen auch unrasiert, ungeschminkt und ohne Straps anzuhimmeln hat, wie jeder normale Ehemann.

Jos größte Angst ist es, in einem dieser Hoteltageszimmer seiner Exfrau Kristin zu begegnen, die ihn unwissend gebucht hat. Unter seinem Branchennamen Doctor Love. Oder seiner ehemaligen Klassenlehrerin! Oder der von Mikki.

Alle würden sofort dafür sorgen, dass er das Sorgerecht verliert.

Jo war der einzige Mann, mit dem ich nicht schlafen muss, weil es gut so ist, wie es ist. Und ich ihn nicht verlieren will. Einmal hatte ich betrunken probiert, ihn mit dem Nimm-mich-Blick anzumachen, und er fragte mich damals nur, ob mir nicht gut sei.

Als wir jetzt nebeneinander angezogen auf dem Bett liegen und den kleinen Sternen zusehen, die die alte Drehlampe aus dem Kinderzimmer seiner Tochter über meine Schlafzimmerdecke spazieren schickt, stelle ich mir vor, wir wären Mann und Frau. Alles wäre in Ordnung. Er würde mir ausreden, mir jeden Tag die Füße, die Ellenbogen und den Hintern zu peelen und meine sechs verschiedenen Foundations entsorgen. Mit der gesparten Zeit würden wir herrliche Dinge tun – wie uns küssen. Mikki wäre unsere Tochter. Immer, wenn sie etwas angestellt hätte und zum Beispiel Muttertag als amerikanisierte Pseudoverehrung berufsuntätiger Hausfrauen in einem Aufsatz verunglimpfen würde, wären wir furchtbar stolz auf sie. Jo würde murmeln: »Tja, *deine* Tochter«, und wenn sie im Werkunterricht den geschnitzten Brieföffner besser hinbekommen hätte als alle Jungs, wäre sie natürlich *seine* Tochter. Wir würden Händchen halten beim Einschlafen, und er würde niemals schnarchen. Morgens würde sein Atem nach frischen Brötchen riechen.

Ich spüre, wie die Matratze unter seinem Gewicht nachgibt, als er sich neben mir ausstreckt. Er zieht seine Schuhe mit zwei gezielten Fersentritten aus und atmet erleichtert auf. Ein beruhigendes Gefühl, so ein schwerer Körper neben mir. Statt auf mir. Ich rolle mich auf die Seite, schiebe einen Fuß unter der Bettdecke hervor und knülle das Kissen unter meinem Kopf zusammen. Irgendetwas suppt aus mir heraus, vielleicht das Leid, vielleicht das Leben, eine schwarze dunkle Sache, und ich ergebe mich dem Strom und folge ihm tiefer hinab. Ich bin seit Jahren nicht mehr so entspannt gewesen. Eine feierliche Melancholie hüllt mich ein wie warmes Wasser.

»Jo?«

»Hmhm?«

»Hast du dich eigentlich schon mal in eine Kundin verliebt?«

»Nein.« Er streckt seinen Arm einladend aus. Ich rutsche näher und kuschele mich in die Kuhle an seiner Schulter. Er lässt seine Finger durch mein Haar wandern. Schön. So schön.

»Warum nicht?«

»Noch nie was von männlichem Stolz gehört, Hel? Ein Mann kann auf Dauer eine Frau nicht bewundern, die für ihn zahlt.«

»Weil er sie verachtet?«

Jo schnaubt. »Nein. Weil er sich selbst dafür verachtet. Und sie dafür hasst, dass sie ihn in so eine Situation gebracht hat.«

Er hat aufgehört, mein Haar zu berühren. Ich schraube mich aus der Kuhle wieder heraus und drehe mich auf die andere Seite.

Wie viele Männer machen ein Leben?

Jo dreht sich mit und gibt einen warmen, starken Löffel an meinem Rücken ab. Ich taste nach seiner Hand und drapiere seinen Arm um meinen Oberkörper. Fest. Noch fester.

Wie fest muss man gedrückt werden, um sich zu spüren?

Meine Wange auf seine Hand geschmiegt, die nach einer milden Seife duftet, kommen sich die Wimpernkränze meiner Augen näher.

Wie viele Male muss man einschlafen, bis man nie wieder aufwacht?

Wie oft kann man verlieren, bis man nicht wieder aufsteht?

Jo ist so warm. Ich fühle mich unendlich sicher. So ist es gut. Gut.

Meine Fragen stehen still in mir. Ich bin so müde. So unfassbar müde. Die Gedanken haschen nur noch nach der Wirklichkeit. Für eine Ewigkeit. Sekunden. Minuten. Dann fällt es mir wieder ein.

Wie seh ich aus? Wie seh ich, Himmel nochmal, bloß aus?

Ich setze mich auf und wische mir den Spuckefaden aus dem Mundwinkel, der auf Jos Hand gelaufen ist, und taste hektisch nach der Fernbedienung für die Lichtanlage. Da, der Schalter. Ich schlage auf ihn ein. Die Deckenfluter flammen wie Baustellenscheinwerfer auf und wischen die Sternchen vom Zimmerhimmel, wie ein Scheibenwischer tote Insekten von der Windschutzscheibe schiebt.

»Raus!«, schreie ich Jo an.

»Was?«

»RausrausrausRAUS!«

Jo setzt sich langsam auf. Der Tortenfleck auf seinem Hemd

– geronnen wie Blut. Ich verberge mich hinter meinen kalten Fingern.
»Sieh mich nicht an. Bitte geh.« Ich taste blind nach der Fernbedienung und schalte das Licht wieder aus.
Auf der anderen Seite entfernt sich das ausgleichende Gewicht von der Matratze. Sie gehört wieder mir.
Allein.
Im Labyrinth dieser Nacht sucht sich Jo seinen Weg fort von mir.
Ich stehe erst Jahre später auf und mache mir das türkische Wachs aus Zucker und Zitronensaft heiß, um meinen ganzen Körper von Haaren zu befreien. An jedem einzelnen hängt das Scheitern.

4

Fünfeinhalb Stunden später. Ich bin immer noch eine Priesterin.

Der Beweis liegt vor mir aus dem Tisch.

Ich schlucke meine Day-and-Night-Kalorienverbrennerpille, lege meine klamme Hand auf die November-Bibel der weiblichen Nation und blättere in den Predigten, die das Neue Testament bereithält. Die Psalmen gebieten, wie man im Job unliebsame Rivalinnen diszipliniert (»Geliebte Feindin«), Männern den Verstand raubt (»So vergisst er seinen Namen, Ihren garantiert nicht«), nach dem Mondkalender shoppt und sich auf die Magersuchtgröße Zero, kleiner als XS und in etwa der Kindergröße 156 entsprechend, herunterkotzt. Das nennt sich Simply-Diet für die Power-Ladys.

FEMME versteht sich als Hostie gegen die Realität, verabreicht an jedem dritten Freitag im Monat. Unser Motto ist: »La vie, l'amour, la passion.« Unsere letzte Werbekampagne bestand aus einer Reihe exzessiver Fotomotive – zerwühlte Betten, neidische Frauenblicke auf eine unbekannte Schönheit, ein abgegessene Tafel mit edlen Gläsern – und darunter: »Cherchez la FEMME!« Wer uns liest, darf die schönen Seiten des Lebens genießen, denn wir sagen, wie man da rankommt. Wir kennen die Spielregeln.

Vor dem Altar der Schönheit verneigen wir uns, Parfüms sind das Weihwasser der gläubigen Sünderinnen und Beichten horizontal fokussiert. Was FEMME predigt, ist das Gebot der Stunde:

Nie mehr ohne goldene Flipflops! Der September riecht nach Grapefruit! Fremdgehen macht glücklich!
Ja. Nächsten Monat heißt es, »Treue und Natürlichkeit als neue Werte« – »Ethical correctness«, »Schwarz ist das neue Weiß« und »Der Dezember riecht nach Mann«.
Ich bin die Päpstin der Kirche Frauenzeitschrift. Allerdings hat meine Priesterrobe einen Ausschnitt und einen Schlitz – ein Helena-Kostüm, wie es Batman-Anzüge und 007-Smokings gibt.

35. In 25 Jahren werde ich eine Frau sein, von der man sagt: »Sie *war* mal eine tolle Frau.« Ich werde unsichtbar sein, während Männer dann gerade interessant werden. Sogar die Uninteressanten. Merde.
Ich ziehe entschlossen die rechte untere Schreibtischschublade auf. Haben, haben wollen. »Hatten Sie was aus der Minibar?« Ich hatte die Minibar. Auf dem Boden der eingebauten Kühlschublade ist ein Spiegel eingelassen. Eines Tages, wenn ich auf den Grund der leeren Champagnerschublade stoße, kann ich in mein Gesicht schauen und sehen wie es aussieht, wenn nichts mehr zu trinken da ist.
Hanne, meine Sekretärin und liebste Freundin, sorgt stets für Nachschub. Diskret. Manchmal schmuggelt sie einen Schokoladenriegel dazu. Nur weil sie mich einmal neben dem Tisch liegend gefunden hat, die Füße auf dem weißen Lederdrehstuhl. Niedriger Blutdruck als Ausrede lässt sie nicht mehr gelten. Ich pflege nachts zu essen oder wenn Jo gekocht hat. Zuletzt hat man mich 1985 an einem Büfett gesehen, ich war 14 und die jüngste Kolumnistin des Lipperlander Anzeigers, Ortsausgabe Ubbedissen. Ich habe die Büfett-Journalisten gesehen, wie sie sich gierig die Häppchen reinschoben und mit offenem Mund kauend versuchten, mir die Welt zu erklären und dabei meinen Arsch zu tätscheln.
Nachdem ich eine frische Witwe Cliquot geöffnet habe, pinne ich neonpinkfarbene Klebezettel auf jene Seiten des Neuen Tes-

taments, die mir misslungen scheinen, die unverständlich sind oder wo die Schrift irgendwie zu klein ist. Dann vergleiche ich die aktuelle Ausgabe von FEMME mit den anderen im Regal – Covermodel Heidi Klum neben Jessica Simpson und Kate Hudson. Die Cover der *Cosmopolitan, Petra* und *Amica* rahmen das Ganze ein. Das ist der Stoff, aus dem die Träume sind. Wie hat Christiane Arp, Chefredakteurin der VOGUE, mal gesagt: »Wozu sollen wir das zeigen, was man auf der Straße sowieso sieht? Nein, wir sind ein Fenster in das Unerreichbare.«

Ich bin mir nicht sicher, ob sie damit nur die Mode meinte.

Richterin Gnadenlos beginnt zu dozieren: »FEMME unser, die du bist im Fummel, geheiligt werden deine Seiten, deine Seichtheit komme, dein Look geschehe, wie auf dem Laufsteg, so auch auf Erden. Erlöse uns von dem Öden, und führe uns immer wieder in Versuchung. Unser täglich Sex gib uns heute ...« Das letzte Glas Gin gestern Nacht war schlecht. Oder verliert die Priesterin ihren Glauben? Ich muss lieben, was ich tue, sonst kann ich mein Beautycase packen.

Ich lasse es aufschnappen, kontrolliere den Kajal und ziehe mir die Fältchen an den Augen glatt, indem ich meine Schläfenlappen nach hinten presse. Ich mache die Augen rund, forme aus dem Mund ein »O« und sehe für drei Sekunden aus wie eine aufblasbare Sexpuppe Typ Marylin Monroe. Als ich alles wieder loslasse, sehe ich eine falsche Blondine mit falschen Katzenaugen und aufgemaltem Bürogesicht. Ich träufele mir »clear eye« in die Augen. Die Rötung verschwindet.

Zaghaft öffne ich die Zwischentür zum Sekretariat. Kaum habe ich die Tür geöffnet, kommt mir Hanne entgegen. »Sumatra-Kaffee, Grüner Tee, Bananenmilch?«, fragt sie munter. Sie duftet nach Veilchenseife. Lex roch nach warmem Heu.

»Danny Martini in Satinboxershorts«, schlage ich vor.

»Fangen wir damit an«, sagt sie und dreht sich, damit ich den

Stapel Donnerstagszeitungen, den sie sich unter den Arm geklemmt hat, und Seitenausdrucke der Ausgabe, an der wir gerade arbeiten, herausziehen kann. Noch eine Stunde, bis die Redaktion komplett ist. Noch gehören die Flure uns. Ich bin immer zwei Stunden früher da.

Hanne sieht aus wie eine Mischung aus Botticellis Venus und Norma Jean Baker – plus 20 Kilo. Ihre Haut – ein Schneefeld. Weiß, glatt. Ahnt Hanne, wie schön sie ist? Ich leiste Tweety Morticia Abbitte. Aber als Mann würde ich Hanne doch eher heiraten als sie.

»Warum hat sich Danny Martini noch nicht zu unserer Interviewanfrage geäußert?«, frage ich. Hanne zieht erst ein Grissini, dann einen Bleistift hinter ihrem Ohr hervor.

»Vielleicht steckt er noch kopfüber in einem Starlet?«, vermutet sie. »Mir wäre Daniel Craig sowieso lieber.« Sie seufzt wehmütig das Casino-Royale-Poster über ihrem Schreibtisch an.

Wir werden uns bei Männern nie ins Gehege kommen. Ich mag die Alain-Typen mit dunklem Haar, Schwiegermutterblick und dem harten Mund. Martini, Delon, Connery, Brosnan. Böse Buben. Hannes Beuteschema ist eher die Blond-blauäugig-Fraktion, Gesichter wie mit dem Spaten gestochen. Craig, Pitt, Peter O'Toole, echte Barbie-Ken-Fehlpressung.

35 Jahre, seit neun Stunden. Nochmal dieselbe Anzahl Jahre, und ich bin 70. Also kurz vor tot. Diese Tatsache raubt mir den Atem.

Champagner hilft nicht gegen die Panik des Unausweichlichen. Ich will singen. »Life is a bitch and than you die.« Lex. Lex.

Hanne hält die Unterschriftenmappe wie ein Schutzschild vor sich, als sie mich vom Lex-Denken abhält: »Ich hab heute erst dreihundertfünfundachtzig Kalorien gegessen und wiege mehr als gestern. Heute Morgen beim Bäcker hätte ich fast einen Kerl mit einem braunen und einem blauen Auge erschlagen, weil er in ein Muffin biss und dabei so verdammt scheißglücklich aussah.

Wieso überhaupt sind Männer wie guter Wein, mit fünfundsechzig charaktervoll, interessant und tragen ihr graues Haar stolz einher wie Krönchen? Wieso sehe ich keine Frauen, die ihre dicken Bäuche vor sich herschieben, ihr graues Haar nach hinten werfen und sich einen Fünfunddreißigjährigen schnappen, weil sie so sexy wie ein knackig ledriger Barolo sind, der seit Stunden dekantiert vor sich hin atmet? Na?«

»Weil wir ein Heft machen, das den Frauen klarmacht, dass genau das nicht drin ist und sie mit sechzig so aussehen sollen wie eine Fünfzigjährige, die auf fünfunddreißig macht«, denke ich. Laut sage ich: »Weil wir Frauen alte Männer zu Legenden machen. Unsere Schuld. Frauen sind Blumen, Männer sind Wein. Die einen knospen, erblühen, welken, die anderen reifen und werden erst im Alter genießbar.«

»Du vergisst die Weine, die manchmal auch umkippen.«

»Und die, die korken. Trotz Weinprobe.«

»Ah. Essigmänner. Furchtbar. Außen schönes Etikett, innen ein Simpelchen, null Geschmack und saurer Abgang.« Hanne spuckt.

»Die Konferenz beginnt in neunundfünfzig Minuten, Zero will dich heute Nachmittag sehen, bei Danny Martini wird nachgehakt, Happy Birthday, und Lex ist ein tückischer kleiner Bastard«, zählt Hanne noch auf, bevor sie anmutig davonwogt und ihre 76 Kilo im Vorzimmer auf ihrem gelben, quietschigen Petziball ausbreitet und nach einem Glas Alete-Brei tastet. Ihre einzige Nahrung, wenn man von den Keksen, Gummibärchen, Knäckebroten mit Schokoladentafeln und gebutterten Toasts mit bunten Zuckerstreuseln absieht. Und den Kaffeeeinläufen. Äthiopischer Kaffee – mehrfach aufgebrüht.

Ich habe Pu-Err-Tee genommen. Größe 38 ist Basismartyrium, 32 das angestrebte Paradies der Mangelernährung. Zu trinken ist der Tee nicht, aber als Darmspülung große Klasse. Beim ersten Mal hatte ich nicht lang genug gewartet und mir mit dem heißen Tee die Rosette verbrüht. Beim zweiten Mal verpasste ich die Eröffnung des neuen Restaurants von Tim Mälzer, weil ich immer noch auf dem Klo saß. Kleidergröße 32 ist zwar etwas, was wir bei Dörrhenne Viktoria Beckham verachten, aber dennoch genauso haben wollen. Wer es schafft, so dünn zu sein ohne zu kotzen, ist eine Heldin. Wer sich in die Kloschüssel erbricht – zweite Liga. Die wahren Könnerinnen kommen mit einem Tictac drei Tage aus. Nur der Mannequin-Mundgeruch ist etwas lästig. Wo ist eigentlich die Broschüre von der Klinik, die Magengürtel umlegt?

»Glaubst du, ein flacher Bauch täuscht über dein gestörtes Verhältnis zum Leben im Allgemeinen und zu dir im Speziellen hinweg, Dicke?« Richterin Gnadenlos räkelt sich in einem Gold-Lamé-Bikini vor meinem inneren Auge. Dürre Zicke. Ich greife nach dem Stapel Konzepte und gehe die Geschichten durch, die die Autoren auf einer Seite anskizzieren. Streiche Headlines, notiere Unterzeilen, ordne die Gedanken fremder Menschen, bis sie zu FEMME passen. Ich arbeite dabei mit dem Kopf. Der Bauch schweigt eingezogen.

Zero will mich sehen? Was hat der Verleger Heiner Zerom, der aussieht wie ein Mensch, der sich am liebsten vor Bücherregalen fotografieren lässt, mit mir zu besprechen? Er feuert Chefredakteure seines Zeitschriften-Verlages »Die bunte Gruppe« schneller als er sich eine Menthol-Zigarette anzündet, von denen er ungefähr 120 Stück am Tag inhaliert und immer noch keinen Krebs hat.

Ich lege die korrigierten Konzepte auf einen Stapel und greife nach den Layouts der Seiten, die in Phase zwei der Produktion stecken. Erst das Konzept, dann die Bildersuche und der Layoutaufriss, zum Schluss der Text und die Gesamtkomposition. Alles soll nach Alles-ist-möglich schmecken. So wie FEMME. Erst als ich die Seiten durchgearbeitet habe, greife ich nach der Unterschriftenmappe.

Hanne hatte Lex' Mail gelesen – wie sie jede Korrespondenz liest – und sie ebenfalls in die schwarze Unterschriftenmappe geschoben. Ich finde sie hinter der Rechnung eines freien Autors, der sich mokiert, dass er für 2000 Euro einen Artikel über einen Viagra-Selbsttest schreiben soll. Er schreibt, dass die Leserin ja annehmen könnte, er würde es ohne blaue Pille nicht mehr hinkriegen. Für so viel Geld eine steinharte Erektion geschenkt zu kriegen, ist echt ein hartes Leben. Nach Lex' Mail finde ich eine Kopie des Ausschnittdiensts, der sämtliche nationalen wie
internationalen Zeitungen nach FEMME und meinem Namen durchforstet. Diesmal ist es aus einer der Donnerstagsgazetten, die auf den letzten ihrer glänzenden, schweren Seiten Fotoalben abdrucken, mit Bildunterschriften wie: »Helena Levy (fast 35, in Nicowa-Robe), Chefredakteurin der Glamour und Sex-Bibel FEMME und Stilikone, bei der Filmpremiere von ›Oceans Thirteen‹ in Berlin, im vertraulichen Gespräch mit Autor XY. Bahnt sich da eine Affäre außerhalb des Business an?«
Die Stilikone wäre sogar dankbar für eine Affäre *innerhalb* des Business. Und dieser sich beklagende Autor könnte froh sein, dass wir ihn für das Geld nicht ein Haarwuchsmittel haben testen lassen. Ich werde Hanne sagen, dass sie ihm anbieten kann, unter Pseudonym zu veröffentlichen. Er schreibt zu gut. Wer weiß, vielleicht hat er ja wirklich ein Erektionsproblem.
Ich betrachte mein Foto. Ich sehe aus wie eine schlecht nachgemachte Transe. Die Fotocredits sind in Augenstreuschrift gedruckt. Bronski Press. Paris Bronski. Der Mann mit dem Blick fürs Wesentliche. Er kann in ein Gesicht mehr Glamour hineinfotografieren, als die Person je besitzen wird, und genauso unbarmherzig kann er die Wahrheit ans Licht zerren. Babybauch, Augenringe, Geiz, Drogensucht, Kleinsinn, schmollende Schulkindfresse – er enttarnt es, er hält drauf, und er liebt es, die Privatgesichter der Stars und Sternchen zu entzaubern.
Das ist die eine Seite. Die andere aber macht ihn unentbehr-

lich. Er macht unser Blatt mit seinen Bildern zu dem, was die VOGUE nur in den USA ist – zur Lebenseinstellung. Wir lassen alle Mode-Produktionen nur von ihm schießen. Für ihn öffnet Gaultier sein Atelier, für ihn macht Naomi artig Platz, für ihn verzichtet Madonna auf Schminke, weil sie weiß, er liebt ihr Gesicht. Der Richard Avedon der Modefotografie, der männliche Leibowitz der People-Porträts, der LaChapelle des Chics. Er hat nur vorher Musik laufen, währenddessen nie, weil die Models

sich sonst bewegen. Er benutzt keinen Ringblitz, sondern nur eine Lichtquelle. Seine Fotos erzählen Geschichten.
Solche Macjobs, wie auf Veranstaltungen herumzufotografieren, das ist Paris' Hobby. Er nennt es »Straßenkehren«. Jetzt hatte er mich von der Straße geholt, denn seine zweite Lieblingsbeschäftigung ist es, mich zu ärgern.
Ich lasse mich von ihm ärgern, weil ich scharf auf Paris bin. Meine Hormone sind die Feinde in meinem Körper. Und weil mein Körper Lex liebt, während ich beginne, mich zu hassen, muss ich sie mir nochmal ansehen – seine Abschiedsworte. Eine E-Mail, bei der man sich die dazugehörige Szene ersparen kann. Scheidung online, es lebe die Zivilisation. Ich lese die E-Mail fünfmal. Noch zwölf Minuten bis zum Stutenauflauf.
Komm schon, ein sechstes Mal ist dann auch noch drin:
»Ich will Dich, Helena, aber ich kann nicht. Du bist mir zu intellektuell und zu obszön. Ich bin mehr als nur ein Sexobjekt. Und mein Verlangen nach Dir ist tot. Gestorben mit Deiner Kälte. PS: Glückwunsch zum 35sten, ich wünsche Dir noch ein gutes Leben.«
Hätte er doch einfach nur gesagt: »Ich liebe dich nicht mehr.«
Liebe ist vergänglich, das ist bekannt. Doch er begehrte mich nicht mehr. Der Super-Gau. Was ist schlimmer – geliebt zu werden, aber nicht begehrt? Oder begehrt zu werden, aber nicht geliebt?
Aber dass sich der Kerl als Sexobjekt fühlt, das muss man sich

mal vorstellen. Kaum 50 Jahre nach dem vorfeministischen Mittelalter beschweren sich nun *Männer*, Sexobjekt zu sein. So weit ist es schon gekommen, dass sie uns das auch noch nehmen.

Sollte ich dazu mal was von einer unserer Edelfedern schreiben lassen? »Die neue Angst der Männer.« Ach nein – das Wort Angst ist nicht titelfähig. Anderer Titel. »Her mit den kleinen Weicheiern.« »Die Herren der Erschöpfung.« »Das männliche Luder.« »Der Boy von Seite eins.«

Lex, du Bastard.

Ich fühle mich alt, verbraucht und durstig.

Dann verbrenne ich Alexanders E-Mail in dem Besucheraschenbecher und lösche die Glut mit Champagner ab. Nicht zu viel. Ein bisschen brauche ich noch, um die Konferenz zu überstehen. Nachpudern, Bauchwegstrumpfhose in Position ziehen, Parfüm zwischen den Brüsten auffrischen. Dann gehe ich mit den Konzepten, der neuen Ausgabe und einem Block ins Konferenzzimmer. Hanne ahnt es und ruft von draußen: »Bereit?«

»Bereit, wenn die es sind.«

Ich presse den Nabel bis an die Wirbelsäule. Ich ziehe seit zwanzig Jahren den Bauch ein, selbst in menschenleeren Cafés. Ich will, wenn der nächste Liebhaber vorbeikommt, nicht mit einer Bauernplauze dasitzen und nach Essen riechen. Und wer weiß, vielleicht kommt er ja heute mit den sieben Ressortleiterinnen, dem bisexuellen Art Director und meiner übersexuellen Stellvertreterin Daphne durch die milchige Glastür herein?

Leider: nein. Daphne schließt die Tür und setzt sich zu meiner Rechten, während Angelica, die Mode- und Beautychefin, sich graziös zu meiner Linken in den Eames-Stuhl spreizt. Sie ist seit neustem Fernsehstar. Sie darf für eine Drogerie-Creme Werbung machen. Man hat sich gedacht, einer Beauty-Journalistin würde die Welt eher glauben als einem gelifteten Star, der über Tiefen-Repair-Formeln redet. Jetzt kann Angelica in die Kamera sagen:

»Ich habe ein echtes Beauty-Geheimnis entdeckt.« Tataa! Einen Orgasmus könnte sie nicht besser vortäuschen.

Ein Hamburger Autor kommt mir in den Sinn. Wie heißt er noch gleich? Gunter Gerlach. Er hat Ed von Schleck erfunden. Und auf die Frage, welches Buch er gern selbst geschrieben hätte und warum, hat er geantwortet: »Die Bibel. Dann wäre ich Gott.«

Angelica ist jetzt Gott. Privat benutzt sie La Mer und nicht das Drogerie-Produkt, für das sie ihren Namen hergibt und dafür reichlich Honorar zurückbekommt. Ihre lackschwarzen Haarwellen fallen in dekorativer Akkuratesse um ihr Liz-Taylor-Gesicht herum. Sie stellt einen Mann nie in das Licht ihrer Augen – nein, sie bringt ihm bei, sie anzubeten, indem sie ihn nicht zur Kenntnis nimmt. »Ich bewundere dich«, kommt nicht in ihrem aktiven Wortschatz vor. Ihre Unbestimmtheit ist es, die Männer betört.

Ihre Perfektion ist beunruhigend. Sie passt in eine Dior-Jeans – Kotzgröße 32 – und trägt weiße Hemden von Donna Karan, Paul Meyer-Schuhe aus dem Edel-Secondhand und oscarwürdiges Make-up zu ihrem Pulp-Fiction-Bob. Ich habe sie nie zweimal in denselben Klamotten gesehen. Sie raucht Slimline-Zigaretten und trinkt nur geschmolzenes Polareiswasser. Sie sieht mir immer in die Augen, ein direkter Blick aus (echten) hellgrünen Scheinwerfern. Was meine Feindin Daphne nicht mal unter Androhung von Gewalt vermag.

Die anderen Damen tasten sich mit raschen Blicken ab. Alle Frauen in diesem Raum pflegen seismographische Fähigkeiten und registrieren, wer wie viel zu- oder gar abgenommen hat, wessen Haut strahlend durch Sex oder durch die korrekte Foundation ist und wessen Augen heller funkeln bedingt durch die Macht der Intelligenz, des Abdeckstiftes oder die von aufheiternden Substanzen. Gut, wer das noch beurteilen kann, sind Schwule. Aber außer als beste Freunde oder Sexratgeber wollen die meis-

ten Frauen nichts mit ihnen zu tun haben. Schwucken sind eine unberechenbare Konkurrenz am frugalen Männermarkt.
Lukas, mein Art Director, posiert am Fenster, im Gegenlicht. Die Hüfte in der engen Jeans leicht gekippt. Wartet er in dieser halbgaren Statuettensimulation, die Brustmuskeln wie poliert unter dem engen weißen Shirt, auch darauf, dass gleich ein Liebhaber durch die Tür kommt? Ich reiche ihm die Seitenaufrisse.
Und Daphne. Sie würde für eine Gelegenheit, mich in den Fahrstuhlschacht schubsen zu können, alles tun. Sie ist 38 und sieht keinen Tag älter aus. Als gebürtige Wienerin treibt sie den aggressiven Sexappeal einer pflaumenreifen Sophia Loren auf die Spitze, den sie abrundet mit dem Klischee französischer Mädchen-Schlager. Zerwühltes dunkelblondes Haar, deren natürlicher Fall täglich zwei Stunden Styling voraussetzt. Sie ist der Typ Frau, der unter weißen Hemden rote Unterwäsche trägt. Ihre Hosen sind oft so eng, dass die Phantasie sie nicht mehr bemühen muss. Sie vermittelt Männern das Gefühl: »Alle können mich haben, nur du nicht.«
Aber was hat Daphne mit ihren Lippen gemacht? Die wachsen so schnell wie ihr Busen! Links 6000 Euro, rechts 8000. Seitdem ich weiß, dass bei Frauen mit Silikonimplantaten die Selbstmordrate um 73 Prozent höher liegt als bei Naturbelassenen, trage ich weiter Push-up.
Daphne sieht sich als rechtmäßige Kaiserin auf dem FEMME-Thron, und das Einzige, was zwischen ihr und der Allmacht rumsitzt, bin ich.
»Happy Birthday, Liebelein«, flötet Miss Suizidgefährdet heiser und zündet eine Wunderkerze an – verdächtig dicht an meinem Haar. Die anderen Damen klatschen in die Hände, stimmen ebenfalls »Happy Birthday« an. Eine wagt einen Diskant. Fast muss ich weinen und verberge hinter einem mit Maraboufedern besetztem Fächer ein hysterisches Kichern.
»Du weißt, dass es ab sechzehn abwärtsgeht? Mit fünfunddreißig

ist es eher weit nach zwölf denn kurz vor. Die Chance von einem Terroristen erschossen zu werden ist größer als zu heiraten. Ab heute bist du nur noch zweite Wahl.« Miss Beautygeheimnis hat so leise geflüstert, dass nur ich es mitbekomme. Was denn nun: Tiger oder Terrorist?

»Hör mal, ich werde nicht dekorativ und schlank wie du in die Kiste fallen, ich habe vor, mit einem Kerl in der einen, Champagner in der anderen Hand und Tiramisu auf dem Bauch in den

Sarg zu tanzen, so sieht's aus!«, würde ich gern sagen. Wäre ich davon überzeugt, dass mein Ritt durchs Leben auch genauso aussähe.

Die anderen? Marlies, *Sexualität und Partnerschaft*. Leidet darunter, dass Männer, die von ihrem Ressort erfahren, davon ausgehen, sie würde mit ihnen sogleich recherchieren wollen. Marlies kennt jeden Sextrick, jede Stellung, jede Neuheit, jeden Club, jeden Sexautor. Sie wartet darauf, all ihr Wissen über Sexualität und Partnerschaft auf den Mann anzuwenden, der es wert ist. Ihre Rasterfahndung nach dem einen verläuft nach einem hochkomplizierten Muster. Meist verliebt sie sich dann doch in einen Unpassenden und hat fantastische Ausreden, warum ihr das passieren konnte.

Barbara, *Medizin und Reise*. Alleinerziehend, ihr Sohn ist neun Jahre alt, sie singt im Kirchenchor. Ein handfester Typ Rothaar-Frau, mit einem Kinn, auf das Michael Schumacher neidisch wäre. Ihre weiche Mütterlichkeit überspielt sie mit burschikosem Zynismus. Sie ist eine Art Betriebsrat und Frauenbeauftragte der Redaktion. Schon so einige Männer haben sich von ihr einstutzen lassen müssen, wenn sie sich gar zu männlich benahmen.

Neben Barbara: Filumene, *Karriere, Job und Aktuelles*. Single, wie wir alle. Eine Frau, die zehn Bleistifte anspitzt, bevor sie zu arbeiten anfangen kann, und es dann doch am Computer tut. Filu zieht sich zweimal am Tag um und möchte gern einen Anwalt heiraten.

Mein Gestüt. Und ich bin die Zugstute. Ich muss an das Halfter aus der »Boutique Bizarre« denken und den Knebelball. Und an Lex.

»Guten Morgen, Ladys, die schlechte Nachricht zuerst. Ich will nie wieder etwas über ›Dirty Dance‹ hören oder sonstige Sperenzchen. ›Schatz, ich mach jetzt mal was, aber lach nicht.‹ Wir stellen die Serie ein. Wir müssen unsere Leserin dort abholen, wo sie ist. Nicht irgendwo hinschicken, wo sie alleinsteht und sich dämlich vorkommt in überspannter Leistungserotik. Klar soweit?«

Die Hälfte aller Titelgeschichten betrifft den Chef eines Blattes, hat mir mal ein Kollege gesagt. Der rasche Blickwechsel zwischen Daphne, Lukas und Angelica entgeht mir nicht. Auch sie kennen diese Regel. Ich verteile die korrigierten Konzepte, diktiere meine Wünsche, halte eine Heftkritik ab und ziehe mir den Unmut zu, wie jede Chefin das tut, die sich zu sehr einmischt.

Daphne und Lukas bei ihrem Duell zuzusehen, ist kurzweilig. Sie wienert sich durch die Silben, er tuckt hinterher. Schmäh – tuck, schmäh – tucktuck. Wir planen das nächste Heft.

»Sexy durch die Hochzeitsnacht.«

»Mein Gott, da hat man ja keine Lust mehr auf Sex! Nur noch auf Alkohol, weil man die ganze bucklige Verwandtschaft des Bräutigams kaum ertragen kann, die einem den Schnaps wegtrinkt und rummault, warum man nicht den Petersdom für die Show gemietet hat.« Lukas hat ein bisschen was von Fluch-der-Karibik-Pirat Jack Sparrow, wenn er so rumtuntet.

»Die Erotik des diskreten Luxus«, mischt sich Filumene in das Spiel. Sie hat neulich die Modeberaterin der Kanzlerin interviewen dürfen. Warum hört die eigentlich nicht auf sie?

»Schätzchen, wozu ist Luxus da, wenn man ihn nicht sehen kann? Diskretion und Luxus passen nicht zusammen«, mault Lukas, feuchtet sich die Fingerspitzen an und trimmt damit seine Augenbrauen glatt.

Filumenes Augenbrauen antworten mit einer Zornesfalte.

»Vorsicht, das Gesicht könnte so stehenbleiben«, warnt Lukas und tippt ihr auf die Stirn.

»Cash – Sex gegen Bares«, walzt Daphne genüsslich die Worte aus. Täusche ich mich oder wird Angelica rot unter ihrer Foundation?

»Gekauft für die Eins. Für die Zwei hätte ich es gern romantischer. Valentinstag und so. Wer macht die Gigolo-Story?«

 Keiner bewegt sich. »Also?«, frage ich, »wer mietet sich einen Callboy?«

»Mach es doch selbst, Leni. Täte dir gut«, erreicht mich eine Stimme aus dem Türrahmen. Eine Stimme, bei der einer normalen Frau der Slip in die Kniekehle gerutscht wäre.

»Du bist eine normale Frau«, erinnert mich Gnadenlos. Blöde Kuh.

Wieso wollen Frauen mit Männern schlafen, die sie nicht mal mögen?

Sein Haar glänzt abartig gesund, wie ein lang gebürsteter Teckel. Irgendwie sieht er immer etwas atemlos aus, als käme er direkt aus einem Bett. Er riecht unanständig gut, nach Mann und Kaffeebohnen mit Zimt, ein Hauch Tier ist dabei, ein wildes. Sein Geruch erreicht mich ohne Umwege über den Verstand direkt in der pleasure zone. Er ist widerlich männlich. An seinem weißen Hemd sind genau nur so viele Knöpfe geschlossen, dass es gerade noch so als angezogen gilt. »Komme ich zu spät?«

Paris Bronski. Wir brauchen ihn. Ich begehre ihn. Er ist ein Arschloch. Da ist schon das ganze Problem.

Und ich werde die Callboy-Geschichte *nicht* selbst machen.

Paris lässt sich flüssig, wie tiefschwarzes Öl, am gegenüberliegenden Ende des Konferenztisches in den Stuhl gleiten.

Dafür, dass er ein Mann ist, der seinen Vornamen Pawel in Paris geändert hat, zeigt mein Unterleib zu viel Interesse.

»Nimm ihn als Liebhaber. Er steht auf dich, du stehst auf ihn, und Männer sind eh wie Kartoffelchips. Man kann unmöglich nur einen wollen.« Es kommt nicht oft vor, aber manchmal erscheint mir die Richterin als Vision – diesmal steht sie hinter Paris, massiert ihm die Schultern und sieht mich herausfordernd an. Ich blinzele sie weg.

»Ich bin nicht in dich verliebt. Heirate mich«, lautet der letzte Themenvorschlag von mir. Marlies guckt mich an, als ob das die Lösung all ihrer Sorgen sein könnte.

»Des ist doch Unsinn!«, ruft Daphne aus. Paris grinst und kippelt mit dem Stuhl. »Wunderhübsche Idee. Befrei uns von den Mädchen, die uns liebeskrank hinterherlaufen, nur weil wir sie ignorieren.«

Ich ignoriere Paris. Zwei Raubkatzen können nicht zusammen in einem Käfig leben.

»Marlies, finden Sie Fälle, in denen Frauen mit den Männern glücklich werden, in die sie am Anfang nicht verliebt waren. Weil sie nicht ihr Typ waren. Weil sie zu nett waren. Experten, Zahlen. FEMME wird mit der Behauptung aufräumen, die perfekte Ehe werde durch dramatische Liebesstürme geschlossen. Nichts da – kein Verlieben, keine absurden Erwartungen, weniger Enttäuschungen und nicht mehr der Aufwand, einem Mann nachlaufen zu müssen, der eh nicht auf einen steht. Wer in Weiß heiraten will, darf nicht rosarot sehen, sonst sieht's schwarz aus.«

»Also ein Abgesang auf das hohe Lied des Verliebtseins?«, fragt Marlies vorsichtig. Ich halte das für eine ausgezeichnete Idee.

»Aber ist das bei euch Heten nicht alles Blasphemie?«, merkt Lukas an und schickt seinen tastenden Blick über Paris' geöffnete Schenkel.

»Also, ich finde ja, Liebe stört doch nur und hält davon ab, das Leben zu genießen.« Paris zwinkert Lukas zu. Der hält angespitzt die Luft an.

»Und ihr Mädchen lasst euch aus lauter Dankbarkeit für ein bisschen Liebesblabla die Rosette pimpern. *Wir* haben wenigstens Spaß dabei.« Alle Frauen sehen Lukas fassungslos an. Paris zieht mir nebenbei mit den Augen das Höschen aus. Lukas doziert weiter.

»Ich weiß auch nicht, was ihr Heten immer damit habt. Die Machos wollen immer der Erste und Beste sein und machen sich fast in die Hose, wenn an der Dose mal vorher einer dran war. Und die Mädchen wollen immer Liebe, Liebe, Liebe, nie soll eine nach ihnen kommen! ›Versteh mich, versteh mich.‹ Meine Güte, alles war schon mal da, jeder hat eine Vergangenheit und jeder wird mal die Vergangenheit von irgendwem sein.«

Lukas hat bei seiner Ansprache sein Handgelenk nach hinten abgewinkelt und nach vorn flippen lassen. Er tut nur so abgebrüht. Er verliebt sich ständig, leidet wie ein Hund und hofft immer, dass er den größten Sparrow von allen hat. Trotzdem war er der Erste, der mich auf das Thema »new monogamy« gestoßen hat – emotionale Treue mit erlaubtem Fremdsex. Das Herz ist treu, nur die Beine werden öfter mal woanders gespreizt. »Wir Schwulen machen das seit Jahren so, und die Ami-Heten lassen sich jetzt einfallen, sie könnten mit ›new monogamy‹ die Welt retten«, hatte er genörgelt. Und ich hatte ein Pro- und Contra-Thema, das ich mir von einem Ehepaar schreiben ließ. Sie war dafür. Er dagegen. Die BILD zitierte uns.

»Verlieben lohnt sich nicht, my darling …«, singt Paris leise. Neulich erst hatte er Hanne gefragt, ob sie vor lauter Essen eigentlich zum Vögeln käme. Sie warf ihren Ohrbleistift nach ihm wie einen Pfeil. Natürlich meint er es so, wie andere Leute auch, die zwar ebenfalls Bösartigkeiten denken, aber sozialisiert genug sind, um sie im Hochsicherheitstrakt ihrer Hintergedanken zu verschließen. Andere leiden unter Tourette, Paris unter Kamikazeehrlichkeit.

Manchmal will ich ihn nur deshalb vögeln, um ihn unterzubuttern. Ihn mit meiner Pussy erziehen. Ich bin ein schlechter Mensch.

Ich schließe die Konferenz und nach der letzten Dame die Tür. Paris bleibt am Tisch stehen.
»Nach deiner Theorie wäre ich der perfekte Mann für dich, Helena.«
Wieso fällt mir keine Erwiderung ein? Außer: »Vergiss das Standesamt, kommen wir gleich zur Hochzeitsnacht.«
»Paris, du arbeitest für mich. Das spricht schon mal dagegen.«
»Ja, Helena, Helena, Helena ... dann musst du mir eben kündigen.« Er spricht immer tiefer, zuletzt in einem Ton, den sich andere Männer für den Moment aufbewahren, kurz bevor sie ihn reinstecken.
»Gibt es einen Anlass? Hast du heimlich für die *Vogue* geknipst?«
Paris lacht und kommt zu mir. Langsam. Bis er sich ein wenig vorbeugt. Er atmet tief ein. An meinem Hals auf und ab. Jetzt zieht er die Luft durch die Nase ein. »Chanel ...« Er dehnt die Silben heiser.
»Ich beobachte dich schon eine Weile, Helena. Du weißt, ich bin verrückt nach dir ... und es gibt etwas, was ich dir sagen muss.«
Unter mir wird es warm. Ein Lächeln wagt sich über meine Lippen und stürzt in seine Richtung. Dann sind seine Augen ganz nah. Paris, Paris ... führ mich von Menelaos fort, bring mich nach Troja, lass sie Kriege um mich herum entfesseln, lass uns ...
»Helena, Darling. Du bist zu fett.«
Mein Lächeln platscht auf halben Weg auf den Teppich. Was? Fett? Oder nett? Nein, es war fett. Ha! Was bildet sich dieser halbpolnische Lichtbildner ein? Er darf den Mädchen, die für uns die Kleiderständer machen, so etwas Hässliches nicht sagen, das habe ich verboten, nachdem das Giorgio-Armani-Model einen Magersuchttod gestorben ist. Mir erst recht nicht! Es gibt Dinge, die darf selbst der Gott aller Lichtbildner nicht sagen, nicht denken und nicht aussprechen. »Paris, du kannst einem den Abschied leicht machen. Du bist gefeuert«, zische ich.

Sein Blick wandert zu mir und stellt mich bloß. Dann lächelt er genüsslich und ist mit zwei Schritten bei mir, an mir, um mich herum, greift fest in die Kissen über meinen Nieren. »Helena ... das ist es doch, was ich will, ein Weib, prall und fest und fleischig, so wie du ...«, raunt er warm und feucht in mein Ohr. Ich weiche einen Schritt zurück, hole aus und gebe ihm eine Ohrfeige. Zu schwach. Sie verrutscht und landet halb auf seinem schiefen, weichen, Mund. Sein glühender Blick erlischt. »Kündigung angenommen!«

Er reißt die Tür auf. Da steht Daphne und kann ihr Lächeln nicht abschalten, bevor es sich in das Grinsen einer Schnüfflerin verwandelt. Sie sagt »Ups« und läuft Paris hinterher mit kleinen Trippelschritten.

Fett. Fett. Es hat also jemand gemerkt.

Auf den Fluren ist es still. Als ob jeder den Atem anhält. Ich gehe an Hannes Tisch vorbei.

»Was ist passiert?«, fragt sie alarmiert.

Ich lege den Finger an die Lippen. Noch zwanzig Meter und ich habe es geschafft. Ich schließe mich in einer Toilettenkabine ein und versuche zu weinen. Es geht nicht.

Die Tür zu den Waschräumen fliegt auf, die Klinke knallt gegen die Fliesen. Ich hatte die Wandkacheln austauschen lassen, graue Büroklofliesen gegen toskanischen Stucko Antiko in Mauve. Der Putz raschelt leise auf den Terrakottaboden. Ich stelle das Atmen ein.

»Madame ist ja ausgezeichnet beschissen gelaunt«, höre ich eine mir bekannte Stimme. Als ob ein Blecheimer das Kopfsteinpflaster herunterkullert. Daphne.

»Nur weil sie Geburtstag hat, nimmt sie sich so furchtbar wichtig. Ich weiß, dass ich ihren Job besser machen würde. Jeder weiß es, nur nicht Zero! Aber mal ganz davon abgesehen, habe ich etwas, was Frau Levy nicht hat: Mangel an Skrupeln! Was hat sie vorhin gesagt? Wir sollen die Leserin nicht anlügen. Ha!

Für wen hält sie sich? Helena von Orleans? Wir sind für die Unterhaltung da! Außerdem bin ich ungern Zweite. Aber bis ich Helenas Job habe, werde ich ihr eben das Leben schwer machen. Auch wenn sie ein Tough Cookie ist! Jetzt hat sie auch noch Paris gekündigt! Ich meine, wie blöd muss man sein? Ich würde ihn sofort wiederholen. Und du, meine Liebe, du hättest dann auch ein angenehmeres Leben.«

Ich habe die Wahl. Aus der Kabine treten und mit dem Stiletto auf Daphne einprügeln, oder die Luft anhalten. Aber ich bin neugierig und leidensfähig bis zum Tod.

»Daphne, ich lebe bereits das, was ich will. Ich setze Trends für ganz Deutschland. Mit oder ohne Paris. Sage ich, dass Aquamarin oder Marinegrün die Farben des Sommers sind, dann sind sie es. Entscheide ich mich dafür, dass Weiß das neue Schwarz ist, dann ist es eben so. Wenn ich eine Frau in den Fingern hatte, geht sie als Göttin aus unserem Textilfundus. Sie wird nie wieder an den Quatsch glauben, dass Natürlichkeit Trumpf ist – oh, nein, ich bin dazu da, den Frauen zu sagen, dass sie nicht mal ungeschminkt sterben dürfen.«

Angelica! Ich könnte sie küssen, für ihre, nun ja, eigene Loyalität. »Aber was Helena trägt, ist völlig neunziger. Schwarz!«, sagt sie nun. Blöde Kuh. »Sie ruiniert ja noch meinen Ruf mit dem Look. Als Outfit zum Geburtstag wirklich ein Fauxpas. Sie sieht aus wie ein PR-Häschen. Schwarz ist echt nicht ihre Farbe.«

Daphne lacht ihr Kettenrassellachen und Angelica belässt es bei einem Glucksen.

Stöckelschuhe entfernen sich, gedämpft von dem weißen Mohairteppich, den ich in der Redaktion verlegen ließ, als wir die Auflagengrenzen von 600 000 durchstoßen hatten.

Ich drehe mich um, stecke mir den Finger in den Mund und kotze Champagner in die Kloschüssel. Minus 110 Kalorien.

Als ich die Hosenbeine herunterrolle, die ich mir nicht auf den Fliesen dreckig machen will, entdecke ich sie. Lass es eine Lauf-

masche sein. Jemand erhöre mich, es muss eine Laufmasche sein. Keine Krampfader. Wirken meine Waden nicht irgendwie ... alt?
Nein. Fett. Fettfettfettfettfett, Helena Fett-Levy. Am liebsten hätte ich meine Geburtstagsparty heute Abend im *Goldfisch* abgesagt. Aber ich habe schon bezahlt. Ich spucke den Rest Schleim ins Klo, öffne dann die Kabine und trete vor den Spiegel. Das Zahnfleisch brennt. Und wer ist diese versehentlich abgestellte Kuh im Rennpferdestall, die auf den Abdecker wartet? Ach so, ich.
Angelica lehnt neben der Tür an die Kacheln und beobachtet mich. Mrs. Perfect ist die ganze Zeit dagewesen, während ich gekotzt und mit mir selbst geredet habe. »Wusstest du, dass sich Frauen unbewusst anders kleiden, wenn sie ihren Eisprung haben?«, fragt sie.
Ich trinke einen halben Liter Leitungswasser.
»Nein.«
»Doch. Sie tragen Röcke statt Hosen und elegante, weiche Farben.«
Ich wische mir Mascara unter den Augen weg. Die Schatten bleiben.
»Und du trägst Hosen. Schwarz! Du siehst aus wie ein Kerl. Wer soll dich so attraktiv finden? Dein Typ hat dich verlassen, stimmt's?«
Das Tough Cookie, das es nicht mal schafft, sich zu wehren. Ich lasse das saure Leben einfach auf mich herunterregnen und erstarre.
»Ja.« Und wer weiß, wann Alexander wirklich ging. Nicht erst gestern. Ich frage nicht, woher Angelica es weiß.
»Ich kann dir nur einen Tipp geben, Helena: Lass dich nicht gehen. Beweg deinen Hintern zu Doktor Trettel und lass dir diese hässlichen Dinger da wegmachen.« Angelica dreht mein Gesicht zum Spiegel. Zwei Falten über meiner Nasenwurzel

werden sichtbar. »Das nennt sich Frustfresse, meine Liebe. Ein Schuss Botox, und keiner wird dir mehr deinen Frust ansehen. Und besorg dir eine Foundation mit Schimmereffekt. Du siehst abgeschlafft aus, das zieht doch jeden total runter.«
»Ja. Danke«, höre ich mich die Lüge dahinhauchen.
In Angelicas Augen bemerkte ich eine leise Frage. Aber welche?
»Aber ich helf dir doch gern«, sagt sie dann leichthin. »Frag mich einfach. Jederzeit. Und, ach ja, dein Geburtstagsgeschenk liegt in deiner Kühlschublade.«

5 »Eine Mann wird kommen!«

Das hat man von Geburtstagsgeschenken. Das Geschenk ist etwa eins fünfzig, trägt hochgestecktes rotes Haar und kinderkopfgroße blaue Ohrringe. In einem Lädchen abseits der Kaiser-Wilhelm-Straße, eingeklemmt zwischen einem französischen Lokal und einem Blumenladen, habe ich die »Zukunfts-Praxis« betreten. Das Schaufenster zur Straße hin ist mit lila Vorhängen verhangen, auf die goldene Tierkreiszeichen gemalt sind.
Meine Redaktion hat mir einen Gutschein für eine Kartenlegerin übergeben. Ihr Name lautet Madame Rita. Sie hat mir erzählt, sie komme mütterlicherseits aus dem Orient und väterlicherseits aus Galizien. Die Esoterik wurde ihr also quasi in die Wiege gelegt. »Eine uralte Tradition, welche von Generation zu Generation weiter gelehrt und gelebt wird. Hellsichtigkeit, Hellfühligkeit, Hellhörigkeit, Gesichtslesen, all das ist in unsere Familie etwas ganz Normales, weil es bei den meisten von uns bereits angeboren.« Ihre Augenfarbe ist unter den hängenden Lidern nicht zu erkennen. Sie bietet mir Runenorakel, Tarotkarten, Engelorakel, Fußlesen, Warzenbesprechen, Akupunktur gegen Übergewicht, Chakramassagen und Aktienanlagen an, wahlweise in Englisch, Spanisch, Italienisch, Portugiesisch sowie in der Indianersprache Guaranie.
Jetzt legt sie Tarotkarten. Auf Deutsch. Ein bisschen wie bei James Bond: »Eine Mann wird kommen, er ist gefährlich – der Tod!«

Ihr shetlandponygroßer, rachitischer Labrador hat sich quer über meine Füße gelegt und pupst. Davon kann man in geschlossenen Räumen umkommen. Zu viel Kohlenmonoxid. Die Räucherstäbchen in der Hütte kommen nicht dagegen an. Dafür beleuchten Teelichter in Grableuchten die Schrankwand Marke Gelsenkirchener-Ikea-Barock. Mir schlafen die Beine unter dem schwarzbraunen Hundekalb ein.

»Er is nicht der Einzige!«, prophezeit mir Madame Rita mit schwer holperndem, spanischem Akzent. Ein bisschen spuckt sie bei den ch- und s-Tönen. Als ich meinen linken großen Zeh bewege, knurrt der Labrador böse. Er heißt Erdnuss.

Ich mische die Karten, streiche sie mit der linken Hand zu einem Kreis aus und ziehe mit geschlossenen Augen eine Karte mit der rechten Hand. Madame Rita hatte mir aufgetragen, mir dabei eine Frage zu stellen. Ich habe mich gefragt: »Was trinke ich als Nächstes? Und mit wem?«, denn da es den All-Inclusive-Mann eh nicht gibt, kann ich mir den Gedanken an ihn auch sparen. Die Karten schert das nicht, sie reden immer nur von Männern.

»Wer ist denn da noch?«

»Einer für die Liebe. Einer für die Ehe. Und einer für … daswissen.« Das Wissen?

»Für das Wissen? Was werde ich wissen?«

»Nicht Wissen! Fühlen! Lieben, aber nicht so wie von Herz, sondern mehr aus die Mitte heraus. Daswissen eben.«

Ach, dazwischen. Zwischen Ehe und Liebe bleibt – Sex.

»Fürs Bett? Ich werde wieder einen Liebhaber haben?«

»Liebe werden Sie haben, aber verlieren, wenn Sie auch wollen das Dazwischen. Verlierrrren! Daswissen! Ehe werden Sie bekommen, aber nicht brauchen. Und derrrr für das Daswissen hat weder Liebe noch Ehe für Sie. Verstähn?«

»Äh … nein. Ich halte auch nichts von der Ehe.«

»Was? Sie waren noch nie verheiratet?« Sie sieht mich an, als ob ich noch Jungfrau sei.

»Ehe nicht gut, es sei denn sie wollen Frieden. Aber Frieden nicht finden in dem Daswissen. Liebe auch nicht daswissen. Liebe unsichtbar und muss sich entscheiden. Aber nicht nah. Fern! Und dann ganz nah! Verstähn?!« Immer wenn es spannend wird, reden Kartenleger Unsinn. »Ihr Schicksal macht Ihnen sein Angebot! Gutt?«

»Äh ... ja«, sage ich.

»Macht zweihunderfünfzig Euro«, sagte Madame Rita, »brauchen Sie eine Quittung?« Ich reiche ihr den Geschenkgutschein. Habe ich da eben einen leicht sächsischen Akzent herausgehört?

Als ich mich anziehe, reiße ich einen Stapel Spielkarten vom Sideboard. Es sind alles Pikasse und Herzbuben. Madame Rita guckt unschuldig. Erdnuss gähnt und hinterlässt einen süßsauren Abwind.

Die ewige Frage ist ja, ob Pupse kleben oder stehen. Also ob sie zum Beispiel im Aufzug an einem kleben bleiben, oder man sie darin stehen lassen kann. Oder warum guckt mich Telse Grill erst so komisch an? Und dann schaut mich Heiner Zerom ungefähr so erfreut an, als betrachte er ein widerliches Insekt? Kleben Labradorpupse an meinem schwarzen Anzug?

»Sie sehen blass aus«, stellt Telse fest. »Bisschen lang reingefeiert in den neununddreißigsten, Frau Levy? Hat sich das Outfit gelohnt?« Ihre langen Fingernägel klappern auf der Tastatur.

Prosecco-Schrapnelle. Vornerum Süßholz, hintenrum Raspel.

»Meins schon. Ihres auch?«, frage ich zurück, und sie schnappt nach Luft. Ich werde es künftig nicht einfach haben. Chefsekretärinnen sind entweder der Engel oder Teufel in Person. Je nachdem, auf wessen Seite ich mich stellte. Ich rieche schon den Schwefel.

Im stahlschlanken Eckbüro, aus dem man einen generösen Blick über Hamburgs Neustadt bis hin zur Alster genießt, erwartet mich

der breit gesessene Verleger Zero. Er summt mal wieder. Wagner. Summt und summt und tut so, als ob er mich nicht sieht.
»Helena! Schön, schön! Alles Gute und so zum ... wie war das? Zum fünften Mal dreißig?« Heiner – Zero – Zerom will sich fast ausschütten vor Lachen. Sein »Bruhaha« geht nahtlos in einen gewaltigen Hustenanfall über. Ich werde ihn nicht anfassen und ihm auf den Rücken klopfen, sondern einfach zusehen, wie er vornüber auf die Glastischplatte knallt und sich den Schädel spaltet.

Meine Universumsbestellung wird ignoriert. Er fängt sich wieder und rückt dann seine gelbe Krawatte zurecht, die er zum blauen Hemd und dem grauen Anzug trägt. Hanseatische Uniform der Medienmacher.
»Ja. Also, sagen wir mal am besten wie es ist: Der Lurch ist gelutscht, Helena.« Die Null, die nicht mal Phrasen auf die Reihe bekommt, studiert einen eingebildeten Fleck auf dem Tisch und summt. Der Galopp aus Wilhelm Tell.
Ich warte ab. Ich habe noch keinen Verleger kennengelernt, der ohne Umschweife zur Sache gekommen wäre. Er dreht sich so zum Licht, dass sich sein Schweizer Profil in der Nachmittagssonne scharf abhebt.
»Ich weiß, Sie geben Ihr Bestes ...«
Oha. Das fängt nicht gut an. Ich sage »Drops. Der Drops ist gelutscht.«
»... aber das reicht leider nicht.« Jetzt fixiert er meine Nase, mit angehobenem Kinn. »Drops? Geht es Ihnen nicht gut? Ist alles in Ordnung mit ...« Er versucht eine Handbewegung, die Gott und die Welt umfassen soll.
»Aber ja, Wunderbar! Großartig! Fantastisch! Und gestern Nacht hätte ich mich fast umgebracht.«
»Gut. Dann ist ja die Kuh von der Weide.« Er schaut mich zerstreut an und sucht nach dem Wort Eis anstelle von Weide. Dann gibt er auf. »Wir verlieren seit Monaten an Auflage. Die An-

zeigenkunden ziehen sich zurück. Das ganze Heft erscheint mir so ... launisch. Sogar meine Frau weiß schon gar nicht mehr, was sie davon halten soll. Ich weiß gar nicht, wie ich ihr das erklären soll. Und dieses ›new monogamy‹, offene Ehe ... ich weiß nicht ... Verstehen Sie?«

Seine Frau liest FEMME? Ich dachte, sie legt sie dekorativ auf dem Coffeetable aus. Und klar, dass Zero emotionale Treue für einen Witz hält. Er ist mehr die Sorte: Ich werde meine Frau nie für meine Geliebte verlassen, das kann ich mir nicht zumuten.

»Was wir brauchen, ist etwas Unlaunisches. Wissen Sie, etwas, was nicht launisch ist?«

Muss ich darauf antworten? Seine Ehefrau, die auf ihn an der Goldküste des Zürichsees wartet und eine beeindruckende Kollektion von Goldringen hortet, kann er ja nicht meinen. Möhrchen. Wie er wohl seine Geliebten nennt? Vielleicht Erbschen. Putenbrüstchen. Wenn ich albern werde, stehe ich kurz davor, etwas Dummes zu tun. Woher soll ich also wissen, was nicht launisch ist?

»Ein Mann, Helena. Ein Mann.«

Ich muss lachen. Es kriecht meinen Hals empor und stürzt sich über meine Lippen. Ein Lachanfall hebt mich hoch, schüttelt mich durch und ich glaube, ich mache mir auch ein bisschen in die Hose.

Zero lässt seinen Blick verächtlich auf mich tropfen, so als ob er jetzt den letzten Beweis dafür habe, dass ich für sein launisches Blatt untragbar sei. Ich muss noch mehr lachen. Ich schnorchele dabei wie ein grunzendes Ferkel. Das ist doch ein gelungener Tag, alles in allem.

Zero monologisiert weiter: »Ich habe Gerion vom ›MenMag‹ angerufen. Glücklicherweise spielen wir hin und wieder zusammen Squash, und er hat sich zu einer Heftkritik bereit erklärt. Um die Kernkompetenz wieder zu stärken. Er wird uns eine Weile als Berater der Chefredaktion zur Seite gestellt.«

Uns? Ihm bestimmt nicht. Ich bin die Chefredaktion. Zero wird sich weiterhin in Positur setzen und den halben Nachmittag lang ausprobieren, wie er die Lamellenrollos am besten ausrichtet, damit das Sonnenlicht exakte Spots auf seine Stirn setzen kann.

»Großartig!«, kichere ich hysterisch. »Ich freu mich! Nein, ich bin begeistert! Da holen wir doch die Kuh von der Weide!«

»Schön, das Sie das so … professionell aufnehmen, Helena. Gerion wird sich bei Ihnen melden. Damit *so was* auch nicht wieder passiert.« Zero hält ein weiteres Donnerstagsblatt hoch. Ach, das. Vanity Fair. Mit der Meldung, dass die Chefredakteurin von FEMME mit einem Nachwuchs-Sexsymbol gesehen worden sei. Der Autor schrieb etwas von Tankwart-Charme und dass er Helena Levy auf kleiner Flamme röstete und sich öfter nach dem Barkeeper umsah als nach seiner Begleiterin. Alexander und ich beim Oktoberfest-Anstich. Bastard.

Zero steht auf. Ich bleibe sitzen. Da er mir gerade einen Cleaner auf den Hals gehetzt hat, darf er nicht erwarten, dass ich einfach so gehe. Er muss mich schon hinauskomplimentieren – mit famosen letzten Worten.

»Wenn sich mit den Ausgaben Zwölf und Eins die Auflage nicht erholt, Helena, sehe ich mich gezwungen … also … äh …«

Sag's schon, Feigling.

»… Ihre Stelle als vakant anzumelden.«

Na, bitte. Geht doch. Die Kuh bekam einen Abdecker namens Gerion. Vornamen sparten sich solche Herren natürlich.

»Stichtag ist, sagen wir mal, der zweiundzwanzigste Dezember. Vor Weihnachten wissen Sie dann Bescheid. Ich will Ihnen ja nicht die Feiertage verderben, indem ich Sie im Ungewissen lasse, nech.«

»Das ist aber rücksichtsvoll, Herr Zerom.« Richterin Gnadenlos verhöhnt mich. »Feiges, dressiertes Frauchen, komm, mach einen Knicks und duck dich! Speerspitze der Emanzipation, ha!

Du bist spitz wie ein Fingerhut!« Gnadenlos rollt mit den Augen und steckt sich den Finger in den Rachen.
Als ob sie hinter der Tür gelauscht und auf ihren Einsatz gewartet hätte, stöckelt Telse mit einem Geburtstagskuchen herein. Mit drei sehr kleinen, sehr dünnen rosa Kerzen. Sie summt »Happy Birthday«. Ich missverstehe das als Waffenstillstand.
»Und, wie geht's Ihrem reizenden Freund? Alexander heißt er, nicht wahr? Ich finde es ja toll, dass wir Frauen inzwischen so selbstbewusst sind, uns viel jüngere Männer zu nehmen. Das oblag ja sonst immer nur solchen wie ihm …« Sie zwinkert mir verschwörerisch zu und deutet mit dem Kinn auf Zero. »Wird er heute Abend auch kommen?«
Der Welpe? »Ich hoffe nicht«, sage ich und stehe testweise auf. Die Knie geben kaum nach. Ich stehe. Wackelig, aber ich stehe. Und jetzt: Lächeln und winken. Einigermaßen hoheitsvoll richte ich mich auf und stelze hinaus. Mir wurde noch nie fast gekündigt. Nie gedroht. Ich kann es nicht empfehlen. Es ist ein seltsames Gefühl. Irgendwie unwirklich. Es befreit. Beinahe lasse ich mich dazu verleiten, Zero unter den Tisch zu pinkeln und sein Gesicht mit Papier zu zerschneiden.
Ich lasse alle drei – Telse, die Null und den Geburtstagskuchen – weit hinter mir und suche im eingespeicherten Branchenbuch meines Blackberry nach Namen mit L. Ich habe noch nie an zwei aufeinanderfolgenden Tagen einen Panic Room gebraucht. Doch das ist ein Notfall.
Wie oft muss man hinfallen, bevor man nicht wieder aufsteht?
Heute ist der Tag, der ein zweifelhaftes Leben in all seiner beschränkten Ziellosigkeit und seinem puren Aktionismus entlarvt. Die Summe der Fehler wird so erdrückend, dass sich Zukunft und Vergangenheit übereinanderlegen wie zwei Scheiben. Dazwischen wird die Gegenwart zerrieben.
Würde ich die bisherige Vergangenheit weiter fortführen – dann wüsste ich jetzt schon, wie meine Zukunft aussähe. Ich würde

noch mit 70 meinen gebügelten Arsch vor den angeödeten Augen eines Mannes schwenken und mich hinterher beschweren, dass er vor mir flüchtet. Trotzdem würde ich mich aber lieb bedanken, wenn er mich nochmal in den Hintern vögeln und dabei Bier aus der Dose saufen würde.
Oder würde ich etwas ändern und durch die Tür der Angst gehen?
Im Fahrstuhl sind Spiegel angebracht.
Ich sehe eine fremde Frau. Sie ist feige. Sie ist unterwegs zu einem Mann, der ihr helfen soll, die anderen Männer zu vergessen.
Sie wird nur ein einziges Mal zu ihm gehen.
Wie zu jedem anderen der elf Therapeuten davor auch. Nur einmal.
Ich ziehe mir den Lippenstift nach und fahre zu meinem neuen Liebling.

6

Ich kann mich nicht erinnern, ob ich mich jemals schön fand. Ich hatte ein Bild von mir im Kopf, das ich mit fünf Jahren schlagartig revidierte, als ich ein Foto von mir sah.
Bis zu diesem Zeitpunkt hatte ich es gemocht, mein Haar in die Sonne zu halten und es schimmern zu sehen. Ich mochte es zu sehen, wie sich meine Zehen im Wasser bewegten. Ich mochte das Gefühl unter der Haut, wenn die Sonne meinen Körper durchfloss und die Adern wärmte. Ich mochte es, meine Beine zu streicheln und meine Finger zwischen meine Zehen zu schieben. Ich fühlte mich in mir zu Hause.
Schönheit, das war etwas, was für den Geruch meiner Mutter genauso galt wie für die Aussicht, länger aufbleiben zu dürfen. Eine Variable, anzuwenden auf jene Dinge, die mich mit Wärme erfüllten. Die Farben von Zimt und Zucker, wenn sie auf Milchreis schmolzen. Das Grinsen meines Vaters, als ich das Seepferchen bestand. Das war schön.
Dann sah ich das Foto. Eine Freundin meiner Mutter hatte es geknipst. Es war gegen Ende der 70er Jahre, als meine Mutter auf Hippie machte und mein Vater auf Lude. Ich trug rote Shorts und ein grünes T-Shirt, mit Pillhuhn vorn drauf. Ich stand zwischen zwei Pferden und hatte beiden eine Hand auf den Hals gelegt.
»Schau mal, Hella, das bist du.«
Ich sah meinen Vater fassungslos an, nachdem mir aufgegangen war, dass ich völlig anders aussah, als ich immer gedacht hatte.

»Liebchen, du bist das Fohlen in der Mitte.«
Das war mir klar. Aber was sollten diese speckigen Knie? Die roten Flecken auf den Beinen? Wieso stand ich da wie ein S, unten der Bauch, oben das vorgereckte Kinn. Die Augen gegen die Sonne zusammengekniffen, die Hose bis knapp unter die Achseln hochgezogen. Blaue Ringe unter den Augen. Ich sah aus wie ein debiles, hässliches Kind. Die Zahnlücke, durch die ich pfeifen konnte, sah aus wie der Mauerspalt zu einer geschlossenen Anstalt.

»Das bin ich nicht!«, rief ich in höchster Not aus.
Ich hatte mich gesehen. Das erste und damit auch das letzte Mal hatte ich mich wirklich gesehen – und ich mochte nicht, was ich sah.
Das war der Moment, an dem ich das Zuhause meines Körpers verließ und ihn als einen Feind ansah.
Ich bin nicht schön. Ich bin hässlich. Unerträglich hässlich. Je älter ich werde, desto hässlicher werde ich. Die Haut fahl und rau. Die Schenkel viel zu kräftig. Die Wangen aufgeplustert. Es passt einfach nichts zusammen. Vom Spielen und Zanken hatte ich mehr Narben am Körper und im Gesicht als gleichaltrige Jungs.
Meiner Mutter glaubte ich nicht, wenn sie immer wieder sagte, wie schön ich sei. Sie ist verpflichtet, mich zu lieben.
Und hatte ich nicht auch diese dicken Augenbrauen von ihrem italienischen Vater? Hatte ich nicht dieses stille Haar von ihr und den gedrungenen Körperbau von ihm – meinem Vater?
Mein Vater? Er schickte mich zum Schwimmen, damit ich ein breites Kreuz bekommen würde und als Erwachsene keine deutsche Pyramidenfigur – breites Becken, schmale Schultern. Sie ließen mir die Zähne richten und kauften mir keinen BH. Ich brauchte keinen.
Bis ich 13 Jahre alt war, sah ich aus wie ein Junge. Jungs mussten nicht schön sein. Ich trug das Haar kurz und ging viermal

die Woche zum Schwimmen. Meine Beine waren muskulös. Ich konnte es manchmal kaum ertragen, sie von der Seite zu sehen. Die Waden wie der Bauch einer schwangeren Forelle. Von hinten hatte mich bisher fast jeder mit einem Jungen verwechselt. Wenn ich mich umdrehte, entschuldigten sie sich hastig, aber mit einem missbilligenden Blick. Konnten Mädchen denn nicht aussehen wie Mädchen?

Mit 14 begann mein Körper zu explodieren. Meine Brustwarzen

so groß wie Fünfmarkstücke. Die Form der Brüste wie die von Zitronen. Mein Arsch und meine Hüften rundeten sich stündlich. Ich entdeckte Schwangerschaftsstreifen an den Innenseiten meiner Schenkel und konnte mir nicht vorstellen, dass auch nur ein vernünftiger Mann es je wagen würde, diese Haut zu küssen.

Er wagte es damals nicht. Martin. Einer der besten Schwimmer, drei Jahre älter. Der mich gern auf die letzte Bahn zog, um mich unter Wasser zu tauchen. Ich verliebte mich in seine Aufmerksamkeit. Er nannte mich Leni, wie alle.

Als unsere Mannschaft nach Hannover fuhr, um dort an den Deutschen Meisterschaften teilzunehmen, kam er nachts in mein Hotelzimmer. Zum »Gute Nacht« sagen.

Er hielt sich nicht lange auf. Stattdessen ließ er mich die Beine anziehen, kniete sich hin und feuchtete seinen Penis mit Spucke an. Kurz bevor er sich in meine löschpapiertrockene Mitte schieben konnte, trat ich ihm in die Eier. So wie es mein Vater gelehrt hatte. Er hielt sich den Unterleib, sagte »Miststück« und schlich wieder hinaus.

Am nächsten Tag, in der Schwimmhalle: Als ich zum Startblock ging, musste ich an der Jungenmannschaft und Martin vorbei. Er zeigte auf mich und sagte zu seinen Kumpels: »Bei Leni weiß man ja nicht mal, ob sie Junge oder Mädchen ist.« Sie lachten. »Und habt ihr die Riesenbrustwarzen gesehen? Total ekelig. Letzte Nacht habe ich sie deshalb lieber umgedreht und ihr den Kissenhülle über den Kopf gezogen. Und einfach an was Schönes

gedacht«, sagte Martin noch. Ich sprang vor dem Startschuss vom Block, schluckte so viel Wasser wie möglich, es reichte nicht zum Ertrinken, und versaute der Mannschaft mit zwei weiteren Fehlstarts den Einzug in die nächste Liga.
Ich ging nie wieder zum Schwimmen.
Bis ich 18 war, gab es kein Foto von mir, auf dem ich lächelte. Dann zog ich aus. Bis dahin hatte ich mit acht Männern geschlafen. Die mir für einen Abend, für ein Wochenende, für einen Moment das Gefühl gegeben hatten, nicht ganz so hässlich zu sein. Mit 15 beherrschte ich das Schwanzlutschen, mit 17 Sex im Stehen, mit 17 ½ wusste ich, was an Schwarzen wirklich dran ist, und mit 18 entjungferte ein Informatikstudent meinen Hintern. Meine Jugendliebe betrog mich mit seiner wunderschönen Cousine. Der Informatiker mit der süßen Freundin eines Feuerwehrmannes. Ich revanchierte mich mit seinem besten Freund, der es mochte, dass ich nur schnurrte, als er mir anbot, mich mit Ketten an sein Bett zu schmieden und meine Brüste zu schlagen. Ich liebte seine Gier, nicht ihn. Der einzige Mann, der mich nicht nur begehrte, sondern auch mochte, während er mich liebte, hieß Erol. Ich werde nie wissen, ob wir uns nur zu früh getroffen haben, damals, als ich 17 war und er 22. Er fehlt mir jeden Tag. Oder, nein. Nicht er. Das Gefühl, dass es leicht ist, mich zu lieben. Meine erste Liebe. Dunkles Haar, Augen wie schwarze Murmeln, ein schmaler Mund; er heiratete in Istanbul.
Ich war blond geworden und hatte mich auf 1000 Kalorien gesetzt. Täglich. Besser waren 800. Bis ein Uhr mittags nur Obst. Oder fünf Gläser Wasser. Meine Augenbrauen ließ ich mir das erste Mal von der bekifften Schwester meines ersten Liebhabers zupfen. Dünn und weit auseinanderstehend, um mir ein kindliches Mädchengesicht zu machen. Ich war 14 und alterte in einer Viertelstunde.
»Aber mein Bruder steht eh auf Blondinen. Braungebrannte Schnepfen mit flachem Bauch«, sagte sie und riss und ziepte.

Genauso eine Schnepfe wollte ich auch werden. Niemand sollte je wieder behaupten, man wisse sowieso nicht, ob ich Junge oder Mädchen sei. Frausein ist die Rolle meines Lebens.

Ich schaue prüfend zu Doktor Thomas Liebling. Er wirkt wie ein weißhäutiger Ray Charles. Krauses, weißgraues Haar links und rechts über den Ohren. Altersflecken auf der Stirn. Ein weißes Hemd. Ray-Ban-Sonnenbrille. Ich schätze ihn auf Mitte 50.

Er greift nach einer kleinen Schüssel, ohne nach ihr zu suchen, und tastet nach den salzigen Lakritzrauten. Dann kontrolliert er das Aufnahmegerät. »Wie sehen Sie heute aus?« Seine Stimme so schwarz wie die Lakritze. Wenn man es nicht weiß, bemerkt man es nicht gleich: Doktor Thomas Liebling ist blind.
Eine hochgewachsene Frau, die ihren blonden Dutt im Nacken trägt wie eine Ärztin aus Westernfilmen, hatte mich in sein Zimmer geführt, am Ende eines Flures einer Altbauwohnung in der Kielortallee. Die Dielen knirschten unter meinen Pumps. Sie war neben mir stehen geblieben und hatte mich angekündigt wie einen Staatsgast: »Frau Helena P.M. Levy ist da, Liebling.«
Er war von seinem Lederohrensessel aufgestanden, herübergekommen und hatte die Hand ausgestreckt. Es war nicht weiter aufsehenerregend, es sei denn, man weiß, dass hinter seiner Ray-Ban ewige Nacht herrscht. Er war der Stimme der Frau gefolgt und hatte meine Hand gegriffen. Er war sich sicher, dass ich genau an dieser Stelle stand.
Jetzt wiederholt er die Frage. »Helena. Wie sehen Sie heute aus?«
Was soll ich ihm denn sagen – etwa die Wahrheit? Ich trage Hairextensions, falsche Wimpern und falsche Nägel. Ich sehe so aus, damit ich das tun kann, was ich brauche. Ich flirte auch dann mit einem Mann, wenn er nicht in Frage kommt. Einfach um zu fühlen, dass ich jeden haben kann. Selbst den, den ich nicht will. Ich erwarte, dass ein Mann Liebe zeigt, indem er Lust demon-

striert. Ein steifer Schwanz, der höflich aufsteht, wenn ich den Raum betrete, betört mich mehr als ein Kompliment für mein Talent, die Frauenzeitschrift FEMME zu leiten.

Kaum stehe ich nackt vor einem Mann, blinken Leuchtanzeigen an meinen Problemzonen auf. Ich taste sein Gesicht ab, nach einer Regung, einem Zeichen. Einer Antwort auf meine stille Frage: »Wie seh ich aus? Ist es ertragbar oder musst du an etwas Schöneres denken?«

Über Nacht darf kein Mann bleiben. Er könnte mich schnarchen hören. Oder, schlimmer, sehen, wie mir Spucke aus dem Mund läuft. Deswegen schlafe ich allein. Immer. Ich will nicht, dass jemand weiß, wie ich aussehe, wenn ich es nicht weiß.

Aber ich bin nicht wirklich da. Ich täusche mich erfolgreich vor. Ich bin irgendwo da drin, umgeben von einer Hülle namens Problemzone. Und das, was ich von außen sehe, gefällt mir nicht.

Ich fange an zu hyperventilieren.

Müsste ich darauf antworten, wie ich aussehe, hieße das, zu beschreiben, *warum* ich so aussehe. Wenn ich mich beschreibe, müsste ich mir auch Folgendes eingestehen: Wenn ich mich nur vorspiele, wie kann ich sicher sein, dass es alle anderen nicht auch tun? Und mich nicht belügen, wenn sie sagen: »Wie schön du bist«? Das kommt überhaupt nicht in Frage. Jetzt versagt mir der Atem, ich bekomme ihn nicht mehr durch meinen Hals in die Brust.

Für mich unsichtbar drückt Liebling auf einen Knopf in seinem Schreibtisch. Die Schiebetür hinter mir öffnet sich und die Frau kommt rasch herein. Sie reicht mir eine Papiertüte. Ich keuche. Sie nimmt meine Arme hoch. »In den Bauch hinein … und aus.« Sie drückt meine Arme wieder nach unten.

Jahre später atme ich wieder.

»Marianne. Bitte beschreibe Helena Levy für Helena Levy.«

Die Frau, die er Marianne nennt, stellt sich neben seinen Tisch

und legt ihre Hand mit den langen, gebräunten und zuversichtlichen Fingern auf die Tischplatte, als ob sie so Verbindung zu ihrem Mann, dem blinden Doktor, aufnehmen will.
»Helena. Sie sind etwa ein Meter zweiundsiebzig groß und wiegen hundertachtundzwanzig Pfund.« In ihrer Stimme ist keine Kritik. Keine Bewunderung.
»Romanische Gesichtszüge, ein breiter Nasenansatz. Ihre Augen sind von einem hellen Braun. Sie verstecken sie hinter gefärbten Linsen. Ihre Augenbrauen tragen Sie gebleicht und gezupft. Wahrscheinlich sind sie ebenso dunkelbraun. Ihr Haar ist blondiert. Sie bleichen es oft, es wirkt erschöpft.«
Wieso sagt sie nicht einfach: »Falsche Zigeunerfresse, zurechtgemacht, als ob sie feine Dame spielt«?
»Sie halten sich extrem gerade, was davon herrührt, dass Sie Ihr Zwerchfell anspannen. Ihre Daumen haben Sie in Ihre Fäuste geschoben. Sie haben kleine Hände und schmale Handgelenke und lange Beine, sehr schmale Fesseln. Sie sind athletisch geboren, Ihr Körper braucht Bewegung. Sie sitzen wie jemand, der immer angespannt ist. Sie tragen einen strengen Hosenanzug. Ihr Dekolleté ist sehr betont. Sie haben oft Kopfschmerzen, weil Sie sich mit Gewalt aufrecht halten.«
Sie nimmt mich auseinander. In meine Einzelteile. Zum Schluss wird Rotz in einem Taschentuch zurückbleiben.
»Beim Sitzen weisen Ihre Fußspitzen nach innen. Die senkrechten Fältchen zwischen Ihren Brauen haben Sie nicht aus Zorn, sondern aus Schmerz. Wenn Sie emotional erregt sind, weiten sich Ihre Nasenflügel, wie jetzt, und Ihre Kiefermuskeln spannen sich an. Sie haben einen harten Mund und Schmerzen, weil Sie Ihre Zähne aufeinanderpressen. Ich tippe auf ein psychosomatisches Globussyndrom. Globale Hysterie, bei der sich alle Muskeln in Ihnen zusammenziehen und Sie ersticken.«
Sie beschreibt mich nicht, sie seziert.
Ich fühle mich zerpflückt. Ertappt und nackt.

»Danke, Marianne«, sagt Doktor Liebling und legt seine große Hand auf ihre zuversichtliche. Sie nickt mir aufmerksam zu.
»Es würde nicht reichen, wenn ich es Ihnen schriftlich gäbe, dass Sie mehr als schön sind, nicht wahr?«
»Nein. Ich würde es nicht glauben. Wer zu mir sagt, ich sei schön, oder hübsch, oder attraktiv, dem unterstelle ich, dass er lügt. Lügt, um etwas zu erreichen. Um mich zu vögeln oder um sich einen Freifahrtschein zu holen, mich respektlos behandeln zu können. Erst sagt ein Mann: ›Du bist schön‹. Beim nächsten Mal: ›Sei nicht so frech‹, beim übernächsten Mal: ›Ich will, aber ich kann nicht.‹ Nein. Nein. Es ist eine Lüge.« Ich höre mir mit Entsetzen zu. Was rede ich denn da? Weil Doktor Liebling unantastbar ist, weil er blind ist, weil ich ihn nicht mit den Augen ficken kann?
»Helena, was Sie brauchen, ist kein Therapeut. Was Sie brauchen, ist ein Freund, der Sie in Frage stellt. Der Sie nicht dafür bewundert, was Sie sich antun, wie Millionen von Frauen. Hungern auf Lebenszeit. Ihr geschundener Körper. Ihr gequälter Geist. Ihr wundes Herz. Taktieren bis zum Schluss und Männer aufreißen, die Sie doch auf emotionalem Abstand halten. Sie brauchen einen Beruf, der Sie nicht zerreißt zwischen Verzweiflung und Illusion. Sie brauchen Freunde, die Sie daran erinnern, bei Tageslicht zu essen. Sie brauchen einen Friseur, der Ihnen das Haar entfärbt. Und Sie brauchen etwas, das Ihre globale Hysterie auflöst, aber schnell. Marianne, bitte schreib ihr ein Muskelrelaxan auf.«
Sie schreibt, er denkt nach. »Sind Sie eigentlich jeden Abend betrunken?«
»Nein. Manchmal schaffe ich es auch schon bis zwölf Uhr Mittags!«
Als Nächstes wird er wohl vorschlagen, ich solle mir ein Kind machen lassen, um mir das Trinken und Abnehmen abzugewöhnen, oder was? Frauen färben sich seit Jahrtausenden das Haar,

malen sich an oder pflegen ihre Haut glatt. Seit wann nennt man das Psychose?

»Ich schmeiß also meinen Job hin, lass mir die Haare an den Beinen wachsen, betreibe Adventsmenstruieren in der Toskana, und stelle fest: Ich bin schön, und Liebe ist 'ne prima Sache? Kurz: ich suche mir ein neues Leben. Ist das so einfach?«

»Nein. Einfach nicht. Es ist die schwierigste Aufgabe der Welt.«

»Sonst noch was?«

»Ja. Tragen Sie mal was Bequemes, und nehmen Sie weniger Parfüm.«

7

Die Bar im »Goldfisch« ist seit sechs Wochen für meinen Geburtstag reserviert. Hanne hatte die Lounge des Fischrestaurants am Isekanal gebucht, das Fingerfood-Menü mit Luigi abgesprochen und mir die Gästeliste zum Abstimmen vorgelegt. 35 Leute, Models, Kollegen, Schauspieler, wenige Freunde.
Es ist nicht nötig, pünktlich zu kommen. Wer zu früh zu einer Party kommt, ist einsam, wer zu spät geht, muss noch mit aufräumen oder schläft versehentlich mit der Gastgeberin.
Hat es überhaupt einen Sinn, irgendwohin zu kommen? Jemanden kennenzulernen, zu vertrauen, zu lieben, zusammenzuziehen, wegen nicht ausgewaschener Seifenschälchen zu streiten oder auch nicht, den Kinderwunsch abzuklären, rumzuprobieren. Schwupps bin ich 38, dann kommt das Älterwerden und danach das Nichts. Ich muss mich also jetzt nicht beeilen. Ich bin eh zu spät dran. Ich schalte den Fernseher ein und zappe zu VIVA. Nicole Richie und Paris Hilton sitten in ihrer Show »Ordinary Life« Kleinkinder und veranstalten für die vierjährigen Jungs eine Go-Go-Party mit Stripteasetänzerinnen.
Ich weiß nicht mal, ob ich Kinder will. Dafür muss ich schließlich Sex haben. Auf die Melodie von Meckie Messer und dem Haifisch, der Zähne hat, intoniere ich »Einigkeit und, Recht und Freiheit, für das deutsche, Mutterland!«. Ich schlucke die erste der Filmtabletten aus Doktor Lieblings Praxis. »Keinen Alkohol!«, hat er mir befohlen, aber soll ich verhungern? Ich spüle die Kapsel mit einem leichten Gin-Tonic von 25 Kalorien

herunter. Nach zehn Sekunden kriecht mir eine Hand das Rückgrat hoch und biegt meine Wirbel nach außen. Dann lässt der Schraubstockgriff abrupt los und ich knicke ein, falle auf den Flurboden und spüre, wie das Medikament den Nervenenden befiehlt, sämtliche Schmerzsignale zu unterbinden und die Muskeln loszulassen. Für eine Ewigkeit von fünf Minuten bin ich so weich, dass ich durch den Dielenboden schmelze. Als ich aufstehe, kann ich nur mit Not den Bauch einziehen. Meine Muskeln

gehorchen mir nicht. Ich ziehe den Nabel weiter in Richtung Rückgrat. Es funktioniert nicht, ich bleibe fett.

Auf die Melodie von Meckie Messer und dem Haifisch, der Zähne hat, intoniere ich »Einigkeit und, Recht und Freiheit, für das deutsche, Mutterland!«. Meine innere Zensorin rückt ihre Betonfrisur zurecht und klopft dreimal mit dem Hammer auf den Richtertisch. »Na, du dauerbesoffenes Flittchen, findest du den Ausgang nicht? Wie soll dein Leben eigentlich weitergehen, so als Spätgebärende? Wenn du nicht mal mehr gut zum Vögeln bist, was bleibt dir da eigentlich? Und glaub mal ja nicht, Erfolg wäre sexy! Wenn du denn welchen hättest! Hast doch deinen Chef gehört, die Null! Der schickt dir einen Cleaner auf den Hals. Der macht dich fertig. Heftkritik! Was dann folgt, ist klar: Relaunch, Marktforschung, Kündigung. Mit Glück eine Abfindung. Davon kannst du deine Tränensäcke-OP bezahlen! Und dann kommst du auf die rote Liste, keinen Job mehr, nicht in Hamburg, nicht in Berlin, nicht in ...« Das Klingeln des Telefons rettet sie davor, dass ich ihr ein Steakmesser in den Hals ramme.

»Hast du deinen Babysitter bekommen?«, frage ich statt eines »Hallos« ins Telefon. Mein Spiegelbild streckt mir den Mittelfinger hin. Ich fühle mich wie eine Gummipuppe.

»Hast du dein Spiegelbild beschimpft und die Deutschlandhymne gesungen?«, erwidert Johannes.

»Du kennst mich so gut, dass es bestialisch ist, Jo. Mikki kann übrigens mitkommen, wenn sie will«, sage ich und ziehe die

Bauchwegstrumpfhose höher. Ich drehe mich seitlich zum Spiegel und nehme die Arme hoch. So dünn müsste man sein. Bei VIVA bekommen die Kinder jetzt alle eine Versace-Minilederjacke geschenkt.
»Neurotische Frauen hat sie in der Schule genug. Außerdem ist Gosia da.« Jo meint die akkurate Polin, die abwechselnd bei mir und bei ihm putzt und dafür sorgt, dass seine vorpubertierende Tochter Michaela, genannt Mikki, abends jemanden hat, mit dem sie altkluge Gespräche über die Unvollständigkeit des Online-Lexikons »Wikipedia« führen kann. Oder über die Bedeutung der Bedeutung. Ich liebe das kleine Fohlen, sie will noch die Welt retten und hat einen ausgeprägten Sinn für Gerechtigkeit.
»Kann ich eigentlich Schwarz tragen?«, will ich jetzt wissen.
»Kannst du denken?«, sagt mein Nachbar und legt leise auf. Ich ziehe alles wieder aus und die Stockings an.
Nein. Ich kann nicht denken, Johannes, das weißt du doch. Ich kann nur handeln.
In dem Moment verhandele ich mit dem Kleid aus der Boutique in der Poststraße. Es ist eng, Stielaugen verursachend und war teuer. Beherzt atme ich aus, steige hinein, schlüpfe in die Arme, bücke mich und ziehe an dem Reißverschluss. Doch, sieht gut aus, sieht gut aus, sieht ... Aus! Aus! Auf halbem Weg bekomme ich es nicht mehr über meinen Brustkorb und die Taille! Nicht herunter. Nicht hinauf. Es schnürt mir die Brüste ein und pappt sie samt BH-Einlagen unter mein Kinn, meine Arme halb drin, halb draußen, hektisch schnappe ich nach dem Saum, um es mir von unten nach oben wieder auszuziehen, aber es ist nichts zu machen, ich reiche nicht bis zum Saum, meine Arme stecken in einer Schraubzwinge und sterben gerade ab.
Ich ziehe und zerre an dem 400-Euro-Fummel, soweit es der Hebel meiner eingeklemmten Oberarme erlaubt, aber nichts, nicht mal eine bescheuerte Naht reißt – wo die sonst dauernd reißen –, kein Textil wehrt sich mit Selbstzerstörung gegen meine

Überlebensgewalt. Ich krümme mich zusammen wie eine Raupe, die hektisch vor dem Specht flieht, mache mich rund und klein wie ein Embryo, aber das Scheißding umklammert mich wie ein eifersüchtiger Liebhaber.

Helena Levy, 35, Medienfrau des Jahres 2007, wird in drei Sekunden in einem halb angezogenen Designerkleid vor ihrem Spiegel ersticken.

Der Film beginnt sich abzurollen, von hinten nach vorn und dann in die Zukunft. Schwärze rückt im Flur auf mich zu.

Ich werde meine Party verpassen. Ich werde Lex nie sagen, wie sehr er mich gedemütigt hat. Daphne wird in mein Büro einziehen, Angelica bei meiner Beerdigung farblich passende Blumen streuen und sich darüber mokieren, dass Schwarz völlig out ist. Möhrchen wird Gold tragen und Zero meine Stelle als vakant melden. Ich werde keine Kinder bekommen. Ich werde nicht alt werden. Fruchtfliegen werden ihre Larven in meinen Augenwinkeln ablegen und die Katzen durch die geöffneten Fenster einsteigen und meine Zunge fressen.

Inzwischen hat sich das Designerteil über den Hals, die Schultern und Ohren gerollt und ich sitze fest wie in einer Kopfsocke. Die Arme nach oben gestreckt, zappele ich durch den Flur und streife etwas Weiches, Hartes, nach Mann riechendes.

»Zieh mir das Scheißding aus!« Ich erwische Johannes' Wange mit einer unkontrolliert zuckenden Hand. Flatsch. »Autsch!«

Johannes greift nach dem Stoff. »Halt doch mal still jetzt!«

»Tumeeidwgstern.«

»Was?«

»Tut mir leid wegen gestern, und das Ding hat vierhundert Euro gekostet! Schneid es auf, ich spür meine Arme nicht mehr!«

»Spar dir den Atem. Du wirst ihn brauchen, wenn du mich jetzt nicht machen lässt.« Patsch, ich fege die Ming-Vase, Geschenk des chinesischen Botschafters zu meinem Amtsantritt, von der Lackkommode. »Schneid es auf!«

»Beruhig dich, Helena! Komm schon, frag mich was. Irgendwas, denk nach, was wolltest du Männer immer mal fragen?«
Er schafft es, dass ich mich beruhige. »Jo? Jo! Jo, sag, heiraten Männer eigentlich nur, um mit Sex nicht mehr belästigt zu werden? Wollen Männer auch Kinder kriegen? Ziehen sie in den Krieg, damit sie Ruhe vor Frauen haben?« Johannes lacht. »Das fragen mich meine Kundinnen auch oft … Himmel, Helena! Zappel doch nicht so! Bück dich«, befiehlt er, ich mache einen langen Rücken, die Arme nach vorne. Mit einem Schnitt befreit
er mich von dem Blumenkleid, wischt sich damit den Schweiß von der Stirn und wirft es achtlos in die Ecke. Ich atme tief ein, leiste Doktor Liebling Abbitte und erwäge zwei Sekunden lang, mal was Bequemes zum Anziehen zu kaufen.
»Was hast du denn da an?«, frage Jo nach einer Weile. Sein kurzsichtiger Blick ist an mir auf- und abgewandert wie das Auge eines Connaisseurs die Speisekarte. Sein Blick streift die Wildlederpumps, die halterlosen Strümpfe, die mit zarten zehn DEN so empfindsam sind wie Spinnweben und die ich mit Hollywoodstripes, einer Art Textil-Tesafilm, befestigt habe, damit sie nicht wieder wie blöde auf die Knöchel rutschen. Jetzt betrachtet er den BH und bleibt an dem Mittelteil hängen. »Das ist ein Bodyformer«, kläre ich ihn hoheitsvoll auf. Slip mit Unterrock inklusive, der per Verstärkung den Bauch flach drückt und den Po hebt. Wenigstens kommentiert Jo nicht den BH, dessen Körbchen mit Einlagen aus Silikon bestückt sind. Gefühlsecht, und alles in Fleischfarben.
»Bodyformer. Aha. Das ist mehr als ich je wissen wollte. Aber wozu? Du bist eh zu dünn. Das sind doch Marketingstrategien, die völlig am Produkt vorbeigehen.« Zu dünn. Herrje. Zu dünn. So was Nettes hatte mir lang keiner mehr gesagt. Und Jo hat gut reden, er mit seinem Smoking, seinem Natur-Adonis-Körper, den er nur mit Vögeln und Alleinerziehen hinbekommt. Und dieser Geste: Wenn er mit beiden Händen sein Haar zurückstreicht, hat

er meist einen Einfall oder einen Entschluss gefasst. Außerdem schaut er dabei unverschämt gut aus. Wenn sich Töchter ihre Männer wirklich nach dem Bild ihres Vaters aussuchen, wird es Mikki schwer haben, etwas Adäquates zu finden.

Bei VIVA bringen Nicole und Paris gerade die Kinder zu ihren Eltern zurück. Frau Ritchie leider das Falsche, sie hat den Kleinen auf der Party verwechselt.

»Wo ist denn deine Brille?«

90 »Unter deinen hohen Hacken«, stellt Jo fest und zieht aus der Innentasche seines Jacketts eine bunt gemusterte Lesebrille. Ich umarme ihn heftig, und seine Gläser beschlagen. Sein Atem beginnt mich zu kitzeln, bis ich ihn in den Oberarm beiße. Jo ist der geliebteste Mann neben meinem Vater, aber nicht mein Liebster. Wieso eigentlich nicht?

»Hast du das gesamte Gestüt eingeladen?«, fragt Jo, während er eine halbe Sekunde später zusieht, wie ich meinen Kleiderschrank ausräume auf der Suche nach einem Kleid. »Hm, fast.« Ich halte ein braun-beige gestreiftes Samtkleid hoch, das unter den Brüsten gerafft ist. Jo schüttelt den Kopf. »Mary Poppins. Presse?«

»Natürlich!« Wozu macht man denn sonst Partys und braucht fünf Stunden nur zum Anziehen und Wimpern hochbiegen? Ich ziehe ein weißes Paillettenkleid hervor.

»Dorfdisco. Die Bums- und Beauty-Bibel FEMME tut also so, als ob sie ganz privat ist, und erlaubt trotzdem Bilder, ja?«

»Genau.« Himmel, Jo tut so, als ob das für ihn völlig neu und pervers sei. Ich entscheide mich für ein Seidenhängerchen in Graugrün mit Stickereien, die Kamasutra-Stellungen abbilden. Jo zaubert mit einem Griff die passenden Schuhe dazu aus dem Schuhschrank.

»Du weißt, dass ich auf den Bildern nicht erscheinen darf, oder? Es braucht bloß eine Freundin meiner Exfrau meine Kundin zu sein und mich zu erkennen – schon bin ich das Sorgerecht los.« Er kniet sich hin und hilft mir in die Stilettos.

»Doktor Love, wo denken Sie hin! Meine Stuten zahlen nicht für Sex. Sie lassen sich in Form von Cocktails, gelogenen Nettigkeiten und Ping-Pong-Beziehungen mit Verheirateten oder Ich-weiß-nicht-ob-ich-bereit-für-eine-Beziehung-bin-Typen entlohnen!«

»Und bist du dir sicher, dass du auf den Bildern erscheinen möchtest?«

Nein. Ich sage: »Natürlich.«

Vor vier Wochen hat man mir einen Babybauch anspekuliert: »Deutschlands Fachkraft für weibliche Begierden – hat sie die Lust aufs Muttersein entdeckt?« Vor zwei Wochen Magersucht: »Ist das Baby jetzt da?« Dank Pawel »Paris« Bronski. Wenigstens an meinem Geburtstag wird er mir doch ein wenig Glamour gönnen, oder?

Aber wahrscheinlich muss man dazu Steine auf seinen Sarg legen – damit er bei Vollmond nicht entwischt.

Außerdem habe ich ihn ja gefeuert, wie mir einfällt. Ob das wirklich dazu beitragen wird, die Auflage von FEMME zu steigern? Wenn Zero das mitbekommt, wird er meine Stelle fixer vakant melden, als ich meine Schreibtischbar leeren kann. Ich werde Paris bitten müssen, wieder für uns zu arbeiten. »Feige Wurst«, murmelt Gnadenlos.

Angetan mit dem Seidenfummel, verlasse ich nach 48 Minuten am Arm von Doctor Love die überteuerte Altbauwohnung im Univiertel. Ein Raum ist sogar völlig ungenutzt – er soll ein Arbeitszimmer werden. Als ich abschließe, steckt Frau Roosenbaum ihr Habichtvogelgesicht aus der Tür gegenüber. »Geht's besser?«, keift sie.

»Bestens, Irma, bestens, großartig, fantas ...«

»Gut. Hatte mir Sorgen gemacht.« Ich bin gerührt.

»Nachher hätten Sie noch das Gas aufgedreht und sich umgebracht wegen dem Metzger-Bastard. Das wären Scherereien gewesen! Und der Geruch erst! Selbstumgebrachte riechen ja auch nicht gut.«

Ich bin nicht mehr gerührt. »Meine Oma mütterlicherseits war auch Jüdin!«
»Tja. Then you are fucked«, piepst die Roosenbaum und schließt die Tür mit einem ganz leisen Klick.
Doctor Love steht da in seinem Bond-Smoking und lacht. Ausnahmsweise sind am Hamburger Himmel Sterne zu sehen. Die Luft schmeckt mild. »Lass uns ein Stück zu Fuß gehen. Mein Kopf kann frische Luft gebrauchen. An der Alster entlang«,

schlägt Johannes leichthin vor und bietet mir den Arm.
Die Kandelaber-Laternen am Anleger »Alte Raabenstraße« erinnern an die Straßenlampen von Paris. Runde romantische Kegel.
»Deine Mutter war dann also auch Jüdin?«
»Ist, Jo, sie *ist* es. Und falls du dich wunderst, warum ich trotzdem deine Pizza Hawaii esse, obwohl Fleisch und Käse zusammen nicht koscher sind – sie hat es sich abgewöhnt, ein jiddisches Leben zu leben. Wer sich einmal in einem aufgespaltenen Pferdekadaver vor Bomben und Nazis versteckt hat, der überlegt sich zweimal, wie wichtig es ist, seine Religion nach außen zu leben oder nach innen zu fühlen.«
Jo geht weiter neben mir her. Seine Schritte knirschen auf dem feinen Kieselsand auf dem Weg durch die Alsterwiesen. »Du isst meine Pizza Magherita mit Ananas gar nicht. Du siehst dich an ihr satt und trinkst dann stattdessen drei flüssige Mageritas.«
»Pro Stück immerhin zweihundertachtzig Kalorien.« Bodos Bootssteg, das Cliff. An der Außenbar unter den Heizpilzen sammeln sich Biertrinker. Die Lichter der Stadt spiegeln sich in der Schwärze der Wellen. An die Häuser auf der anderen Seite der Alster sind Hunderte bunte Lampen in Gelb und Blau geklemmt. Wie ein stehen gebliebenes Karussell.
Herrchen, die ihre Hunde Gassi führen, traben uns entgegen. Einer hat es besonders eilig. Er sieht sich über seine Schulter hinweg um, als ob er befürchtet, verfolgt zu werden. Er rennt

direkt in mich hinein, ein Frettchengesicht mit misstrauischen Augenbrauen. »Passen Sie doch auf!«, beschwert er sich rüde und schubst mich.
Ich bin zu perplex, um ihn darauf hinzuweisen, dass er in *mich* hineingestolpert ist wie ein betrunkener Rockstar in eine Totensonntagsandacht. Sein Hund keucht ihm auf kurzen Beinen hinterher. Ein schwarz-weiß gefleckter Spaniel mit monströsen Kulleraugen und Schlappohren, die fast auf dem Boden schleifen. »Los, Jackie!«, raunzt der Kerl und zerrt an der flexiblen Hundeleine. Jackie widersetzt sich halbherzig. Das kleine Tier fiept zum Erbarmen, als sich das Halsband in sein Fell gräbt, stemmt die kurzen Beinchen in den Kiesel und reißt die Augen noch weiter auf. Gleich sind sie größer als der Kopf. »Hey! Ist das Ihr Hund?«, rufe ich dem Tierquäler mit dem Charme eines Maschinengewehrs böse nach.
»Geht Sie gar nichts an, dumme Gans«, schnauzt er und stolpert hektisch weiter. Johannes lässt abrupt meinen Arm los und fällt den Mann mit einem Satz von hinten an.
Es ist ein kurzer Kampf, in dessen Verlauf sich Johannes' Stirn an der Nase des Mannes wiederfindet und sie mit einem ungemein befriedigenden Knacken bricht. Das Frettchen knickt zusammen, aber anstatt Revanche zu fordern, dreht er sich um – und läuft weg. Er läuft einfach weg. Seinen Hund lässt er zurück.
Johannes reibt sich die Schläfen, klopft sich imaginären Staub von den Hosenbeinen und reicht mir wieder den Arm. »Danke schön, Mister Darcy«, hauche ich Herrn Ritter an und bin beeindruckt. Ein Mann, der einen anderen Mann schlägt, weil der eine Frau unhöflich behandelt. Viel zu selten geworden in einer Gesellschaft, die die Täter netter und aufmerksamer behandelt als die Opfer. Und in der Frauen, wenn sie belästigt und angetatscht werden, sich immer noch darüber Gedanken machen, ob sie wohl daran selber schuld sind und wie sie den aufdringlichen Kerl loswerden können, ohne ihn zu demütigen.

Ich fühle den zweiten Lachanfall des Tages in mir hochquellen. Weil ich mir vorstelle, wie all die Intellektuellen von Ehre reden und sich dabei anhören wie Eunuchen, die von schamlosen Sexorgien fantasieren. Eierlos. Dumme Ganter.

Ein kleines Keuchen nähert sich. Auf Wadenhöhe. Gefolgt von einem schleifenden Geräusch. Der Hund mit den Bambiaugen galoppiert uns nach, überholt zielstrebig, dreht eine Pirouette und setzt sich anmutig. Die Riesenaugen fest auf uns gerichtet.

»Was?«, frage ich, ach ja, Jackie heißt das Flusenteil.

»Wuah!«, sagt Jackie.

»Er will mit«, behauptet Johannes.

»Nein«, korrigiere ich. »*Sie* will mit. Es ist eine sie. Jacqueline Kennedy-Onassis, genannt Jackie. Nicht wahr, Kleines?«

Jackie verbeißt sich knurrend in meine Stilettos.

»Du kennst dich ja mit Hunden aus«, meint Johannes und sucht das Ende der Leine. Die kleine Kennedy lässt von mir ab und stolziert zufrieden los. Wir sind ihre Beute, die sie an ihrer Leine hinter sich her zieht.

»Wir können doch keinen Hund klauen«, wage ich einzuwenden.

»Mikki hat sich eh einen gewünscht«, lügt Johannes ungerührt. »Wir können ihn uns teilen.«

»Sie. Es ist eine Sie!« Jackie hört mich, sie dreht sich um und bedenkt mich mit einem wohlwollenden Blick aus ihren untertassengroßen Augen. Diese Augen gehören in einen Pferdekopf. Und dann bleibt sie einfach stehen.

»Wir sind schon eine Stunde zu spät«, versuche ich es. »Komm, Jackie, sei ein lieber Geburtstagshund. Kriegst auch ein Kelly-Bag.«

»Sie hat was gesehen!«, wendet Jo ein.

»Und? Ich seh jeden Tag was. Was sieht sie denn da?«

Jackie sieht nichts. Sie hört etwas.

Und dann höre ich es auch.

Eine dünne Stimme, gefärbt von Alter und Leben. Ein Lied, dessen Zeilen sich anhören wie: »Jede Frau sollte ein Verhältnis haben, ja, ein Verhältnis haben …«
Jackie heult kurz auf und zieht Jo in Richtung des Gesangs.
»Denn ist sie hübsch, meinen alle sowieso, sie habe ein Verhältnis – wäre dumm, dann keins zu haben …«
Ich kenne das Lied. Meine Mutter besaß eine Platte von dieser Sängerin, sie hieß, … wie hieß sie? Sie war Jüdin und wurde 1934 aus dem Kunstbetrieb entlassen. Entartet. Verstummt.

»Hallo?«, fragt Johannes vorsichtig. Der Gesang bricht ab.
»Hallo«, schnurrt die volle Altstimme schmeichelnd.
Fritzi Massary. So hieß die Sängerin.
Aus der Schwärze der Alsterwiesen verfestigt sich ein Schatten zu einer Gestalt. Die ältere Frau scheint ihren rauen grünen Lodenmantel mit Fuchspelzkragen direkt über ein silbernes Kleid im 20er-Jahre-Stil gezogen zu haben. Unter dem Saum baumeln schimmernde Fransen hervor. An den Füßen schmiegen sich silberne Mary-Janes mit Knöchelriemchen über den blassen Spann. Den Jägermantel hat sie mit einer Boa zusammengebunden. Sie sieht aus, als hätte sie eine Zeitmaschine aus den 20ern hier versehentlich abgesetzt und vergessen. Jackie zieht uns auf sie zu.
»Paff!«
Die Frau betrachtet uns gespannt. Ihr Gesicht – ein Relief der Jahrzehnte. Fältchen und Falten, die miteinander bei jedem Atemzug um die Vorherrschaft ringen. Ein Gesicht der Güte. Ein völlig entgeistertes Gesicht. Man kann Nonchalance darin erkennen.
»Haben Sie sich verlaufen?«, fragt Johannes.
»Ich weiß nicht«, sagt die Frau.
»Wie heißen Sie?«, will ich wissen.
Die Frau ringt ihre Hände und fixiert den Boden. Fixiert mich. Dann gleitet ihr blauer Blick durch mich hindurch. Heimatlose Augen.

»Ich weiß nicht.« Sie zuckt mit den Schultern. Der Fuchs zuckt mit.
»Wo wohnen Sie?«, versucht es Johannes wieder.
Die Frau schwenkt ihren Arm zu einer vagen Geste, deutet neben sich und wiederholt: »Ich weiß nicht.« Sie lächelt uns aufmunternd an, als müssten wir ein Rätsel lösen und hätten nur noch nicht richtig geraten.
Jackie legt sich flach auf den Boden und robbt auf sie zu. Die Frau beugt sich zu ihr herunter. Aus ihren aufgesteckten, grauen Haaren löst sich eine Strähne und fällt ihr bis auf die Schultern hinab.
»Hat ihr Hund auch ein Verhältnis?«, rollt die alte Tante nun ihre Stimme aus, breit und weich wie ein Kuchenteig. »Hübsch genug wäre er dafür.« Sie krault Jackie hinter den Schlappohren, und die kleine Verräterin schnurrt.
»Sie kann hier nicht bleiben, Jo«, flüstere ich.
»Wir sollten sie ins Krankenhaus bringen. Die werden wissen, was zu tun ist«, flüstert er zurück.
Jackie hat sich umgedreht und faucht. Das kleine Augentierchen faucht tatsächlich! Später wird Johannes behaupten, Jackie habe mich hypnotisiert. Ich weiß, wohin diese Frau gehört.
»Wir nehmen sie mit. Beide. Ich habe genug Platz«, verkünde ich.
Es gibt daran keinen Zweifel. Nur das registriere ich, das köstliche Gefühl, nicht zu zweifeln. Und etwas anderes. Etwas wie … eine seltsame Befriedigung, etwas zu tun, was rein gar nichts mit mir zu tun hat. Jo starrt mich verständnislos an.
»Hätten Sie Lust auf eine Party?«
Jackie hört auf zu fauchen. Die Frau sieht mich an und verliert für einen Augenblick ihre Entgeisterung. Hinter ihren verwirrten Blicken offenbart sich etwas anderes. Klarheit. Klugheit. Etwas Schalkhaftes. Dann rutscht es wieder von ihrem Gesicht wie Spucke in den Abfluss. »Eine Party? Sie sind dafür angezogen.«

Dann betrachtet sie sich. »Oh. Ich auch.« Sie lächelt erleichtert, und ihre Lachfältchen blättern sich auf wie das Rad eines Pfaus. »Gibt's da was zu Essen?«
»Ja, leider«, murmele ich, greife nach Jackies Leine und gucke Johannes provozierend an. »Nun? Bereit?«
Er seufzt, sehr lang, sehr genervt, ein Meister der Geduld.
»Darf ich bitten«, sagt er dann zu der alten Tante ohne Namen und reicht ihr seinen Arm. »Mein Name ist Johannes Ritter, das ist Helena Levy, die gerade ihren jährlichen Anfall von Nächstenliebe hat. Wir sind Nachbarn. Der Hund heißt Jackie.«
»Oh«, sagt die Frau. »Jetzt brauchen wir noch einen Namen für mich. Am liebsten würde ich ja wie etwas zu Essen heißen. Oder was zu Trinken. Sagen Sie, kann ich denn so gehen?«
Jo streicht ihr mit einer kleinen Geste die Haarsträhne hinters Ohr. »Jetzt sehen Sie perfekt aus«, sagt er. »Wie wäre es mit Tira Misu?«
»Ganz reizend, junger Mann. Sie sind amüsant. Wirklich! Und so jung. Und so ... Kann man Sie mieten?« Sie kichert wie ein Schulmädchen und hängt sich in seinen Arm. Johannes lächelt sein Vaterlächeln und vermeidet die Antwort.
So spazieren wir vier, Johannes mit der Silberfrau am Arm, ich mit dem Augentier an der Leine, auf den »Goldfisch« am Isekai zu.
Das Leben fühlt sich ganz an – und richtig. Es müsste ewig ein Spaziergang durch die Nacht sein, behütet von Zweifellosigkeit.

8

Wir könnten uns zu dritt eine Wohnung mieten. Zum organisierten Fremdgehen«, Claire spielt mit ihren kurzen, seitlich gescheitelten sattschwarzen Haaren. Ihren Garçonlook hat sie heute durch eine Marlenehose, ein schwarz-rot gestreiftes enges T-Shirt und schmale Zigarren ergänzt. Ihre Lippen blutrot, ihre Nägel schwarz lackiert. Sie weigert sich wie immer, mit übergeschlagenen Beinen zu sitzen, sondern hockt auf einer der drei Stufen der Bar neben dem Tresen, als ob sie immer noch ihr Cello zwischen den Schenkeln halten würde. Als Daphne das sieht, rutscht ihr ein »O Gott!« heraus. Claire wirft ihr ein »Haben Sie endlich zur Religion gefunden?« durch einen Rauchkringel zurück. Nun fragt meine Lieblingsmusikerin: »Wer ist denn das? Nosferatu?«

»Nein, das historische Vorbild. Daphne, meine Stellvertreterin«, erkläre ich. Gute Güte, wo bleibt der Champagner. Wenn ein weiblicher Macho wie Claire und ein Vollweib wie Daphne aufeinandertreffen, brauche ich etwas zu trinken. Im Moment scannt meine Stuhlsägerin Johannes, der sich hinter einer Sonnenbrille versteckt und Jackie als Schutzschild nutzt. Wo ist Angelica? Daphne benötigt einen Gesprächspartner, damit sie nicht über ihre Penetrationspräludien stolpert und jemandem mit den Beinen voran erwürgt.

Hanne versucht zu retten, was zu retten ist. »Ach, wir haben uns an Daphne gewöhnt. Man kann sich an alles gewöhnen. Wie an Sushi.«

»Kalt und fischig?«, vermutet Claire.
»Wie war das mit der Fremdgehwohnung?«, versuche ich abzulenken.
»Liebelein, dafür müssten wir erstmal jemandem haben, mit dem wir fremdgehen könnten!«, kreischt Fanny und lässt dabei nicht den Kellner los, den sie in das Netz ihrer hellblauen Scharfschützenaugen geschlungen hat. Der mixt weiter hinter dem Tresen der Bar des »Goldfisch« Champagnercocktails mit Namen »French 75«. Gin, Cointreau, Limettensaft und Zuckersirup, das Ganze mit Champagner aufgefüllt. 75 steht für ein Artilleriegeschoss. Der Drink wurde im Ersten Weltkrieg erfunden. Die Durchschlagskraft ist enorm, aber zündet langsam. Der Keeper hebt die 75 auf ein Tablett. Er beobachtet Fanny aus halbgeöffneten Augen. Seine kinnlangen blonden Haare passen zu dem Dreitagebart und dem engen schwarzen Shirt, das seinen zart gebräunten Bizeps zeigt. Er lacht Frauen sehr gern an.
»Ich habe einen Hang zum Bodenpersonal. Wenn er mich noch dreimal so ansieht, ist es soweit«, flüstert Fanny laut genug, dass wir drei es hören. Er auch, denn er sagt vergnügt nur ein Wort: »Eins.«
Hanne beugt sich von ihrem Barhocker herüber und stößt mit meinen Freundinnen Claire und Fanny an. »Was ist mit diesem Koch aus dem Café Paris? Habt ihr euch nochmal gesehen?«
Fanny senkt den Kopf. Also nein.
»Das Beste an ihm war, dass seine Mutter tot ist. Er ist der aufgeblasenste Mensch, der mir je begegnet ist«, sagt Claire.
»Du vergisst Daphne«, meint Hanne und formt demonstrativ eine Schnute und pufft ihre Brüste nach oben. Fanny quietscht vergnügt.
Claire grinst dreckig. »Frauen mit Ersatzreifenlippen – das ist doch jetzt en vogue.«
»Bei der wogt aber gar nichts mehr«, raunt Hanne und schlägt sich dann die Hand vor den Mund. Eigentlich ist sie mit allen

Frauen über Magergewicht solidarisch. Doch Daphne macht es uns schwer.

Hanne linst sehnsüchtig zu den Fingerfoodhäppchen in der Mitte des Raumes hinüber. »Könntet ihr bitte eine Polizeiabsperrung da herumbauen?«, fragt sie niemanden Bestimmten.

»Soll ich dir was holen?«, bietet Jo an.

»Ja. Ein Glas heißes Wasser und meinen Diätberater«, seufzt Hanne. »Ich glaub fest an die Theorie: wer dreißig bis fünfzig
 Prozent weniger isst, der lebt dreißig bis fünfzig Prozent länger.«

Jo greift nach einem Teller Thunfischwraps. »Hanne, diese kalorische Restriktion wurde bisher nur an Rhesusaffen und Fadenwürmern getestet. Iss was, ich seh dir gern dabei zu.« Sie stürzt sich auf den Teller. »Ruf du doch den Koch an, Fanny«, schlägt Johannes dann arglos vor und schiebt die Sonnenbrille ins Haar. »Wir leben im dritten Jahrtausend. Frauen dürfen Männer anrufen.«

Drei Augenpaare spießen ihn entsetzt auf.

»Nein, ich ruf ihn nicht an«, erklärt Fanny fassungslos mit ihrer Mädchenstimme, die immer etwas außer Atem klingt, »ein Mann ruft nach dem ersten Date an. Das ist eben so. Und wenn er anruft, werde ich keine Zeit haben. Ich werde sagen, ich hätte eine Verabredung. Ja. Mit einem Mann. Oder lieber sag ich nichts? Also, jedenfalls beende ich das Gespräch als Erste. Er soll mal nicht glauben, ich interessiere mich für ihn! Tu ich eh nicht. Ich mein, für einen Mann, der nicht anruft, wer interessiert sich schon für den? Sag mal, was soll ich beim nächsten Mal anziehen, wenn ich ihn sehe? Du bist doch ein Mann, da kannst du mir ja wohl mal sagen, was Männer an Frauen mögen, hm?«

»Ich muss los«, erwidert Jo, nimmt sich sein Wasserglas, sortiert die Sonnenbrille zurück auf die Nase und sucht nach der alten Dame ohne Namen, die sich offenbar königlich amüsiert.

Sie hatte sich kurz nach dem Betreten der Bar im unteren Stock des »Goldfisch« von Johannes' Arm getrennt und war in die schon recht angeheiterte Abendgesellschaft getaucht, die sich in der schummrigen Lounge zwischen den quadratischen Lederhockern mischte. Jackie machte Kulleraugen, befreite sich aus Jos Arm und setzte sich auf einem der braunen Lederwürfel in Pose und wartet nun auf Häppchengeber.

Daphne zieht Jo mit den Augen aus. Er rettet sich hinter das DJ-Pult am Aufgang und gibt vor, an meinem iPod herumzufummeln. Wenig später wummert »Car Wash« durch die kleine Lounge am Isekanal. Er hatte die 70er-Jahre-Playlist mit Discosound erwischt. Ich mag das. Auch wenn die Pausen zwischen den Songs nicht richtig programmiert sind – sie sind zu lang. Ich merke, wie der »French 75« seine Durchschlagskraft entwickelt. Schwere sackt mir in die Füße.

Jetzt klapst die Silberlady dem lachenden Kellner auf dem Po und erfreut sich daran, dass er sie mit einem Griff umfasst und drei Schritte mir ihr tanzt, während er lässig das Tablett in einer Hand über seinen Kopf balanciert. »Sie sind eine Frau nach meinem Geschmack«, lacht er, ein einziges Lachen, »Heiraten Sie mich?«

Sie kiekst: »Herrlich, dann kann ich Ihren Namen annehmen!«

»Frau Olaf Kaschinski?«, meint er ungläubig, und sie schüttet sich aus vor Lachen. »Hach, sag zu mir, was du willst, Olaf, Teuerste, mon amour, Schnitzchelchen, Zuckerhörnchen, ganz gleich, ich brauch eh einen neuen Namen!« Olaf schenkt ihr einen schallenden Kuss.

Ich mag, was ich sehe. Weniger, dass Daphne ein missmutiges Gesicht zwischen ihren manikürten Nägeln knetet. Sie hasst es, wenn Männer sie ignorieren und mit anderen Frauen in ihrer Gegenwart Spaß haben. Wo bleibt denn nur meine Modechefin, um Daphne mit ein paar gemeinen Sprüchen über den Look der Gäste aufzumuntern? Mit ihrem Missmut verströmt Madame eine Eiseskälte, die den kleinen Raum am Isekanal unter Permafrost setzt.

Telse neben mir am Tresen. »Ist das Ihre Mutter?«, flötet sie zuckersüß und deutet mit dem Kinn auf die Dame ohne Namen, die schäkernd zu Lukas getanzt ist und ihn jetzt mit einem kecken Zwinkern zum Tanz auffordert. Ihm scheint es recht zu sein, von Filumene wegzukommen, die ein Leidensgesicht aufgesetzt hat. Wahrscheinlich schüttet sie ihm ihr hungriges Herz aus, in der Hoffnung, er als Schwucke könnte ihr einen einfühlsamen Tipp geben. Jede unglückliche Frau braucht einen Schwulen, der ihr durchs Leiden hilft – und sei es, sie zum Friseur zu begleiten. Sieht man doch immer im Fernsehen. Doch Lukas will tanzen: In seinem hellblauen Cordanzug mit weißem Rüschenhemd sieht er hinreißend homo aus. Silberlady zieht ihn fest an sich und leitet einen Tango ein – sie führt. Eine echte Partybraut, die Daphnes kryonische Ausstrahlung mit einem Lachen wegschmilzt. Jetzt turnen sie und Lukas etwas vor, das an Y.M.C.A. erinnert.

»Nein. Meine Tante. *Groß*tante.«

»Wie schön, dass alte Menschen noch so viel Freude am Leben haben können. Aber wie sie sich so in den Mittelpunkt drängt … na, ich würde mich dabei ja genieren.« Telse schielt pikiert zu der Silberlady herüber, die jetzt nach Daphne hangelt: »Kommen Sie, Deedee, bevor Sie jemandem die Augen ausstechen mit Ihrem spitz gefeilten Dekolleté!« Deedee? Oh, oh. Wie würde sie Angelica nennen – Äjäj?

Der Champagner fließt in einem Zug die Kehle herunter. Ich sehe mir Telse näher an. »Oh, haben Sie denn nicht auch getanzt? Da sehe ich doch Schweißtropfen über Ihrer Oberlippe.« Telses Finger fliegen panisch unter ihre Nase.

»Ach, nein, es sind ja Haare«, korrigiere ich. Telses Gesichtsfarbe wechselt zu Ampelrot, sie stöckelt rasch die vier Stufen neben dem DJ-Pult hoch, in Richtung Waschräume. Da kann sie sich in Ruhe weiter genieren. »Kaschinski, mehr Champagner!« Er gießt mir ein.

»Olaf, du mogelst. Das ist ja halb leer.«

»Halb voll«, sagt der Kellner, der mir schon drei Geburtstage und vier FEMME-Sommerfeste ausgerichtet hat, und sieht mich warnend an.
»Herr Kaschinski, für jeden ist die Wahrheit anders. Gieß nach.«
Er gießt nach und stellt sich dann neben Fanny. Dicht. Sehr dicht. Man reiche meiner Freundin ein Blatt Löschpapier. Ich höre, wie er ihr ins Haar haucht, das stets ein wenig nach Chaos aussieht: »Zwei.«
Neben mir hält Claire ein Plädoyer, das sie auch schlafend auswendig kann, und gestikuliert dabei mit ihrem Glas: »Starke Frauen machen Männern Angst. Er kann ihnen nicht mehr die Welt erklären, sondern muss sich stattdessen anhören, dass die Klitoris kein Rubbelbildchen ist. Sicher, ich kann die Gänseblümchennummer abziehen, große Augen und alles und behaupten – säuselsäusel: Ich kann das gar nicht, hilf mir. Aber mal ehrlich – ich weiß, wie ich einen Vibrator bediene oder einen Schraubendreher und ich verdiene mehr Geld als er. Sicher brauche ich ihn, aber nur für die Liebe! Und den Sex, gut, irgendwie. Aber es soll schon Männer gegeben haben, die fürchten, ein Sexobjekt zu sein.« Ich sehe genau, wie sie Kaschinski dabei auf den Po guckt.

Sexobjekt. Autsch. Ich habe Claire und Fanny auf der hölzernen Terrasse der Bar von der Pleite mit Lex erzählt. In Kurzform. Dass ich für ihn getanzt hatte und er meinem Steißbein »Lebwohl« gesagt hat – mit magischen drei Worten. Wir haben zu dritt auf einem der Teakholz-Deckchairs gesessen und haben, jede in ihre eigenen Niederlagen versunken, auf den Kanal geguckt. Auf dem Wasser sind Drachenboote vorbeigefahren. 14 Mann und ein Trommler. Eine Entenmama hat nach ihrem Jungen gerufen.
Fanny hat mich schließlich in den Arm genommen und gesagt:

»Vergiss ihn.« Über ihre Schulter hinweg hab ich in den Kokon der Bar gesehen. Rot und Orange, innen bunte Fische. Ein Silberfisch. Die alte Dame. Haifische wie Daphne. Kugelfische wie Hanne, Zierfische wie die Topmodels und Delphine wie die beiden Schauspielerinnen. In den Fenstern haben wir drei uns gespiegelt: drei Viertel des künftigen Eckes-Edelkirsch-Clubs, zwei Seepferchen und ich – der Wal.

104 »Ach gut, dass du diesen Alexander los bist«, schnaubt Claire nun. »Er hat ein Gesicht wie ein rohes Schweinekotelett.«

»Meine Füße werden nach dem Abend auch so aussehen«, klage ich.

»Muss man sich mal vorstellen, *Sexobjekt*! Und das sagt ein Mann! Logisch, dass er dann mit ’ner Tussi durchbrennt oder die Kassiererin vögelt. Die ihn ständig anhimmelt und dafür lobt, dass er eine kleine Kackwurst ins Klo gesetzt hat. Ich sag dir, Lex hat ebenso Angst vor starken Frauen wie die meisten Kerle, die ihren Schwanz auf den Altar heben.« Claire bläst Rauchkringel und sieht dabei herrlich Machisma aus. Sie hat mir mal gestanden, dass sie nur deshalb Cello spielt, weil es eins der Instrumente ist, das für Frauen verboten war. »Männer suchen nur ’ne knackige Altenpflegerin, die ihnen die Bude putzt. Dabei muss man doch nicht mal jemanden lieben, um Sex zu haben – sag einem Mann, ich hasse dich, und du wirst den besten Sex deines Lebens haben!«

»Interessante These«, raunt neben mir die Stimme, die ich nebst zugehörigem Adoniskörper heute Vormittag gefeuert habe. Paris Bronski. »Da sind doch die drei spannendsten Frauen des Abends auf einem Fleck. Claire Fontano, die erste Cellistin der Hamburger Symphoniker, Fanny Seeberg, die Männer-Malerin, und Helena Levy, die femme des femmes. Die Damen, ein Foto?«

»Nicht ohne Hanne«, bestimme ich, und wir tauchen wieder

hinein in die Party, in die Show, in das giftige Wasser, in dem wir gedeihen.
Claire, Fanny und Hanne nehmen mich in ihre Mitte und wir posieren. Die Lounge bebt unter »That's the Way I like it«. Die roten Deckenleuchten, die wie Bullaugen aussehen, vergolden den Teint. »Zugegeben, Paris hat tolle Augen«, flüstert Hanne. »Eine fast schon atomare Ausstrahlung.«
»Das kommt von zu viel Bor im Blut«, zischt Claire. »Aus seiner Asche könnte man einen prima Diamanten pressen.«
»Na toll. Auf ewig den Bronski als Brilli in der Nase, das wäre ja mein Traum«, quetsche ich aus dem Mundwinkel heraus und lächele.
Wie bekomme ich es hin, Paris wieder einzustellen? Ohne noch den letzten Rest an Würde zu verlieren? Ich trinke mein Glas aus und winke Kaschinski her. »Wird das nicht ein bisschen viel?«, flüstert der Kellner in meinen Ausschnitt, so dicht, dass ich seinen Atem spüre.
Ich schnappe mir die De-Saint-Gall-Flasche aus seiner Hand und behalt sie bei mir. Auf solche Fragen antworte ich nicht, seitdem ich 18 bin.
Er zuckt mit den Schultern und sieht Fanny in die Scharfschützenaugen: »Drei.« Sie strahlt ihn an. Wieso nicht. Wieso nicht Kaschinski. Er wird sich nicht so schnell den Finger brechen und danach unfähig sein, das Telefon zu bedienen.
Als er hinter dem schmalen Tresen Dinge tut, die Männer meist dann tun, wenn sie Frauen beeindrucken wollen – mit Flaschen jonglieren, Gläser über die gelöcherte Stahlarbeitsplatte gleiten lassen und Drinks aus einem Meter Höhe eingießen –, wendet sich Fanny mir zu: »Sieht er nicht aus wie eine Kreuzung zwischen dem süßen Taxifahrer von neulich und dem Fahrradkurier in der Schanze? Ich *muss* ihn malen.«
Claire mischt sich ein. »Fanny Kaschinski hört sich auch wunderbar an. Ka-schins-ki. Ein bisschen wie ein Quietscheentchen.«

Fanny schnippt Claire aufs Knie. »Ja, ja. Wir wissen ja, dass dein perfekter Mann aufblasbar ist und keinen Dreck macht.«

»Und deiner sollte bloß weniger Farbe als du im Gesicht haben.«

»Kinder, werdet nicht gemein«, mahne ich. Mann, ist mir warm. Klimakterium oder doch der Alkohol?

Fanny rutscht vom Barhocker und geht mit gesenktem Kopf in Richtung der Waschräume.

»Claire …«, taste ich mich vor. Sie unterbricht mich augenblicklich.

»Ja, ist doch wahr. Sie sucht sich immer die Looser aus und beschwert sich hinterher. Ich kann's einfach nicht mehr hören!«

»Nenn mir eine von uns vieren, die glücklich ist. Wir lieben es doch alle danebenzugreifen. Du liebst die Unerreichbaren, Claire. Am besten ist er verheiratet, hat die Firma seines Schwiegervaters übernommen, hat drei Kinder, davon eines mit Downsyndrom und seine Frau selbstmordgefährdet.«

»Hört sich nach dem perfekten Mann für mich an.«

»Und Hanne? Sie sucht sich die Fitnessasketen, denen es schon zu viel ist, wenn sie zwei Tage lang von einem halben Joghurt und einem netten Lächeln lebt. Ein Gourmet wäre perfekt für sie.«

Meine Güte, komme ich mir schlau vor, während ich meine Freundinnen analysiere. Mit ein bisschen Glück schaffe ich es, dass Claire mein Beuteschema nicht auseinandernimmt.

»Taj, und Fanny … Fanny braucht die Liebe und das Telefon und ihre Musen, um zu malen. Hast du schon jemals einen glücklichen Künstler gesehen? Ein Genie, dem es rundum gut geht? Der überhaupt in einer funktionierenden Beziehung steckt?«

Claire legt ihre Zigarre in den Aschenbecher zum Ausglühen.

»Allein sein ist eine Entscheidung. Einsam sein nicht«, sagt sie dann, und wir sehen uns lang genug in die Augen, um die Wahrheit zu offenbaren.

»Ich habe mich verliebt«, gibt sie dann mit gesenkten Lidern zu.
»Was? Wahnsinn! Champagner!« Ich suche nach Kaschinski. »Wer ist er? Was kann er? Wie heißt er?«
»Ich weiß nicht, wie er heißt. Aber seine Stimme ist göttlich.«
Wie? Gibt's jetzt schon 0190-Hotlines für Frauen?
»Es ist der Ansager vom Bahnhof Hamburg-Dammtor«, erzählt Claire und starrt dabei auf ihre Fingernägel. »Manchmal sitze ich einfach nur eine Stunde auf Gleis drei und höre ihm zu.«
Claire wirkt für einen Moment wie das kleine Mädchen, das in uns allen noch irgendwo steckt und die Arme nach seiner Mutter ausstreckt, während es fällt.
»Und ich stehe auf ihn. Er ist bestimmt verheiratet. Meine Hormone reagieren auf dieses Unantastbare in seiner Stimme.«
Ich sehe meine androgyne Freundin an und suche nach einer Idee, um sie von ihren aussichtslosen Fällen zu heilen. »Und was ist mit dir, Helena? Du fickst dich quer durch die Nation und denkst, so könntest du dich davor bewahren, zu lieben. Du hast Angst vor der Liebe, weil du glaubst, einem Mann nicht zu genügen. Und so spielst du jedem Kerl das Blaue vom Himmel herunter. Bist ihm alles, was er will, Sexbombe, Luder, Hure, Diva, nur nicht du selbst. Super! Haltung nennst du das, ja? Baby, das ist 'ne Scheißhaltung!«
Ich fixiere Claire. Hat sie das gesagt? Oder war das meine Richterin Miststück nur in meinem Kopf?
Claire starrt ins Nichts.
»Komm. Gehen wir zu Fanny«, fordere ich sie auf und deponiere mein Glas diskret neben der Kaffeemaschine. Es ist eine Versöhnung fällig. Ich will nicht, dass sich meine Freundinnenfamilie untereinander zerfleischt. Was bleibt denn sonst übrig?
»Wo wollt ihr hin?«, fragt Hanne, die Wangen voll, die Augen blitzend. Wie kann eine Frau nur so schön aussehen, wenn sie isst?

»Auf siebzehn«, sagt Claire und weicht der Silberlady aus, die die Mahagonitreppen heruntersteppt.

»Helena, Ihr Nachbar ist ja unfassbar charmant. Er hat versprochen, mir den Song ›My Way‹ zu suchen. Mein Weg! Ja! Frank Sinatra!« Sie kreischt den Namen wie Minderjährige »Robbie Williams« kreischen. Robbiiieee! Frankieeee!!

Ein Phänomen, diese Frau. Sie weiß nicht, wer sie ist, aber beherrscht Songs und Tanzschritte. Ich könnte Filumene fragen,

wie man diese Art Amnesie nennt. Jetzt strebt die Silberfrau auf Hanne zu. »Sie sehen aus wie eine normale Frau! Sagen Sie, kann man das hier essen?« Sie hält einen grünen Klumpen hoch. Sie hat das Wasabi erwischt.

Claire und ich gehen Arm in Arm die wenigen Schritte bis zur Damentoilette. In der blauen Milchglasscheibe der Tür grüßt ein freundlicher Goldfisch.

»Und glaubst du, da könnte was gehen zwischen diesem Saftschubser Kaschinski und Fanny?« Claire legt mir die Hand auf den Arm.

»Ach was«, behaupte ich und öffne die Tür.

Dahinter umschlingen sich Olaf Kaschinski und Fanny, sie auf dem Marmorwaschschrank neben den beiden kreisrunden Designerbecken, er zwischen ihre Beine gedrängelt. Er umfasst mit einer Hand ihren Nacken, die andere wühlt durch ihre nussbraunen Locken. Fanny presst ihre Hände auf seinen zugegebenermaßen knackigen Brötchenhintern. Sie passen ineinander wie zwei Fragezeichen, die ihre Antworten gefunden haben.

»Nun, vielleicht doch«, korrigiere ich mich und schließe die Tür ganz leise.

Claire und ich halten uns die Münder zu, um nicht laut zu kichern. Einer Freundin soll man nicht in die Parade fahren, wenn sie gerade dabei ist, sich den nächsten Grund für verzweifelte Frauengespräche an Land zu ziehen.

Claire und ich entern die Herrentoilette. »O Mann! Besorg mir einen Verheirateten, einen Alkoholiker oder jemanden, der in Australien wohnt, und ich werde heute Abend auch noch befummelt«, gluckst sie. »Ich bin gespannt, wie lange Fanny braucht, bis Kaschinski für sie nackt posiert. Wie nennen wir dann diese Kellner-, Taxifahrer- und Kurierradler-Serie, wenn wir sie ausstellen – Personalien auf Silbertablett? Sexy Service? Oder doch eher: Es ist angerichtet?«

Wir haben beide mehrere echte Seebergs zu Hause. Wunderbare Männerakte, mit außerordentlicher Detailkraft. Fanny ist gründlich.

Während Claire vor der einzigen Kabine des Männerklos wartet, dass ich fertig werde, erzähle ich ihr und der Tür von der Kartenlegerin, von Zero und dem Cleaner Gerion und dass ich Paris dazu bringen muss, wieder für mich zu arbeiten, obgleich er mich fett genannt und ich ihn in einem Anfall von Stolz gefeuert habe.

»Na toll«, meint Claire. »Am besten ist, du schläfst mit ihm.«

»Mit wem? Zero, Gerion oder Paris?«

»Egal in welcher Reihenfolge. Sag mal, Hase, bist du angetrunken?«

Ich wanke aus dem Klo. »Ach, was!«, beteuere ich und kneife meine Augen zusammen. Der Spiegel bewegt sich, ich seh das ganz deutlich. »Nun, vielleicht doch.«

Auf dem Weg zurück in die Lounge sehe ich Telse Grill, wie sie vor dem Weinschrank unter der Treppe steht. Ihre Schultern zucken. Ich winke Claire und gehe vorsichtig auf Telse zu. »Was ist denn los …«, frage ich die Grillerin, und als sie sich umdreht, sehe ich das, was ich hoffe, niemals in meinem Gesicht zu entdecken: Sehnsucht und Einsamkeit. Ich nehme sie fest in den Arm, und nach einigem Sträuben und Zieren lässt sie endlich los und weint lautlos und wohlerzogen in meine Halsgrube. In der Bar singt Franky Blue Eyes Sinatra davon, dass das Ende nah ist.

Ich schlüpfe hinter den Tresen – Kaschinski steht noch Modell für Fanny – gieße mir aus meiner Flasche ein Glas ein und reiche es an Telse weiter. Nachdem sie es in einem Zug geleert hat, nehme ich vorsichtshalber die Flasche an mich und störe Bronski bei der reizvollen Tätigkeit, die drei Models in Szene zu setzen. Sie tun für ihn so, als ob sie essen. Sie sind so jung. So dünn. So schön. Einmal Haar schütteln, zwei Millionen Dollar – fertig.

Ich dirigiere Paris Bronski zur Seite. »Du trinkst deinen Kreativ-Macchiato aus und verschwindest.« Die Konsonanten sind schon ein wenig schwerfällig. Er sieht mich freimütig an.

»Aber wenn ich jetzt gehe, wirst du nie hören, was ich dir sagen möchte, Helena. Ich wollte, dass du mich rausschmeißt. Ich kenne doch deine Regel: Du lässt dich nicht auf Mitarbeiter ein. Also, was hätte ich sonst tun sollen? Außerdem habe ich ein Geschenk für dich«, sagt Bronski und sieht mir so tief in die Augen, dass er gleich an meiner Gallenblase angekommen sein dürfte.

»Geschenk? Eine Grabstelle in Ohlsdorf?«

Ich muss aufstoßen.

»Wahrscheinlich extrabreit.«

»Helena, ich weiß, ich habe heute Vormittag gesagt, dass du zu …«

»Pschpscht. Ja, ja, manches muss nicht wiederholt werden. Ich mag es eigentlich ganz gern, wenn Männer gewisse Dinge ungesagt lassen, Bummski.«

Huch. Noch ein Konsonant entglitten.

»Gewisse Dinge?«

»Ja. Das Sagbare verschweigen. Das Unsagbare aussprechen.«

Oha, die Artillerie spricht aus mir. Ich hätte langsamer trinken sollen.

»Das Unsagbare? So was wie: Ich will mit dir schlafen, aber ich liebe dich nicht?« Er schaut mich so an als ob er genau das meint.

»Helena, du kennst mich …« Irgendwie schafft es seine Hand auf meinen nackten Unterarm.
Ich stoppe ihn. »Neinneinein. Ich kenne dich *nicht*. Und was ich von dir kenne, mag ich nicht.«
Das läuft ja prima mit dem Wiedereinstellen. Ich werde morgen ausschlafen, denn es ist nicht nötig, im Verlag anzutanzen ohne den Mann, der FEMME das Gesicht gibt, das die Welt liebt. Ich nehme einen Schluck direkt aus der Flasche.
»Kindchen, Sie tanzen ja gar nicht!« Die Silberlady groovt auf uns zu. Sie vollführt astreine Sidestepps und drängelt sich zwischen Paris und mich. Seine Hand hinterlässt Wärme und Leere auf meiner Haut. »Der Pouilly Fumé ist wirklich ausgezeichnet«, sagt Silvergirl und hört sich dabei immer noch nüchtern an. Wie schafft sie das?
»Pullyfummel?«, wiederhole ich. Sinatra findet es »all so amusing«.
»Enchanté, Madame«, schnurrt Bronski und deutet bei der Silberlady einen Handkuss an.
Brrrrr.
Kaschinski kredenzt einen Pullyfummel für den Tanzkreisel. »Ein Weißwein. Für dich, Zuckerhörnchen.« Doppelbrrrrr.
»Mit wem habe ich die Ehre?«, versucht sich Bronski. »Oder ist Zuckerhörnchen ihr Mädchenname?«
Silberlady guckt ihn von oben bis unten an. »Kleiner! Sind Sie ein Heiratsschwindler oder Bestatter? Nur die reden so einen Unsinn.«
Ich liebe sie.
»Polly«, nuschele ich. »Das ist meine Großtante Polly Fummel. Polly, darf ich Ihnen vorstellen: Paris Bummski.«
»Ihr siezt euch? Und sie heißt Fummel?«, fragt Paris entgeistert.
Gott, ist die Musik laut. Ich hole tief Atem: »Genau. Das ist schlesisch. Und heißt: ›Verpiss dich‹.«
Ich schreie die letzten zwei Worte genau in die Musikpause hin-

ein, die zwischen »My Way« und dem Intro von »New York, New York« entstanden ist. Und in jede Gesprächspause hinein. Der Satz steht da in absoluter Stille und wirkt nach wie ein Gongschlag.

Jedenfalls guckt Daphne so komisch rüber. Und Lukas. Filumene auch. Fanny nicht, die guckt Kaschinski an. Kaschinski guckt zu mir.

»Is was?«

Johannes beeilt sich, das nächste Lied zu starten, veheddert sich am iPod, und das Schweigen tickt immer lauter.

All die Blicke, die mich mustern. Zweifelnd, sorgenvoll. Angewidert. Hämisch. Daphne wispert mit Lukas. Ich nehme einen Schluck aus der De-Saint-Gall-Flasche. Paris macht ein Foto. Mir doch egal. Mirdochallesscheißegal. Mit 34 wäre es mir nicht egal gewesen, aber mit 35 sollen die sich doch alle mal sonstwohin!

Ich schließe die Augen und wünsche mir einen Notausgang.

Stattdessen höre ich ein Lachen. Ich öffne die Augen und blicke auf zirka 32 Goldkronen. Polly lacht. Lacht und lacht und lacht.

Schön! Mein Leben ist zu Ende und ihres fängt jetzt erst an.

»Himmel, Kindchen, ich würde mich wundern, wenn man Sie in Panama nicht gehört hätte!« Sie entführt mir die Flasche aus der Hand und reicht sie wie nebenbei Kaschinski.

»Also, Sie Fußmodel oder wer immer Sie sind, es hat mich nicht sonderlich amüsiert, Sie kennenzulernen«, sagt Polly dann zu Paris.

Sie beugt sich zu meinem Ohr: »Ich glaube, er hasst mich.«

»Mich auch. Das Leben wird mich strafen.«

Angelica kommt die Treppe vom Restaurant herunter und hält für einen Moment auf dem Absatz zur Bar inne. Sie sieht sensationell aus in einem engen Glitzerteil in Taubenblau. Liz Taylor ist auferstanden.

Sage ich doch: Das Leben wird mich strafen.

»Ist das hier eine Schweigeminute, oder habe ich was verpasst?«, fragt mein weiblicher Modeguru mit der erotisch heiseren Stimme einer Janis Joplin.

Johannes starrt Angelica an wie eine Erscheinung. Hey! Das ist *mein* Freund. Wie kann sie es dulden, sich so ansehen zu lassen? Kennt sie denn nicht die Spielregeln?

Die Musik setzt wieder ein, und in mir löst sich etwas, so sanft, als ob ein Geliebter meine Finger aus seinen befreit und ich zu fallen beginne.

9

Eine fremde Frau steht in meiner Küche und wendet etwas, was wie platt getretene Knödel aussieht, in einer Pfanne. Sie trägt mein weißes Versace-Pailettenkleid und meine rosa Lockenwickler im Haar. Die Fellbeulen an den Füßen erkenne ich als meine Tigerkopf-Puschen von Budnikowsky. Aus der kleinen Anlage flutet ein Tango den Raum: »Por Una Cabeza.« Hatten dazu Jamie Lee Curtis und Arnold Schwarzenegger nicht getanzt? In diesem Film, wie hieß er noch, »Wahre Lügen«, in der Jamie halb nackt im Hotelzimmer – na, egal. Aber warum ist es so laut? Und wer ist bitte diese Person mit der unanständig guten Laune, die jetzt einen Berg Flatschknödel auf einen Teller schichtet, mit einer gelben, zähen Flüssigkeit tränkt und einen Tango andeutet?

»Meine Mutter hat sich immer mit Pizza vollgestopft, als ich in ihrem Bauch war. Ein Wunder, dass ich nicht mit einer Olive in der Nase geboren wurde.« Mikki, Tochter eines Callboys und weltmännisch wie jede 12-Jährige, hält der fremden Frau eine Untertasse entgegen. »Mehr Ahornsirup, bitte, Tante Polly.«

Tante Polly? Ach, ja, Polly Fummel. Und was war da gestern noch? Irgendwas Wichtiges.

»Meinst du, Papa lässt mich den Fernkurs in Altgriechisch belegen?«

»Väter sind wie Frauen, Zwiebelchen. Wenn sie vielleicht sagen, meinen sie ja«, stellt Polly fest und sieht überrascht auf, als ich den Stecker aus der Musikanlage ziehe.

»Was ist das denn für eine antifeministische Einstellung«, knarze ich. Oje. Mir liegt der Kater noch schwer auf der Zunge.
»Guten Morgen, Helena. Du solltest etwas essen und trinken. Alkohol dehydriert und löchert das Gehirn wie einen Schwamm.«
Was soll das denn? Ist die 12-jährige Tochter meines Nachbarn jetzt die Weise und ich das naive Küken?
Ich öffne den Kühlschrank auf der Suche nach einem Soda mit einem Schuss Gin. Und einer Olive, gegen die Dehydrierung. Und pralle wie geohrfeigt zurück.
Statt der Flaschenbatterie von Champagner, Tonic, Soda und vier Sorten Gin biegen sich die Regale unter Lebensmitteln. Käse, Aufschnitt, Salat, igitt – Möhren, Aprikosen, Pfirsiche, Buttermilch, Marmeladen und Senfgläser. Nur die Eier kommen mir bekannt vor. In den Seitenfächern, in denen ich sonst Vitamin-Serum-Ampullen, Hautcreme, Augenmaske und Filmrollen aufbewahre, drängeln sich gesunde Joghurtdrinks mit rotierenden Bakterienkulturen.
»Kindchen, da sind Sie ja! Gut geschlafen? Haben Sie geträumt? Die Träume in der Geburtstagsnacht verraten einiges über das, was in dem kommenden Lebensjahr passieren wird. Pfannkuchen?«
Mein bisher gnädiger Filmriss fügt sich blitzartig zusammen. Der sanfte Schleier des De-Saint-Gall lichtet sich und gibt den Blick ungehemmt frei auf das Gestern. Die Party. Paris. Das schlesische Verpiss-dich und das Blitzlicht ...
»Ich esse nie nach Sonnenaufgang. Mikki, geh bitte runter und lauf zum Kiosk im Grindelhof. Hol mir eine BILD-Zeitung, ja?«
»Papa hat mir verboten, die BILD zu kaufen. Er sagt, das ist Volkshetze.« Danke, Jo. Hoffentlich hat Polly einen besseren Einfluss auf diesen vorlauten Mixed Pickle.
»Aber sie brennt gut, Zwiebelchen, wenn du Molotowcocktails auf Springer wirfst«, sagt Polly. Jaha! Ein viel besserer Einfluss. Mikki steht augenrollend auf und geht – sehr umständlich, sehr

bedeutsam, sehr genervt. Nachwuchsdiva. Ich reiße, auf der Suche nach den Alkoholika aus dem Kühlschrank, alle Schränke der bis dato ungenutzten Designerküche auf. Wo hat Polly sie hingeräumt? Und wann, verdammt nochmal? Mitten in der Nacht?

In der Küchentür stößt Mikki mit ihrem Vater zusammen.

»Na, junge Lady, auf dem Weg zur Schule?« Johannes wirft mir die BILD-Zeitung hin. Seine Augen hinter der Brille verraten nichts von dem, was ich befürchte. Mikki liest die Titelzeile vor.

»Sie verlässt das ZDF – für ihren Mann.«

»Es lebe die Gleichberechtigung«, bemerkt Polly.

Ich halte mich nicht mit Lesen auf, sondern drehe das Ellaborat um, zu den Partybildern auf der letzten Seite. Ich erkenne die Models, die auf der Party waren, die beiden Schauspielerinnen, die als neue ZDF-Gesichter gelten, und ich sehe …

»Oh-oh«, sagt Mikki.

Was bedeute »ohoh«? Beim Friseur heißt »ohoh« das Schlimmste.

»Ist gar nicht so schlimm«, meint Jo.

»Iss was, Kindchen«, befiehlt Polly und knallt mir einen Teller Buttermilchpfannkuchen mit frisch geschnittenen Erdbeeren und Honigmelonen auf das Foto, das mich mit der Saint-Gall-Flasche zeigt. Das muss ungefähr zwischen der schlesischen Übersetzung von Polly Fummel und dem Anfang meines Endes gewesen sein.

Ich beginne mechanisch zu essen.

Mikki und Jo sehen mich beide mit offenem Mund fassungslos an. Polly rührt ungerührt drei Löffel Zucker in ihren Kaffee mit unanständig viel aufgeschäumter Vollmilch.

»Sie isst ja tatsächlich«, flüstert Mikki ehrfurchtsvoll.

»Du wollest ja deinem alten Vater nie glauben«, gibt Jo trocken zurück.

»Jaja, Kinder sind von Natur aus grausam«, meint Polly und zündet sich eine Zigarette an.

»Du rauchst?« Mikki ist angeekelt.
Polly schwingt die Tigerpuschen auf die Tischkante. »Keine Ahnung, aber jetzt habe ich Lust darauf.« Ich höre diesem Geplänkel nur am Rande zu und ziehe die Zeitung unter dem Teller hervor.
Ich saufe zu viel. Ich bin eine abgefuckte Schlampe, die sich auch noch dabei fotografieren lässt. Irgendwie wollte ich mit 35 woanders sein.
»Eigentlich wollte ich mit fünfunddreißig woanders sein.«
»Ach Kindchen, Sie können die nächsten zehn Jahre fünfunddreißig sein«, tröstet Polly, stellt mir einen Kaffeepott auf mein Bild und drückt eine Zitrone in den Kaffee. »Gegen das Kopfweh«, behauptet sie. Igitt.
»Eigentlich sieht das ja ganz sexy aus. Tolle Beine«, behauptet Jo.
»Eigentlich erkennt man dich gar nicht«, grinst Mikki.
»Ja, nur dass sie meinen Namen druntergeschrieben haben.«
»Ach, meine Güte, Kindchen, sehen Sie es nicht so verbissen! Sie leben, Sie feiern, Sie haben sich im Ton vergriffen, und? Sie erleben an einem Abend mehr als andere, deren Erlebnisse passen gerade mal auf einen Bierdeckel! Wollen Sie das ganze Leben lang mit guten Benehmen verplempern?« Polly hat bei dieser Rede mit der Zigarette herumgewedelt. Die Asche landet auf der Butter.
Mit einem beiläufigen Fingerstreich wischt sie die Asche von der Butter und leckt sich den Finger ab. »Manchmal kommt es nicht darauf an, was man sagt oder tut, sondern wie man dabei aussieht. Spaß haben und gleichzeitig ein niveauvolles Gesicht machen passt sowieso nicht zusammen.« Sie versucht einen Rauchkringel.
Mikki höre ich zuerst. Ein kleines, vorpubertierendes Lachen. Jo versucht es auch im Mundwinkel zu bannen, doch dann entschlüpft ihm ein Prusten. Bis ich ebenso lachen muss, immer

mehr und lauter, und mir die Tränen aus den Augenwinkeln laufen.
Bis sich meine Tränen in Salz verwandeln und ich nicht mehr lache. »Aber was sollen die anderen bloß von mir denken?«
Mikki hört auf zu kichern. Jo atmet tief ein, wohl um etwas Beschwichtigendes wie »Denk doch nicht an die anderen« zu sagen.
»Ach Gottchen, das Übliche«, ruft Polly, »Was für ein Luder,

was für ein Miststück, die kann den Hals nicht voll kriegen, mit wem treibt sie es eigentlich und wieso hat sie dabei immer noch so tolle Beine?«
Jo hält Mikki die Ohren zu.
»Und was sonst noch?«
»Ja, was denn sonst noch? Glauben Sie wirklich, Kindchen, den Leuten fällt mehr ein als die üblichen Gehässigkeiten?« Sie wirft einen Tigerpuschen an die Wand. »Eine Spinne«, sagt sie zu Mikki.
»Morgen wird wieder eine andere Sau durchs Dorf gejagt. Sie sind für drei Sekunden Thema. Und wichtiger sind Sie nicht. Dafür interessieren sich die meisten zu wenig für andere.«
Ich sehne mich nach einem Gin-Tonic. Bitte, jetzt. »Manchmal habe ich Angst, dass die Leute mit Fingern auf mich zeigen. Dass ich über meine eigenen Füße stolpere, hinfalle, und alle lachen. Über mich lachen, weil ich falle. Und dumm bin. Und hässlich und eingebildet.«
»Das sind Ängste, Kindchen. Keine Tatsachen«, flüstert Polly in mein Ohr. Sie steht hinter mir. Ich höre, wie Jo Mikki aus der Tür schiebt, um uns allein zu lassen.
Es ist nicht dieses Bild. Es ist das, was ich darin sehe.
Ich schreie in Pollys Armen vor Angst, bis ich heiser bin, ich schreie die Ohmacht, die Einsamkeit der Jahre und Jahrzehnte heraus.
»Ich heiße Helena«, krächze ich zum Schluss trocken.

»Ich weiß. Ich heiße Polly. Bis wir das Gegenteil beweisen können«, sagt Polly, und ich schäme mich. Was für Probleme habe ich schon im Gegensatz zu ihr? Ist es nicht ein Albtraum zu vergessen, wer man ist, woher man kommt? Und zu vergessen, was peinlich war?

Obwohl. Im Moment erscheint es mir verlockend.

»Jetzt stoßen wir an, aufs Du«, bestimmt Polly und zaubert eine Champagnerflasche aus dem Tiefkühlfach. »Danach wirst du aufessen und duschen. Du bist keine Magd, die um Anerkennung bettelt. Du führst dein Leben ohne Absolution.«

»Wie spät ist es überhaupt?«

Halb zehn. Ich bin eigentlich seit einer Stunde im Büro. Dann fällt es mir ein: Ich bin der Boss! Wozu habe ich ein Arbeitszimmer?

Als ich, der Minnie-Maus-Bademantel offen flatternd, das Arbeitszimmer betrete, erwartet mich die dritte Überraschung: Das Zimmer ist in ein Gästezimmer verwandelt worden. Pollys Silberkleid baumelt über dem Monitor des Computers, der grüne Lodenmantel mit dem Fuchspelzkragen hängt am Fenstergriff, und die Bettdecke ist mit bedruckter Küken-Wäsche bezogen.

Ich schwenke zum Badezimmer und reinige mir das Gesicht, um eine Maske aufzulegen. Dann suche ich das schnurlose Telefon, finde es in dem Kleiderhaufen von gestern vor dem Bett, und rufe Hanne an.

»Schon die BILD gesehen?«, frage ich vorsichtig.

»Ja klar! Ich glaube, dem einen Model fällt gerade die Brust raus. Aber meine Güte, wie seh ich bloß aus. Irgendwie wirkt man auf Fotos fünf Kilo dicker. Vielleicht sollte ich doch anfangen, Resveratrol zu nehmen. Man kann mehr essen, lebt länger und bleibt schlank.« Irgendwie ist sie einen Tick zu fröhlich.

»Das gilt nur für Mäuse, Hanne. Was ist los in der Redaktion?«

Hanne schweigt. Lang genug, damit ich mich in den alten Lehnsessel mit den großen roten Ohren setzten muss.

»Willst du zuerst die schlechte, die ganz schlechte oder die furchtbare Nachricht?« Ich pule an der Crememaske herum.

»Also, die schlechte: Danny Martini ist in der Stadt und wäre bereit für ein Interview. Allerdings nicht exklusiv. Hotel Vier Jahreszeiten, viertel vor eins bis zehn nach eins. Sein Schwein ist übrigens gestorben.«

»Sein Schwein? Ach so, Moritz. Okay, ich geh selber hin.«

»Wir haben Paris als Fotograf verfügbar. Der hat fünfmal an-

gerufen, drei Blumensträuße geschickt und einen Brief an dich persönlich vorbeibringen lassen. Von einem Kurier mit Waden, mein Gott, ich wusste nicht, dass Männer solche Waden haben können. Braun gebrannt, wie ein heißes Hähnchen, knusprig und …«

»Und die ganz schlechte Nachricht?«, unterbreche ich Hanne. Ein bisschen freut mich Paris' Engagement allerdings.

»Helena, Paris muss dich zusammen mit Martini fotografieren, das brauchen wir fürs Editorial als Beweisbild. Außerdem hat sich der Gerion für Montag acht Uhr dreißig angekündigt.«

Acht Uhr dreißig? Der Cleaner will es auf die harte Tour.

»Okay. Die Redaktion soll um Viertel vor acht komplett sein. Wir können auch anders. Und was ist nun mit der furchtbaren Nachricht?«

»Ich habe gestern das halbe Büfett leergegessen, obwohl ich nur noch wasserhaltige Lebensmittel essen wollte. Die andere Hälfte hat Polly verputzt. Man soll mindestens 1200 Kalorien täglich zu sich nehmen, sonst stellt der Körper die Fettverbrennung ganz ein und man bleibt dick und hungrig. Aber es gibt da die neue Stiefeldiät. Wenn man Stiefel trägt, erhöht sich der Fettabbau. Na ja, die Mini-Lachs-Bagel waren ausgezeichnet. Die Blätterteigtaschen nicht so, trocken und …«

»Hanne, bitte!« Ich brülle fast ins Telefon. Haltung, Helena!

»Schon gut. Alle in der Redaktion finden, es war eine gelungene Party. Vor allem als du mit Kaschinski auf dem Tresen Limbo

getanzt hast und dich in deiner Ansprache lobend über dein tolles Team geäußert hast, ohne das du untergehen würdest. Die Models haben angerufen, um sich für die BILD zu bedanken. Die machen übrigens die Jesusdiät. Nur Wasser, Wein und ein Fisch die Woche.«
Meine Erinnerungswolken riechen nach Alkohol. »Was ist die furchtbare Nachricht? Hat Kaschinski Fanny noch nicht angerufen?«
»Um genau zu sein, weiß ich es nicht, sie hat sich noch nicht gemeldet. Ich gehe deswegen davon aus, dass sie noch bei ihm ist oder bereits die Farben anmischt. Wer weiß, vielleicht hat sie auch schon den Pinsel in der Hand, fragt sich nur welchen …«
»Die Nachricht, Hanne. Hat Zero mich schon rausgeworfen? Sitzt Daphne auf meinem Stuhl? Haben die Anzeigenkunden alle gekündigt? Ist Angelica ein Nagel abgebrochen? Himmel, Hanne! Ich bitte dich, sag's einfach.«
Hanne holt tief Luft. »Es ist ein Blog über dich erstellt worden. ›Blond in Hamburg‹ heißt er. Und jemand hat dir den Link anonym auf deinen Rechner geschickt. Jemand verbrät dich in seinem Internet-Tagebuch als liebstes Hassobjekt.« Sie beißt krachend in einen Apfel. »Er nennt sich Angel's Eyes«, sagt sie undeutlich und kauend. »Und er schreibt über dich wie jemand, der dich gut kennt, Helena. Zu gut. Und dich nicht mag.«
»Ich arbeite heute Nachmittag die liegengebliebenen Sachen durch«, verspreche ich, statt auf die Nachricht zu reagieren.
»Du hast dieses Jahr noch fünfeinhalb Wochen Urlaub. Plus die fünf Wochen vom letzten Jahr. Du musst nicht kommen«, sagt Hanne.
»Ach so«, sage ich.
Ich drücke sorgsam auf den roten Knopf auf dem Telefon und wische die Cremereste der Gesichtsmaske vom Hörer. Angel's Eyes.
Es steigen mehrere Bilder aus dem Champagnersumpf auf. Jo.

Wie er Angelica ansieht, als sie spricht. Er hat sie so intensiv angesehen, wie der Typ in der R&B-Bar geschaut hat, von dem ich gehofft hatte, dass er mich meinte. Daphne, wie sie Paris mit ihren langen Nägeln über den Nacken streicht und dann an den Hintern geht. Jackie, die sich in Marlies' Armen einrollt. Claire, wie sie unfassbar sexy mit Lukas tanzt. Sie nimmt ihn wie ihr Cello zwischen die Schenkel. Luigi, der »Goldfisch«-Chef, der ein Taxi ruft und mir dabei versichert, wie wundervoll ich aussehe, auch barfuss, erst recht barfuss, im Nachtregen. Kaschinski, der Fanny aus einem Stück Alufolie eine Rose faltet. Telse Grill, die mich zum Schluss lange umarmt und mir »Danke« ins Ohr haucht. Wofür bloß? Himmel. Nochmal Daphne, die mit einem Maraschino-Kirschstil einen Knoten macht. Nur mit der Zunge. Der Spiegel-Redakteur, der ihr wie hypnotisiert dabei zusieht und sich an seine wilde Zeit vor 20 Jahren erinnert. Tausend kleine Schnappschüsse, die sich zu einem Film reihen. Habe ich meinen fleischfarbenen Slip Paris in die Tasche seines Oberhemds geschoben? Habe ich ihn wirklich gebeten, mir zu sagen: »Ich will mit dir schlafen, aber ich liebe dich nicht«? Habe ich gesagt: »Ich vögele nicht in der company herum, also kann ich dich nicht engagieren, wenn wir vögeln«? Ich habe. Warum nur? Ach, ja. Weil Jo Angelica angesehen hat. Mit einem Blick, mit dem er mich noch nie bedacht hat. Ein Blick voller Begehren. Mein Jo. Von Herzen geliebt, aber nicht mein Herzmann. Ich vergrabe das Gesicht in beiden Händen. Wenn ich nichts sehen kann, kann mich auch niemand mehr sehen. Hat Paris mich geküsst? Ja. Fühlte sich weich an und ein bisschen flaumig.

Flaumig! Wo ist denn der Hund? »Wo ist Jackie?«, frage ich Polly.

»Der Dickdarm im Muff? In deinem Bett natürlich.«

Ich hinke ins Schlafzimmer.

Jackie schiebt ihr Köpfchen unter meiner Kuschelente hervor. »Wuah?«, fragt sie verschlafen.

»Ja. Genau, du hast recht. Ich sollte mich für Martini anfrischen.« Ich kraule sie.
»Waff«, bestätigt Jackie und leckt meine Hand.
»Frag Polly, ob du einen Pfannkuchen bekommst«, flüstere ich ihr zu.
Ich rede mit einem Hund! Als Nächstes werde ich Jackie fragen, ob wir Polly nicht behalten können, anstatt ihr Foto an die Polizei und das Abendblatt zu geben, in der Hoffnung, dass jemand die alte Dame ohne Namen vermisst. Mir würde sie jetzt schon fehlen.

10

Noch eine halbe Sunde bis zum Date mit dem sexiest man alive – und ich habe nichts anzuziehen.

»Wer ist dieser Danny Bellini denn so Wichtiges?«, fragt Polly aus dem roten Sessel, während sie Jackie die Hundehaare zu einem Zopf hochbindet und mit einem rosa Geschenkeband umwickelt. Polly trägt immer noch das Paillettenkleid, aber hatte sich die Lockenwickler aus den Haaren gedreht, die jetzt wie silbriggraue Rollmöpse um ihr fein geschnittenes Gesicht schaukeln.

»Martini. Und er ist ein Hollywoodstar«, murmele ich, während ich versuche, meine Knackpojeans für alle Fälle über meinen Hintern zu ziehen. Ich werde niemals in diesem Leben in eine Jeans Größe 28 passen. Erst wenn ich schon drei Monate tot bin.

»Aha«, meint Polly. »Wer ist Hollywood?«

Ich krieg den Reißverschluss nicht zu. Nicht mal im Liegen. »Ein neurotischer Hügel in Amerika, auf dem Leute und Gegenstände so gut ausgeleuchtet sind, dass alle glauben, es reiche im Leben, nur gut auszusehen«, erkläre ich und wühle in dem Kleiderberg, den ich im Wohnzimmer in den letzten Stunden angehäufelt habe. »Das ist der Ort, an dem Leute wohnen, die wir bewundern, weil sie uns im Kino vorspielen, um wie viel großartiger das Leben doch sein könnte.«

»Und dieser Daiquiri? Wird der auch bewundert?« Polly guckt wie eine Dreijährige, die erstmals vom anatomischen Unterschied zwischen Mann und Frau hört. Ich greife nach einer Feinstrumpfhose. Als ich halb drin bin, sehe ich sie – die Laufmasche. »Allerdings«, seufze ich, »von zirka drei Milliarden Frauen.« Ich ziehe eine *Gala* aus dem Zeitschriftenhaufen neben dem weißen Kolonialstilsofa. Auf dem Titel macht man sich Sorgen um Kirstie Alley und Kate Winslet: »Kummerspeck! Nach was hungern ihre Seelen wirklich?« Ich blättere bis zu dem *Pacific 13*-Interview. »Hier. Das ist Mister Martini. Ein Mann, der sogar dann besorgniserregend gut aussieht, wenn er sich drei Tage nicht rasiert hat und eine zu weite Badehose trägt.« Ich nestele an der nächsten Strumpfhose. Ich schlüpfe in das rechte, dann in das linke Bein – Laufmasche! Gleich schreie ich.

Polly hält sich die Zeitung einen halben Meter entfernt vors Gesicht und begutachtet Danny Martini. »Hmhm«, sagt sie. Jackie knurrt.

»Und sind die auch alle glücklich?«, fragt Polly weiter und beginnt, ein Leberwurstbrot an Jackie zu verfüttern, während sie in der Morgenpost einen Bericht über ein Rentnerehepaar liest, das sich gemeinsam das Leben genommen hat.

»Nein. Ja. Ach, weiß ich nicht!« Ich habe keine Ahnung, ob es einen Menschen in der Hyperrealität glücklicher macht, wenn er zwei Millionen Dollar fürs Angesagtsein bekommt, wenn er mit Brad Pitt schläft oder sich von Tom Cruise rumkommandieren lässt. Ich weiß nicht, ob man in Hollywood glücklicher ist, weil einem die Juweliere die Diamantcolliers für die Oscar-Verleihung leihen, oder ob Modedesigner einen mehr lieben, weil man ihre Kreationen auf dem roten Teppich präsentiert. Oder ob persönliche Assistenten vom Brustwarzenzwirbler bis zum Wasserreicher einem den Tag retten. Ich weiß nichts von diesem Leben, wo man alles geschenkt bekommt, was man nur will. Harley Davidsons mit Schminkspiegel für Paris Hilton, limitierte Handys für Nicole Richie, Ferraris für verkokste Rapper. Laufmaschen gibt's da nicht. Und über Internettagebücher, die anstel-

le des alltäglichen Einerleis gehässige Spitzen über Hollywoodgrößen böten, würden sie hinwegsehen und das nächste Parfüm erfinden. Hätte man mich gebeten, für einen Tag mit einem Star meiner Wahl zu tauschen, hätte ich Martini gewählt. Der würde dann mit mir ins Bett gehen. Also ich mit mir.
»Sind das Unfallopfer?« Polly hat in der *Gala* die Vorankündigung der Reality-Show »The Swan«, Staffel zwei, entdeckt. Frauen lassen sich zwecks Schönheit life umoperieren. Brüste, Bauch, Po, Gesicht.

»So ähnlich. Ihr Ego ist gegen die Wand gefahren.«
»Ah. Und warum ist es wichtig, was du anziehst? Du interviewst den Aperitivi doch nur. Du willst ihn nicht mit nach Hause nehmen.«
»Aber wenigstens ein bisschen antesten, Polly.« Ich kontrolliere meine letzte Möglichkeit, zwei halterlose Strümpfe. Der linke hat eine … genau. Ich werfe ihn an die Wand. Jackie fängt ihn sich im Flug und macht sich kauend über ihn her. Ich bin nicht geschminkt, fühle mich betrunken, und das alles macht mich wahnsinnig. Ich hauche mir in die Handfläche, rieche nichts, und hauche Jackie an. Der Muff winselt. »Aber wenn er dich auch antesten will, solltest du ihn mit der Wahrheit konfrontieren, um ihm eine Chance zu geben, dich auch wirklich zu wollen!«, behauptet Polly. »Sei ganz du selbst!«
Prima Idee. »Polly, das verstehst du nicht. Du kennst ihn nicht!«
Sie schweigt. Ich wühle weiter in dem Kleiderhaufen herum. Dann fällt es mir auf. Das ist das erste Mal, dass ich Polly auf diese Art habe schweigen hören. Es ist deutlicher als jeder ausgesprochene Vorwurf. Ich sehe auf und ihr direkt in die gebrochenen Augen.
»Nein«, sagt sie mit belegter Stimme, »Ich kenne ihn nicht mal. Ich kenne nicht mal mich. Ich weiß nichts von dieser, deiner Welt. Ich habe das Gefühl, dass ich mit fünfundzwanzig eingeschlafen

und mit hundert wieder aufgewacht bin. Gestern war ich noch jung, heute bin ich schon eine alte Frau. Ich sehe mich im Spiegel und frage mich, wer ich bin. Ich habe mein Leben verpasst.«
Ich lege meine Arme um ihren Körper. Sie bebt ohne ein Wort. Stunden vergehen.
Dann atmet Polly tief ein, als ob sie etwas beschlossen hat. »Na, wie auch immer, Kindchen. Viel interessanter ist es doch, sich nicht zu fragen: Woher komme ich. Sondern: Wohin gehe ich? Nicht nur: Wer war ich – sondern wer will ich sein? Nicht
wahr?« Ich küsse sie vorsichtig auf die Stirn. Zaghaft lehnt sich die alte Dame ohne Namen an mich. Über ihre Schulter hinweg spähe ich in die Küche. Und auf die Uhr. 12.24.
Polly sieht mich erschreckt an, als ich kurz und laut aufschreie. Der Hund wimmert und robbt hinter den Sessel. »Ich weiß nicht, was ich anziehen soll!« Ich höre mir zu und finde mich dämlich.
Polly stemmt seufzend die Hände auf die Armlehnen, erhebt sich und sucht mit »hmms« und »ahas« in dem Kleiderhaufen herum. Schließlich hält sie mir eine Lederhose und ein Smokinghemd meines Vaters hin. Ein Ausgehzelt. Wieso lege ich mich am besten nicht gleich wieder ins Bett?
»Dieser Bambini sucht keine Frau. Der sucht einen Freund«, sagt Polly und wirft mir die Hose hin. »Glaub mir, Kindchen. Der hat so viel nacktes Fleisch in seinem Leben gesehen, der freut sich, wenn er sich davon mal erholen kann.« Rigoros stellt sie mir noch flache Boots dazu, die ich noch nicht mal im Winter in der Öffentlichkeit trage. »Zieh das an.« Sie knöpft mir das Hemd zu, geht zwei Schritte zurück und betrachtet mich. Dann krempelt sie mir die Ärmel hoch und macht einen Knopf mehr auf.
Um des lieben Friedens willen. Und weil ich sie eben verletzt habe mit meinem unsensiblen Spruch, tue ich ihr den Gefallen und behalte die Klamotten an, mit denen ich mich als Glöcknerin von Notre-Dame bewerben kann.

»Kopf runter«, befiehlt Polly dann, um mich mit einer Bürste zu bearbeiteten. Haare fliegen herum wie Federn einer erschossenen Taube. Jackie schnappt sich ein Büschel und rennt mit ihrer Beute fröhlich im Kreis um uns herum. »Der Muff frisst meine Haare!«, kreische ich, aber Polly bleibt unbeeindruckt. »Fertig«, befindet sie nach zwei Minuten.

Noch 20 Minuten. Ich würde es nie schaffen, etwas anderes anzuziehen, mich zu schminken und auf die beruhigende Wirkung des Alkohols zu warten. Egal. Ich habe ein Interview zu machen, und die Arbeit ist immer vorgegangen. Ich habe besoffen, bekokst, verlassen, frisch gevögelt und unausgeschlafen gearbeitet. Man wird nicht Chefredakteurin, wenn man einfach nur die Arbeit erledigt, man wird Chefin, weil man 23 Stunden lang arbeitet und dann früher aufsteht, um die Welt noch ein bisschen schneller zu drehen. Als ich noch bei der *Bild am Sonntag* als Ressortleiterin gearbeitet habe, war ich sieben Tage die Woche on air, Hexenkessel des Boulevards, Gesellschaftsreport. Tagsüber Redaktion, abends Partys und Empfänge, nachts Interviews tippen, morgens neue Ideen, nachmittags Alkohol, nachts einen männlichen Körper, an dem ich mich müde stoßen konnte.

Ich brannte, ich brenne, ich verbrenne, und das Adrenalin fängt an zu pumpen. Danny Martini!

Die Treppenstufen wackeln, als ich die vier Etagen heruntergehe. Frau Rosenboom kommt mir schwer atmend auf dem letzten Absatz entgegen. »Schönen guten Tag«, sagt sie freundlich. Ich nehme die Sonnenbrille ab – seit wann redet sie mit mir?

»Ach du je, Sie sind's!«, fiept sie und hebt ihr Einglas vors Auge. »Was ist denn mit Ihnen passiert?«

»Ich weiß, ich seh furchtbar aus.«

»Das hat Sie ja sonst auch nicht gestört!« Sie lässt ihr Einglas in die Manteltasche gleiten und schnappt sich ihre Einkaufstüte, um sich dann finster murmelnd am Treppengeländer nach oben zu ziehen.

Vor der Haustür atme ich tief ein. Ich hab Restalkohol und mich vom Schwan ins hässliche Entlein verwandeln lassen. Für Danny Martini, weil um den schon genügend Paradiesvögel herumflattern. Sonst trage ich eine chemische Giftmüllkippe aus Schaum, Wachs, Gel, Make-up und atombombensicherem Lippenstift mit mir herum. Heute gehe ich umweltfreundlich. Selbst eine altruistische Entenmutter würde mich unter Wasser treten.
An der Rothenbaumchaussee stoppe ich ein Taxi, indem ich mich mitten auf die Straße stelle. »Vier Jahreszeiten, bitte.« Der Taxifahrer verdreht die Augen, eine Tour von fünf Euro 80 ist nicht gerade der Traum an einem Freitagmittag. »Tut mir leid«, entschuldige ich mich, und er schaut mich im Rückspiegel prüfend an. Als ich mir die Wimpern tusche, fixiert er mich noch immer. Ich kneife mir in die Wangen, um das Rouge zu ersetzen.
»Sind Sie das heute in der BILD?«, fragt er während der Rotphase am Dammtor-Bahnhof. Die Autos kriechen mit fünf Stundenkilometern über die Kreuzung, Rechtsabbieger Richtung Uni verursachen an dem Fußgängerüberweg einen Stau. Ich nicke.
»Sie sehen in echt ganz anders aus.« Ach. Er weiß, wie ich in echt aussehe?
»Viel besser«, schiebt er hinterher und zwinkert mir im Rückspiegel zu.
Nach endlosen, schweigenden zehn Minuten lässt er den Mercedes vor dem roten Teppich zum Hotel *Vier Jahreszeiten* ausrollen. Ich reiche zehn Euro nach vorne. Der Wagenmeister in seinem grauroten Umhang und dem schwarzen Zylinder tritt heran und öffnet den Schlag. »Ihr Wechselgeld!«, warnt der Taxifahrer.
»Stimmt so.« Jetzt bezahle ich eben für zweifelhafte Komplimente.
Ich gehe die wenigen Stufen bis zur Drehtür hinauf. Eine atemberaubend junge Angestellte in einem hanseatisch knappen

schwarzen Uniformkostüm dreht sie für mich. Gleich wird sie mir einen Rollstuhl holen.

Ich lasse die Atmosphäre des *Fairmont Vier Jahreszeiten* auf mich wirken. Das goldene Licht legt sich sanft auf den hellen Marmorfußboden. Die dunkel getäfelten, hohen Wände mit den Wandteppichen strahlen Geborgenheit und Luxus aus, Tradition und Ruhe. Hier benimmt man sich gesittet. Weil es alle anderen auch tun. Hier sehen die Angestellten jedem Gast in die Augen. Fast automatisch schwenken meine Füße scharf links Richtung Wohnhalle, anstatt rechts zu den Fahrstühlen und zur Rezeption, um mich für das Interview anzumelden. Der Kaminraum mit den großzügig verteilten Tischen, den Fine-de-Siecle-Stühlen und den Ledersofas ist so etwas wie die Edelvariante einer vertrauten Eckkneipe.

Wie oft habe ich hier einfach nur gesessen und geschaut, während ich auf einen Star gewartet habe, der gefragt werden wollte, was er denkt und fühlt und will. Nicole Kidman, Morgan Freeman, Angelina Jolie, Clint Eastwood. Ich hatte hier anderen beim Leben zugesehen. Gesehen, wie sich in ihren Gesten ihre Herkunft widerspiegelte. Hatte alte Frauen belächelt, die auf jung zu machen versuchten, um ihre Kaufmänner im dunklen Tuch zu täuschen. Auftoupiertes Haar, teure Kostüme, gestraffte Dekolletés und Männer, die sie schon seit Jahrzehnten mit den Original-30-Jährigen betrogen, anstatt die Nachahmung zu knallen.

Kurz vor der Wohnhalle verbirgt sich die Schuhschachtelgroße Bar. »Guten Tag«, grüßt der Barchef Labello neutral, dann schenkt er mir einen zweiten Blick. »Madame Levy! Ich … habe Sie nicht gleich erkannt. Geht es Ihnen gut?« Ich muss mich an einem Nussschälchen festhalten. Mir geht es prima. Seit Tagen schon.

Ich bin unsichtbar ohne mein Gesicht. Ich will nicht ich sein. Doch ich habe nur noch drei Minuten bis zum Date mit Martini. Selbst ein Shoppingprofi würde es nicht in drei Minuten schaffen, zu der Boutique neben dem Hotel zu gehen, mir ein Komplettoutfit für 4000 Euro zusammenstellen zu lassen und wie nebenbei eine Gesichtssanierung zu organisieren.

»Da musst du jetzt durch, du alte Säuferin. Ist die gerechte Strafe«, murmelt die Richterin. Ich bräuchte einen doppelten Whiskey, um sie zu ertränken. Oder ich könnte Wodka nehmen, wie die Models auch. Sie saufen das Zeug aus ihren kleinen Wasserflaschen und haben keine Fahne, aber dafür Mut genug, sich dem Koks zu widmen und den Hunger zu überstehen. Und Leute machen sie zu Stars. Ich bezahle ihre Sucht, dünn und schön sein zu wollen, um damit Geld zu verdienen. Sie hassen es, deswegen dumm genannt zu werden. Die Hyäne faucht. *Meins, trinken! Meins, trinken!*

Labello gleitet hinter dem Tresen hervor und stiehlt meine Hand. »Schön, Sie zu sehen. Möchten Sie etwas trinken?« »Nein, doch nicht, Herr Labello. Ich muss Martini interviewen.«

Labello nickt wissend. »Ein feiner Mann«, sagt er. »Sehr höflich. Obwohl das Schwein tot ist.«

Er gießt mir dennoch ein Glas Veuve ein. Als ich danach greife, zittern meine Finger. Labello tut so, als ob er es nicht sieht. Drei Schlucke später ist das Glas leer. »Ich zahle später«, sage ich, ohne ihn anzusehen, und der Mann mit den wissenden Augen hinter der unmodischen Brille nickt. Er hat zwei Töchter und ist wahrscheinlich froh, dass keine so ist wie ich.

Am Conciergedesk übernimmt mich ein Dressman im Pagenleibchen, leitet mich in den Fahrstuhl mit grünem Marmor und poliertem Mahagoniholz. Ich weiche dem Spiegel aus. Auf meiner Zunge wälzt sich der Kater pelzig von vorne nach hinten. Mir fällt keine einzige sinnvolle Frage ein. Der Dressman lächelt.

Im sechsten Stock lässt mich der Page links den Flur entlang vorgehen, überholt mich vor der letzten Tür auf der rechten Seite und klopft an. Wir warten, und ich weiche seinem Lächeln geschickt aus, indem ich den blauen Teppich anstarre. Aus der vorletzten Tür rollt ein Nerzmantel, gekrönt von braunem, auftoupiertem Haar und fünfzehn Kilo Juwelen. Die Dame sieht nicht so aus, als ob sie hier nur absteigt. Sondern so, als ob sie hier wohnt. Direkt neben Danny Martini. Sie können sich den Balkon zur Binnenalster teilen und morgens die handgeschöpfte Butter für die mundwarmen Brioche.

Vor meinem inneren Auge sehe ich Danny im weißen Bademantel die Tür öffnen, ein Glas Ale in der Hand. Er wird es mir reichen, dem Pagen zuzwinkern, mich hineinbitten, sich aufs Bett legen und mit mir anstoßen. Man würde uns drei Tage und Nächte nicht mehr an der frischen Luft sehen und uns das Essen auf Rollwägelchen bringen, die Teller mit silbernen Galoschen abgedeckt, Monogrammbesteck und gestärkten Servietten. Der Nerz von nebenan wird mir neidisch beim Frühstücken zugucken und dann vor lauter Frust eine Runde am Neuen Wall shoppen gehen, noch ein paar Pelze, an die sie sich nachts kuscheln kann. Ich werde derweil Dannybärs Fell auf der Brust kraulen. Ob er schnurrt?

Die Tür wird von innen geöffnet. Wer ist denn das Weib da? Mit ihr im Raum sind eine Menge Kollegen, die auf dem grünweißgestreiften Sofa fläzen, es sich in den zwei Sesseln gemütlich gemacht haben, von einem Silbertablett Kanapees essen und auf dem Balkon stehen, rauchen und die Aussicht inhalieren, die man zu selten hat, will man nicht ständig 600 Euro für eine Suite bezahlen. Einige kenne ich, doch niemand erkennt mich. Oder vielleicht grüßt man auch keine Kollegen, die sich dabei erwischen lassen, in der Klatschspalte der BILD aufzutauchen. In Hamburg kommt es darauf an, sich zu den wichtigen Leuten zu stellen und außerdem dafür zu sorgen, dass die Richtigen das sehen.

»Frau Levy? Mister Martini hat sich für eine spontane Konferenz entschieden. Eine Roomparty quasi, wo jeder ungezwungen alles fragen kann«, erklärt mir die Pressefrau der Warners Film mit betonter Fröhlichkeit. Ich reiche ihr die Hand. Ihre fühlt sich wie eine Duftkerze an. Sie cremt sie mit Vaseline ein. Gegen das Altern.

»Wir hatten aber fünfundzwanzig Minuten Alleinzeit vereinbart. Und kein Junket, wo zehn Journalisten sitzen und hinterher alle dasselbe schreiben.«

»Freuen Sie sich, keiner wird bevorzugt«, sagt sie und zwinkert. Eine zwinkernde, dünne Quecksilber-Duftkerze.

Wer freut sich? Etwa einer der neun Kollegen, die an ihren Laugenbrötchen mit Roastbeef und Lachs knabbern, sich Kaffee aus den silbernen Alfi-Kannen nachgießen und Perrier-Flaschen in die Rucksäcke schmuggeln? TV Movie ist da, das Abendblatt, die Für Sie, Tv Spielfilm, die Petra, NDR Radio Hamburg und einige Kollegen, die ich nicht zuordnen kann. Sechs Frauen und drei Männer. Nein, da kommt noch ein vierter vom Balkon.

Er ist immer noch nicht mein Typ, stelle ich fest. Blond, blauäugig, schwieriges Kinn, Killerblick: Der Regenmann aus der R&B-Bar.

Und er tötet mich schon wieder mit diesem unfassbaren Blick, unter dem ich mich nackt und bloß fühle. Unsichtbar und tapsig wie der Charmingbär auf den Toilettenpapierrollen. Jetzt lächelt er.

Ich schaue mich vorsichtshalber um, ob ein Fernseher hinter mir in der Ecke der Suite hängt, aber da ist keiner.

Keiner – bis auf Mister Ladykiller Danny Martini.

Ich habe dem Regenmann schon wieder im Weg gestanden. Und ich stehe Danny im Weg und fühle mich wie Germany's next Top-Moppel in dem übergroßen Hemd und der Hose, den schweren Boots und mir.

Danny reicht mir die Hand, sagt seinen Namen, ich sage irgendeinen, er macht dieses Gesicht wie er es sonst nur bei der Martini- und Kaffeewerbung macht und raunt mit sonorer Stimme und

einem Hauch Oberklassen-Akzent: »Helen? Now I understand why Troy was destroyed«, und gleitet in den Raum hinein. Ich rieche an meiner Hand, und sie riecht nach Martini. Ich werde sie später Polly vor die Nase halten. Danny dreht sich zu mir um und blinzelt. »I like your pirate style. Dirty and sexy. May I call you Miss Dirty, Helen of Troy?« Er verschluckt die Silben wie ein erschöpfter Liebhaber, der sich im Bett umdreht. Ich spüre den fliegenden Puls bis in den Hals hinein. Man würde es rattern hören, wenn ich den Mund aufmachte. So bleibe ich an der Tür stehen und lehne mich an die Wand. Es sind zwei Männer zu viel im Raum, die mich nervös machen. Regenmann und Martini. Milch und Kaffee. Ich bin auf Zucker. Ich suche in meiner Handtasche nach dem Notizbuch und finde einen Jägermeister.
Die Tür fliegt auf, und ich lasse alles fallen.
»Bin ich zu spät?«
Paris Bronski. Instinktiv bücke ich mich nach meinem Buch und entferne mich aus dem Sichtfeld. Bisher hat mich Bronski nicht bemerkt. Er steht mit dem Rücken zu mir und verbreitet Unruhe. Während die Kollegen, Danny, Rainman, der missratene Bronski, die Pressefrau und ein Mann mit Knopf im Ohr, wahrscheinlich jemand, der verhindern soll, dass Danny auch nur irgendetwas zustößt, sich neu sortieren, krieche ich in den hinteren Teil der Suite. Im Schutz der Sessel und eines Rollwägelchens erreiche ich das Bett. Es ist noch nicht gemacht und dekorativ zerwühlt. Ich robbe dahinter und lehne mich an die Kommode. Himmelbett. Am Kopfende ein Schmuckteppich. Hinter mir geht es in ein Bad, so groß wie ein Studentenappartement. Zwei Waschtische, eine Riesenwanne, eine Dusche und dazwischen jede Menge Luft und Raum, vor allem für eine komplett verspiegelte Wand. Jede Menge Platz, um Miss Dirty wieder sauber zu waschen. Der Gedanke an einen seifenglitschigen Schwanz taucht auf wie ein Strohhalm aus einem Glas Mineralwasser. Ich zerre an der Bettdecke und schnüffele daran. Was tue ich hier?

Ich schäme mich. Gut, ich habe mich in einem Anfall von lüsternem Hass gestern hinreißen lassen, Paris zu küssen, ihn zu beleidigen, ihm meine Gier zu gestehen, und habe mich von ihm als Partyhäschen ablichten lassen. Geht's nicht noch ein wenig billiger, Helena? »Aber ja! Du könntest Lex anrufen und ihn fragen, ob er dich nicht noch wenigstens ein allerallerletztes Mal vögelt. Abschiedsvorstellung, bevor Stütchen zum Schlachter kommt«, zischt Richterin Gnadenlos.

Ich ziehe die Knie an und zähle von zehn rückwärts. Vielleicht hat sich Paris bis dahin in Luft aufgelöst. Oder ich.

»Alles in Ordnung?«, flüstert eine männliche Stimme an meinem Ohr.

Ich sehe in zwei blaue Bergseen hinter Glas.

»Aber ja. Wunderbar! Großartig! Fantastisch!«, flüstere ich dem Regenmann zu. Kann er mich nicht ignorieren wie sonst auch?

»Ich hoffe, Sie simulieren bei Ihrem Freund überzeugender«, stellt er leise fest und zieht eine Augenbraue hoch.

»Sie könnten mich auch ganz direkt fragen, ob ich noch zu haben bin.«

»Sind Sie's?«

»Hätten Sie's denn gern?«

»Ich hätte gern mal was anderes als eine Gegenfrage.«

»Und ich hätte gern jetzt meine Ruhe.«

»Diplomatie ist nicht gerade Ihre Stärke, oder?«

Sei ganz du selbst, hat Polly gesagt. Tolle Idee. »Diplomatie ist was für Leute, die sich nur dafür interessieren, was andere Leute denken.«

»O nein, Diplomaten sind Opportunisten. Sie wollen wissen, was die anderen machen, und überlegen sich dann, ob sie dasselbe tun sollen.«

»Dann sind Sie also kein Diplomat, sonst würden Sie jetzt schön brav bei den anderen sitzen und bei dem Junket mitspielen.«

»Ich spiele nie, wenn es ernst wird. Nur zum Spaß.«

»Meine Güte, was tun Sie eigentlich, wenn Ihnen die letzten Worte ausgehen? Bringen Sie sich oder den anderen um?«

»Ich leihe sie mir von klugen Frauen in Lederhose und Smokinghemd, die sich hinter Betten verstecken, statt sich darin zu offenbaren.«

Seine Präsenz ist so fühlbar, dass ich nach ihm greifen will. Er ist schlau. Er ist sexy. Er ist schnell. Dann fällt mir ein, dass er immer noch nicht mein Typ ist.

Seine blauen Augen halten mich gefangen, mit dieser fatalen Mischung aus Schutzinstinkt, Neugier und Interesse. Seine Lachfältchen haben sich noch ein wenig vertieft. Wie Sonnenstrahlen. Das macht es nicht leichter, ihn zu ignorieren.

Mein Blick flieht über die Bettkante in den Raum hinein. Alle starren verzückt auf Martini, der gerade etwas aufführt, was wie ein nachgestelltes Missgeschick bei einem Stunt wirkt. Die Kollegen lachen, die Frauen etwas perlender. Paris schaut sich suchend um. Die Pressefrau ebenso. Sie suchen mich.

Ich ziehe den Regenmann am Kragen seines braunen Cordjacketts zu mir herunter, bis er zwangsweise neben mir hockt.

»Ich sag Ihnen einfach, wie es ist. Ich verstecke mich hier vor dem Fotografen, damit er mich nicht in Dannys Bett sieht.«

»Oh, stimmt, Sie sind Michelle Pfeiffer, jetzt fällt es mir auch auf. Haben Sie schon lang ein Verhältnis mit Mister M.?«

»Nicht so laut! Ich will nicht, dass man uns beide hier sieht!«

»Okay«, sagt den Regenmann, zieht an der Decke aus dem Bett über uns und lächelt mich an. Er sieht aus wie ein schöner, gefährlicher Wolf mit diesem Lächeln. Und mit dieser eigentümlichen Stimme, die eine Modulation besitzt, als ob sie direkt aus seinem Bauch kommt, verströmt er dabei eine unendliche Wärme. »Haben wollen«, knurrt meine Hyäne. *Den oder was zu trinken. JETZT!* Ich will ihn nochmal reden hören. Komm schon. Sag was. *Ichwillichwillichwill.* »Haben Sie nicht irgendeine Arbeit zu erledigen? Stars interviewen oder die Minibar auffüllen?«

Vorne in der Suite lässt sich Danny von Paris fotografieren. Das Blitzlicht bricht sich in den Badezimmerspiegeln. »Hey, Miss Troy, are you still here?«
Troja ist belagert. »Also. Hatten Sie nicht was vor?«
»Nein. Eigentlich habe ich hier auf jemanden gewartet.«
»Können Sie nicht in der Bar warten – wie jeder normale Mann? Anstatt unter der Bettdecke?!«
»Sie unterschätzen die normalen Männer. Wir wäre es mit einem Interview, exklusiv – ob Martini wirklich so gut im Bett ist, wie es sich Millionen von Frauen vorstellen?«

»Ja, ist er! Und noch viel besser!« Was rede ich denn da. Jetzt behaupte ich schon, dass ich mit Martini eine Affäre habe. Wahrscheinlich souffliert noch der *French 75* diesen Unsinn.
»Wir könnten das bei einem Essen besprechen. Sie essen doch wenigstens in Ihrer Freizeit, oder, Frau ...?«
»Pfeiffer. Wissen Sie, wie man das schreibt?«
»Was ist das denn für eine Frage.«
»Eine von den einfachen.«
Er nimmt seine Brille ab. Der Killerblick trifft mich einen halben Meter südlich des Herzens. »Es ist klar, dass ich Sie jetzt umbringen muss, Mademoiselle. Sie hatten das letzte Wort.«
»Nein. *Jetzt* habe ich es. Es lautet: Ciao!«
Er lächelt, steht ohne ein weiteres Wort auf und windet sich unter der überhängenden Bettdecke hervor. Na endlich.
Plötzlich wird mir der Deckenzipfel vom Kopf gerissen.
»Vielleicht sollten wir nochmal von vorn beginnen. Mein Name ist Ben.« Da steht das Blauauge wieder da und hält mir die Hand hin.
»Margerite«, nenne ich ihm geschockt meinen dritten Vornamen. Irgendeine Margerite, die keine Ähnlichkeit hat mit der Bunte-Bildchen-Helena, hat ein Verhältnis mit Danny Martini. Ich werde die Hose und das Hemd verbrennen, nach Panama auswandern. Voilà.

Unsere Hände gleiten ineinander. Wie Vögel in einem Nest.

Er zieht mich hoch. Näher zu sich heran. Er besitzt eine Kraft in seinen Fingern, die mich betört. Ich kann ihn riechen. Eine Mischung aus Rasierseife, Waschlotion und Mann. Sein Mund besitzt die Farbe von hellroten Trauben.

Wie er mich ansieht.

Ich versuche, Ben meine Hand zu entziehen. Er hält sie fest. Und das sechs Meter von Danny Martini entfernt, dem Mann, dem ich seit Monaten für ein Interview nachrenne, den ich als lebenden Adventskalender jeden Tag hinter einem Türchen haben wollte und der … Wo ist Danny Martini? Es ist so still in der Suite. Ben hält immer noch meine Finger fest und warm umschlossen. »Hallo«, raunt er.

»Wollen Sie um meine Hand anhalten oder wieso kriege ich sie nicht zurück?«, flüstere ich böse.

»Ich heirate nie, ohne wenigstens zwei-, dreimal vorher mit der Anwärterin zu schlafen«, sagt er kühl. Ich bekomme meine Hand zurück.

Ich drehe mich um. Es ist niemand mehr da. Niemand! Das Bett gibt nur unmerklich nach, als ich mich frustriert nach hinten fallen lasse.

»*Das* ist jetzt ein wenig voreilig, Frau Pfeiffer. Ich warte unten in der Bar. Wie jeder normale Mann. Erst der Drink, dann das Horizontale, zum Schluss der Antrag. Da bin ich altmodisch.« Er deutet eine Verbeugung an und verlässt die Suite. Idiot.

11

So. Und dieser Mann glaubt also ernsthaft, ich würde ihm in die Bar nachlaufen, weil ich auf einen Antrag spekuliere?

Ich schnuppere an meiner rechten Hand. Bens Duft hat den von Danny Martini überdeckt. Er gefällt mir.

Ein wenig bedauere ich meine Tapferkeit, als ich zum Concierge gehe und ihn 14 Euro für Labello in einen Umschlag stecken lasse, für den Champagner. In diese Bar gehe ich jedenfalls nicht. Ich gehe dort nicht hinein, weil ich immer noch den Regen auf der Haut spüre. Was ist, wenn ich beginne, mich nach einem Mann zu verzehren? Nein. Nein. Nein. Niemals. Niemals.

Ich kann nicht. Ich will nicht mal. »Du lügst«, sagt die Richterin.

Ich warte im Foyer herum und hoffe, dass mir das Leben die Entscheidung abnimmt. Ich warte auf ein Omen und ein bisschen auch auf Mister Martini. Mit 14 interviewte ich Taubenzüchter. Mit 24 Donald Trump und Julia Roberts. Mit 34 Condoleezza Rice und Orlando Bloom. Mit 35 habe ich keine einzige Frage mehr übrig.

Eine goldgelockte Endzwanzigerin stöckelt aus der Wohnhalle mit strassbesetzten hohen Riemchensandaletten. Ihre Scham umspielt ein als Rock getarnter Tigergürtel. Der Mann an ihrer Seite führt sie stolz wie einen Pokal über den Marmorboden und sie tut so, als sähe sie mich nicht. Es ist ein Seitenblick aus geschlitzten Augen, der mich in einer halben Sekunde von oben bis unten abschätzt. »Ja, ja, du bist dünn, ich bin's nicht, du bist jung, ich bin zum Sterben hergekommen. Du bist die Wachablösung, und ich habe in fünf Jahren Halbzeit und kann mir eine Liste von Dingen machen, für die es in diesem Leben schon zu spät ist.« Die Worte fallen aus mir heraus. Sie sieht mich an, als hätte ich nicht leise genug mit mir selbst gesprochen.

Ihr selbstzufriedener Ausdruck bestätigt meine Vermutung, dass sie beim Vergleich mit mir gewonnen hat. Diese Sorte Frauen ist beruhigt, wenn sie etwas gefunden hat, worin sie besser abschneidet. In diesem Fall hat Goldmariechen 90 von 100 Punkten. Mir gehören zehn für Danny Martinis Lächeln.

Martini, der gerade aus der Bar gleitet, an mir vorbei, als hätte er mich nie Dirty Helen genannt, auf Goldie zugeht und sie herzlich umarmt. Ja, gib's mir. 100 von 100 für das Jungfohlen. Es ist Zeit zu gehen. Es gibt ja auch sehr schöne Klöster, im Allgäu.

Als ich in die Drehtür trete, kommt mir das Schicksal entgegen gelaufen. Paris.

Ich senke den Kopf und verstecke mich hinter dem Haarvorhang. Er nimmt die Drehtür mit Schwung. Ich trippele schneller, doch als wir auf selber Höhe sind, guckt er mich durch die Scheibe an. »Helena?« In seiner Stimme eine Mischung aus Schock und Unsicherheit. Ich mache mich durchsichtig. Er stupst die Drehtür schneller, ich schaffe es nicht rechtzeitig heraus und stolpere noch eine weitere Runde mit, Paris auf der anderen Seite des Drehkreuzes. Diese Boots wie Schleifsteine an mir. »Helena!« Er bremst die Drehtür ab. Ich stolpere hart gegen die Glastür. Sie klemmt. Ich schiebe und ziehe, doch er hält gegen. Paris hat mich gefangen.

»Was?«

»Wir müssen reden.«

»Wir sind nicht mal verheiratet, Bronski!«

»Was soll das denn jetzt wieder heißen?«

Ben hätte gewusst, was das heißt. Ben. Der Regenmann hat jetzt einen Namen.

»Das heißt so viel wie, dass dieser Satz – ›Wir müssen reden‹ – dir gar nicht zusteht.«

»Was? Muss ich dich erst heiraten, damit wir reden können?«

»Genau. Schönen Tag noch.« Ich drücke gegen die Tür.

»Okay. Dann heiraten wir eben. Wie wär's mit Freitag?«

Ich höre auf, mich gegen die Tür zu stemmen, und schlachte ihn mit dem Blick ab, den ich mir für Heiratsanträge wie diesen angeeignet habe. Ich reiße sein Herz heraus, fresse es auf und spucke es ihm vor die Füße. »Abgelehnt.«

»Ich werde mich deswegen nicht umbringen.«

Offenbar bin ich etwas aus der Übung. Na, der letzte Antrag ist auch schon ein paar Jahre her und der Herr damals steckte gerade in mir. Das verdarb mir dann doch die Stimmung.

»Wieso fragst du dann so romantisch?«

»Weil ich wusste, dass du nein sagst.«

»Was weißt du schon von mir.«

»Schönste. Genug, um dich zu nehmen.«

»Lass dir die Augen richten!«

»Meine Göttin!«

»Oh, du … Mann! Was willst du von mir?«

»Du willst, dass ich es der Welt entgegenschreie? Bitte: Ich will dich. Ich will küssen und halten und nehmen und dich. Dich!«

Ich hasse mich immer noch. Ich spüre die Wellen des Zorns, die sich als Tränen hinter meinen Augen sammeln. Nein! Nicht jetzt! Dieser Mann hat nicht eine Träne verdient! Was der verdient, ist einen Minderwertigkeitskomplex! Ich rüttele heftiger an der Drehtür.

Hinter mir klopft es.

»Besetzt!«

»Ist alles in Ordnung?«

»Aber ja. Wunderbar! Großartig! Fantastisch!«

»Das erwähnten Sie eben auch schon.«
Ich drehe mich um und sehe in die schönsten Augen der Welt.
»Ich frage mich, was passieren muss, damit es Ihnen miserabel geht.«
»Reden Sie mit mir? Dann ist es gleich soweit«, schnauze ich Ben an. Ich kann bei Ben nicht nett und sexy sein, damit er mich mag. Ich will mich so unmöglich benehmen, wie es geht, damit er aufhört, mich anzusehen.
Ben geht durch den Ausgang neben der Drehtür und zieht dann einmal kräftig an der Tür. Paris stolpert überrascht nach vorne, lässt die Tür frei, die sich mit Schwung zu drehen beginnt. Ich werde rückwärts aus dem Gefängnis herausgeschleudert und strauchele auf den Treppenabsatz zu. Ben fängt mich auf, nimmt mich bei der Hand und zieht mich mit großen Schritten mit. Der Wagenmeister lüpft elegant den Zylinder und wünscht uns noch einen schönen Tag. Komiker. Über meine Schulter hinweg sehe ich, wie Paris sich missmutig das Handgelenk und den Fuß reibt, uns nachsieht und dann von Goldmariechen und ihrem Begleiter über den Haufen gerannt wird. Paris findet sich auf dem Treppenabsatz wieder. Goldmarie und ihr Händchenhalter steigen in eine weiße Stretchlimousine, Danny eilt hinterher und tritt dabei Bronski nochmal auf die Hand. Anstatt Paris aufzuhelfen, guckt der Wagenmeister in die andere Richtung. Ich muss ihm demnächst ein Trinkgeld geben.
Ich versuche mich von Ben loszumachen, doch er lässt mich nicht, zieht mich über den Neuen Jungfernstieg und ignoriert meine Gegenwehr. Ich gebe auf und halte mit ihm Schritt.
»Ich werde Ihnen kein Wort über mein Verhältnis mit Danny erzählen, egal wie charmant Sie sind. Hören Sie mir zu? Müssen wir uns beeilen oder was hetzen Sie hier so lang? Und können wir nicht wenigstens in die andere Richtung gehen, dann kann ich vielleicht unterwegs noch einen schnellen Blick in die Schaufenster werfen?«

Er treibt uns weiter, sein Tempo fordert meine ganze Kondition, die ich mir auf dem Crosstrainer im *Saitama*-Studio in unzähligen Monaten antrainiert und dabei trotzdem nicht abgenommen habe. Meine Füße verhaspeln sich, während dieser Mann mich weiter die Binnenalster entlangzerrt. Das mit dem Nachlaufen kann ich zurzeit nicht verhindern, das mit dem Unsinnreden auch nicht.

»Gut, dann eben keine Schaufenster. Wollen Sie den Drink überspringen und gleich zum Heirats-Testverfahren übergehen, oder wie soll ich das Balzverhalten hier verstehen? Ich bin altmodisch, ich hätte gern vorher noch wenigstens ein kurzes Gespräch! Abgesehen davon, halte ich die Idee, ein Mann reiche aus, um eine Frau glücklich zu machen, für eine schwachsinnige Erfindung der Juwelier-Lobby.«

Ben bleibt abrupt stehen. Direkt vor einem pakistanischen Akkordeonspieler, der »Besame mucho« aus seiner Quetsche drückt und jeden zweiten Akkord kreativ ersetzt. Er schaut uns zahnlos an, rückt seine schwarze Baskenmütze noch schiefer und stimmt »La vie en rose« an. Das kann er. Ein Hauch Montmartre liegt in der Luft, und wären wir jetzt in Paris, würde ich mein kurzes weißes Dior-Kleid tragen, ein Tuch verschmitzt um den Hals, an dem Ben mich näher zu sich heranziehen, bis wir miteinander tanzen und vergessen würden, worüber wir gestritten hätten … Ähm, Moment, worüber streiten wir überhaupt? Wir kennen uns doch gar nicht!

»Entschuldigung«, versuche ich es. Er schweigt und fixiert mich mit seinem Blick.

»Es tut mir leid. Egal, was genau Sie so wütend macht, es tut mir leid. Suchen Sie es sich aus, und es tut mir leid.«

Der Pakistani nickt ermunternd und legt sich richtig in die Tasten.

Ben lässt meine Hand los. »Hören Sie bloß auf, sich zu entschuldigen, Margerite. Das ist ja kaum zu ertragen«, knurrt er. Tief.

»Oh, Sie reden wieder mit mir? Schön!«

»Ich dachte, Ihnen geht es miserabel, wenn ich mit Ihnen rede.«

»Ich hab gelogen.«

»Bei welcher Gelegenheit noch?« Lauernd.

»Ich habe kein Verhältnis mit Danny Martini.«

»Oh, das war mir klar. Die Lady dort«, er zeigt auf die Stretchlimousine, die geschmeidig wie ein Ozeandampfer auf den Jungfernstieg schwenkt und dann in die Große Bleichen einbiegt, »hat eins. Und Danny ist ein Gentleman. Schön nacheinander, nicht nebeneinander. Bewerben Sie sich nochmal in drei Tagen.«

Goldmarie hat das Verhältnis mit Danny. Und damit 500 von 100 Punkten. Und was habe ich?

»Sie haben da was im Gesicht.«

»Das ist mein Gesicht, ich kann nix dafür.« Ich spüre, wie sich Scham auf meine Haut legt wie Schwitzwasser.

Ben legt seine Hand an meine Wange und fährt mir mit der Daumenkuppe am Augenwinkel entlang. Am Wangenknochen. Jetzt nimmt er die zweite Hand dazu, bettet sie auf die andere Wange und wiederholt es unter meinem linken Auge. Er trägt mein Gesicht in beiden Händen und wischt mir unsichtbare Tränen fort. So sanft und aufmerksam, so zärtlich, dass ich anfange zu weinen.

Das erste Mal seit 20 Jahren.

Es ist die zärtlichste, fürsorglichste Berührung, die ich seit Jahren gespürt habe. Oder ich bin einfach nur bedürftig. Nach Berührung. Nach Angefasst-werden. Ganz zart. Nicht mit der rohen Gewalt der Lust, die ich immer provoziere. Machs noch einmal, Fremder.

Sei zärtlich zu mir. Er tut es. Wie sich Bens Gesicht verändert, wenn er mich berührt. Sein Gesicht wird weich, wenn er mich anfasst.

Über uns kreisen Möwen, und diesmal singen sie.

»Margerite. Wenn das Ihr richtiger Name ist. Ihnen traue ich

zu, dass Sie mich schon in dem Moment anlügen, wenn Sie mir nur ›Guten Tag‹ sagen. Ich kann nichts dafür. Sie machen das mit mir. Ich mag es, wie Sie denken. Ich mag es, wie Sie reden. Ich mag es, dass Sie sich nicht darum scheren, wie Sie aussehen, wenn Sie in das teuerste Hamburger Hotel gehen, um den aufregendsten Mann der Welt zu interviewen. Stattdessen legen Sie sich einfach hinter sein Bett und fangen an, mich zu ärgern. Als ich unten in der Bar gesessen und auf Sie gewartet habe, habe ich es schon gleich vermisst, mich über Sie ärgern zu können.«
Er zeigt mir seine Daumenkuppen. Schwarz. »Keine wasserfeste Wimperntusche, befürchte ich.«
»Gut aussehend, klug und nahezu ungeschminkt. Das ist selten geworden, heutzutage.« Er lächelt verunsichert. Ich schlucke und kann dennoch nicht reden. Es ist doch alles nur ein großes Missverständnis. Ich bin nicht im Mindesten die Frau, für die er mich hält. Ich meine, für wen hält er mich? Die Tränen rinnen.
»Vielleicht halten Sie es für Unsinn. Aber ich mag das. Ihre Echtheit. Ich mag Sie. O Gott, ich wiederhole mich. Ich halte Ihr Gesicht fest und kann damit nicht aufhören. Und Sie gucken mich einfach an mit Ihren braunen Augen. Bambi ist ein Stripgirl dagegen.«
Nicht das Wort Stripgirl, bitte. Ich will ihm sagen, dass er mit seiner Ansprache vielleicht die Alsterschwäne beeindrucken kann, mich aber nicht im Geringsten.
Aber dann würde ich schon wieder lügen.
»Sollten wir vielleicht nochmal von vorne anfangen? Ich komm nochmal rein. Sie sagen, ›Hallo, ich bin Margerite, ich arbeite im Lokalteil des Abendblatts und komme aus Bielefeld‹ und ich sage, ›Guten Tag, Frau Kollegin, geben Sie mir bitte Ihre Telefonnummer, sonst ärgere ich mich nur noch mehr‹«, fragt er, als ich immer noch nicht zu weinen aufhören kann. Das flüssige Salz erreicht meine Mund.
Er tupft es mit seinen Fingerrücken weg. »Entschuldigen Sie.

Heute sage ich lauter Dinge die ich eigentlich gar nicht sagen will.«

»Ich will das auch gar nicht hören«, flüstere ich.

Dann küsst er mir die Tränen vom Kinn. Von der Wange. Der Schläfe. Fort aus meinem Augenwinkel. Seine Lippen fest und warm und weich zugleich.

Von irgendwoher wehen Akkordeonklänge herüber. Die Yann-Tiersen-*Valse des Montres* aus der »Fabelhaften Welt der Amélie«. Die Welt ist für einen Augenblick ein Chanson. Die Wolken reiten auf dem Wind, die Sonne verbirgt ihr Geheimnis des Untergangs hinter einem Strahlen. Jetzt legt Ben zwei Finger unter mein Kinn und hebt es an. »Wenn Sie weiter weinen, sehe ich mich gezwungen, mit dem Reden aufzuhören und Sie zu küssen.«

Ich ziehe ganz leise die Nase hoch. Küss mich doch, Idiot.

Ich schließe die Augen.

Er küsst mich auf den Augenwinkel. Wie ein Mann seine Frau, die er liebt. Von der er weiß, dass sie die Suche beendet hat. Dass sie angekommen sind, beieinander. Zu Hause.

Aber ich bin doch die Falsche. Und er nicht mein Typ.

Ich warte, dass seine Lippen meinen Mund berühren. Doch nichts passiert. Ich sehe gerade noch, wie er in seine hintere Hosentasche greift und mir ein Stofftaschentuch reicht. »Warum bist du so traurig, Margerite? Was hat dich so hart werden lassen?«

Das Taschentuch. Gebügelt. Das ist eher die *Valse des Monstres*.

Das Taschentuch. Ben ist verheiratet.

Mistkerl. Schwätzer! Beischlafanmoderation der perfiden Art, und darauf soll ich reinfallen? SO bedürftig bin ich nun doch nicht! All diese Fingerspiele in meinem Gesicht, die hat er doch aus Schmachtfetzen geklaut. Oh, dieser Verheiratete!

Ich reiße ihm das Tuch aus der Hand. Schnaube mir ausführlich und extra laut die Nase und werfe diesem Womanizer das Rotztuch auf die breite Brust. »Ihre *Frau* kann es ja waschen.«

Ben sieht auf das Tuch, sieht mich an, guckt zum Himmel, als fände er in den fliehenden Wolken eine Antwort, und nagelt mich mit seinem Blick fest wie einen Schmetterling unter Glas. Diamanthart.

»Meine … Frau? Meine Frau würde mich damit knebeln, schätze ich.« Bitte sehr. Wenigstens ist *sie* mir auf Anhieb sympathisch.

»Ich eigne mich nicht als zweite Bettgarnitur für vernachlässigte Ehemänner. Suchen Sie sich bitte eine andere.« Ben sieht zu Boden. Er geht nicht weg. Also tue ich es.

12

»Wie war er?«, fragt Hanne, als ich zwei Stunden später die Redaktion betrete und nichts mehr mit Margerite gemein habe. Ich habe eine graue taillierte Seidenbluse gewählt, mit drei Knöpfen am Ausschnitt und breiten Manschetten. Dazu einen grauen, schmalen Rock und kniehohe petrolfarbene Hackenstiefel. Das Haar hochgesteckt, das Gesicht geschminkt, inklusive der neuen Foundation mit Schimmer, Marke Unschuldiger Teint. Endlich hat mich im Spiegel wieder die Äbtissin Helena angesehen.

Ich löse zwei Aspirintabletten auf und bereite mir mit Hannes Kaffeemaschine einen Espresso zu. Als ich das Aspirin schlucke, fällt mir ein, dass man das keinesfalls vor einer Botoxbehandlung tun sollte. Ich tu es trotzdem. Angelica hatte mit Doktor Trettels Nummer auf den Schreibtisch gelegt. Heute ist der Termin.

»Er hat ein Verhältnis mit einer abgemagerten Minderjährigen. Und es gab kein Exklusivinterview. Schreib bitte nochmal eine E-Mail, dass wir das wiederholen müssen. Ich habe keine Lust darauf, mir Danny mit den Kollegen zu teilen. Schreib ihm, er teile seine Frauen doch auch ungern. Frag ihn, wie er es finden würde, wenn er eine Frau kennenlernen würde, die ihm irgendwann nebenbei mitteilen würde, dass sie verheiratet ist und es ihr nur just entfallen sei. Das würde er ja auch nicht wollen und ihr sein Taschentuch vor die Füße werfen!«

»Ups«, sagt Hanne nach einer Weile und klappt ihren Mund

zu. »Ich glaube, du redest nicht von Mister Sexappeal Martini. Kenn ich ihn?«

»Nein. Und du wirst ihn auch nie kennenlernen.«

»Kollege?«

»Mir doch egal.« Ich blättere ungehalten im *Hamburger Abendblatt*.

»Wie sieht er aus?«

»Groß, blond, blaue Augen, Brille, lässig gekleidet, nicht zu sehr Eppendorf, nicht Winterhude, ich würde sagen: Ottensen. Hartes Gesicht. Schwieriges Kinn. Eine Stimme, die ... ach, vergiss es.« Mein Horoskop sagt mir einen strahlenden Tag mit neuen Kontakten voraus.

»Also ist er nicht dein Typ, dieser ... wie hieß er doch gleich, der dir so egal ist, dass du seufzt, während du ihn beschreibst?«

»Sein Name wird nicht genannt!«

Auf der letzten Seite steht die Meldung, dass die Ehefrau von Silvio Berlusconi ihren Mann in einem offenen Brief, abgedruckt in einer Zeitung, auffordert, sich ihr zu erklären.

»Und dieser ... dessen-Name-nicht-genannt-werden-darf ist verheiratet? Woran hast du es gemerkt? Hast du sein Auto nach Kinderkekskrümeln durchsucht? Hat er dir seinen Nachnamen verschwiegen, dir keine Privatnummer gegeben, sondern nur eine geschäftliche? Oder war der helle Streifen Haut am Ringfinger einfach unübersehbar?«

»Das gebügelte Taschentuch.«

»Ha! Und er hat dir trotzdem schöne Augen gemacht? Schmachthengst!« Hanne zieht ein empörtes Gesicht, das wie ein verkniffener Fußball ohne Luft aussieht.

Berlusconi (70) soll sich indes bei seiner Frau Veronica (51) dafür entschuldigen, dass er vor laufender Kamera zu einer Frau sagte: »Wäre ich nicht schon verheiratet, würde ich Sie jetzt auf der Stelle heiraten.« Hanne streichelt mir über den Rücken.

Verheiratete Männer sind Lebensabgewöhner. Früher, so mit Anfang 20, glaubten wir einem Mann noch, wenn er nölte: »Meine Frau versteht mich nicht. Sie ist schuld, dass ich mich in dich verliebt habe, denn sie liebt mich nicht mehr.« »Du armer Mann!«, flöteten wir dann und trösteten ihn in seiner Einsamkeit. Nach zwei Jahren bekommen wir mit, dass er diese Einsamkeit aber nicht so recht aufgeben will. Wieso die eine Kuh verlassen, wenn man von einer zweiten Milch umsonst bekommt und bei der ersten auch noch in der Firma des Vaters arbeitet? Irgendwann wären wir auch die erste Kuh. Und dann?

»Und wenn er hier anruft?« Hanne lächelt aufmunternd.

»Er weiß nicht, wer ich bin«, gebe ich stumm zu und schwebe aus dem Fenster des Sekretariats hinaus hinüber zur Binnenalster. Diese Wahrheit will ich nicht laut aussprechen, sonst wird sie unverrückbar.

»Hört sich nach einer unkomplizierten Beziehung an«, fasst Hanne zusammen, und reicht mir die Anrufliste des Vormittags. Dann beginnt sie eine Mandarine zu schälen. »Willst du es gleich oder nie lesen? Der *Kress Report* hat es auch schon entdeckt und verlinkt.« Sie steckt sich vier Fruchtschnitze auf einmal zwischen die Lippen. »Was?«

»›Blond in Hamburg‹, mein Schatz. Aus dem unschönen Leben der schönen Helena. Das Tagebuch eines Helena-Hassers.«

Das hatte ich verdrängt. Alkohol scheint nicht immer zu konservieren. Und der Branchenreport Kress, der Interna aus der Medienwelt zweimal am Tag aktualisiert, war also darauf gekommen und verbreitete es weiter. Wie hatte Polly gesagt? Morgen wird wieder eine andere Sau durchs Dorf gejagt. Manchmal kommt der Morgen nie.

»Ich will es nicht lesen«, beschließe ich und greife doch nach dem Ausdruck, den Hanne mir mit klebrigen Mandarinenfingern reicht.

»Ich habe mit dem Systemadministrator gesprochen. Er versucht, den Server zu finden, von dem aus diese Homepage ins

Netz gestellt wurde, und Informationen über den Urheber rauszukriegen. Wer auch immer das verfasst hat – wenn er nicht an einem Rechner im Internetcafé sitzt, ist er über das Netzwerkprotokoll seines Computers zu lokalisieren. Er kann sich im Netz verstecken, aber es ist nur eine Frage der Zeit, bis man ihn hat. Rechtsanwalt Brölle und sein Kollege Klosi meinten, anklagen könnten wir ihn nicht, weil du eine Person des öffentlichen Interesses bist, aber vielleicht eine einstweilige Verfügung kriegen. Eine andere Möglichkeit wäre, ihn im Dunkeln von einer Brücke zu schubsen und es wie einen Unfall aussehen zu lassen. Ich bestelle uns Sahnetorte. Wie findest du das?«

Ich habe ihr nicht zugehört. Ich lese bereits den Text, den der Maulwurf über mich verbreitete.

Blond in Hamburg. Es lebt ein kleines Mädchen in Hamburg, das heißt Helena. Es liebt Sex. Drogen. Alkohol. Es trägt meist unten ohne, dafür hat es auch obenrum wenig, doch es reicht, um Chefin zu sein ... So geht es weiter, Zeile um Zeile. Über die Kühlschublade in meinem Schreibtisch. Über meine Art, persönliche Probleme als Titelgeschichte erarbeiten zu lassen. Über meinen Männerverschleiß. Über meine Bulimie. *Angel's Eye is watching U.*

Das Papier landet zerknüllt an der Wand. Ich spüre dieses seltsame Schamgefühl der roten Hitze, dasselbe wie wenn man geblitzt wird.

»Redaktionskonferenz. Sofort«, klirre ich die arme Hanne mit dem Rest Scherben in meiner Stimme an.

»In deiner Abwesenheit habe ich mich mit Denken beschäftigt, Schatzi. Es kann auch jemand aus dem Haus sein. Und ich habe sie alle für genau ...«, Hanne wirft einen Blick auf ihre schicke Armbanduhr, die sie rechts trägt, »*jetzt* bestellt. Bereit?«

Ich bleibe stehen, während die komplette Redaktion sich im Konferenzraum versammelt. Wir machen selten Meetings mit allen Anwesenden. Als Volontärin hatte ich das gehasst, diesen

Ausschluss, dass man erst zum Inner Circle gehörte, wenn man Ressortleiter war. Als ich aufstieg, hatte ich diesen Groll vergessen. Als jetzt die Schlussredaktion hereinkommt, die Volontäre der Bildredaktion, die zweiten Assistentinnen der Moderedaktion, die Online-Redakteure, wird mir schamhaft bewusst, dass ich viele meiner eigenen Angestellten schon lange nicht mehr persönlich gesehen habe. Einer dieser Vergessenen könnte *Angels Eye* sein.

152 Ich halte ein Blatt Papier mit dem erneut ausgedruckten Text hoch.

»Es dürfte Ihnen allen inzwischen bekannt sein, dass es jemanden enorm amüsiert, über die Chefredakteurin der FEMME zu bloggen.« Ich sehe jeden der 45 Mitarbeiter direkt an. Die jüngeren schauen neugierig, freimütig und ein wenig erschreckt zurück.

»Das wird nicht geduldet. Der anonyme Verfasser kann sich darauf gefasst machen, entlarvt zu werden. Er wird sich in diesem Raum vor mir zu verantworten haben. Wenn Sie ihn kennen, bitte ich Sie, ihn nicht zu schützen. Wir sind hier zum Arbeiten, nicht zum Kindergarten spielen. Für den Fall, dass sich der Absender dieses Textes in diesem Raum befindet: Die Diktion ist lau, die Dramaturgie fehlerhaft und der Inhalt unzutreffend. Wäre es eine Reportage, müsste ich denjenigen oder diejenige nochmal zur Klippschule schicken.« Ich schlage ihnen meinen härtesten Blick ins Gesicht.

Bei Filumene zuckt es im Gesicht. Marlies zwirbelt ihr Haar. Angelica lächelt und sieht mich an. Seltsam aufmunternd. Daphne macht ein ernstes Gesicht. Lukas schiebt die Hüfte vor.

Ich lehne mich gegen die Wand. Das Seil um meinen Hals, das mich bisher aufrecht hielt, lockert sich. Meine Knie beginnen zu zittern.

»Wieso können wir das nicht ignorieren?«, fragt Lukas gelangweilt. »Trolle füttert man nicht, man lässt sie verhungern.«

»Weil es nicht konstruktiv ist«, sagte Angelica. »Kritik am Blatt bekommen wir immer. Das ist gut so und erhält die Glaubwürdigkeit. Gebloggt wird viel, und es gibt da draußen eine Menge Magazinbeobachter, die uns, die *Cosmo*, die *Petra* und wer weiß wen noch alles aufs Korn nehmen und ständig rummeckern, was ihnen am Inhalt nicht passt. Aber stell dir mal vor, Lukas, man würde über dich schreiben: ›Schwucke in Hamburg‹ und auflisten, bei wem du alles in letzter Zeit nicht landen konntest, weil du zu alt geworden bist.«

Lukas schnappt nach Luft. Angelica zuckt mit den Schultern.

»Siehst du, warum Helena es nicht ignorieren kann?«

Bevor sie anfangen, über mich zu reden wie über ein schwieriges Kind, das draußen im Flur darauf wartet, seine erste Portion Ritalin zu bekommen, unterbreche ich diese Diskussion.

»Meine Damen, meine Herren, im Anschluss an diese Konferenz wird Ihnen Hanne dem Alphabet nach einen Termin geben. Ich möchte mit jedem Einzelnen von Ihnen sprechen.« Unter den Kollegen entsteht ein Murmeln, das ich durchbreche wie ein Meer, gleich wird es über mir zusammenschlagen und alle werden sehen, dass ich schwach bin, und dann über mich hinweglatschen, einer nach dem anderen. Ich flüchte so langsam und gemessen wie ich nur kann. Hanne folgt mir bis in meine Höhle. Ich muss mich am Tisch festhalten.

»Bin ich hier richtig? Sollte ich nicht lieber einer Horde kleiner Schreihälse das Abendbrot machen?« Ich wische den Gedanken fort. Jetzt nicht. Irgendwann. Vielleicht. Eher nicht.

»Bist du hier eigentlich glücklich?«, frage ich stattdessen Hanne, als wir uns in meinem Büro verschanzen. Ich hyperventiliere. Hanne reicht mir ihre leere Kekstüte.

»Glücklich?« Sie überlegt. »Manchmal, für ein paar Sekunden, ja, da bin ich glücklich. Wenn die Sonne so schräg reinscheint oder ein Kurierfahrer da war, der mich angeflirtet hat, anstatt nur seinen Zettel unterschreiben zu lassen und mich dabei nicht mal anzusehen. Nein, glücklich bin ich hier nicht.«

Ich atme tief in der Tüte ein und aus. Sie raschelt.
»Aber ich bin zufrieden. Die Leute vergessen, dass Zufriedenheit schon ziemlich nah am Glück dran ist. Mir geht's gut, mach dir keine Gedanken.« Hanne steckt den Bleistift hinters Ohr.
»Bin ich eine gute Chefin, Hanne?« Meine Stimme tütengedämpft.
»Da fragst du die Falsche. Ich bin deine Freundin. Ich arbeite zwar für dich, aber das hindert mich nicht daran, dich zu mögen.

Was ist denn los?«
Ich führe wie ein Mann, ich fluche wie ein Mann, ich saufe wie ein Mann. Aber ich leide wie eine Frau. Und ich habe Angst. Das ist los.
»Hanne. Ich hab keinen Spaß mehr am Leben. Er ging mir irgendwann verloren. Es ist alles so ... leer. Trostlos. Unsinnig. Ich warte immer darauf, dass es anfängt. Wenn ich erst mal dies, dann, wenn ich erst mal das, dann ... aber das *dann* kommt nie. Ich weiß nicht, was *dann* ist.«
Sie sieht mich unendlich traurig an.
»Kannst du es denn nicht suchen?«
»Ich weiß nicht, wo. Vielleicht hier. Vielleicht auch nicht. Ich weiß es nicht.«
Als Hanne die Tür geschlossen hat, nehme ich die Champagnerflasche und entkorke sie mit geübten Handgriffen. Der Herbstabend hüllt die Stadt ein wie in einen durchsichtigen Mantel aus Sternen und Samt. Die Lichter wirken so, als ob ein Kind die Lampen angelassen hätte, um weniger Angst zu haben.
Ich nehme mir die Heftstruktur der aktuellen Produktion und ordne die Anzeigen, passend zu den Geschichten, um. Dann lese ich das zehnseitige Mondhoroskop und schreibe alles um.
Sehr leise singe ich zwei Stunden später der Fensterscheibe ein Lied vor. Wie immer, wenn ich mich fürchte. »Now you've got the best of me, come on, and take the rest of me, oh Baby.«
Es klopft leise an der Tür.

»Entré«, sage ich, ertappt.
»Komme ich zu spät?«, fragt Paris.
Ich sollte mit ihm ins Bett gehen und schauen, ob ich irgendetwas mit ihm teilen kann. Irgendetwas, was sich nach Leben anfühlt. Wir werden das klären – hier und jetzt.
»Solltest du nicht bei der *Movie-meets-Media*-Party im Atlantic sein? Bei den Schauspielern und Journalisten, die sich misstrauisch beäugen, während sie das Büfett leerräumen?«
»Ich hatte keine Lust. Ich wollte etwas tun, was mehr Sinn hat.«
Ich suche ein zweites Glas. »Und was hat mehr Sinn?«
»Das hier. Genau das.« Damit stößt er sein Glas gegen meins.
»Ich muss dich das fragen, Paris. Einmal. Ich sehe dir an, ob du lügst.« Er nickt.
»Schreibst du ›Blond in Hamburg‹?«
»Nein.«
Nur meine Schreibtischlampe verbreitet ein kleines Licht auf dem Tisch. Ein Kegel Wärme. Sonst sind alle Farben grau.
»Gehen wir Essen«, schlägt er vor. Ich bin zu müde, um mich zu wehren.

Alle Frauen im Lokal sehen Paris an. Sie wärmen sich an seiner Hitze.
Der *Freischwimmer* markiert den äußeren Zipfel des Belle-Viertels, wie die Einbahnstraßen rund um das Szenequartier in diesem Teil Eimsbüttels genannt werden. In Hamburg fragt man nicht als Erstes: »Was machst du?«, sondern: »Wo wohnst du?« Jeder Stadtteil hat seinen Ruf, im Bellealliance-Viertel wohnen die Linksintellektuellen, die Umweltschützer, die Fotografen und Media-School-Praktikanten. Der *Freischwimmer* gilt als Gourmettempel, seit der Stammkoch des Edelrestaurants *Nil* sich hier selbständig gemacht hat.
Ich bin dankbar für die schwache Kerzenbeleuchtung auf den

einfachen Holztischen und ebenso dankbar für die Aufmerksamkeit des Personals. Ein nicht mehr ganz junger Mann im kurzärmeligen, karierten Baumwollhemd, der seine Lesebrille im dunklen Haar trägt und sich für unsere Bestellungen mit einem angedeuteten, trocknen Küsschen bedankt, sieht aus wie einer, den ich gern als Bruder gehabt hätte. Wie nebenbei streichelt er einen sehr dünnen, sehr müden grauen Hund mit spitz zulaufender Schnauze, der sich in der Nähe der Heizung auf einem der weißen Lederpodeste zusammen gerollt hat.

»Das ist Clemens. Sein Hund heißt Falk. Er wird bald sterben.«

Ich traue Paris fast zu, dass er stolz darauf ist, solche Dinge zu wissen.

Ich hatte ihm das Aussuchen überlassen – das Essen, den Wein, die Aperitifs. Ich trinke den Negroni zu hastig. Das Gin-Campari-Wermut-Verhältnis ist stramm.

Zum Glück übernimmt Paris das Reden. Erzählt kleine Begebenheiten aus der wilden, weiten Welt des Fotografenlebens. Wie ihm Claudia Schiffer die Hand geführt hatte, um einen Schatten auf seine Linse fallen zu lassen. Von P. Diddy, der kein Wort gerade herausbekam und es hasste, von einem schwulen Stylisten angefasst zu werden, und von Naomi Campbell und ihrer unerzogenen Art, ständig mit Dingen zu werfen.

»Und irgendwann will ich mal raus aus dem Zirkus«, sagt er dann, wir sind in der Hälfte der zweiten Flasche Weißburgunder angelangt, während sich das Lokal erst gefüllt und dann wieder geleert hat. Außer uns sitzt nur noch ein Pärchen an der schwarz gezimmerten Bar, das sich ständig abtastet, um sich zu vergewissern, dass der andere noch da ist. Clemens hatte, als ich ihnen unverhohlen dabei zusah, wie sie sich neckten und küssten, gesagt: »Glaubt man nicht, dass die beiden verheiratet sind. Früher dachten wir, sie sind's, aber nicht miteinander. Dass sie sich hier treffen, heimlich. Aber sie wohnen nur nicht zusammen. Verrückt, oder? Die verabreden sich ständig neu, um sich zu sehen,

obwohl sie ein Ehepaar sind.« Der Mann mit dem krausen Haar streicht seiner Frau die kurzen Locken hinter die Ohren, während sie ihn anstrahlt, als sähe sie ihn zum ersten Mal.
So was will ich auch. Allein leben, aber nicht allein sein.
O Gott. Ich werde krank. Jetzt glaube ich schon an Märchen.
»Dann will ich ein Haus am Meer, eine Frau, zwei oder drei Kinder und was völlig anderes machen. Malen vielleicht, oder einfach nur Grashalme zählen.« Was redet Paris denn da? Märchenonkel.

»Und was machst du dann nach den ersten drei Tagen?«
»Helena, kennst du diese Sehnsucht denn nicht? Das zu tun, was du liebst, und nichts mehr müssen zu müssen?«
»Bisher war mein Trick, einfach das zu lieben, was ich tue. Würde ich tun, was ich liebe, würde ich nur schlafen, saufen und vögeln.«
»Vielleicht mag ich dich deshalb so gern. Weil wir uns ähnlich sind.«
»Ähnlich? Wir sind so ähnlich wie Zuckerbrot und Peitsche!«
»Du bringst eben alles in mir hervor – die besten Seiten und die schlechtesten.«
»Hast du auch normale, Paris?«
Jetzt trinkt er einen Schluck, und fast sieht es so aus, als wolle er damit ein teuflisches Lächeln verbergen.
»Nein. Aber ich könnte dir mehr von meinen besseren zeigen.«
»In Ordnung. Zeigs mir.«
»Hier?« Er schaut sich um, als suche er einen geeigneten Tisch, um mir eine seiner besten Seite zu zeigen. Ich schätze, sie befindet sich vorne mittig.
»Erzähl mir was von dir. Was du an dir magst. Was andere an dir mögen. Was du werden willst, wenn du groß bist.« Ich schiebe meine Ellenbogen über den Tisch. Sein Geruch erobert meine Nase. Nein, ein Parfüm, ihn kann ich nicht wahrnehmen. Er trägt *Egoiste*.

Paris legt die Fingerspitzen aneinander wie ein Dach.
»Ich hatte eine große Schwester. Agnes. Wir nannten sie Agnieska, und ich habe sie von dem Augenblick an geliebt, als sie mich das erste Mal hochnahm und mir ins Ohr pustete. Wir waren vier Jahre auseinander, sie kam in die Pubertät, als ich zehn war. Bis dahin durfte ich überallhin mit. Sie besprach alles mit mir, ich war ihr bester Freund. Aber meine große Schwester wurde immer mehr zur Frau. Sie schminkte sich und zog kurze Röcke an und nahm mich nur noch selten in den Arm. Ins Ohr pustete sie mir schon gar nicht mehr, das konnte ich nämlich nicht leiden, denn sie roch jetzt immer nach süßem Parfüm.«
Paris sieht aus dem Fenster in ein vergangenes Gestern.
»Irgendwann hörte sie auf, mir alles zu erzählen. Stattdessen hatte sie Freundinnen, mit denen sie kicherte und lachte und flüsterte. Wenn ich auf ihren Schoß klettern wollte, hörten sie auf zu lachen und schwiegen, bis ich wieder aus dem Zimmer war.
Als sie achtzehn wurde und auszog, fragte ich sie, warum wir uns nicht mehr so gut verstanden, wie früher. ›Du bist ein Mann. Du kannst mich nicht verstehen‹, sagte Agnieska. Da wünschte ich mir, eine Frau zu sein. Ich wollte dazugehören, zu diesen Menschen, die miteinander lachten und sich berührten und sich alles erzählten. Nicht, dass ich eine Frau sein wollte – aber ich wollte bei ihnen sein. Ihre Sanftheit. Ihre Anmut. Ich fühle mich bei Frauen wohler als bei Männern. Deswegen wurde ich Fotograf. Ich wollte schöne Frauen fotografieren, ich wollte in ihrer Nähe sein, wenn sie sich umzogen und lachen und flüstern. Ich wollte, dass sie mit mir ihre Geheimnisse teilen, die um so vieles interessanter sind als die eines Mannes. Was haben Männer schon für Geheimnisse, die es wert wären, gehütet zu werden? Keine. Sie trompeten ihre Wünsche ungehemmt in die Welt. Und es sind so banale Wünsche. Tolle Autos, bereitwillige Frauen, Geld ohne Arbeit und Ansehen von Leuten, die sie selbst kaum

ernst nehmen oder aus den falschen Gründen bewundern. Aber Frauen? Ach, Frauen …«

Er spielt mit der Salzmühle. »Frauen sind Magie. Poesie. Teufel und Engel, Göttinnen und Dämonen. Ihre Wünsche gehen weit über das hinaus, was ihnen die Welt bieten kann. Frauen sind die beste Idee Gottes gewesen. Sie sind vollkommen. Wäre ich eine Frau, wäre ich lesbisch. Männer sind ungehobelte Wesen, stinkend und grölend und hart und struppig, aber Frauen … sind perfekt.«

Der Burgunder ist leer und Paris ein Mann, der Frauen liebt.

Nein, er liebt Frauen nicht. Denn das würde bedeuten, sie zu respektieren. Das tut er nicht. Er betet sie an. Aber was nützt das? Ich stehe auf einem Altar und stolpere noch über ihn, während er mir zu Füßen liegt?

Oder reibt er sich damit auf, jeder Frau genau das zu sein, von dem er annimmt, dass sie es sich wünscht? Für mich Mr. Obercool, für eine andere der kleine Bruder, für die Nächste ein Raubtier? Wären er und ich dann nicht wirklich spiegelverkehrte Schattenrisse?

Jetzt rollt er sich die Ärmel seines Hemdes hoch und entblößt kräftige, leicht gebräunte Unterarme. Irgendwann werde ich einen Unterarm-Kalender in der FEMME machen. Paris könnte Mister September sein.

Ich streichele ihm mit den Fingernägeln zart und leicht über die Innenseite seines Unterarms. »Danke, Pawel Bronski«, flüstere ich.

Er hält meine Hand mit beiden Händen fest, bevor ich sie in Sicherheit bringen kann. Dreht sie um, hebt sie an seine Lippen und küsst die Innenseite, in der Mitte. Diese Geste erschreckt mich.

»Helena. Du hast dich nie nach oben geschlafen. Du bist die einzige Chefin, die seltener in den Urlaub fährt als ihre Stellvertreterin. Du bewegst dich immer so, als ob du gerade Sex hattest. Warum stehen die Männer bei dir nicht Schlange? Liegt es an deiner bösen Seite? Komm schon, Helena, quid pro quo, sag mir eine schlechte Eigenschaft von dir, damit ich weiß, dass du ein Mensch bist.«

Er gießt mir nach. Der Wein ist kühl und säuerlich würzig, wie ein knackiger Apfel. Er riecht nach Veilchen und Lakritz. Ich entziehe Paris meine Hand und lege sie auf das helle Holz.

»Ich spiele mit Männern.«

Paris sieht mich mit einem Blick an, der sagen könnte: »In Ordnung, lass mich dein Spielzeug sein.«

»Nicht so. Es ist keine Berechnung. Es ist eher eine Art … Ersatz.« Ich erledige den Wein in drei raschen Schlucken. Dann beichte ich der Tischplatte die Verfehlung meines Lebens.

»Ich habe schon lang keinen Mann mehr geliebt. Wenn einer mir sein Herz schenkt, versuche ich, ihm genau die Frau zu sein, die er braucht. Weil ich ein schlechtes Gewissen habe, ihn nicht zu lieben. Ich lasse alles mit mir machen. Nicht aus Liebe, sondern aus Schuld. Fühle ich wenig, darf er bleiben. Fühle ich mehr, dann habe ich Angst, dass er nicht wiederkommen könnte. Also muss er gehen. So ist das.«

»Aber haben wir das nicht alle irgendwann mal getan? Liebe vorgetäuscht, damit es einfacher wird, wenn es vorbei ist?«, fragt er.

»Mag sein. Aber ist das der Sinn der Sache?«

Jetzt fängt er meine Hand und drehte sie um, als wolle er mit ihr Wasser schöpfen. Mit der Fingerspitze fährt er meine Handlinien nach. Dann tippt er direkt auf die Mitte.

»Fahr mit mir nach Paris, Helena.« Paris beginnt meinen Daumenballen zu küssen.

Paris und Paris. Ich vermisse es, durch das Marais zu schlendern und auf einer Brücke über der Seine zu stehen. Ich vermisse den schnellen Café noir an den Champs Elysées, der zu viel kostet, ich vermisse die eigentümliche Stimmung des Bois de Boulogne. Die Hektik auf den Straßen. Sie beruhigt mich.

»Morgen früh. Gib uns zwei Tage. Wir könnten einander retten.«
Paris und Paris.
»Nein. Du wirst dich selbst retten müssen.«
Paris' Pupillen haben sich geweitet wie zwei schwarze Rosen, die aufblühen. Er hat ein stolzes Gesicht, aber eines, das um zu viel Aufmerksamkeit buhlt. Seine Augen können die Geheimnisse dahinter verbergen.
»Es würde mir viel bedeuten. Wir könnten uns ein kleines Hotel nehmen, zwei Zimmer, mit Blick auf einen Markt. Wir würden essen gehen, spazieren, reden ... die Stadt schmecken und riechen, den Franzosen beim Reden zuhören ...« Seine Finger rücken näher wie ein lauerndes Tier. Seine Hand bewegt sich auf fünf Pfoten vorwärts, bis sie sich über meine wölbt.
Igitt, hab ich da etwa einen Altersfleck?
Ich rette meine Hand und halte sie dichter an die Kerze. Ach nein, es ist nur ein Rest von der Lebkuchen-Soufflé-Soße.
Ist es der Wein? Ist es sein Blick? Oder warum sage ich ihm:
»Du weißt, wie das ist. Ich müsste dich nochmal feuern, damit wir miteinander ins Bett gehen könnten. Aber du musst leider weiter für mich arbeiten.«
»Nicht nötig, Schönste. Ich kündige sofort, wenn du mein Angebot annimmst. Das würde ich tun. Für dich. Das wäre es wert.«
Ich traue Paris so wenig wie mir selbst.
Ich beuge mich über den Tisch und hauche an seinem wunderschönen Mund entlang bis zu seinem Ohr, puste zart, warm und feucht hinein: »Nein.«
Mit Befriedigung registriere ich die Gänsehaut auf seinen Unterarmen, gebe Clemens das Zeichen für die Rechnung, bevor ich in den Keller gehe und mich in der Toilette übergebe, denn es ist noch weit vor Mitternacht.

13

»Ihr wollt bitte *was* machen?« Polly schaut nicht mal von dem Telefonbuch auf, das sie durchblättert, in der Hoffnung, sie könnte auf ihren Namen stoßen. Auf dem Herd blubbert ein französischer Eintopf und erfüllt die Küche mit einem Duft von Rotwein, Rosmarin, Lorbeer und Rindfleisch. In dieser Küche wurde in den vergangenen acht Tagen mehr gekocht als in den ganzen Jahren davor.

Seit Polly bei mir wohnt, habe ich Jo nicht mehr gesehen, Paris seit unserem Freischwimmer-Abend auf Abstand gehalten und alle zehn Minuten an Ben gedacht. Was war in dem Mann vorgegangen?

Ausgerechnet Polly und meine zerknitterte Nachbarin Irma Roosenbaum wollen mir und anderen Frauen, die wissen wollen, was Männer sich zum Teufel dabei denken, wenn sie so aussehen, als hätten sie keine Sekunde lang über ihr Handeln nachgedacht, die Antwort geben.

»Seancen, Kindchen. Ich bin das Medium. Wir klinken uns in das Unterbewusstsein eines Mannes ein und erklären der Mandantin, wie es in seiner Seele aussieht. Das ist ein wunderbares Geschäftsfeld, sagt Irma. All die Frauen, die den Männern hinterherrennen und sogar dann noch glauben, dass er nur sie will, wenn bereits eine andere geheiratet wird. Und schließlich muss ich Geld verdienen, es sei denn, du heiratest Danny Martini und der besteht drauf, dass seine Frau und die alte Tante nicht mehr arbeiten müssen, weil er sich besser fühlt, wenn er sie aushalten kann. Männer haben ja ständig so putzige Einfälle. Sag mal, Ilsa Klugwitz, hört sich das nach mir an?« Sie blättert weiter zum Buchstaben L.

Seelen-Massage-Praxis. In Irmas Salon. Seancen. Hurra, Herrschaften. »Wieso gebt ihr keine Seminare: So werde ich glücklich ohne Mann?«, frage ich und koste den Eintopf. Eine Flasche Syrah anstatt Fleischfond. Ich schiebe mir einen großen Löffel zwischen die Lippen. Glück ist, wenn etwas zu zweit mehr Spaß macht als allein.

»Kindchen, wer will das schon«, seufzt Polly und wischt sich eine Strähne, mit Mikkis Hilfe zart blau-lila gefärbten Haares, aus der Stirn. Dabei bleibt eine Krümelspur von den Spekulatius, die sie gebacken hat, auf ihrer Haut zurück. »Die Frauen von heute haben doch nichts zu tun außer Arbeiten, Schminken, Fertiggerichte aufwärmen und Männern nachlaufen.« Ich verschlucke mich an dem heißen Kartoffelstück, das mir vor Schreck in die Speiseröhre gerutscht ist. »Das stimmt doch gar nicht«, röchele ich. »Fau su sein is mä als hochgestechtes Haar su taan un …«

»Was sagst du, Schatz?« Polly macht große Augen. »Seitdem du dir dieses komische Schlangengift in die Stirn hast schießen lassen, weiß ich nie, ob du traurig oder fröhlich bist. Geht's dir nicht gut?« Ich deute auf meinen verbrannten Mund und huste. Während mir Polly auf den Rücken klopft, erklärt sie mir mit der Geduld eines abgeklärten Menschen: »Wenn du unter der Woche auf Arbeit warst, habe ich mir mal das Fernsehen angeschaut. Und da machen die Frauen das alle so. In der Reklame, in den ganzen Romanzen. Da gibt's Frauen wie dich oder mich gar nicht. Und solche wie Irma auch nicht. Immer nur Schminke, Snacks und Sex. Frauen, die sich gegenseitig die glänzende Küche neiden. Frauen, die ihren Männern sagen, sie kaufen Schuhe, weil sie so schlechter Liebhaber sind, und Frauen, die Diätprodukte kaufen, damit sie Männern ein Taxi wegschnappen können, während die auf ihren Hintern starren. Also, ich weiß ja nicht, ob jetzt alle so sind oder alle so sein wollen.«

Das Kartoffelstück fliegt mir aus dem Mund. »Was ich sagen wollte, ist: Frau zu sein bedeutet mehr, als sein Haar hochzustecken, sich selbst im Spiegel dabei zuzusehen, abweisend zu gucken, um einem Mann aufzufallen und sich so lange zu zieren, bis man ihn erwischt hat und sich in seinen Ringfinger verbeißt.«

Ich würge. Ein Sprühnebel von Rotweinkartoffeln landet auf

Pollys Kleid.

Irma und Polly hatten etwa eine Viertelsekunde gebraucht, um sich anzufreunden. Irma war mit Polly durch Hamburg gefahren. Mit dem Taxi zu jedem Café, zu jeder Bäckerei, zu jedem Markt, an den sich Polly erinnern konnte. Polly hat einen Stadtplan von Hamburg im Kopf, der aus kulinarischen Highlights besteht. Der Käsestand am Isemarkt, die französischen Brote bei *Bäcker Andersen* an der Hoheluftchaussee, die Taschenkrebse bei *Hummer Petersen* am Hafen, die famosen, gedeckten Blechkuchen im *Petit Café* in Eppendorf oder *Steglers* Malagatorte in Rahlstedt: Pollys Orientierungssinn verließ sich auf ihre Nase und ihren Gaumen. Sie hatten 372 Euro verfahren und den Fahrer später zu Kaffee mit Veterano und Beschwipste-Birnen-Torte eingeladen.

Doch ganz gleich, wo sie hingegangen waren: Niemand konnte sich an sie erinnern. Oder vielleicht hatten die meisten auch die Frau übersehen, die grau, alt und gebückt im Hintergrund des Lebens entlangging. Niemand hatte eine ältere Lady als vermisst gemeldet. Irma hatte den Polizisten in der Sedanstraße meine Telefonnummer gegeben, für den Fall, dass sich doch noch jemand meldete, dem bis Weihnachten auffiel, dass er seine Großmutter an der Alster vergessen hatte.

Sich ins Krankenhaus einliefern zu lassen, hatte Polly mit Contenance verweigert. Und Irma hatte bei dem Vorschlag eines Beamten, doch den Aufenthalt in der geschlossenen Abteilung in

Betracht zu ziehen, da es sich ja um Schizophrenie oder Altersstarrsinn handeln könnte, alle Register des tobenden Rentnerdrachens gegeben. Sie hatte den Mann angekeift, er könne sich seine Deportationsphantasien sonst wohin stecken, und gefragt, ob er seine eigene arme alte Mutter etwa auch zum sozialverträglichen Ableben dränge, damit er das Reihenhaus übernehmen und mit irgendeiner Schickse vom Kiez darin Orgien feiern und den Hund nachts in den Garten sperren könne. »Das ist Beamtenbeleidigung!«, hatte der Wachtmeister gesagt, und Irma meinte, er könne es gern mit auf die Rechnung setzen. Danach waren sie ins *Hotel Atlantic* gefahren – »Da gibt es doch immer diese reizenden Pralinchen zum Kaffee«, war Polly eingefallen – und hatten das Wer-bin-ich?-Spiel mit Hilfe von harten Getränken und weichen Tortenstücken weitergespielt. Laut Irma Roosenbaum war Polly eindeutig eine katholisch erzogene Frau. Und das merke sie daran, dass Polly Spaß am Spaß habe. Denn Katholiken würde ja auf Dauer alles vergeben, wohingegen den Protestanten nur Leistung als Paradiesverheißung übrig blieb. Und Polly aß gern, das täten Protestanten nicht, und sie sei vermutlich reich.

»Ich bin reich?«, hatte Polly pikiert gefragt. »Wieso das denn?«
»Weil Ihre Mischpoke Sie loswerden will«, hatte Irma erklärt. Würde sie zum Beispiel sechs Monate lang nach einem Schiffsunglück, bei dem sie vielleicht dabeigewesen war, nicht erreichbar oder unauffindbar sein, hatten Angehörige nach dem Verschollenheitsgesetz von 1939 das Recht, sie für tot erklären zu lassen und sich ihres Erbes zu bemächtigen. Bei einem Flugzeugabsturz sogar schon nach drei Monaten. Wäre sie ein Opfer des Tsunamis, Weihnachten 2004, dann nach einem Jahr. Dafür mussten sie nur Aufrufe in überregionalen Tageszeitungen schalten, mit der Aufforderung sich zu melden. Tat sie das nicht, konnte das Erbrecht geltend gemacht werden. Ich setzte unseren jungen, hübschen Volontär Kai-Arne darauf an, Zeitungen nach

solchen Aufrufen zu durchforsten. Er sah mich mit ergebenem Blick an, der mich an Claires Behauptung erinnerte, die Jahre zwischen 30 und 45 seien die besten einer Frau – weil sie da jeden Mann haben könne. 18- bis 80-Jährige. Ich kann mich ja mal vor Gymnasien und Altersheimen herumdrücken.

Katholisch, reich, mit Geschmack gesegnet und einem ostwestfälischem Akzent – und trotzdem fehlt Polly niemandem. Entweder hat sie eine völlig bescheuerte Familie – oder keine.

»Vielleicht bin ich ja das Rabenaas, das ständig intrigiert und Kinder in den Keller eingeschlossen hat?«, vermutet Polly, aber das kann sich Irma nicht vorstellen. »Jeder Mensch ist konditioniert. Wären Sie eine Schickse, würde ich das merken. Aber so besitzen Sie ein gerüttelt Maß an manierlicher Chuzpe und Keckheit.«

»Die Sache mit den Seancen. Ihr seid verrückt«, merke ich an.

»Na und? Besser spät als zu spät. Du hast noch dein ganzes Leben vor dir, Helena. Wir dagegen haben vielleicht noch zwei, drei Wochen.« Dabei sieht Polly mich spitzbübisch unter ihrem neuen lila Haar hervor an und klappt das Telefonbuch zu. Aber nicht ohne vorher eine Postkarte mit einem nackten, schwarzen, gut gebauten Ghanaer als Lesezeichen in die Abteilung L zu platzieren.

»Und wir haben drei Mandantinnen«, verkündet sie und öffnet den Kühlschrank, um Zutaten für einen Kirschlikörpudding herauszuholen, bevor sie zur Tür geht und Mikki öffnet, die so lange den Daumen auf der Klingel lässt, bis wir uns erbarmen.

»Fanny, Claire und Hanne«, ruft Polly aus dem Flur, und ich denke kurz daran, wie geruhsam, ausgeglichen – und trostlos mein Leben ohne Polly gewesen war. Wie hatte ich ohne Pudding leben können? Polly kocht jeden Tag einen anderen. Und jeder hat seine eigene Bewandtnis. »Kirschlikörpudding hilft gegen November-Depression und erhält den Traum von der Liebe. Vorbeugend«, erklärt sie und setzt Milch auf.

Mikki lässt sich auf einen Küchenstuhl fallen. »So was bringen sie uns in der Schule nicht bei«, kichert sie.
»In der Schule lernt man auch nur für die Noten, nicht fürs Leben«, merkt Polly an.
»Aber Mikki ist keins eurer Marktforschungsobjekte, oder?«
»Da kann sie was lernen! Wie sie jeden Bub rumkriegt, den sie rumkriegen will.«
»Aha. Und was mache ich mit ihm, wenn ich ihn rumgekriegt habe?«, fragt Mikki und angelt nach einem Spekulatius.
»Ähm … darüber reden wir, wenn du achtzehn bist«, mische ich mich ein und werfe Polly einen Untersteh-dich-Blick zu.
»Ich bin schon aufgeklärt!«, empört sich Michaela.
»Weiß dein Vater, dass du hier bist?«, fragt Polly mit gespielter Strenge.
»Nö. Papa will es, glaube ich, aber auch nicht wissen. Der hat grad andere Sachen im Kopf.«
»Und wie heißt sie?«, frage ich, aber meine es nicht ernst.
»Weiß nicht. Papa schläft aber meist bei ihr.« Mikki schlägt sich die Hand vor dem Mund. »Ups. Das habe ich grad nicht gesagt, oder? Papa meinte, das muss nicht jeder wissen.«
Über ihren Kopf hinweg tauschen Polly und ich jene Art sprechender Blicke aus, die nur Frauen beherrschen: »Der Mann hat Probleme.«
»Und Mikki hat die Pubertät.«
»Wir reden später drüber.«
»Okay, ich übernehme Jo, du das Mädchen.«
»Zwiebelchen, bist du nicht zufällig in deinen Deutschlehrer verliebt und hast auf einer Seite in deinem Schulheft seinen Fingerabdruck? Wir könnten in sein Unterbewusstsein schauen und sehen, welches Thema in der nächsten Klassenarbeit drankommt.«
»Nö. Aber vielleicht taugt das zum Üben?« Sie schiebt Polly ein Foto rüber. Jos Hochzeitsbild. Er sieht verloren aus und seine

Braut und heutige Exfrau Kristin ziemlich schwanger und sehr abweisend. Manchmal ist Liebe eine einsame Angelegenheit.
»Lieber nicht«, sage ich und schnappe mir das Bild, bevor Polly danach grabschen kann. Als ich vorgebe, etwas im Kühlschrank zu suchen, schaue ich mir im Schutz der geöffneten Tür das Bild an und überdecke Kristin mit einer Packung Käseaufschnitt. Jo. Ich spüre plötzlich eine irrationale Angst, dass er geht und nicht wiederkommt.

Zu der ersten Hausfrauen-Test-Seance hat Irma die Jalousien herabgelassen. An den Wänden hängen Männerakte, ich identifiziere einige Fanny-Seebergs, den Jean-Paul-Gaultier-Matrosen, einige Nackte von Mapplethorpe. Der runde Tisch ist mit einer roten Samtdecke bedeckt, auf dem Flügel steht ein Kerzenleuchter. Madame Rita hätte ihre Freude an dem Zimmer gehabt. An der einen Seite des Tisches thront ein Sessel mit Löwenkopffüßen und überhoher Lehne, daneben ein mittelalterlicher Lehnstuhl, der unbequem aussieht. Hier würde der Mann sitzen, zu dem Polly eine Verbindung aufnähme. Es würde reichen, wenn die Mandantin ein Foto, ein Kleidungsstück oder auch gern Organisches von ihm mitbrächte, das Polly dann »besprechen« könnte.
»Organisches?«, fragt Mikki. »So was wie seinen Blinddarm, den er nicht mehr braucht, oder eine alte Mandel?«
»Locken, Schatz. Haare, Fingernägel, Milchzähne, seine Stimme. So was, Zwiebelchen.« Polly lässt sich in ihren Stuhl gleiten und bindet sich ihr neues lila Haar mit einem weißen Seidentuch zurück. Zusätzlich zu den beiden merkwürdigen Sitzmöbeln sind sechs rote Polsterstühle aus den 60er Jahren um die Tafel dekoriert.
Hanne, Claire und Fanny schaffen es, sich zu dritt durch die Tür zu quetschen. Claire hatte mit einem Diktiergerät so lange auf Gleis drei des Dammtor-Bahnhofes gesessen, bis sie eine Ansage des Interregio nach Westerland auf Band hatte, mit der Stimme

des Mannes, der ihr Herz beflüstert hat. Fanny bringt eine Strähne von Olaf Kaschinskis Haar, ein getragenes Unterhemd und die Skizze seines Körpers nach einem liebevollen Nachmittagsfick auf dem Boden ihres Ateliers mit. Hanne hat einen angebissenen Muffin dabei. »Ich hab den Kerl mit dem blauen und dem braunen Auge, der immer morgens so glücklich aussieht, wenn er in so ein Ding beißt, beklaut, als er mal eben nicht hingeguckt hat.« Ich habe gar nichts.

»Meine Damen, meine Damen, nehmen Sie sich etwas zu Trinken und hernach Platz«, fordert Polly uns auf. Auf dem alten Kirschholzbüfett haben die beiden Champagner, Kirsch- und Bananensaft sowie Spekulatius angerichtet.

»Wer möchte als Erste Verbindung zu seinem Objekt aufnehmen?«

Ich sitze zwischen Mikki und Claire, die mit ihrem engen Nadelstreifenanzug ohne Top wie die verruchte Version einer erwachsen gewordenen Mathilda aus »Leon der Profi« aussieht.

»Und ihr glaubt da wirklich dran?«, fragt Hanne und steckt sich zwei Spekulatius auf einmal in den Mund. Sie glaubt inzwischen an die Methode, man könne sich auch schlank denken.

»Yep«, sagt Fanny und zeichnet unsere Gesichter mit einem weichen Bleistift, den sie aus ihrem Haar gezogen hat, auf eine weiße Stoffserviette. »Man denkt an jemanden, und derjenige ruft plötzlich an. Man fühlt, ob ein Haus oder ein Zimmer ein Ort der Liebe oder ein Ort der Trauer gewesen ist. Wieso also nicht auch das?«

»Ich fang an«, sagt Claire und schiebt Irma das Aufnahmegerät hin. Die nimmt ein kleines schwarzes Samtkissen, das sie letzte Nacht aus zwei Bahnen Stoff genäht und mit Reis gefüllt hat. Es raschelt leise.

Irma fummelt am Lichtdimmer herum, Mikki sucht unter dem Tisch nach meiner Hand, Claire ebenfalls. Hanne versucht, leise zu kauen, und Fanny hat aufgehört, mit ihrem Stift zu spielen.

»Sie sind sich darüber im Klaren, meine Damen, dass alles, was Sie hier hören, gegen Sie verwendet werden kann«, beginnt Irma. Sie hat sich eine Kerze unter das Kinn gehalten und sieht uns mit einem diabolischen Blick an, der zu einem Schielen gerät, je mehr sie über ihre Nasenspitze hinweglinst. »Sie erfahren jetzt, wie es im Inneren eines Mannes aussieht, für den Ihr Herz entbrannt ist. Sie müssen bereit sind, Ihre Karriere aufzugeben, für einen Mann, der Sie irgendwann mit einer Jüngeren betrügt, Pferdewetten setzt von Ihrem Geld und Sie barfuss und schwanger an den Herd kettet.«

»Äh … ich glaube nicht, dass ich das möchte«, sagt Hanne.

»Wir arbeiten noch am Text«, meint Polly.

»Och, kommt drauf an. Wenn er mich liebt, wieso nicht? Liebe wertet viel auf«, wirft Fanny ein. »Lieber für ein paar Jahre unglücklich und dafür das Paradies gekostet haben, als niemals wirklich geliebt und das Leben verpasst zu haben.«

»Seid ihr sicher, dass mich das nicht doch nachhaltig verstört, dieses Entweder-oder? Nachher glaube ich wirklich noch daran, dass man für Liebe immer mit dem Seelenfrieden bezahlen muss«, sagt Mikki.

»Fanny meint das nicht so«, beruhige ich sie. Fanny revanchiert sich mit einem Blick, der als giftig bezeichnet werden könnte.

»Jeder will zu jemandem gehören. Keiner will niemanden brauchen. Wir sind nicht dafür gemacht, nur allein zu sein«, sagt Claire.

»Fürs Lieben muss man sich immer schämen. Die, die hassen, tun das auch noch mit Stolz. Eine verkehrte Welt«, nuschelt Hanne mit vollem Mund. Sie hat sich die Salzlakritz vorgenommen.

»Können wir jetzt vielleicht weitermachen?«, zischt Irma ungeduldig. »Also, die Damen. Sie könnten Dinge hören, die Ihnen nicht gefallen. Wir werden Ihnen die Entscheidung nicht abnehmen, die Sie treffen müssen, wenn Sie erfahren, wie es im Geist Ihres Auserwählten aussieht. Wir nehmen jetzt die Verbindung

auf. Schließen Sie bitte die Augen. Denken Sie an den Mann, mit dem wir durch unser Medium Frau Polly Kontakt aufnehmen werden. Schenken Sie ihm Ihr Wohlgefallen, so öffnet sich sein Geist für unseren Besuch.«
Stille legt sich wie Satin über uns. Ich friere, tief im Magen, auf diese ganz bestimmte Art, bevor man die Bühne betritt oder ein Flugzeug. Irma spult zurück und spielt das Tonband ab. Polly schließt die Augen und legt ihre schlanken Finger auf das Gerät.

»Meine Damen, meine Herren an Gleis drei. Bitte steigen Sie ein, der Zug fährt jetzt ab. Türen schließen selbsttätig, Vorsicht bei der Abfahrt. Vielen Dank.«
Ich beobachte Claire, während die Männerstimme, gefiltert durch einen Lautsprecher, die banalen Sätze spricht. Ihre halbgeschlossenen Lider zittern. Ein heisere Stimme – vielleicht vom Rauchen und Lachen. Sie passt zu einem schlanken Mann, der Anzüge ohne Krawatte trägt und Frauen Feuer gibt, bevor sie darum bitten.
Ich stelle mir Claires unsichtbaren Sprecher wie eine Art reif gewordenen Buddy Holly vor. Das Lächeln voller warmer Ironie, die nie andere trifft, sondern immer nur die Widrigkeiten des Lebens. Ich wünsche mir, dass er Claire erliegt, sobald er sie riecht, sie sprechen hört, sieht, wie sie sich bewegt und ihr Cello zwischen die langen, fest trainierten Beine nimmt, es liebt, dass sie der größere Macho von beiden ist, und nie ein Konzert von ihr verpasst.
»Ich will weg«, sagt Polly. Mit einer eigenartigen Stimme, die nicht ihr zu gehören scheint. Entweder ist sie eine gute Schauspielerin und spielt als alte Dame Namenlos die Rolle ihres Lebens. Oder sie tut Claire einen Gefallen. Oder wir haben tatsächlich Kontakt.
»Raus aus den Gleisen. Nicht die Schienen fahren, die vorgegeben sind, nicht den Weichen folgen, die andere für mich umlegen,

niemals einen Platz reservieren. Frei sein. Nicht immer wieder Ankunft und Abschied sehen, sondern bewegen. Ich will Tschaikowsky hören, wenn ich mein Leben finde, hier ist es jedenfalls nicht. Ich muss hier raus. Wo ist das Mädchen? Das Mädchen. Rauchfreier Bahnhof. Sie raucht. Schließ deine Beine nicht. Tut sie nicht. Schlägt sie nicht übereinander. Auf wen wartet sie? Gleich frage ich nach ihrer Telefonnummer, auch wenn sie mich rausschmeißen, weil ich es über die Tonanlage mache. Wo ist das Mädchen mit dem Cello?«

Polly schlägt die Augen auf. »Können wir jetzt mal anfangen?«, fragt sie mit ihrer normalen Polly-Stimme.

Sechs Augenpaare sehen sie fassungslos an.

»Hey, wie ging das jetzt?«, fragt Hanne.

»Wie ging was jetzt?«, schnappt Polly zurück.

»Du hast gerade so geredet, als hätte sein Unterdingsbums gesprochen«, sagt Hanne und zwirbelt eine Haarsträhne hoch.

»Unterbewusstes«, stöhnt Fanny.

»Es gibt nur Unbewusstes, nichts Unterbewusstes«, belehrt uns Mikki.

»Gibt's auch einen Aschenbecher?«, fragt Claire.

»Nein, nur eine Untertasse«, zwitschert Irma. »Ich befürchte, es gibt nur eine Möglichkeit herauszufinden, ob das Budenzauber ist. Claire muss zum Bahnhof gehen und ihm ihre Telefonnummer anbieten.«

»Moment mal, der Mann fragt nach der Nummer«, interveniert Fanny.

»Sie könnte ein Schild hochhalten mit: ›Frag mich‹«, schlägt Mikki vor.

»Sehr subtil«, stellt Claire fest.

»Dann spiel eben Tschaikowsky auf dem Cello«, werfe ich hin.

»Auf dem Bahnsteig?«, fragt Claire. »Hm. Was ziehe ich da an?«

»Kuckuck! Kann mich mal jemand aufklären?«, quengelt Polly.

»Was willst du wissen? Die ganze Geschichte ab Adam und Eva oder nur die letzten fünf Minuten?«, fragt Mikki.
Irma klatscht in die Hände. »Silentio! Ich habe immer an Frau Polly geglaubt. Sie hat Kontakt zum Jenseits, hat ihre Hand auf eine olle Unterhose von meinen Gatten, dem elenden Kerl, gelegt, na ja, und mir von meinem Mann ausrichten lassen, dass seine Aktienbriefe in einem *Angelique*-Buch stecken. Wir haben sie tatsächlich dort gefunden, und morgen kaufe ich mir einen Jaguar. So. Wer ist die Nächste?«
Fanny reicht ehrfürchtig das Kaschinski-Paket herüber.
»Ich glaube, so ein bisschen Sphärenmusik würde sich gut machen. Und ein Aufnahmegerät, damit ich auch weiß, was ich sage«, sinniert Polly, bevor sie ihre Hand auf Kaschinskis Feinrippunterhemd legt.
Diesmal kommen wir kaum dazu, die Augen zu schließen, als Polly schon loslegt. »Eins, zwei, drei. Eins, zwei, drei. Ach die Leute gucken aber wieder deprimiert. Keiner macht was Neues. Je älter sie werden, desto seltener tun sie was zum ersten Mal. Alles nur Wiederholungen. Premieren werden im Leben immer weniger. Das Kribbeln des ersten Kusses, die erste Pommes des Lebens, das erste Mal eine Nacht durchmachen, bis die Vögel zirpen, das erste Mal Pavarotti singen hören: Premieren sind so voller Magie, man wird süchtig nach der Droge ›Erstes Mal‹. Aber kaum hat man etwas zum ersten Mal gemacht, ist das zweite Mal bloß noch der Anfang aller Wiederholungen. Ja, der Herr, noch ein Weizen? Meine Güte säuft der viel, dabei ist noch nicht mal Abend. Das zweite Mal mit Fanny war besser als das erste Mal. Wenn sie anruft, wird es das erste Mal sein, dass mich eine Frau anruft. Und könnte das der Anfang einer erstmals wirklich ernsten Sache werden? Wenn nicht, dann … eben nicht. Noch ein Weizen. Nicht das erste.«
Pollys Kopf zuckt zurück und prallt gegen die Lehne. »Au, verflucht! Hab ich was verpasst?«

»Ich glaube, ich geh gleich mal rüber und seh mir einen Horrorfilm an. Da weiß ich wenigstens, dass das nicht echt ist, sondern nur gespielte Wirklichkeit.« Mikki macht Anstalten, sich zu verziehen.
»Guck GZSZ. Das ist echter Horror«, flüstert Claire und zündet sich eine Zigarette an der Glut der letzten an.
Fanny starrt wie schockgefroren auf Kaschinskis Hemd. »Dann eben nicht?«, wiederholt sie. »Wie meint er das denn?«

»Wie ich das verstanden habe, sollst du ihn anrufen. Dann weiß er, dass es dieses erste Mal keine Reihe von Wiederholungen gestörter Mann-Frau-Dingens wird, sondern ein echtes erstes Mal«, erläutert Hanne und kramt in ihrer Tasche. Schließlich manövriert sie ein angeflustes Karamellbonbon heraus und wickelt es andächtig aus.
»Ich kann ihn doch nicht einfach anrufen«, stöhnt Fanny erschüttert. »Wie soll ich denn dann sicher sein, dass er es ernst meint?«
»Gute Güte, entscheiden das Männer seit neuestem gleich nach einem Wochenende?«, kiekst Polly ehrlich erstaunt. »Ich dachte, das läuft unter Kennenlernen!«
»Außerdem kann ein Mädchen sich erst dann seiner sicher sein, wenn er sie heirateten will«, ergänzt Irma. »Anrufe entscheiden das nicht, das Entscheidende passiert in der Zeit dazwischen.«
»Muss denn alles aufs Heiraten hinauslaufen?«, wage ich einzuwenden.
»Ich kann ihn doch nicht anrufen!«, kiekst Fanny und rauft sich das Haar. Sie sieht aus wie ein Hamster nach einem Stromschlag.
»Ich würde jetzt gern mal meinen Mister Muffin aufbröseln. Sonst esse ich ihn auf«, vermeldet Hanne und kratzt mit dem Finger Krümel aus dem Papierschiffchen, in dem der angebissene Blaubeermuffin ruht.
»Ihr mit euren Anrufen. Ihr hört euch an wie Tina aus meiner

Klasse. Die ist vierzehn und bildet sich was drauf ein, dass sie einen BH trägt und schon ihre Tage hat. Außerdem hat sie einen Freund. Der ruft sie nie an. Aber trotzdem guckt sie dauernd aufs Telefon und verpasst den Unterricht. Deswegen ist sie zweimal sitzen geblieben und verpasst noch das Leben, während sie auf so einen doofen Anruf wartet.« Mikki schiebt den Sessel zurück. »Ich hoffe, ich werd später nicht so bescheuert.«
Fanny hat bei Mikkis Worten ein ganz kleines Gesicht bekommen. Hanne wird ungeduldig, ihre fedrigen Augenbrauen zucken
an den Seiten hoch wie die Flügel eines Schmetterlings.
»Schreib dir das am besten auf, damit du es nicht vergisst, Zwiebelchen«, schlägt Polly vor, »man ist nie wieder so klug wie mit zwölf.« Sie stockt. »Äh, glaube ich jedenfalls.«
»Was ist jetzt mit meinem Muffin?« Hanne nörgelt.
»Weißt du eigentlich genau, was du von Kaschinski willst?«, frage ich Fanny.
»Ich will, dass er mich will«, sagt Fanny trotzig.
»Du reagierst ja wie ein Pawlow'scher Hund aufs Telefonklingeln!« Schon während mir das herausrutscht, bedauere ich es bereits.
»Also, ich geh jetzt«, meckert Mikki. »Ich geh Papa fragen, ob ich mich zum Jungen umoperieren lassen kann. Die wissen wenigstens, was sie wollen, und rufen an, wenn's ihnen passt.«
»Ihre Erziehung könnte wirklich weiblichen Einfluss gebrauchen«, stellt Irma verschnupft fest.
»Damit ihr Frauen einreden, was Frauen alles angeblich wollen und sollen und wie sie Männern gefallen können, von denen sie nicht mal wissen, ob sie sie wollen?«, werfe ich hitzig zurück.
»Muffin«, kräht Hanne.
»Ich will ihn ja! Aber das braucht er nicht zu wissen, bevor er mir nicht zeigt, dass er mich will, sonst bin ich ja die Doofe«, schimpft Fanny.
»Ausgezeichnet, Kinderchen. Lasst uns den Muffin testen, und

dann können wir weiter streiten.« Polly streckt gebieterisch die Hand aus, und Hanne reicht ihr das Gebäck.
»Und bitte«, sagt Irma gebieterisch. Polly schließt die Augen und berührt den Muffin. Hinter ihren Augenlidern zuckt es.
»Hmm ... hm. Ein Stück Bucheron mit Feigensenf, ofenwarmes Baguette, ein Schluck Vouvray, Erdbeeren. Später die Trüffelpastete, mit Cranberrychutney, von einem Drappier Brut begleitet. Die meisten psychischen Probleme werden mit einem guten Es-

sen gelöst, aber die Leute essen nicht mehr, stattdessen laufen sie ausgehungert durch die Gegend, lustfeindlich. Ich frage mich, wo mein Muffin ist. Ob die Kleine ihn hat? Schöne Augen, schöne Haut, sie ist so sahnig wie die Rinde eines Brie de Meaux. Ihre Augen zwei Maronen, das Haar so schwarz wie das Fell der schwarzen Schweine Spaniens, aus denen Pata negra gemacht wird, ihr Mund so rot wie eine frische Sauce alla Puttanesca. Die Leute sollten essen, statt sich Plastik in den Rachen zu stopfen und Farbstoffe, Emulgatoren, Konservierungsstoffe und aus Sägemehl nachgebautes Erdbeeraroma in Diätjoghurts. Was könnte ich für diese Brie-de-Meaux-Mademoiselle kochen? Nicht, dass sie nur ein Salatblatt will und zwei Nüsschen? Morgen geh ich nochmal einen furchtbaren Beton-Muffin essen, vielleicht ist sie wieder da.«
Hanne ist in ihrem Stuhl tiefer gerutscht. Ihr Atem geht stoßweise, jedes Mal weht dabei eine Haarsträhne nach oben, wenn sie ausatmet. Ihre Fingernägel haben sich in die rostrote Lehne gekrallt, und sie gibt Kätzchenlaute von sich. »Weiter, mehr, ohhh, jaaa ...«
»Hanne? Sauerstoffzelt?«, fragt Claire besorgt.
»O mein Gott, das macht mich so unglaublich geil, wenn ein Mann vom Essen redet!«
Polly öffnet die Augen. »Was habe ich gesagt?«, fragt sie Irma aufgeregt, die ihr eine rasche Zusammenfassung gibt.
»Oh, wunderbar, Kinderchen! Dann ist ja alles klar. Claire spielt

Cello auf Gleis drei, Fanny überwindet ihre Telefonphobie und ruft Kaschinski an, und Hanne kauft sich eine Fünftausend-Kalorien-Torte! Sehr schön. Und was macht Helena?« Alle schauen mich an.
»Ich mach gar nichts. Ich überlege mir, was ich auf euren Hochzeiten anziehe, und werde ansonsten mein Leben mit Hund Jackie und folgenlosem Sex verbringen.«
»Ich werde Kaschinski *nicht* anrufen« bestimmt Fanny.
»Und ich werde *nicht* auf Gleis drei Cello spielen.«
»So einen Kerl lasse ich mir nicht entgehen, der mein Haar mit Pata negra vergleicht«, stöhnt Hanne wollüstig.
Wir schweigen, und die Welt dreht sich ohne uns weiter.
»Kann ich jetzt gehen und Karriere machen?«, fragt Mikki nach einer Weile.
»Natürlich, Zwiebelchen. Vergiss nicht, eine Firma zu gründen. Richte dein Leben nicht auf der Suche nach einem Mann aus. Schön sein allein reicht nicht. Du musst ein echter Mensch sein, mit einer schönen Seele, um glücklich zu sein. Nur das zählt, Zwiebelchen, denn wer schön sein will, muss lieben. Nicht anders herum. Und komm pünktlich zum Essen, es gibt Fischstäbchen und Maronenpudding.«

14

Der Wecker meines Mobiltelefons fiept. Es ist fünf Uhr. Ich liege seit einer Viertelstunde wach, Jackie zwischen meinen Waden eingekuschelt, und lausche dem Montag. Das Rauschen der Autos von der Rothenbaumchaussee. Das Quietschen der Bremsen von Zügen, die im Dammtor-Bahnhof einfahren. Die letzten verirrten Vögel, die bei diesem warmen Herbst denken, es sei Frühling. Der Tag breitet sich aus, zwingt die Nacht zur Aufgabe und verschlingt die Schwärze und Stille mit ungeduldigem Licht. Jackies Hundeseufzen. Der Schlüssel an Jos Tür, der leise ins Schloss geschoben wird, der Widerhall seiner Wohnungstür, die er vorsichtig zudrückt. Weil er zurückkommt. Von einem Fuckjob. Oder von dem, was Mikki bschrieb mit ›Etwas anderes im Kopf‹. Ich öffne die Augen, um zu verhindern, dass hinter meinen Lidern die Bilder tanzen. Jo, wie er eine Frau küsst.
In dreieinhalb Stunden wird Gerion mein Revier betreten. Ich kenne den Gegner nicht. In *MenMag* schrieb er das Editorial. Zugegeben: sehr gut – ohne Bild. Dennoch ist dieser Mann ein Phantom, im ganzen World Wide Web findet sich nicht ein Schnappschuss von ihm. Aber was war nach Sunzi, der Kunst des Krieges, die wichtigste Voraussetzung, um zu gewinnen? Genau: Kenne deinen Gegner wie dich selbst.
Ich lache und meine es nicht so.

Um 7 Uhr 30 sitze ich am Kopfende des Konferenztisches. In einer Viertelstunde soll die Redaktion komplett anwesend sein.

Ich will eine Dreiviertelstunde Vorsprung vor seiner Ankunft. Die Zwölf wird noch mir gehören. Um die Januarausgabe, die kurz vor Weihnachten erscheinen wird, werden wir kämpfen. Er wird nicht den Fehler machen, in eine laufende Produktion einzugreifen.

Um 7 Uhr 48 sind alle im großen Meeting-Saal. Einige lehnen an der Wand, andere sitzen auf den Fensterbrettern. Bis auf Paris, der steht hinter mir, und ich spüre seinen Blick in meinem Nacken. Hätte ich die Wahl, wäre ich jetzt lieber mit ihm in Paris als mich der Angst zu stellen, die in mir aufsteigt. Aber da ich die Wahl nicht habe, kann ich auch dableiben. »Guten Morgen. Keine Sorge, so früh aufzustehen wird jetzt nicht zur Mode. Sie werden weiterhin die kreativen Verrückten sein, die sich vor zehn Uhr nicht in einem Coffeeshop blicken lassen.«

Einige lachen pflichtschuldig.

»Wie Sie wissen, wird Herr Gerion von *ManMag* uns bei einer Verfeinerung des USP von FEMME helfen, und, falls nötig, mit uns eine Kurskorrektur vornehmen. Sehen Sie ihn nicht als Feind oder Fremdkörper. Ein Blick von außen wird uns guttun. Er ist vielleicht nicht ganz unsere Zielgruppe«, ich gestatte den Leuten ein kleines heimliches Lachen, »aber, wer weiß, vielleicht ja doch?« Jetzt lachen sie befreit.

»Aber Helena«, gräbt sich Daphnes Stimme in die letzten Lacher hinein, »es wäre besser für die Redaktion zu wissen, was es bedeutet, wenn die ... Kurskorrektur nicht funktioniert. Nicht wahr?« Daphne. Ihre Dolchstöße sind so vorhersehbar wie der Gegenverkehr auf schnurgerader Strecke.

»Für den Fall, dass es jemand noch nicht weiß«, und ich weiß, dass jeder weiß, was ich gleich sagen werde, denn ich hatte in Einzelgesprächen reinen Tisch gemacht und jedem Einzelnen meines Teams gesagt, dass ich auf dem Schleudersitz Platz genommen hatte, »ich werde gehen, wenn wir mit der nächsten Ausgabe nicht Marktführer sind.«

Ich sehe den meisten an, dass sie in diesem Moment glücklich sind, nicht auf meinem Stuhl zu sitzen. Daphne dagegen träumt schon mit offenen Augen vom triumphalen Einzug in mein Büro.

»Ich hoffe, dass Sie alle lieben, was Sie tun. Denn dann müssen Sie jetzt nicht arbeiten. Die nächste Konferenz ist um elf Uhr. Ich möchte Ihnen gern Herrn Gerion vorstellen.«

Ich stehe auf und verlasse den Raum. Zwei, drei Handknöchel

klopfen auf die Tische. Der zarte Applaus bricht jedoch rasch ab.

Noch 30 Minuten.

Ich halte im Sekretariat an und Hannes Knäckebrotpackung hoch. »Was ist mit dem Muffin-Mann?«

»Ich war heute morgen zu früh dran«, murrt Hanne. »Dieser Gerion versaut uns noch das Leben. Wahrscheinlich sehe ich das Buntauge nie wieder.« Sie bröselt Knäcke auf die Tastatur.

8 Uhr 07. Ich ziehe das hellbraune, weiche Wildlederkostüm glatt, und rückte den falschen kleinen Fuchspelzkragen zurecht.

Ich hatte mit Hanne abgesprochen, dass wir Gerion freundlich empfangen. »Wenn der Feind denkt, wir wären nicht sein Feind, können wir ihn erst auskundschaften, seine verwundbare Stelle finden und dann zuschlagen. Elegant und charmant. Und falls es sich bis dahin herausstellt, dass er uns als Freund mehr nutzt denn als Gegner, machen wir ihn uns zum Freund. Klar soweit?«

»Klar. Wenn wir ihn nicht schlagen können, schleimen wir uns ein. Er darf bei mir auch Kaffee bestellen, wenn ich das jetzt richtig verstanden habe. Aber wir setzen ihn in die kleine Kammer neben dem Klo, sein Telefon wird erst übermorgen angeschlossen, der alte Mac aus dem Lager muss reichen, aber sonst sind wir nett zu ihm.«

»Wenn es schiefgeht, sehe ich zu, dass ich woanders einen schönen Job kriege und dich nachhole«, verspreche ich.

»Dito«, sagt Hanne, und wir umarmen uns.

»Was ist eigentlich mit Martini?«, fällt mir ein. Unser großes Männerinterview in der Zwölf, von dem wir bisher noch kein einziges Wort haben.

»Oh! Danny! Er wollte anrufen. Aus Italien. Da hat er das Schwein beerdigt. Er fragte, ob du nicht nach Rom kommen kannst, wegen des Interviews, er kenne da ein hübsches kleines Lokal an der Via Calzone oder so ähnlich, die hätten ein ganz ausgezeichnetes Carpaccio mit weißen Trüffeln und würden hervorragende Ravioli gefüllt mit Trockenfisch servieren«, klärt mich Hanne auf. »Hach, Martini auf Leitung eins, dass ich das nochmal sagen darf ...«, seufzt sie und legt ein Stück Safranschokolade auf ihr Knäckebrot. »Mal beißen?«, mümmelt sie und hält mir zirka 3000 Kalorien entgegen. Trockenfisch und Martini. Allein von der herrlichen Vorstellung bin ich bereits satt.

Ich setze mich auf meinen Schreibtischstuhl und versuche, an nichts zu denken. Es beginnt, sanft zu regnen.

Um genau 8 Uhr 31 bricht die Hölle los.

»Herr Gerion ist jetzt da«, sagt Hanne laut, um das Prasseln am Fenster zu übertönen, und ist versucht, einen artigen Knicks anzudeuten. Sie hat Krümel im Mundwinkel. »Und er sieht yummy aus«, bedeutet sie mir mit den Lippen, ohne ein Wort laut zu sprechen.

Ich entschließe mich, ihm in diesem Fall als Erstes meine Rückansicht zu präsentieren, die in dem Rock unartig knackig aussieht. Also schaue ich aus dem Fenster, als ob es da etwas Spannenderes zu sehen gäbe als mein Spiegelbild, und forme ein Hohlkreuz.

»Guten Morgen«, sagt ein Mann hinter mir. Zirka ein Meter 80 groß, helle Haare, nicht mein Typ, das kann ich schon in der Scheibe sehen.

»Guten Morgen«, erwidere ich mit einem weichgespülten Timbre wie direkt aus verschwitzten, verwühlten Laken gestiegen und drehe mich lasziv herum, um ihn dem Anblick meines feucht geschminkten Munds, der hochgesteckten Haare mit den beiden sanften Strähnen links und rechts der Wangenknochen und meines reizenden falschen Leberflecks im Ausschnitt auszusetzen.

Mein Herz stolpert.

»Alles in Ordnung?«, fragt der große Mann.

»Das hatten wir doch schon mal«, sage ich und gehe frei von Herzschlag oder Atmung auf ihn zu, strecke ihm meine Hand entgegen. »Helena Levy. Und mir geht es wunderbar.«

Ich will lachen vor lauter Verzweiflung. Es gibt 40 Millionen Männer in Deutschland, und ausgerechnet der Regenmann steht in meinem Büro und will mich cleanen. Erst jetzt scheint er mich zu erkennen. Sein bis dato unentschiedenes, aber nicht unfreundliches Gesicht verzieht sich zu einer abwehrenden Maske. Meine ihm entgegengestreckte Hand ignoriert er. »Margerite. Ich wusste doch, dass Sie mich in dem Moment belügen, in dem Sie den Mund aufmachen.«

»Nicht ganz, Ben Gerion. Mein Name ist Helena Perdita Margerite Levy. Angelogen habe ich Sie nicht.« Ich ziehe meine übersehene Hand wie geschlagen zurück.

»Nein, aber Sie suchen sich den Teil der Wahrheit raus, der Ihnen am besten passt.« Er stemmt seine Hände auf meinen Schreibtisch.

»Reden Sie da nicht gerade von sich selbst? Wie geht's denn der Frau Gemahlin?« Ich habe mich ebenfalls auf der Schreibtischplatte abgestützt. Zwischen uns weniger als ein Meter geschliffenes Holz.

»Reden wir nicht über mich, reden wir über Sie. Ich habe gehört, Sie haben hier ein paar Probleme?«

»Keine, die nicht lösbar sind. Das größte steht vor mir.«

»Oh, dabei ist hier doch gar kein Spiegel.«

»Kommen Sie runter vom Jammer-Kreuz, wir brauchen das Holz.«
»Wieso haben Sie sich heute eigentlich so verkleidet und neue Augen besorgt? Für mich?«
»Für Sie würde ich nicht mal eine Haarbürste in die Hand nehmen!« Just in dem Moment geht die Tür auf und Hanne tänzelt herein, ein Tablett mit Tee, Kaffee und Bananenmilch. Sie schaut mich mit entsetzten Augen an, als wolle sie fragen: »Wie hast du es geschafft, dass der Kerl kaum eine halbe Minute hier drinnen ist und ihr euch schon anschreit? Habe ich irgendwas an Sunzis Dingsbums-Strategie falsch verstanden?«
»Ähm, jemand Tee?«, flötet sie mit unnatürlich hoher Stimme.
Ben Gerion bleibt vor meinem Tisch stehen, während Hanne eindeckt. Auch ich setze mich nicht. Wer sich zuerst hinsetzt, hat verloren.
Hanne huscht wieder hinaus. »Danny Martini ist auf Leitung eins«, haucht sie noch.
Ich greife nach dem Hörer, drücke auf die Eins und lasse Ben nicht aus den Augen. Ich lasse ihn zusehen, wie ich mein Telefongesicht mache, ein Lächeln aufsetze und mich mit Danny in Paris verabrede.
»Paris? I thought I would meet you in Rome?«, säuselt der schöne Mann. Ja, wieso eigentlich Paris? Freud'sche Versprecher können lästig sein.
Ich schiebe vor, dass mich Akkordeonmusik so melancholisch macht und ich mal wieder ein Dior-Kleid ausführen muss, und dafür käme eben nur Paris in Frage. Ich verabrede mich mit ihm für kommenden Freitag in Paris, an der Bar Vendôme des Hotel Ritz. Wie ich diese Sonderausgabe rechtfertigen werde, weiß ich zwar noch nicht, aber das kann ja der Cleaner klären. Herr Gerion. Herr Ben Gerion. Diese letzten beiden Monate werden ein Tatarenstück werden, und ich habe vor, mich dabei wenigstens ein bisschen zu amüsieren, bevor ich unter der Brücke schlafen

muss. Schon als ich »Salut« in den Hörer geraunt und nicht mal aufgelegt habe, ist mein Lächeln schon verschwunden.

»Sie sind eine wunderbare Schauspielerin. Aber manchmal vergessen Sie, wann es sich lohnt zu lügen und wann nicht.«

»Stimmt, das haben Sie besser drauf. Sie wissen, wann es sich lohnt.«

Gerion setzt sich. Langsam. Ich auch. Gleichzeitig erreichen wir die Sitzflächen. »Wenn Sie wollen, sage ich Zerom gleich, dass wir nicht zusammen passen.«

Er trinkt einen Schluck Kaffee. Hätte Hanne ihn doch vergiftet.

»Bitte. Tun Sie, was Sie nicht lassen können.«

»Aber auf der anderen Seite sollten wir unsere persönlichen Differenzen nicht auf den Job übertragen.« Er starrt mir auf ein Ohr.

»Persönlich? Waren wir jemals persönlich?« Jetzt streichelt sein Blick meinen Mund. Der Regen an den Scheiben rinnt herab wie Öl.

»Nein … wo Sie es jetzt sagen, Helena Levy. Wirklich persönlich waren wir nie.« Wir sehen uns über Kilometer hinweg an, jeder auf seiner Seite der Wahrheit. Seine Augen schmal wie Schießscharten.

»Und das ist auch gut so«, sage ich.

»Da wären wir ja endlich mal einer Meinung«, sagt er langsam, und das Licht seiner Augen erlischt. Ich stehe im Dunkeln.

Ich drücke auf die Gegensprechtaste zum Vorzimmer. »Hanne. Bitte verbinde mich mit Paris.«

Wir sitzen uns wie zwei menschliche Simulationen gegenüber. Dann erhebt Ben seine Stimme. »Eine Sache sollten Sie jedoch wissen.«

»Ja?« Als das Telefon klingelt, schalte ich auf Lautsprecher.

»Helena, meine Göttin. Was darf ich für dich tun?«

»Wir fahren nach Paris. Danny Martini.«

»Ich habe gehofft, dass du auf mein Angebot zurückkommst.

Danke, Helena. Du wirst es nicht bereuen, das verspreche ich dir.« Paris' Stimme schmeichelt und verrät mehr, als seine Worte sagen.
Ich beende die Verbindung. Ben sieht mich nicht an.
»Was sollte ich wissen?«
»Nichts. Nichts von Belang.«

Sie mögen ihn. Sie mögen den Mann, der dafür sorgen wird, dass ich meinen Job verliere. Ben Gerion schaffte es, in der Elf-Uhr-Konferenz mit Charme, Eloquenz und der Behauptung, mich als kundige Journalistin zu verehren, alle auf seine Seite zu bringen. Sogar als er das neueste Pamphlet des Angel-Eye-Blogs hochhält, und die Stelle zitiert:
»Was Männer wollen, kann nur ein Mann wissen. Ben Gerion (MenMag) wird den Relaunch begleiten; aber an dieser Stelle eine Warnung an ihn: Wenn er nicht aufpasst, ist er der nächste Partybegleiter der Helena L., aber bestimmt nicht der letzte.«
»Frau Levy, ich begleite Sie übrigens gern zu allen offiziellen Anlässen, wir sollten auf diese Blogger hier nicht weiter eingehen, finden Sie nicht auch?«
Sei bloß nicht so nett zu mir, sonst bringe ich dich um. Ich zwinge meinem Mund ein »Danke« ab.
Daphne schnurrt ihn an. Sie schenkt ihm ihr besonderes Lächeln mit dem Untertitel: »Du bist so toll und ich die Einzige, die es sieht.«
Er wickelt die Leute schneller ein als ich meine Haare auf Lockenwickler kriege. Er führt genau aus, was er an FEMME liebt und schätzt und zitiert dazu just seine Schwester und seine Mutter, die unser Blatt seit Jahren lesen und sich damit durch die Welt leiten lassen. Ja, sicher.
Er ist gut. Er macht es persönlich. Schlauer, böser Wolf.
»Aber, meine Damen – und meine Herren«, er wirft Lukas einen Blick zu, Paris ignoriert er, »ich will nicht dauernd meiner

Mutter erklären, wie Sie was meinen. Sie haben den Blick für Ihre Außenwirkung verloren. Das passiert manch einem, dass er nicht weiß, wie er auf andere wirkt, und ein falsches Bild von dem zeichnet, was wirklich da ist.«
Er schmettert mir seinen Blick hin und ich weiß, von wem er redet.
»Fragen Sie nicht länger nur: Gefällt *mir* das? Sondern: Gefällt unser Leserin das? Wenn Sie die kennen, können Sie ihr nah sein.

Sich verständlich machen. Sie wollen verstanden werden? Gut, dann geben Sie sich so. Eindeutig, klar, charmant, entgegenkommend.«
»Wollen Männer Frauen so haben?«
Eine gespannte Stille legt sich über den Raum. Jenes frohlockende Gruseln, wenn jeder die zweideutige Nuance begreift, die zwischen zwei Rivalen pendelt, so lose wie ein Zahnnerv.
»Sie wollen von mir wissen, was für Frauen Männer wollen? Sie überschätzen mich, Frau Kollegin. Ich kann nur für mich reden.«
»Bisher hörte es sich so an, als wüssten Sie es aber ziemlich genau.«
»Na gut: Sie wollen eine Partnerin. Die sie versteht. Die nicht spielt. Die weiß, was sie will, und die weiß, dass sie genau ihn will. Die nicht erzieht, die nicht schauspielert. Und die sich nicht verstellt!«
»Und schön soll sie auch sein?«
»Nein! Hässlich! So hässlich es geht! Liebt ein Mann eine hässliche Frau, wird er nie aufhören sie zu lieben. Hässlichkeit verschlimmert sich nämlich mit dem Alter, während Schönheit nur verschwindet. An Schönheit gewöhnt man sich schnell. An Dummheit nie.«
»Aber wenn die sich ab und an auch noch ein wenig nett zurechtmacht, ist es erträglicher«, lässt Paris sich herab.
Ben Gerion lächelt sein Wolfslächeln, das nicht bis zu seinen

Augen reicht. »Zwischen zurechtmachen und dem, was Frauen mit ihrem Äußeren anstellen, um einen Mann zu gefallen, liegen Welten, Herr Bronski. Frauen basteln am Lack herum, mogeln bei Hubraum und Leistung und drehen den Tacho zurück. Dafür würde jeder Autohändler ins Gefängnis kommen.«

»Mein lieber Herr Gerion, Männer können eben besser gucken als denken. Oder wieso suchen die meisten die inneren Werte einer Frau immer noch im Ausschnitt?« Angelica lehnt sich so im Stuhl zurück, dass sich ihre Brüste unter dem schimmernden, grünen Hemd mit Schleifchen abzeichnen.

»Das sind alles nur Kurzzeitstrategien, werte Kollegin. Es sollte etwas dahinterstecken, was länger als ein paar Augenblicke hält. Und das, meine Damen, meine Herren ...«, er steht auf und breitet die Arme aus, »das sollte die FEMME-Leserin wissen. Dass sie sich nicht hinter der Optik verstecken muss, um geliebt zu werden. Sondern dass sie sich zutrauen darf, mehr zu sein. Viel mehr. Kompliziert. Mit Macken, Neurosen und Stärken, die sie nicht zurückhält. Voller Leidenschaft fürs Leben. Ein Vollblutmensch.«

Jetzt hängen die Damen gebannt an seinen schmeichelnden Lippen.

»Erzählen Sie das mal den Anzeigenkunden«, entschlüpft es Angelica.

Marlies schiebt ihre Unterlippe vor. Sie mag Ben Gerion, ihr Körper neigt sich ihm zu wie einem Magneten. »Stellen Sie sich mal vor, Sie erzählen einem durchschnittlichen Menschen, dass er genauso durchschnittlich sein darf, wie er ist. Der hat aber kein Interesse daran, auch nur ein durchschnittliches Leben zu führen! Und außerdem wollen achtundfünfzig Prozent aller Männer eine Partnerin, die gut aussieht. Da können Sie die Gesellschaft auch nicht ändern!«

»Sie haben die Wahl: Machen Sie die Gesellschaft oder macht die Gesellschaft Sie? Wollen Sie nur einem Mann gefallen oder

sich selbst? Gibt's nicht noch mehr im Leben?«, kontert Gerion.
Er hat mir meine Worte geklaut. Ich hole Luft, doch ich bin zu langsam.
»Also, ich finde, Ben hat recht«, haucht Daphne und sieht ihn an, als ob er alles von ihr haben könnte. »Nur wenn ich ganz ich selbst bin, fühle ich mich wirklich wohl«, sagt sie, wölbt ihre falschen Lippen und atmet tief in ihren falschen Busen.

»Das sieht man«, sagt Gerion. »Wenigstens eine versteht mich«. Er lächelt sie an, lange und intensiv. Sie flirten miteinander, so deutlich und unverschämt, dass mir schlecht wird.
Ich will ihnen einen Stirb-Blick zuwerfen, mit hochgezogener Augenbraue, doch meine Stirn ist in Stein gemeißelt. Scheiß Botox.
»Und wie wir das praktisch umsetzen, wird in der Ressortleiterkonferenz besprochen«, sage ich, und tue so, als ob ich meine Papiere ordne, während alle an den Raum verlassen. Alle, bis auf Ben und Daphne. Sie bleiben am Ende des langen Tisches stehen, beide stützen sich mit den Händen auf der Platte ab. Ihre Finger nah. Sehr nah. »Hätten Sie Lust, mir zu zeigen, wo man hier mittags gut essen kann?«, fragt Ben. Ihre Finger bäumen sich auf und rücken näher zu seinen heran. »Ich zeig Ihnen alles, worauf Sie Appetit haben«, raunt Daphne und schlägt mädchenhaft die Augen nieder. »Holen Sie mich in meinem Büro ab?« Ihre Finger beschreiben Kreise auf der Platte.
»Ich bitte darum«, sagt Ben und legt ihr die Hand auf den Arm. Vergewissert sich, dass ich es gesehen habe, und verlässt den Raum. Mir ist, als ob ich jetzt erst wieder daran denke auszuatmen. Daphne dreht sich mit dem Gesichtsausdruck einer Etappensiegerin zu mir um. »Ich find ihn großartig«, schmeichelt sie in breiten Wienerisch und lehnt sich aufreizend in den Türrahmen.
»Don't fuck in the Company.«

»Wieso, er ist doch gar nicht angestellt. Und wir sind zwei erwachsene Menschen. Da brauchst du dich gar nicht aufzuregen, Helena. Oder hast du irgendwelche Ansprüche auf ihn?«
»Niemand hat Ansprüche auf irgendwen, Daphne.«
»Außerdem bist du eh nicht sein Typ. Das merkt man sofort. Wünsch mir Glü-hück.« Sie schlingert auf hohen Hacken raus, das zarte Wickelkleid umarmt sie wie ein Kuss aus Seide.
Als ich den Konferenzraum verlasse und in mein Büro gehe, sitzt Angelica auf der Kante meines Schreibtisches.
»Du magst ihn«, stellt sie fest.
Ich versuche nicht, so zu tun als wüsste ich nicht, wen sie meint.
»Ja. Ich mag ihn. Aber ... das ist irrelevant.«
»Manchmal fängt etwas sehr seltsam an, bevor es gut wird.«
»Redest du vom Verlieben, Angelica?«
»Ich wüsste nicht, seit wann ich davon Ahnung habe.« Sie lächelt, und in diesem Lächeln sehe ich fast jemanden, den ich mag.
»Ich auch nicht.«
Ich ziehe die Schublade auf und biete ihr Champagner an.

15

Paris liegt unter der leichten Dunstwolke eines feuchten Nachmittags verborgen, als die Boeing in einem langen Halbkreis den Sinkflug auf den Flughafen Charles-de-Gaulle einleitet.

Während des eineinhalbstündigen Fluges habe ich so getan, als ob ich schlafe. Hinter geschlossenen Lidern dachte ich an die vergangenen vier Tage. Ben, wie er die Redaktion eroberte. Vormittags ließ er eine Geschichte linksrum aufreißen, nachmittags hatte ich sie rechtsherum geschwenkt. Zwischen uns herrschte eine Gefühlsantarktis. Mir schien es, als sei ich von einer psychischen Angina befallen, die nicht mal mit Pollys Puddings oder Champagner geheilt werden konnte.

Daphne belegte Ben mit dem kämpferischen Ehrgeiz einer Königsmätresse. Er mied mein Büro wie ich das seine. Nur einmal hatten wir uns in die Augen gesehen; er war mit Daphne in der *Weinhexe* gewesen. Ich saß drei Tische weiter im Restaurant in der spitz zulaufenden Ostecke des Chilehauses. Während sie auf der Toilette war, hielt er den Blick auf seine Antipasti gesenkt. Schob die eingelegten Paprika immer wieder um die Artischocken herum. Als er aufsah und meinem Flehen begegnete, schüttelte er den Kopf. Einmal nach links, einmal nach rechts. Ein lauteres »Nein« hatte ich selten gehört.

Ich konnte meinen Bauernsalat, den ich als Tarnung bestellt hatte – ohne Öl, ohne Brot, ohne Schafskäse – nicht anrühren. Mein Hals hatte sich zugezogen, als ob ein Gummiband meine Luftröhre umschließen würde. Dagegen kam auch kein Muskelrelaxan an. Wie Daphne und Ben lachten. Scherzten. Flirteten. Ich schlich wie ein geprügelter Hund an ihnen vorbei, mein Lächeln schmerzte im Kiefer. Ich ging den langen Weg am Hafenrand entlang zurück und sparte mir die vergebliche Mühe, die Tränen wegzuwischen.

Ich habe mich verliebt. Es gibt dafür keinen Grund. Ich hasse es.

Seitdem sehen wir aneinander vorbei. Halten nicht an, wenn wir den anderen auf dem Flur treffen. Dummer Stolz, der mich erfasst, wenn wir unter Beobachtung sind. Ich stehe jeden Tag zwei Stunden früher auf, um mich noch sorgfältiger zu schminken. Ich bin so schön wie nie. Und doch sieht er mich nicht an.

Jo hatte sich die ganzen Tage lang nicht blicken lassen. Ich hatte ihm ganze Romane auf dem Anrufbeantworter hinterlassen. Kein Rückruf. Nur wieder, wie in jeder Nacht, das leise Klicken seiner Tür. Erst dann kann ich einschlafen. Vorher liege ich wach, und meine Gedanken bewegen sich in endlosen Kreisen. Kann Sex mit einem anderen Verlieben heilen?

Ich spüre, wie etwas in meiner Kniekehle unter dem weißen Wollkleid herumkrabbelt. Paris' Finger. »Suchst du was?«, murmele ich ihm unter träge geschlossenen Lidern zu.

»Ich habe es gefunden. Es sitzt neben mir«, flüstert er, jetzt ganz nah, an meinem Hals. Mein Körper, der Verräter, hat keine Ahnung von den Gefühlen meines Herzens, denn ich bekomme eine Gänsehaut und meine Brustwarzen werden klein und hart.

Im Taxi bis zur Place Vendôme sauge ich den Anblick der Stadt in mir auf. Meine Bitterkeit nimmt ab mit jedem Meter, den ich mich weiter von Deutschland, Hamburg und Ben entferne. Vielleicht sollte ich hierbleiben. Neu anfangen. Ein Appartement im Marais mieten und mich neu erfinden. Je tiefer ich eintauche in diese Stadt, umso weniger habe ich Ähnlichkeit mit der Frau, die um einen Mann trauert, den sie nicht mal kennt.

Der Wagenmeister öffnet den Schlag. Zwei Pagen eilen heran, um Paris' schweres Fotogepäck an sich zu nehmen. Das Hotel Ritz, in dem Marcel Proust schrieb, Coco Chanel wohnte, Ernest Hemingway dem Krieg trotzte, wirkt in seiner Pracht aus Sandstein und hohen Fenstern mit Rundbögen wie eine Burg. Der Concierge begrüßt uns wie lang vermisste Freunde, die nach all

den Jahren vertraut, aber per Sie sind.

Paris und ich haben zwei Zimmer, mit Blick auf den Garten, die verschwenderische Lieblichkeit eines von Luxus durchsetzten Verstecks. 800 Euro die Nacht. Unfassbar. Für Danny haben wir die Ernest-Hemingway-Junior-Suite gebucht. 2000 Euro. Dort, zwischen Gobelinwandteppichen, sanft gelben Wänden und Kristallkronleuchtern, soll er den Cary Grant des 20. Jahrhunderts geben.

Ich lege mich auf die grün-weiß gestreifte Tagesdecke auf dem königlich breiten Bett mit den verspielten Holzschnitzereien. Die Wände sind weiß vertäfelt, mit goldenen Lüstern geschmückt. Auf dem antiken Sekretär an der Wand stehen frische Blumen, ein Bouquet von Lilien und Rosen.

Ich bin in der schönsten Stadt der Welt, im schönsten Hotel, mit einem der aufregendsten Fotografen der Welt, der mich begehrt. Ich werde Danny Martini in jener Bar treffen, in der Marlene Dietrich ihre verbotenen Zigaretten rauchte und in der Fitzgerald Whiskey trank.

Niemals wollte ich bereuen, was ich im Leben tue. Nichts und niemanden wollte ich je bereuen, und jetzt liege ich hier und schmiere meine Wimperntusche in die edle, schwere Bettwäsche.

Ich wälze mich auf den Rücken und stelle mir vor, dass es Stil hätte, wenn ich mich im Hotel Ritz in Paris umbringen würde. So diskret, wie das Haus ist, würden sie sorgsam mit meinem

toten Körper umgehen. Ben würde bedauern, mich nicht noch einmal angesehen zu haben. Meine Augen würden dann auf ewig für ihn geschlossen bleiben.
Ich zähle von 100 rückwärts und warte darauf, dass ich aufhöre, mir meine Beerdigung auszumalen und zu überlegen, was ich dabei anziehen werde. Bei 17 gelingt es mir, und ich stehe auf, um mir einen Whiskey einzugießen, zwei Kleider aus dem Koffer zu ziehen, um sie im geräumigen Badezimmer mit dem sanften Licht und den Marmorfliesen aufzuhängen. Um 18 Uhr will mich Mister M. auf einen Champagner einladen. Paris wird eine halbe Stunde später dazukommen. Ob Danny mich wiedererkennt? Ob er das goldgelockte Paris-Hilton-Modell dabeihat oder eine andere, die kaum 45 Kilo wiegt und von einer halben Kiwi und fünf Blättern Kohl die Woche lebt?
Eine Stunde später werfe ich den letzten von hundert Blicken in den Spiegel. Das Kleid ist aus schwerer Seide, die je nach Licht silbrig oder in einem kalten, grünen Gold schimmert. Die breiten Träger gehen über in einen Ausschnitt, der in der Mitte meiner Brüste endet und sie zu zweit glatten, polierten Pfirsichen formt. Ein einfach geschnittenes Kleid – mein Glückskleid.
Der Pianist spielt »A Felicidade«, als ich die Bar Vendôme betrete. Alle Männer im Raum sehen auf. In allen Männeraugen kann ich die Frage lesen: »Würde ich mit der, oder nicht?« Die meisten würden. An den mit Mahagoni vertäfelten Wänden spiegelt sich warmes Licht und lässt sich auf den weinroten Diwanen nieder. Halbrunde Separees laden ein, sich hineinsinken zu lassen und sich für den Rest des Lebens zu betrinken. Es ist kurz vor sechs. Kein Danny. Ich setze mich in ein Rondell und beginne mit dem Schlimmsten: Warten. Vielleicht sollte ich mit dem Rauchen anfangen.
Kurz nach sechs: Kein Danny. Gut, Prominente lassen gern bis zu zwei Stunden auf sich warten. Nur, dass ich bis dahin betrunken sein werde. Ich klatsche leise, als der Pianist den Song

»One for My Baby, and One More for the Road« beendet hat. Er steht halb auf und verneigt sich in meine Richtung, bevor er wieder seine schlanken Finger auf die Tasten des lackschwarzen, polierten Flügels legt und eine traurige Version vom »Summertime« anstimmt. Er ist ein blasser Mann, alles in seinem Gesicht ist oval. Er ist traurig und ein wenig verliebt in seine Traurigkeit. Ich bestelle noch einen Champagner und schlucke Mydocalm. Der Schmerz im Nacken bleibt.

Halb sieben. Kein Danny. Dafür betritt Paris die Szenerie. Er hat sich dem Ritz angemessen in einen schwarzen Anzug gekleidet, mit engem schwarzen T-Shirt. Er lässt sich neben mich in das weiche Polster gleiten, der weißlivrierte Kellner bringt ihm einen Manhattan und stellt ihn auf die Glasplatte, die den runden Tisch und die hellrote, fein gewebte Tischdecke beschwert. Paris ist während der Schauen immer im Ritz. Man kennt ihn. »Bin ich zu spät?«

Irgendwann erschlage ich ihn für diesen Satz.

»Früher jedenfalls als Danny. Er ist nicht da! Ich frage mich, wieso ... Hat er überhaupt schon eingecheckt?«

Paris zuckt mit den Achseln. »Soll ich mal fragen?«

»Ich bitte darum.«

Zehn Minuten später steht der dritte Champagner vor mir und Paris liegt halb auf mir. Danny hat nicht eingecheckt. Er ist einfach nicht da! Ich werde von Danny Martini versetzt!

»Und was machen wir beiden jetzt mit dem angefangenen Abend? In Paris?«

»Mir fällt da aber auch überhaupt nichts ein, Bronski«.

»Waren wir nicht schon mal bei den Vornamen, Helena?«

»Paris! In erster Linie sind wir hier zum Arbeiten.«

»Und in zweiter Linie?«

Zum Vögeln, Herzblatt. »Vielleicht hat sein Flieger Verspätung. Oder er kauft sich ein neues Schwein. Oder er hat meine Nummer verloren. Ist eine Nachricht für mich da?«

Paris hört auf, meine nackte Schulter mit seinem Atem zu bestäuben und greift in seine Hosentasche. »Habe ich ganz vergessen, als ich deine zarte Gestalt bewunderte.« Er reicht mir einen Zettel mit dem Briefkopf des Ritz. In hingeworfenem, schlechtem Schriftfranzösisch steht dort, Monsieur Martini lasse Madame Helena Levy ausrichten, er würde es heute leider nicht schaffen, sie möge nicht in der Bar auf ihn warten, sondern sich einen schönen Abend machen.

»Er schafft es heute leider nicht? Wir geben dreitausendsechshundert Euro plus Flug aus, und er schafft es leider nicht?«

Ich suche nach meinem Mobiltelefon, um Hanne anzurufen, damit sie ein neues Interview mit einem beliebigen männlichen Sexsymbol einkauft. Daniel Craig, Orlando Bloom, bloß nicht das Kinderschokoladengesicht Di Caprio.

Paris legt mir behutsam die Hand auf meinen halbnackten Rücken. »Beruhige dich. Du musst das Leben nehmen, wie es kommt. Und es hätte schlechter kommen können, oder nicht?«

Er beugt sich zu mir herüber, zieht meinen Nacken mit der Hand zu sich heran und lässt seine Lippen an meinen entlangwandern, zart erst. Und mein Körper verrät mich schon wieder, ich öffne den Mund und lasse seine Zunge hineinschlüpfen; sie prickelt wie Brausepulver. »Du bist so wunderschön«, haucht er in mein Haar. »Du riechst so gut. Ich könnte süchtig nach deinem Geruch werden.« Er atmet dicht an meinen Hals gelehnt ein, und der Sog seines Atems umfasst mein Rückgrat. »Du bist so sexy, Helena …«

Wie er an mir herumtastet, mich in den Bann seiner Begierde zieht, beschließt mein Körper, beleidigt von Ben und Danny Martini, nachzugeben. Das letzte bisschen Verstand versucht mich zurückzuhalten. »Ich bin unglücklich, Paris … lass mich … ich kann nicht, ich liebe dich nicht …«, höre ich mich sagen, aber er verschließt meinen Mund mit einem Kuss. Dann sieht Paris mir in die Augen.

»Ich weiß, Helena. Ich weiß. Es ist in Ordnung. Aber es tut mir weh, dich so zu sehen. Ich will dir guttun, ich will ...« Er küsst mich wieder, sein Mund wandert mit warmen Zungenschlägen meinen Hals hinunter, seine Hand umschlingt meine Taille und hält mich, fünf andere Finger fahren mir den Nacken auf und ab, er bezwingt meine Furcht mit seiner Leidenschaft, und erneut kommt mir mein Körper zuvor und entspannt sich unter seinen Berührungen. Meine Rache an Ben schmeckt nach Champagner

und Paris' Küssen, gefrorenes Schweigen legt sich über mein Herz. Und kaum denke ich an Ben, werden meine Küsse gieriger, als ob ich ein Loch stopfen will, irgendwo da in mir drin, es mit Küssen überdecken und dem Geschmack eines fremden Mannes, der mich in seinen Armen hält, weil Danny Martini heute leider nicht kann. »Komm«, befiehlt Paris lockend, »Vien avec moi.« Er führt mich nach Troja.

Der Abend verschwindet in einem Rausch von Alkohol und Paris' Händen, die mich nicht entkommen lassen. Auch nicht im Taxi, als wir an der Place de la Concorde links abbiegen, in die *Rue* Boissy d'Anglas, zur »Buddha Bar«, mit seiner gigantischen Halle, die mit tausend winzigen, orangefarbenen Lampenschirmen beleuchtet ist; in der Mitte ein heiterer Buddha.

Ich wehre mich nicht, als Paris mich mit kühler Mangosuppe und krossen Entenstücken füttert. Nicht auf der Tanzfläche der rot beleuchteten Katakombe und nicht als wir später dicht nebeneinander sitzen, im »Bofinger« an der Place de la Bastille, auf den schwarzen Lederbänken, der klassischsten Brasserie von Paris, wo das helle Licht empfindlich in meinen Augen brennt. Im Spiegel über den Sitzbänken sehe ich mich, wie ich bereits gefangen bin mit in ihm in Paris. Eine letzte Mitternachtssuppe, die wir uns gegenseitig füttern, unsere Schenkel, die sich aneinanderpressen, um danach in die Nacht zu treiben. Ich friere kaum unter meinem Mantel und trage ihn offen, denn mein Blut wärmt mich – das Blut und der Alkohol und das Tier neben mir.

»Befrei mich«, bitte ich, betrunken, lachend, »befrei mich von der Liebe.«
Das Tier lächelt und sagt: »Oui, ma petite, oui.«
Im »Man Ray« unweit der Champs-Elysées vergessen wir uns, seine Hände überall auf mir. Ich ignoriere die fragilen, jungen Pariserinnen, die auf der oberen Galerie der in Rot getauchten indischen Lounge in der Rue Marbeuf stehen und Ausschau halten, ob Sean Penn oder Johnny Depp, die das Lokal finanzieren, irgendwo zu sehen sind.
Später lässt sich Paris den Schlüssel von Danny Martinis Hemingway-Suite geben.
Er schaltet das Licht nicht an, sondern drückt die Tür zu und presst mich dagegen. Seine Finger gleiten unter den Saum meines Kleides, kleine Schlangen. Sie suchen das Warme, ein Nest, sie finden es, und seine Hand drängt sich an das seidene Dreieck, das meinen Venushügel umspannt. Ich stehe wie an die Tür genagelt und trete aus mir heraus, beobachte das Paar, das sich an der Tür ineinander verhakt. Unsere Körper, sie passen zusammen. Ich bin weich. Er ist hart. Er zieht sein Jackett aus und wirft es achtlos hinter sich, zieht sich sein Shirt mit einem Ruck über den Kopf, entblößt einen schlanken Körper, eine Haarlinie auf dem Bauch. Dann öffnet er den Reißverschluss meines Kleides, es raschelt, als die Seide herunterfällt und sich wie eine Pfütze um meine Füße sammelt. Ich steige aus der Pfütze und stehe vor Paris, in halterlosen Strümpfen.
Jetzt nimmt er meine Hand und führt mich durch die Suite. Ein kleines Licht brennt bei der Sofagruppe. Paris lehnt sich an die einzelne römische Säule, mitten im Raum, spreizt die Beine. Er zieht mich an sich. Legt seine Hände auf meine Schultern und versucht, mich auf die Knie zu drücken. Öffnet mit einer Hand den Reißverschluss seiner schwarzen Anzughose, löst den Gürtel. Zieht ihn heraus. Drückt mich immer tiefer, er flüstert: »Bitte, Helena …« Sein Schwanz drückt gegen die schwarzen en-

gen Shorts, die er trägt, drückt in meine Scham. Ich lasse meine Hand über die Wölbung tasten, versuche die Größe zu erraten, gleite hinein, um ihn zu entrollen, Paris stöhnt und legt seinen Gürtel um meine nackte Taille, um mich näher heranzuziehen.
»Liebst du mich?«, fragt er. »Liebst du mich, Helena? So sehr, dass du mich willst?« Sein Stöhnen ist dunkel und gefährlich. Er beißt mir in den Hals und greift nach meinem Hintern. Zieht ihn auseinander.

»Ich liebe dich nicht ... Ich hasse dich« Ich bin betrunken, doch es ist wahr, und er küsst mich, hart und fest, und ich will ihn nur noch mehr. Meine Hände finden seinen Schwanz.
Groß. Zu groß. Ich ziehe an seinen Shorts, er nimmt mir den Rest ab, und ich greife nach dem Gürtel. Lege ihn doppelt und ziehe die Enden heftig auseinander. Leder klatscht auf Leder. Ein Peitschenknall. Unter dem Geräusch zuckt seine Penisspitze, sie ist fast lila, prall und dick, ein marmorierter Schwanz mit einem großen Hütchen, er sieht brutal aus und gemein. Paris geht vor mir auf die Knie und taucht sein Gesicht zwischen meine Beine. Saugt mich fast ein und schiebt nur den Slip zur Seite, damit seine Zunge mich erreicht. Feuchte trifft auf Feuchte. Er treibt mich mit seiner Zunge tiefer durch den Raum, bis ich die Kante des breiten Bettes in den Kniekehlen spüre und nach hinten falle. Paris auf den Knien, den Mund auf meiner Scham. Er leckt mich zu kräftig, sein Bartschatten reibt an meinen Schenkeln, er flüstert in dem Singsang der Lust: »Du riechst so gut, du schmeckst so geil, du bist so süß, ich will dich ...« Und ich habe immer noch den Gürtel in der Hand. Ich lasse das Ende auf seinen Rücken klatschen, leicht nur, ganz leicht, um ihn aus seiner Trance zu wecken. Er leckt mich wund, aber ich kann nichts dagegen tun, dass ich zerfließe. Ich bin nass und weich und offen. Doch ich bin nicht hier.
Er sieht aus meinen Schenkeln hoch, ein waidwunder, wilder Blick, er steht auf und greift nach meinen Fußknöcheln mit den

Schuhen, schiebt meine Beine zusammen und dreht sie beide nach links, ich muss mich mit ihnen drehen, wenn er mir nicht die Knie brechen will. Jetzt wende ich ihm den Rücken zu, er umfasst meine Hüfte und zieht mich hoch, bis ich vor ihm auf dem Bett knie, auf allen vieren. Seine Hand zerreißt den Slip. Ich höre mehr, als dass ich sehe, wie er ein Bein auf die Kante stellt und das andere auf dem Teppich lässt. Ich spüre mehr, als dass ich höre, wie er seinen Schwanz mit Spucke anfeuchtet, ihn in die Hand nimmt, um ihn zu dirigieren.
Dann fickt er mich. Erst langsam, jeder Stoß ein Stöhnen, und es ist Paris' Stöhnen, das mich mitreißt, nicht dieser zu große, gemeine Schwanz. Er passt nicht ganz, er zwingt sich seinen Weg und stößt ohne Rücksicht weiter. Immer wieder berührt seine Eichel eine Stelle tief in mir, die Ozeane von Nässe entlässt, und ich schließe die Augen und stelle mir vor, es wäre jemand anderes, der mich so in Besitz nimmt, seine Hände in meinen Po gekrallt.
»Endlich ...«, höre ich Paris keuchen, »endlich ... davon habe ich geträumt, seit ich dich das erste Mal gesehen habe ... dich so zu ficken, wie ich es jetzt tue. Sieh dich an, Helena, sieh dich an!« Seine Hand greift in meine Haar und zieht meinen Kopf hoch. Ich sehe uns. Im Spiegel der Flügeltüren, gegenüber vom Bett. Ich muss die Augen schließen.
Er stößt schneller zu, eine Hand gleitet nach vorne und reibt über meinen Venushügel, aber ich weiß, es ist belanglos, ich bin nicht mehr hier. Er wird mich nicht vor der Liebe retten.
Plötzlich bin ich tödlich nüchtern.
Ich lasse mich auf den Bauch fallen, Paris folgt mir, seine Brust an meinem Rücken, sein Keuchen an meinem Nacken, seine warmen Lenden an meinem Arsch, Haut klatscht auf Haut. »Geiles Miststück«, raunt er. »Putain! Du brauchst es doch!«
Schlagartig verzieht sich sämtliche Nässe aus meinem Schoß. Ich habe das Gefühl, von einem Fremdkörper besetzt zu sein.

Ich schüttele Paris von meinem Rücken herunter und schiebe ihn von mir. Nach einigem Zögern versteht er und setzt sich schwer atmend auf, lehnt sich an die Bettkante, unter den Gobelinteppich mit einer reizenden Schäferszene. Er sieht mich an.

»Was?«

»Nicht so«, sage ich. »Paris … nicht so.«

»Wie, nicht so? Ich dachte, das gefällt dir.« Das dachte ich auch mal.

»Geht es auch eine Nuance … sanfter?«, frage ich. Wieso habe ich ein schlechtes Gewissen?

»Natürlich, meine Göttin. Alles, was du willst.« Dann greift er nach seinem halbgaren Schwanz, der auf dem Weg ist einzuschlafen. »Aber schau mal, er ist etwas irritiert. Magst du ihm nicht dabei helfen, ganz sanft zu dir zu sein?«

Ich greife zögernd nach seiner weich werdenden Erektion.

»Er mag dich«, flüstert Paris und streichelt meinen Kopf. Ich beuge mich über ihn und umspiele die Eichelspitze mit meiner Zunge. »Er mag dich sehr …«, ist das letzte Deutliche, was ich höre, denn wenige Minuten später liegt Paris wie entseelt auf dem Bett, sein Sperma flutet meine Zunge mit dem basischen Geschmack.

Ich will Paris nicht schlucken. Ich gehe ins Bad, spucke das weiße Zeug aus und lasse mir kaltes Wasser über die Handgelenke und die Arme laufen. Im Spiegel schaut mich Richterin Gnadenlos an.

»Du hast nicht Ben betrogen«, sagt sie. »Du hast dich betrogen.«

Als ich zurückkomme, ist die Suite leer.

Nach zehn Minuten, in denen ich friere und nichts denken kann, außer an das Bild von Paris und mir im Spiegel, bin ich sicher, dass er nicht mehr zurückkehren wird. Und, nein, ich werde nicht bei ihm im Zimmer anrufen, um mir Ausreden und Schweigesekunden anzuhören.

Ich rufe den Zimmerservice und lasse mir Champagner, Club Sandwiches Austern und drei Desserts bringen. Am liebsten würde ich den Etagenkellner in die Suite ziehen, damit er mich in den Arm nimmt. Aber er sieht diskret weg, als der apricotfarbene Bademantel aufschwingt. In meiner Handtasche finde ich einige Münzen für ihn.
Ich esse auf dem Bett, kleckere die Desserts auf den Mantel und genieße die Übelkeit, die die Erinnerung verdrängt. Irgendwann schlafe ich ein, mit der Flasche Dom Perignon in der linken und der Fernbedienung in der rechten Hand.
Als ich aufwache, werfe ich die Flasche nach zwei mannshohen Schatten und treffe einen davon.

16

Es ist merkwürdig still, als ich die Tür zu meiner Wohnung aufdrücke. Kein Hund kommt mir hechelnd mit einem zerfressenen High Heel entgegen. Keine Polly, die in der Küche werkelt. Stille. Absolute Stille.
Im Halbdunkel des letzten Oktobernachmittages mit Sommerzeit öffne ich den Cremant, den mir Michael Christ vom Genusskontor im Grindelhof direkt aus seiner Kühlschublade verkauft hat; mit fliegenden Fingern. Ich schneide mich an der Metallbanderole, Blut tropft auf den Tisch, auf ein Papier. In schnellen Zügen trinke ich das Glas fast aus. Augenblicklich hören meine Nerven auf zu vibrieren. Der graue Kater im Kopf springt auf, reckt sich und schnurrt, er sei jetzt bereit für eine Runde Nachladen. Ich inhaliere den letzten Schluck. Besser. Alkoholismus liegt in den Genen, hatten Wissenschaftler mal posaunt. Das scheint sich erst bei mir durchzuschlagen. Mein italienischer Großvater soff sich zu, und seine Leiche liegt konserviert im Mausoleum kurz vor Siena. Vielleicht sollte ich Zeug trinken, das mir nicht schmeckt. Aber man muss in Zeiten der Gefühlswüste auf seine Flüssigkeitsbilanz achten. Hat Polly gesagt.
Wo ist eigentlich Polly?
Auf dem Küchentisch der Zettel. »Bin gegenüber. Hund bei Zwiebelchen.« Eine Sütterlinschrift, zittrige blaue Tinte unter rotem Blut. Wie alt mag Polly sein? 65? 70? 80?
»Sie sehen aus, als würden Sie aus dem Krieg kommen«, begrüßt mich Irma an der Tür. Aus ihrer Wohnung tanzt Klaviermusik

durch den ausgehenden Tag. »Polly ist hier. Wir gehen nachher Kleider kaufen und dann ins Atlantic, Kaffee trinken. Oder vielleicht auf die Beerdigung von Herbert. Seine Frau Ilka macht gute Kuchen, aber beim Canasta würde ich nicht drauf wetten, dass sie gut mogelt. Na, ja.« Irma hält inne, als hätte sie viel zu viel gesprochen und den Faden verloren. »In letzter Zeit sterben viele … Ist wohl die Zeit dafür.«

»Meine Güte, Irma, Sie reden immer vom Tod und Polly vom Essen. Vielleicht sind Beerdigungen wirklich das Beste, da haben Sie beides.«

Irma schielt an ihrer spitzen Nase auf mich herab. Eigentlich bin ich größer als sie, aber sie hat etwas an sich, was mir das Gefühl gibt, klein und widerlich zu sein. Wüsste ich es nicht besser, würde ich annehmen, ihre Schultern beben unter einem Kichern.

Irma führt mich mit mühsamen Schritten einer alten Frau durch den langen Flur. Links und rechts im Flur verbergen deckenhohe Regale die Wände. Unfassbar viele Bücher, in jedem Raum, an dem wir vorbeikommen. Am Ende des Flures erreichen wir den Seance-Salon. »Willkommen zu Hause«, jubelt mir Polly entgegen. Dann legt sie ihre Finger auf die Tasten und liebkost die Klaviatur. Als ob ihre Hände eine Geschichte erzählen. Es könnte ein Chopin-Walzer sein oder etwas von Berlioz. »Was spielst du?«, frage ich. »Keine Ahnung«, zwitschert Polly und streichelt weiter Töne aus dem Instrument. Sie trägt meinen schwarzweißen Chanelrock und einen roten Pullover mit weitem Wasserfallkragen. An den Füßen immer noch die Tigerfellpantoletten.

»Sie haben schon wieder eine Fahne«, beschwert sich die Roosenbaum.

»Ist es ein Mann?«, bohrt sie. »Es ist immer ein Mann. Er reißt einer Frau das Herz raus und trampelt darauf herum.«

»Ach, darin sind Frauen auch gut«, singt Polly und übt Tonleitern.

»Wird Martini dich heiraten?«, fragt sie und schlägt einen dramatischen Akkord an. Daddaaa.

»Ich glaube nicht.«

»Es sind immer die Männer. Und sie vergessen uns einfach und nehmen sich die nächste Dumme.« Irma ist nicht davon abzubringen.

»Ja, es ist ein Mann«, gebe ich zu. »Um ehrlich zu sein: Mehr als einer.« Polly spielt einen Trauermarsch.

»Ha! Wusste ich's doch. Frauen sind aber auch zu dämlich! Sie wollen den richtigen Kerl, der sie hart anfasst und den Don Juan macht – sie spricht es mit weichem J aus: Dschuan – und vergessen ganz, dass ein Casanova nur dann auch einer bleibt, wenn er frei ist. Sonst wird aus ihm ein Pantoffelmacho! Die richtigen Männer bleiben nie bei einer Frau, sonst hören sie auf, richtige Männer zu sein! So ist das!«

Polly spielt die Mondscheinsonate an. Es treibt mich fort von dort, weg, ich laufe den Flur herunter und raus ins Treppenhaus.

Hatte ich es gewollt? Am Anfang. Ja.

Aber ich brauchte es nicht. Nicht so. Paris hat unrecht gehabt, als er sagte: »Du brauchst es doch.« Ich brauche …

Mir scheint, als habe ich irgendetwas vergessen.

Ich erinnerte mich an das Interview mit dem Gehirnforscher Hans-Joachim Markowitsch in der Süddeutschen Zeitung, 2004. Filumene hatte es mir aus dem Archiv gesucht, zusammen mit einem Stapel Informationen über Gedächtnisverlust. Ich wollte Polly helfen, sich zu finden, auch wenn sie mehr daran interessiert ist zu wissen, wer sie wird, statt wer sie war.

Markowitsch sagte, dass Stresshormone den Informationsfluss blockieren, sodass alles, was an Erinnerungen mit Emotionen verknüpft ist, verschwindet: »Es kommt häufig vor, dass Depressionen mit dem Gedächtnisblockade-Syndrom einhergehen. Oder es führt zu einem anderen Phänomen, was Psychiater im

19. Jahrhundert ›Wanderlust‹ nannten: Jemand haut ab. Zigaretten holen. Aber erinnert sich nicht daran, wovor er abgehauen ist.«

Markowitsch erzählte von einem Patienten, der von Bielefeld bis nach Sibirien gereist war, aber nichts davon wußte und auch nicht wußte, warum er das getan hatte. Ein anderer, Mitte 30, wollte nur Brötchen holen. Später stellte sich heraus, dass er mit dem Fahrrad vom Ruhrgebiet bis nach Frankreich gefahren war. Dieser Mann erzählte später, dass er in Schaufensterscheiben schaute und ihm ein fremdes Gesicht entgegengesehen habe. Er hat sich an nichts mehr erinnert, hat seine Frau nicht mehr erkannt. Er hat sogar gemeint, dass man ihn verkuppeln wollte, als man die beiden zusammenbrachte. Doch in Wahrheit war er vor ihr geflüchtet. In das Vergessen.

Würde ich eines Tages vergessen? Weil es nichts gäbe, was es wert wäre, erinnert zu werden?

Meine Fäuste hämmern auf Jos Tür ein. Es dauert lange, bis er öffnet.

»Was ist?«, fragt er.

»Mein Leben ist ein Scheißhaufen.«

»Wieso weinst du dann, ohne das Gesicht zu verziehen?«

Ich fasse mir an die Stirn. »Botox«.

»Du machst aber auch einen Unsinn«, sagt er und öffnet die Tür etwas weiter. Ich sehe, dass er nur Jeans zum freien Oberkörper trägt. Die Knöpfe stehen vorne noch offen.

»Hast du Besuch?«

»Nein«, kommt es schnell zurück. »Ich habe geschlafen. Kopfweh.«

»Kann ich reinkommen?«, bitte ich. »Johannes. Ich brauche dich.«

Er schließt die Augen und atmet schwer aus. »Warte«, sagt er dann – und schließt die Tür.

Fünf Minuten später kommt er heraus – angezogen – und zieht

die Tür rasch hinter sich zu, führt mich am Ellenbogen die Treppen hinab.

»Könntest du mich bitte einfach in den Arm nehmen?«, frage ich ihn auf der letzten Etage.

»Natürlich, Helena … Entschuldige.« Johannes schlingt seine Arme um mich und legt seine Hand in meinen Nacken, drückt meinen Kopf sanft gegen seine Schulter. Das Licht im Treppenhaus erlischt. Ich möchte ewig im Schutz seines Körpers bleiben,

mich verstecken, denn ich bin klein, so klein. Ich spüre wie es wieder in mir hochkriecht. Diese irrationale Angst, ihn zu verlieren. Ich drücke mich fester an meinen besten Freund.

»Sschhhschhh …«, sagt er und wiegt mich hin und her, wie ich ihn Mikki habe trösten sehen, wenn sie gefallen war. »Alles wird gut, Helena, alles wird gut. Ich bin da. Ich bin doch da.«

Ich will dichter an ihn heran, ich will in ihn hineinkriechen, um mich vor der Welt zu bewahren, und schiebe meine Hände und Arme in seine geöffnete Jacke hinein. Ich spüre die Wärme seiner Haut unter dem Pullover, er trägt nichts darunter. Die Hitze explodiert unter meinen Fingerspitzen, und jetzt klammere ich mich nicht mehr an ihn, jetzt fahren meine Hände an seinem Rücken auf und ab. Mein Körper verrät mich das hundertste Mal, denn Jo hält mich und meine Adern, meine Zellen, meine Haut, meine Nerven fühlen sich geliebt und beantworten die stumme Frage seines Körpers mit: »Ich will.« Ich drücke meinen Mund auf seinen Pullover und atme aus, spüre wie der Atem den Stoff erwärmt.

»Es ist so gut, dass du das bist«, meine Stimme bricht und mein Mund sucht seinen Hals. Ich kann es wieder riechen, eine andere Frau, und darunter die Sicherheit, die Kraft, den Mann. Meine Hände haben diesen Fakt nie vergessen, sie strecken sich nach ihm, und meine Lippen finden die weiche Haut zwischen Schlüsselbein und Hals. Er lässt es geschehen, dass ich ihm zaghafte Schmetterlingsküsse auf den Hals gebe. Und seine Hände vergessen, dass wir Nachbarn sind, Nachbarn und Kumpels und Freunde. Unsere Finger spüren nichts davon, sie ertasten nur einen Mann und eine Frau.

Jo hat die Augen geschlossen, als mein Mund seinen findet. Es ist ein tiefer Kuss, ein weicher, fließender Kuss. In meinem Magen entfaltet sich eine Blume aus Strom, sie blättert sich auf bis unter mein Herz.

Johannes schiebt mich von sich weg. »Nein!« Er stößt es so hervor, als sei er selbst erschrocken. Erschrocken, dass er mich küssen wollte, erschrocken, dass er es dann nicht mehr wollte.

Das Licht im Treppenhaus geht an. In einem oberen Stockwerk wird eine Tür zugezogen, Schritte auf den Treppenstufen. Stöckelschuhe, die von oben herunterklappern. Es sind hinten offene Schuhe, das verräterische Klitsch-Klapp, Klitsch-Klapp. Jo nimmt meine Hand und schiebt mich gewaltsam aus der Tür, zieht mich nach rechts in Richtung Eck-Italiener »Al dente« und rennt die letzten Meter.

»Ich brauche dringend einen Cappuccino«, entschuldigt er sich und lässt mich vorgehen. Ich setze mich an einen freien Tisch am Fenster. »Willst du nicht erst mal … Hände waschen?«, fragt er bittend.

»Rieche ich?«

»Nein, aber … dein Lippenstift ist verwischt.«

Ich tue ihm den Gefallen, aber bleibe auf dem Weg zu den Toiletten stehen und sehe auf die Schlüterstraße hinaus. Eine Frau geht vorbei. Sie trägt ein weißes Kopftuch und eine übergroße, schwarze Sonnenbrille, einen engen weißen Trenchcoat und Bleistifthosen. Sie kommt aus unserem Haus. Denn ihre Stöckelschuhe auf dem Pflaster hören sich genauso an. Klitsch-Klapp. Halboffene Slings. Und das Ende Oktober. Muss ein Fashion-Victim sein. Und Jos Kundin. Seit wann arbeitete er denn zu Hause?

Als ich von der Toilette zurückkomme, sitzt Jo entspannt da und wärmt sich seine hellen Händе an einer Alfredo-Cafétasse.

»Müssen wir über … das eben reden?«, frage ich den Mann, der mir vor fünf Minuten zum ersten Mal als Mann gewahr wurde.
»Wir müssen das nicht überbewerten. Emotionaler Stress, Krisenmoment … da kann das schon mal passieren.«
»Der Kuss war dein Krisenmanagement?«
Jo schaut vor sich in den zusammengefallenen Milchschaum.
»Möchtest du nicht wissen, was passiert ist?«
Jo sieht mich lange nicht an. »Nein. Lieber nicht. Es wird wie

immer sein. Du willst, dass ein Mann dich begehrt, und wenn es soweit ist, bist du verzweifelt, weil er dich nur begehrt, aber nicht will.«
Franco serviert zwei Ramazotti.
»Du liebst es, begehrt zu werden.«
»Sie begehren mich nicht, diese Männer, Jo. Sie ficken mich nur.«
»Willst du es denn nicht genauso?«
»Was ich will … was weiß ich.«
Jo stützt seinen Kopf schwer in die Hände. Reibt sich mit den Daumenkuppen über die Nasenwurzel.
»Was hat er getan? Dieser Mann, auf den du schon an deinem Geburtstag geflogen bist wie Fliegen auf ein mit Likör getränktes Zuckerstück. Hast du wieder seinen Schwanz angebetet und warst für ihn alles, was er wollte, heilige Hure und Schlampe? Und jetzt sitzt du wieder hier und bedauerst es, dass du so dumm bist?«
»Wie redest du denn mit mir!«
»In der Sprache, die du verstehst, Helena.«
»Aber das ist …«
»Soll ich dich anlügen? Du sitzt hier, aufgemotzt und geschminkt, als ob du zum Presseball gehen willst, und möchtest am liebsten heulen. Das hast du dir aber abgewöhnt, es könnte ja Falten machen! Und dem Kerl machst du auch lieber keinen Stress, um bloß nicht eine Chance zu verpassen, dich wieder flachlegen zu

lassen. Sag mal, hast du deine Würde zusammen mit dem Frühstück ins Klo gekotzt?«
»Sie brauchen einen Freund, der Sie in Frage stellt …«, höre ich Doktor Lieblings tiefschwarze Stimme.
Ich überwinde meinen Trotz. Nein. Er überwindet mich.
»Ja.«
»Du sperrst Männer ins Schongehege! Lass das. Männer müssen lernen, nicht einfach über Gefühle hinwegzutrampeln wie über … Was hast du gerade gesagt? Ja?«
»Wenn es doch so ist.« Es ist so. Aber ich hasse es.
Jo sieht müde aus, doch er lächelt. Sein Lächeln wärmt mich.
»Komm mal her, Kleine«, sagt er und zieht mich auf seinen Schoß, die Tischdecke zieht mit und die Gäste gucken, »haben die kein Zuhause?«, denken sie, aber nein, wir sind das Zuhause.
»Erzähl nicht mir, was dieser Kerl für ein Wichser ist. Erzähl es dem, den es angeht. Seit Jahren sagst du es immer nur mir, wenn du verletzt bist, aber nie dem, der das Messer geführt hat. Warum?«
»Dann können sie mir nur noch mehr wehtun.«
»So ist das Leben, Helena. Jeder tut jemandem weh. Jeder.«
Jo hält mich fest umarmt, aber schafft es, mit einer Hand dem Kellner ein Zeichen zu geben.
»Ihr Taxi ist jetzt da, Signora.«
»Sie ist eine Signorina«, korrigiert Jo sanft und schiebt mich von seinen Knien. »Geh raus und hol ihn dir.«
Jo erinnert mich an meinen Vater. Wie er meine Mutter ansieht und sie einfach sie sein lässt. Dann haste ich nach draußen und gebe dem Taxifahrer eine Adresse in der Vereinsstraße, Bellealliance-Viertel.

»Oh«, sagt der Mann, der mich vor 14 Stunden, mitten in der Nacht, in Paris in einer Suite hat sitzen lassen. Dann öffnet Paris die Tür zu seiner Atelierwohnung weiter und lässt mich herein.

Auf nackten Füßen geht er auf den knarrenden Dielen voraus ins Wohnzimmer. Aus der teuren Musikanlage knödelt Shakira vor sich hin und singt die überdimensionalen Fotografien, für die Paris Preise gewonnen hat, an. Kate Moss, Heidi Klum, Madonna. Naomi.

»Willst du was trinken, Helena?«, fragt er mich über die Schulter hinweg und öffnet einen Whisky. Paris trägt einen weißen, eng anliegenden V-Pullover, helle enge Jeans und keine Strümpfe. Seine Füße sehen aus wie gemalt.

»Ich will dir eine reinhauen.«

»Bitte? Wieso das denn?«

»Wieso?«

»Ja, wieso bitte? Wir hatten doch eine schöne Nacht. Du hättest ruhig mal früher sagen können, dass du wieder wach bist.« Er setzt sich mit einem Whiskytumbler auf sein Ledersofa und öffnet die Beine. Er sieht so selbstsicher aus, dass ich an mir zweifele.

»Entschuldige mal, als ich aus dem Bad kam, warst du weg.«

»Ja und? Wir waren doch auch fertig, oder?« Er trinkt gelassen und lässt die hellbraune Flüssigkeit im Mund kreisen.

»Du warst fertig! Ich noch lange nicht!«

»Und jetzt kommst du mit deinen sexuellen Frustrationen hierher, oder was? Bitte, wenn ich noch was für dich tun kann, geh schon mal vor, ich komme gleich.« Er deutet den Flur runter, am Ende sehe ich den Rand eines ungemütlich aussehenden Futons und einen weißen Flokatiteppich durch den Türrahmen.

»Du bist doch nicht mehr ganz dicht, Paris.«

»Glaubst du, das ist das richtige Vorspielgeflüster, meine Süße?« Er hat sich aus dem Sofa hochgestemmt und steht dicht vor mir. Seine Finger versuchen sich an meinen Oberarmen entlangzutasten. Ich schlage sie heftig beiseite. Sein Whiskyglas zerschellt an der Wand.

»Fass mich nicht an!«

»Meine Güte, entscheide dich. Was willst du? Ohne Hände krieg ich dich wohl kaum auf Touren. Aber lass mich erst die Sauerei aufwischen, die du da angerichtet hast.« Ein paar braune Tropfen sind im Gesicht von Kate Moss gelandet.
»Du bist ein Chauvi, Paris. Lässt dir erst einen blasen und verziehst dich dann. Machst du das mit allen Frauen so?«
»Nur wenn sie so hysterisch und anstrengend sind wie du. Du sagst Nein, aber dein Körper schreit Ja.« Er betrachtet seine Fingernägel. »Also, willst du nun oder nicht?« Er zieht sich den Pullover über den Kopf aus. »Nochmal schön von hinten? Ich glaube, ich weiß, was du willst. Du willst erst mal schön streiten ...« Er wirft den Pullover auf sein rotes Ledersofa. Dann kommt er wieder auf mich zu. Ich weiche zurück. »... und dann schön gevögelt werden. Wie nennt sich das – der Widerspenstigen Zähmung? Gut, wenn du das brauchst, spul ruhig dein Programm ab. Du bist zwar leicht zu haben, aber tu ruhig weiter so, als ob es schwer sei. Das macht mich an.«
Er lächelt boshaft und leckt sich die Lippen, ich weiche weiter zurück und stoße dabei mit der Schulter an den Türrahmen. »Vergiss es!«
Er öffnet seine Jeans und steigt aus der Hose. Darunter trägt er nichts.
»Willst du ihm nicht ein bisschen helfen, sanft zu dir zu sein, Helena?« Ich sehe wie hypnotisiert auf sein Glied, das in seiner Faust ein bedrohliches, hässliches Gesicht zeigt. Paris greift nach mir. Seine Finger rutschen an meiner weißen Lederjacke ab. »Komm schon. Du willst es doch. Tu nicht so scheinheilig, es ist schon okay ...«
Ich drehe mich um und renne den langen Flur herunter.
Sein höhnisches Lachen klingt mir immer noch in den Ohren, als ich über die Stufen vor der Haustür falle, mir das Knie aufschlage und den Knöchel verstauche. Er lacht, er lacht, er lacht mich aus, ich hinke die Straße herunter und halte mich dabei

wie eine Blinde an den dreckigen, rauen Fassaden fest, meine Handschuhe werden später so schmutzig sein, wie ich mich fühle.

17

»Sie haben sich ja offenbar köstlich amüsiert im Ritz.«

Jahaa. Königlich, Herr Gerion, das Amüsement spüre ich noch heute, 17 Tage später. Besonders, als ich gegen sechs Uhr morgens aufwachte und mir die Kontaktlinsen an den Pupillen klebten, die Creme Brulée an meinem Kinn getrocknet war und ich am Fußende des Bettes zwei Schatten wahrgenommen hatte. Ich hatte die leere Champagnerflasche nach dem größeren geschleudert. Sie war ihm auf die Nase geprallt und auf den hellen Teppichboden gekullert. Danach fragte mich Danny Martini näselnd, was ich in seinem Bett mache, während Goldlöckchen ihm eine Ohrfeige gab und britisch zeternd entschwand.

»Ihr Bett? Das ist mein Bett!«

»Nein, nein, das ist mein Bett. Oder haben Sie einen Schlüssel zu dem Zimmer? Eben, nein, denn ich hab ihn!«

Bronski hatte den Schlüssel mitgenommen und wieder an der Rezeption abgegeben. Danny Martini war doch da, nur eben an dem Abend nicht, und ich war völlig verwirrt.

»Ich gehe jetzt frühstücken, und wenn ich wieder hier oben bin, möchte ich, dass Sie aus diesem Bett verschwunden sind.«

Danny? Sexybär, ich bin's doch, deine Helena von Troja, deine Miss Dirty. Nein, o nein, natürlich habe ich das nicht gesagt, sondern hastig meine Seidenstrümpfe, Schuhe, die Zimmerservicerechnung zusammengesucht und Danny die Nachricht »I call you« mit Lippenstift auf dem Badezimmerspiegel hinterlassen, bevor ich in mein Zimmer flüchtete. Später musste ich mich mit Shopping beruhigen. Als ich wiederkam, hatte Martini bereits wieder ausgecheckt, und Goldlöckchen hatte versucht, mich im Gartenrestaurant des Ritz in den Brunnen zu tauchen, kopfüber. Gerion hat recht. Sehr amüsant.

Ben Gerion wirft mir die Spesenquittungen von vor 17 Tagen hin. »Das muss man erst mal schaffen, Frau Kollegin, viertausend Euro für nichts auszugeben. Kein Foto, kein Interview, und

Kollege Bronski verlangt auch noch ein Ausfallhonorar. Für was eigentlich?«

Scham flutet mein betoniertes Gesicht. »Für ... ein Missverständnis.«

»Missverständnis? Wie ich das sehe, hat uns Ihr Liebeswochenende nur gekostet, aber nichts genutzt! Vor allem der Zimmerservice scheint es Ihnen angetan zu haben. Zwölf Austern! Eine Creme Bruleé, eine Apfeltarte und eine Käseplatte! Und das erst nach dem Clubsandwich mit doppelter Portion Fritten. Und sagen Sie mir nicht, Sie hätten die Flasche Dom Perignon allein getrunken. Sie und Ihr Liebhaber, Sie haben sich einen Ausflug durch FEMME finanziert!«

»Die Zimmerrechnung habe ich privat übernommen. Wenn Sie die Abrechnung richtig lesen würden, wäre Ihnen das auch aufgegangen – in der Differenz von Zimmer- und Endpreis. Und er ist nicht mein Liebhaber! Was meinen Sie, warum er in den letzten zwei Wochen keinen einzigen Auftrag mehr bekommen hat?«

Seit ich aus Paris wieder zurück bin, ist Gerion das erste Mal allein mit mir in meinem Büro, und ich hatte jeden Tag 12 Stunden gearbeitet. Seine Diamantaugen hinter der Brille schleudern kalte Blitze.

»Was Sie privat treiben, Frau Levy, interessiert mich nicht. Sie brauchen mir also nicht zu erklären, wer alles Ihr Liebhaber ist und wer nicht oder wen Sie sich als Nächstes für Ihre Spielchen ausgeguckt haben. Aber Sie beide haben sich das ja fein ausgedacht! Er fälscht einen diffusen Entschuldigungszettel, und Sie reichen die Spesen ein. Flotter Abend! Buddha Bar, Bofinger, ManRay – schöne Adressen! Und Sie haben Geschmack, wirklich, Sie sind eine Gourmande.« Jetzt sieht er an mir vorbei. »Und dass Sie ihn nicht mehr hier arbeiten lassen, beweist doch nur, dass er offenbar als Liebhaber nicht viel taugt und Sie sich mit einem Rauswurf rächen. Wie billig! Sie verwechseln schon wieder Persönliches mit Beruf! Aber ich kann diesen Betrugsversuch nicht übergehen, das dürfte Ihnen doch klar sein, oder?«

Ben Gerion hält mir die Kopie der Rezeptionsnotiz vom »Ritz« hin, auf dem in schlechtem Französisch Martinis Nachricht vermerkt ist.

Über seine Schulter hinweg sehe ich Daphne mein Zimmer betreten. »Ben, ich warte auf dich ...«, flötet die Gottesanbeterin. »Habt ihr das kleine Missverständnis inzwischen behoben?«

Ich stehe auf, schiebe sie zurück, schließe die Tür und lehne mich von innen dagegen.

»Welchen Betrugsversuch?« Ich kann kaum atmen.

»Es ist doch klar, dass Ihr Liebhaber das hier geschrieben hat!« Gerion wedelt mit dem Zettel. »Hier, sein Schreiben für das Ausfallhonorar über zweitausendfünfhundert Euro. Dieselbe Schrift wie auf dem Ritz-Zettel. Dachten Sie, Sie kommen damit durch? Halten Sie mich für blöd, oder was? Sie brauchen gar nicht so arrogant zu gucken!«

Ich gucke nicht arrogant. So sieht Botox-Duldungsstarre aus.

Paris hatte mich also glauben lassen, Danny Martini würde nicht mehr erscheinen. Er war an der Rezeption gewesen, nicht ich. Er hatte mich aus dem Ritz gelockt. Er hat mich den ganzen Abend, die halbe Nacht in Beschlag genommen. Er hat mich gefickt, mich ihm einen blasen lassen und das Interview verhindert. Jetzt wollte er für den Fick auch noch Geld. Wahrscheinlich hatte Martini die ganze Zeit im Ritz in der anderen Bar oder im Restaurant gesessen und sich gefragt, wo ich bleibe. Paris wollte, dass Gerion es entdeckt, wollte, dass ich des Betrugs bezichtigt würde. Aber warum? Und wie soll ich das Ben nur erklären?

»Das ist alles nicht wahr«, flüstere ich. »Paris Bronski hat mich …«

»Na, was? Reingelegt? Betrogen? Aus Rache wollen Sie ihm die Idee in die Schuhe schieben? Oh, nein, Helena, ich weiß genau, wann Sie lügen. Und jetzt tun Sie es. Wissen Sie, warum ich das weiß? Ich habe nämlich bereits mit Herrn Bronski telefoniert. Er hat zugegeben, dass es Ihre Idee war. Er scheint Sie ja nicht sonderlich zu mögen, aber gut, auch das ist nicht meine Sache. Er ist ein guter Fotograf, er wird nicht mehr auf Vamps, wie Sie einer sind, reinfallen und er wird wieder für uns arbeiten. Schauen Sie mich bloß nicht so erschreckt an mit Ihren großen Augen! Und wer weiß, wenn ich weiter grabe, finde ich in den Abrechnungen der letzten Jahre noch die ein oder andere Ausgabe, die Sie für Ihr Privatvergnügen getätigt haben. Mal abgesehen von Ihrer fachlichen Kompetenz, die unbestritten erstklassig ist, entlarven Sie sich als untragbare Chefin. Das war's.«

Ben fasst mich an beiden Schultern und schiebt mich demonstrativ von der Tür weg. »Ben, bitte, du kannst nicht einfach so gehen.« Ich falle ihm in den Arm, als er nach der Klinke greifen will.

»Was? Beleidigen Sie nicht meine Intelligenz, Helena Levy. Sie werden mir doch jetzt nicht Ihren Körper anbieten, damit ich diese Machenschaften hier vergesse?«

Meine Hand fällt wie verbrannt von seinem Arm.

»Das überlasse ich Daphne.«

»Intrigieren steht keiner Frau.« Er sieht mich an und schüttelt wieder langsam den Kopf. »Ich hatte viel von dir erwartet, Margerite Levy. Vieles. Aber nicht das. Nur Daphne ist es zu verdanken, dass ich weiß, was hier gespielt wird. Sie wird künftig mit Herrn Bronski verhandeln, dann können Sie sich ihm ja weiterhin nach Feierabend widmen.«

Er öffnet rasch die Tür und verlässt mich, mit gesenktem Kopf.

Im selben Moment klingelt Hannes Telefon, und Telse Grill lässt mir ausrichten, Zero wolle mich sehen. Und zwar sofort.

Ich gehe durch die Redaktionsflure in Richtung der Treppen. Die Gespräche ersterben, wenn ich an den offenen Türen vorbeikomme, und setzen umso summender wieder ein, wenn ich an ihnen vorbeigegangen bin.

Heiner Zerom lässt mich warten. Ich sitze auf dem harten Besucherstuhl vor Telse Grills Schreibtisch und sehe ihr beim Tippen zu. Sie tippt und tippt und tippt und sieht nicht einmal auf ihre Finger.

»War es schön in Paris?«, fragt sie schließlich ihren Monitor.

»Nein.«

»Warum nicht?«

»Wird das hier eine Art Verhör?«

»Verhöre gibt es seit neunzehnhundertfünfundvierzig nicht mehr. Das heißt jetzt Vernehmung. Sie sehen furchtbar aus, Helena. Irgendetwas stimmt nicht.«

»Ich weiß nicht, ob das nur an Paris liegt«, denke ich leise, aber offenbar laut genug, damit sie es hört.

»Ich werde Herrn Zerom jetzt die aktuellen Auflagenzahlen hineinreichen«, erklärt Telse in das sanfte Surren des Druckers hinein. »Die Zahlen sehen gut aus.«

Sie greift nach dem Ausdruck und vermeidet es, mir in die Augen zu sehen. »So ein Zahlendreher passiert ja manchmal gern. Fünfundachtzig statt achtundfünfzig Prozent Marktanteil. Aber das fällt mir erst in einigen Wochen auf. Dann werde ich Zero sagen, dass Paris Bronski sich rächen will, weil sie ihn nicht rangelassen haben.«

»Ich habe ihn rangelassen, Frau Grill.«

»Und dann werde ich Herrn Zerom weiterhin mitteilen, dass zurückgewiesene Männer schlimmer sind als zurückgewiesene Frauen.« Sie tackert die Seiten sorgfältig zusammen.
»Wieso glauben Sie nicht an Gerions Theorie, dass ich mir das alles so fein ausgedacht habe, um meinen Arbeitgeber auszunehmen und mir ein schönes Wochenende zu machen?«
Sie hat sich schon umgedreht und will an Zeroms Tür klopfen, als sie innehält. »Erstens. Sie sind nicht der Typ, der andere zahlen lässt. Zweitens. Weil Frauen wie wir es sowieso schon schwer haben.«
Frauen wie wir?
»Sie können zu ihm rein.« Jetzt sehe ich Mitleid in ihrem Blick.
Zero steht am Fenster, die Hände hinter dem Rücken verschränkt, und wippt auf den Fußballen.
»Die Zahlen sehen gut aus, Frau Levy«, dröhnt er. »Nettes Heft, die Ausgabe zwölf. Mal sehen, was die Eins bringt, was? Kommen Sie mit Gerion zurecht?«
»Nein.«
»Ja, ja, ich weiß. Kein Wunder, nach der Sache mit Paris. Dumm gelaufen, sag ich mal, für Sie auch, ich frag mich ja, wie ich das meiner Frau erklären soll. Und wen haben Sie fürs Ersatzinterview?«
Mein Magen schmerzt. »Vin Diesel.« Ich hatte ihn vor drei Tagen in London getroffen und das Interview in der Nacht getippt.
»Diesel?«
»So eine Art junger Bruce Willis.«
»Ah. Gut. Gutgutgut.«
Wir schweigen uns an, Zeros Rücken und ich.
»Helena, Sie waren mal richtig gut. Sie waren gut, solange Sie an das glaubten, was Sie taten. Sie waren damals genau die Richtige für den Job. Sie lebten FEMME. Sie verführten Männer, verschwendeten sich nicht an das Märchen der Liebe, machten sich zurecht, machten Karriere und entsprachen dem Bild der

modernen Frau. Taff, schön, unabhängig. Glauben Sie immer noch daran?«

Er lässt mich eine halbe Minute panisch umherdenken, auf der Suche nach der Antwort, die mir meinen Job erhält. Dann dreht er sich um.

Was ist die korrekte Antwort?

»Das ist das Problem. Sie glauben nicht mehr daran. An was dann?«

Ich sehe an ihm vorbei in den späten Novembertag hinaus. In sieben Wochen ist Weihnachten.

»Ich weiß es nicht. Ich weiß nicht mehr, an was ich glaube.«

Zerom zieht eine Schreibtischschublade auf. Sie hört sich so an wie meine Minibarschublade. Statt eines Piccolos reicht er mir ein Kleenex.

Ich kann kaum danach greifen, weil meine Hand zittert.

»Glauben Sie an die Liebe?«, fragt Zero ungewöhnlich sanft, und für einen Augenblick kann ich mir vorstellen, was sein Möhrchen an der Goldküste oder Telse Grill in ihm sehen. Ich schüttele den Kopf.

»Den Sex?«

»Oh, bitte.«

»Sich selbst?«

»Nein. Bestimmt nicht.«

»Gut«, sagt Zero nach einer Weile. »Die Guten zweifeln immer an sich selbst. Die Schlechten nie. Vielleicht haben Sie den Glauben verloren. Verlieren Sie nicht die Hoffnung. Nichts bleibt, wie es ist.« Er fängt sich wieder und wird zu dem Verleger, den ich kenne. »Und wenn Sie fertig gezweifelt haben, möchte ich von Ihnen das beste Januarheft, das Sie je gemacht haben.« Er dreht sich wieder zum Fenster. »Jetzt wissen Sie, dass es mehr auf der Welt gibt als Kalorien, Kleider und Kicks im Bett. Schade. Aber bis zum zweiundzwanzigsten Zwölften habe ich eine funktionierende Chefredakteurin gebucht, und es interessiert mich nicht, welche Probleme Sie in der Freizeit haben. Wenn es klappt, bleiben Sie. Wenn nicht – gehen Sie und werden Sie Hausfrau und Mutter. Da haben Sie keine Zeit zu zweifeln.«

Ich falte das Kleenex zusammen. Dann gehe ich leise aus Zeros Büro und lehne mich von außen an die Tür.

Telse Grill drückt auf einen Knopf in der Anlage, um die Hör- und Sprechverbindung zu Zeros Büro auszuschalten.

»Wissen Sie noch, was Sie mir geraten haben, an Ihrem Geburtstag?« Ich schüttele den Kopf. Dabei wird mir schlecht.

»Es war nämlich ganz klug. Sie haben gesagt: Erhöhen Sie ihn nicht. Entzaubern Sie einen Mann, wenn Sie nicht unter dem Voodoo alt werden wollen. Zu alt, um das zu finden, was Sie brauchen.«

»Das habe ich gesagt? Ich muss betrunken gewesen sein.«

»Ihr Lieblingszustand, Frau Levy.« Sie kickt ihr Kinn Richtung Zero.

»Er duckt sich vor seiner Frau und bezahlt ihr Schweigen. Er duckt sich vor seiner Geliebten und bezahlt sie ebenso teuer. Er ist unfreier als ich. Er wird mich nie als die Frau begreifen, bei der er sich nicht ducken muss. Er ist mich viel zu sehr gewohnt. Vielleicht braucht er es so. Ich brauche dieses Leben nicht. Nicht mehr. Ich sehe ihn jetzt so, wie er ist. Nicht so, wie ich ihn gern hätte. Nach vierundzwanzig Jahren. Verschwendete Jahre. Ich habe mich an diesen einen Mann verschwendet ...« Ihre Stimme verliert sich im Echo des Vergangenen, sie ist am Ende des Wartens angekommen. Warten, dass sich etwas ändert. Warten, dass ein Mann kapiert. Umsonst. Im Leben macht eben nicht alles Sinn.

»Und jetzt bin ich frei. Frei von meinen Träumen. Ich habe vor, ein neues Leben zu beginnen. Nämlich mein eigenes. Dank Ihnen.«

Wäre Telse nicht so exquisit erzogen, hätte sie mich umarmt.

Natürlich träume ich auch von der Freiheit, alles das zu tun, was ich will. Vorher muss ich nur noch rasch wissen, was ich will. Ich suche den Hamburger Himmel nach einem Zeichen ab, stehe im Treppenhaus zur Binnenalster hin und suche.
Aber nichts. Die Wolken sehen so aus, als ob sie sich bereit machen, eine zarte, feine Dusche zu regnen. Im Westen löst sich der Himmel auf in Orange und Lila, ein Feuer entzündet sich, die Flammen geben vor, alles zu verschlingen, selbst das Jetzt.
Ich flüchte aus dem Verlag. Anstatt direkt nach Hause oder in die nächste Bar zu gehen, laufe ich durch die Stadt. Die bettelnde Zwergin vor dem Cartierhaus ist wieder da. Ihre Bosse haben sie in einem billigen roten Plastik-Kinderbuggy direkt vor die Zwölftausend-Euro-Halsketten gestellt, ihr Betteltteller ist aus feuchter Pappe. Als ich ihr mal eine Decke schenken wollte, brach sie in Panik aus.
Genau wie der Bettler am Jungfernstieg, der mit bloßen Knien auf dem Asphalt hockt. Er trägt keine Jacke. Er hält seine Hände zu einer Schale gekrümmt und wippt vor und zurück. Dabei sagt er immer nur ein Wort: »Biiitte. Biittte.«
Bei Tschibo in der Gerhofstraße sehe ich zwei Männer, denen man Hartz IV ansieht, sorgfältig Kleingeld für einen Kaffee im Pappbecher abzählen. Daneben steht eine Sechzehnjährige und telefoniert mit einem goldenen Motorola-Handy. Sie trägt schmutzige weiße, spitze Stiefel und eine Steppjacke. An der Oper streicht sich eine Hinz- und Kunz-Verkäuferin das spröde, graue Haar hinter die Ohren. Ihre Jacke ist dünn. Ihr Rücken ist krumm, und sie kontrolliert im Spiegel der Scheiben des Opernfoyers, ob sie sauber genug aussieht, um den Gästen des John-Neumeier-Balletts ein Obdachlosenmagazin zu verkaufen. Ich gebe ihr zehn Euro, aber schaffe es nicht, ihr lange in die Augen zu sehen. Ihre Freude beschämt mich.
An der Bushaltestelle Stephansplatz betrachtet ein Mann die Lichtwerbung der BILD-Zeitung: »Jede Wahrheit braucht einen

Mutigen, der sie ausspricht«. Hier erfahren wir, wie viele Frauen fremd gehen. Der Mann mit den geflochtenen Sandalen bricht in Tränen aus. Die anderen Wartenden sehen weg.

Ich kaufe mir ein Eis an dem italienischen Kiosk Livotto, gegenüber den neuen Casinos Esplanade. Die Fassade des Phrix-Hauses, einst ein Grand Hotel, in dem Freddy Quinn seine ersten Auftritte in der »Tarantella« hatte, zeigt sich stolz, in frischem Grau. Der rote Teppich vor dem neoklassizistischen Palais vermittelt den Eindruck, es sei ein edleres Laster, sein Geld bei Black Jack und Roulette zu lassen als am Daddelautomaten in einer miefigen Spielhalle. Und wenn man ruiniert und frei von jeglicher Selbstachtung aus der Stadtvilla herausstolpert, hält sich der Blick an den verzerrten Gesichtern des hässlichen Soldatendenkmals aus Eisen und Stein fest.

Ich hatte mal einen begnadeten Jazzpianisten für ein Porträt begleitet. Der Mann mit den melancholischen Augen war erst 19 gewesen und wurde von seiner Mutter zum ersten deutschen Konzert ins Hotel Atlantic eskortiert. Handverlesene Premierengäste. Seine Mutter war eine kleine Frau mit spitzen Mausaugen und gesprayter Haarhaube, im Outfit einer zu lang in amerikanischen Kleinstädten aufgewachsenen Hausfrau. Strass-Steine auf dem hellblauen Mohairpullover, gelbes Jackett mit Schulterpolstern. Ihr Junge war zu schnell berühmt geworden. Bereits mit zwölf spielte er in New Yorker Clubs gegen Gage Jerry-Lee-Lewis-Interpretationen. An diesem Abend in Hamburg spielte und sang er um sein Leben. Er berührte mein Herz. So wie er »Come live your life with me« interpretierte, konnte ich fühlen, dass er wusste, wovon er sang. Aber wie konnte er mit 19 schon diese Sehnsucht haben, die doch umso schmerzhafter zu brennen beginnt, je länger sie unerfüllt bleibt?

Am zweiten Abend ging ich mit ihm ins Kasino des InterConti an der Alster. Die schönsten Frauen hatten ihn an diesem Abend belagert, doch er sah nur Jetons, Karten, das Spiel. Seine Augen

waren glasig und zu besessen, um die widerspenstige Haarsträhne in seinem Gesicht zu bemerken. Er war süchtig danach, das Glück zu bezwingen. Mit Tricks und Zähigkeit bis zur Erschöpfung, Stunde um Stunde mit Blindheit und Wahnsinn. Er war abhängig von Chancen. Falschen Chancen.
Das Spiel. Nicht er beherrschte es, das Spiel spielte ihn.
Wann hatte das Spiel angefangen, mich zu beherrschen?

Ich laufe durch den Park, vorbei am japanischen Wassergarten,
auf dem einstigen Friedhofsgelände neben dem Bahnhof Dammtor, am Fuße des Radisson SAS, das sich mit 26 Stockwerken Glas und Stein über Gleise und Grün aufbäumt.
Am japanischen Teehaus kämpft eine Gruppe schwarz gekleideter Frauen auf dem Rasen am kleinen Wasserlauf gegen ihren Schatten. Tai Chi. Gleitende Gesten, die ein knapp 30-jähriger Chinese in Nike-Hose vormacht. »Wissen Sie, warum wir alle hier sind?«, fragt er in leicht beschädigtem Deutsch. Als keiner eine Antwort einfällt, sagt er: »Im Leben hat jede Begegnung einen Sinn. Wir haben dafür zehn Jahre gebetet, uns zu begegnen.«
»Und wie viele Jahre muss man beten, bis man jemanden findet, den man liebt und von dem man zurück geliebt wird?«, rufe ich herüber. Der chinesische Meister taxiert mich aus schmal geschnittenen Augen: »Einhundert Jahre.«
Ich laufe schneller, vorbei am Rosengarten, den Schachtischen, an denen türkische Männer gegen die Zeit spielen, weiter zu den Wasserkaskaden. Hier läuft das Wasser die Treppen aufwärts, nicht abwärts. Am oberen Becken steht ein Mann in einem abgetragenen Smoking mit Stehkragen, neben einem Magnolienbaum auf einer Obstkiste, einen CD-Spieler neben sich, und singt die Arie »Nessun Dorma« aus Puccinis Turandot. Niemand schlafe, niemand schlafe in Peking, denn die Prinzessin Turandot will den Namen jenes Mannes herausfinden, der sie liebt. Sie will ihn

kennen, damit sie über ihn gebieten kann, anstatt sich in seine Hand zu begeben, abhängig von seiner Gunst. Puccini starb vor Vollendung der Oper. Noch bevor der Mann seinen Namen preisgibt. Ich laufe so schnell ich kann.

Ich will nicht etwas finden, was dafür bestimmt ist, es zu verlieren.

Fast renne ich sie um: Madame Rita, die Kartenlegerin. Sie schwankt aus dem Plusmarkt gegenüber dem Joseph-Carlebach-

Platz, wo bis zur Pogromnacht im November 1938 die größte jüdische Synagoge Norddeutschlands gestanden hatte. Heute erinnern nur helle Steinplatten auf dem Platz an die Grundrisse der Synagoge. Sie ist nicht mehr da – aber immer noch da. Fußgänger gehen hastig über das Bodenmosaik und sehen es nicht. Man sieht nur, was man sehen will.

Madame Rita trägt zwei schwere orange-blaue Plastiktragetaschen entlang ihres massigen Körpers. Hundefutter und Weinflaschen.

»Madame Rita!« Ihre kleinen Schweinsäuglein mustern mich zögernd.

»Si, Senora?«

»Sie müssen mir das nochmal erklären. Mit den drei Männern, Liebe, Ehe, das Dazwischen ... Sie wissen schon! Das war Unsinn, oder?«

»Ja, nü, isch bin nisch im Dienst«, sagt sie, jetzt erkenne ich den Akzent als Dresdnerisch. »Gönnse vieleisch mal weitergehen?« Sie walzt unbeeindruckt an mir vorbei.

»Ich bitte Sie. Bitte.«

Ich warte ab. Ihre Knie in den grünen Pluderhosen mit Gummizug biegen sich zueinander und bilden den Steckpunkt eines X. Sie walzt zurück. »Die Karten lüschen nicht«, flüstert sie. Ihrem Gewand entsteigt ein Duft von Zwiebelfleisch und Räucherstäbchen. »Drei Männer, drei Möglischkeiten. Für die Liebe, für die Ehe, und für das, Sie wissen schon. Was Sie glücklisch macht, müssen Sie nü selbst entscheiden. Wollen Sie Liebhaber und frei sein, wollen Sie auf züschtiche Gattin machen oder wagen Sie es, sisch dem Risiko der Liebe auszusetzen. Ach, Ihre Probleme möscht man haben! So, ich muss nach Hause, Erdnuss mog es nicht, wenn ich so lang wegbleibe.«

»Liebe suche ich nicht.«

Sie pumpt die Augenbrauen hoch. »Nicht? Sind Sie krank?«

»Ich bin eine erwachsene Alkoholikerin mit Männerüberschuss, keine Käthe-Kruse-Puppe, die davon träumt, einen reichen Mann zu heiraten und ihm Teechen ans Bett zu stellen. Geld habe ich selber, und wegen dem bisschen Sex muss man nicht gleich heiraten!«

»Aberrrr no, Senorina, no! Jede Frau will eine Mann, der sie auf genau die Weise liebt, wie sie es braucht.«

»Manchmal reicht dafür aber nicht ein einziger Mann allein.«

»Si, si, noch seltener, dass es ganz ohne Mann geht und eine Katze den Job ebenso gut übernehmen kann«, überlegt sie. »Oder ein Hund.«

»Ich bin nicht für sie geeignet. Die Liebe und ich, wir trauen uns nicht.«

»Äben! Sie trauen sich nicht! Aber wenn Sie nicht draußen suchen, werden Sie finden, was Sie brauchen!« Sie guckt mich mit glühendem Blick an, als hätte sie eben etwas wahnsinnig Sinnvolles gesagt. »Nur Sie selbst können sich aus der Dunkelheit führen.«

Ich spüre meinen Puls so deutlich, als pickte ein verängstigter Vogel in meinem Hals herum.

Es blieb einer, der mich nahm, wie ich bin. Einer, der weiß, wer ich bin, auch wenn ich es nicht selbst weiß. Ohne den ich in einer Höhe leben würde, in der ich nicht atmen könnte.

»Wie heißen Sie eigentlich?«

Ich hatte die Liebe doch längst gefunden. Und die Zeit derweil mit Sex vertrödelt. Mich überanstrengt bei dem Versuch, unerreichbaren Männern zu gefallen, die mich gar nicht meinten. Männern wie Ben.

»Gisela«, schallt es zurück. »Hasta luego, Senora Helena«, Gisela-Rita flüchtet mit eiligen, x-beinigen Trippelschritten. Die Weinflaschen stoßen im Rhythmus ihrer Schritte klirrend aneinander.

Ich muss zu ihm. Sofort.

Ich bin erfüllt von so reiner, tiefer Liebe, dass ich über den Uni-Campus fliege, ich renne in eine Gruppe junger Männer hinein, ich rempele einen mit Kapuzenjacke an, er sagt: »Hopsala!«, ich renne zurück, gebe ihm einen Kuss und drücke ihn an mich und dann den zweiten und den dritten auch. Sie lachen und winken mir nach, ich renne weiter, an der Post vorbei, über die Hartungsstraße hinweg und in das weißrote Haus hinein, hinauf, hin zu ihm.

Leise suche ich an meinem Schlüsselbund seinen Wohnungsschlüssel. Bisher habe ich ihn nie benutzt.

In Johannes' Wohnung ist es so still wie auf einer Insel. Eine warme, geborgene Atmosphäre mit Möbeln, die nicht zueinander passen und doch passen. Mitbringsel aus fernen Ländern: ein Schwert aus China, ein Fetischsack aus Afrika. Er hätte in seinem Leben vor Mikki alles sein können – fliegender Arzt, Entwicklungshelfer, Vagabund, Killer, Betrüger. Oder Suchender. Vielleicht kennt er sich deshalb so gut mit mir aus.

Und hier bin ich angekommen bei meiner Suche. Jo. Der Mann mit dem goldenen Herzen und dem mietbaren ... Oje.

Wie soll das gehen? Ich bringe das Geld nach Hause, und er sucht sich einen Job als Fliesenleger? Callboy kann er nicht bleiben.

Ich ziehe die Schuhe aus und gehe auf Zehenspitzen in sein Schlafzimmer. Er schläft. Er liegt auf der Seite, das weiße Laken ist zur Hälfte von seinem Körper geglitten und lässt den Blick frei auf seinen Rücken, seinen Po.

Ich liebe diesen kräftigen Rücken, sehnig und biegsam.

Vorsichtig setze ich mich auf die Bettkante, um ihn nicht zu wecken.
»Was ist los, Helena.« Er hat sich nicht mal umgedreht, er weiß, dass ich da bin und ihn betrachte.
»Ich habe etwas verloren und wieder gefunden.«
»Glückwunsch. Dann nimm es mit und lass mich weiter schlafen.«
»Hast du gestern Nacht noch gearbeitet?«
»Nein.«
»Was denn?«
»Helena, du bist nicht meine Mutter. Ich muss dir nicht sagen, womit ich meine Freizeit verbringe.«
Er hat sich immer noch nicht umgedreht.
»Nein, müssen musst du das nicht, Johannes. Aber es gab mal eine Zeit, in der du es gewollt hast.«
»Was soll das denn jetzt? Wird das hier eines dieser anstrengenden Gespräche, bei dem der eine putzmunter ist und der andere hundemüde? Helena, lass mich schlafen! Mikki kommt in einer Stunde nach Hause, und solange will ich meine Ruhe haben.«
Irgendjemand hat meinen Jo weggenommen und eine Puppe in sein Bett gelegt, die hässliche Dinge sagt.
»Aber ich liebe dich«, flüstere ich leise. »Du bist, was ich will.«
Jo setzt sich ruckartig auf und zieht heftig an der Decke, auf der ich sitze, um seine Blöße zu bedecken.
»Helena! Du verwechselt Freundschaft mit Liebe. Ich habe deine hysterischen Ausbrüche so was von satt! Dich verlässt ein Mann und du springst zu mir auf den Schoß. So geht das nicht! Ich bin nicht deine Mülltonne für deinen … deinen Seelensperrmüll!«
Ich spüre, wie mir die flammende Röte den Hals hochkriecht.
»Jo, bitte, ich … es ist mir ernst.«
»Helena, nicht so. Nicht so. Ich …«
Er sieht mich mit Augen voller Schmerz und Enttäuschung an.
»Du liebst es, gewollt zu werden. Dafür tust du alles. Du willst

alles vom Leben? Gut, bisher hattest du eindeutig zu viel und nicht das …«

Die Wohnungstür geht auf. Zwölfjährige Füße streifen sich mit Gepolter die Schuhe ab. Sekunden später läuft Mikki den langen Flur entlang und steckt ihren Kopf in die Tür. »Kinderoper war früher fertig. Hallo, Papa, soll ich was kochen? Hey! Helena!«

Mikki strahlt uns mit der bedenkenlosen Zuneigung eines unberührten Mädchens an. »Streitet ihr euch? Kann ich dabei sein? Polly sagt, Streiten gehört zum Leben dazu, weil man da erst weiß, was der andere für ein Mensch ist! Krisen fördern die Erkenntnis, sagt Polly, und …«

»Mikki, lass uns allein«, unterbricht ihr Vater rau.

Mikkis kleines Gesicht sackt in sich zusammen. »Ich hab Spaghetti gekauft«, sagt sie mit winziger Stimme.

»Michaela Ritter, du hast gehört, was ich gesagt habe.«

»Darf ich Jackie Gassi führen?«, fragt Mikki hoffnungsvoll.

»Kommt nicht in Frage«, sagt Jo.

»Immer verbietest du mir alles! O Mann! Nie darf ich irgendwo hingehen!« Sie stampft mit dem Fuß auf.

»O doch, junge Lady, du darfst in dein Zimmer gehen! Sofort!«

Mikki dreht sich mit Tränen des Zorns in den Augen um und flieht den Flur hinunter. »Seit du deine doofe Freundin hast, bist du ein richtiger Scheißvater«, brüllt sie. Ich zucke zusammen, als sie ihre Tür zuknallt.

Jo wendet sich wieder mir zu. Der hart geschmiedete Ausdruck immer noch in seinem Gesicht. »Helena. Ich liebe dich nicht. Ich bin nicht deine Rettung. Und jetzt lass mich in Ruhe, ich will schlafen.«

Er dreht sich zur Wand und von mir fort.

18

Zwei Wochen später nimmt mir eine aparte junge Kellnerin im Hotel Abtei den Mantel ab und geleitet mich die vier Stufen hoch zum winzigen Roten Salon, dem Kaminzimmer der Patriziervilla in der Abteistraße. Der Mann, der sich dort in eine Ecke des weißen Sofas schmiegt und einen Weißwein probiert, ist jemand, dem ich nie verzeihen wollte. Er steht auf, als ich den Raum mit dem knarrenden, blank gewienerten Schiffsboden betrete, in dem außer uns nur noch zwei Männer in roten halbrunden Lehnstühlen und in teuren Schneideranzügen darauf warten, zu ihrem Tisch im Salon »Frederik« nach nebenan geführt zu werden. Das kleinste Restaurant Hamburgs besitzt fünf Tische – jeder hat seinen eigenen Kellner.

»Räch dich!«, hatten Hanne, Claire und Fanny mir befohlen. »Er verdient es, so wie er sich aufgeführt hat!«

»Verzeih ihm«, sagte Polly. Mikki schwieg dazu.

Ich habe mich entschlossen. Ich bin eine Spielerin, die das Spiel beherrscht. Nicht umgekehrt. Mein Haar ziert ein platinblonder Ton, meine Beckenknochen werden wieder sichtbar, und zwischen meinen Oberschenkeln bildet sich wieder eine ovale Lücke. Ich arbeite, esse nichts und arbeite.

Polly verbringt die meiste Zeit bei Irma. Ihre Seancen laufen gut, ständig kommen mir Frauen mit Gesichtern der irren Illusion im Treppenhaus entgegen. Sie alle glauben an Romantik. Verirrte Schafe.

Nachdem er mir dreizehnmal auf den Anrufbeantworter gesprochen und mir Blumen geschickt hatte, hundert gelbe Gerbera, habe ich zugesagt. Seltsam, wie die Zeit die Erinnerung mit Zuckerguss überschüttet.

»Du siehst wunderbar aus«, sagt er und will mir einen Kuss auf die Wange geben. Ich weiche zurück und reiche ihm die Hand mit den schwarzen Spitzenhandschuhen. Er hebt sie an und küsst sie zärtlich. »Coco Chanel hat an dich gedacht, als sie ihre Kostüme entwarf.«

Er hat immer noch einen Blick für Details.

»Ma tigresse, ich habe dich vermisst«, sagt Alexander nun und gießt mir von dem Weißwein ein, einen Blanc de Noir.

»Du armes Sexobjekt, hat dich denn keine in meiner Abwesenheit missbraucht?«, hauche ich lieb und stoße mit ihm an. Er senkt den Blick in seinen grauen Anzug. Er ist kein Anzugmann. Er wirkt verkleidet, und der Anzug sitzt zu eng.

»Danke, dass du trotzdem gekommen bist«, erwidert er.

Irgendwie habe ich Lust, mich in dieser gediegenen Atmosphäre der Abtei danebenzubenehmen. Alles ist so sittsam und bedeckt, so getränkt von Understatement und gehobener Klasse. Ich verspüre den starken Drang, mich nicht zu verhalten, wie es sich gehört, sondern peinlich zu sein. Ein Mann, der meinen Hintern sitzen lässt, darf gern etwas leiden, bevor ich mir anhöre, was er dazu zu sagen hat.

»Und? Gibt's hier auch was zu essen?«, frage ich den ersten von fünf Kellnern, der an einem Tisch servieren will und unter der Last von vier Tellern in die Knie geht. »Mein Kollege bringt Ihnen gleich die Karte«, verspricht er, und ich bin versucht, die Füße auf den niedrigen Marmortisch vor dem gesteppten Ledersofa zu legen.

Ein weiterer Kellner lotst uns an den üppig eingedeckten Tisch im Speisesalon. Die Wände sind mit türkisfarbenem Holz vertäfelt. Blanke Spiegel, düstere Bilder von kleinen Jungen mit Mozartzöpfen. Die Untersetzer sind aus Silber. Ich drehe einen

dieser Teller um und studiere die Prägung. Dann räume ich den Tisch erst mal auf. Er ist furchtbar vollgestellt. Ich sortiere das Besteck und die Gläser um, schiebe die Salz- und Pfeffermenagerie zur Seite, stelle die kleine Vase mit dem Adventsgesteck auf den Boden und binde mir die Serviette um den Hals.
»Wie geht's dir, ma tigresse?«, versucht Lex mich in meinem Ordnungssinn zu stören und greift nach meinen beiden Händen.
»Herrlich, mein Lieber.« Ich rede zu laut. Lex zieht an der Serviette. »Ich kann gar nicht dein erlesenes Kostüm sehen.«
»Soll ich es ausziehen und auf den Stuhl legen? Dann kannst du es besser sehen.« Die beiden Paare am Tisch gegenüber mustern mich mit verkniffenen Mundwinkeln unter versteinerten Föhnfrisuren.
»Darf ich Ihnen einen Gruß aus der Küche servieren«, läuft der Kellner in mein Gähnen, »ein Ochsenschwanzpraliné auf Espuma.«
Wir essen schweigend. Ich stecke mir das zu einem Türmchen gebaute Arrangement ganz in den Mund und kaue geräuschvoll.
»Du machst es mir nicht leicht, Helena«, sagt Lex schließlich.
»Wieso sollte ich? Du hast es dir ja leicht genug gemacht.« Ich wende mich den Neuankömmlingen zu. Betont nachlässig gekleidete Enddreißiger, die neben uns am dritten der fünf Tische Platz genommen haben und cool tun, weil sie albern zerrissene Jeans tragen.
»Stellen Sie sich mal vor, ein Mann verlässt eine Frau, während Sie für ihn tanzt und strippt und bereit für die perversesten Sexspielchen ist. Alles, was er tun muss, ist sie zu vögeln. Keine Verpflichtungen. Einfach nur Sex. Hätten Sie sich das entgehen lassen?«
Die beiden sehen mich ertappt an. »Äh, nein«, sagt der Größere. Sein Hals unter dem roten Schal mit Wollmäusen wird blass wie ein pochiertes Ei. Ich drehe mich wieder zu Lex um. »Siehst du.«

»Du bist unmöglich!«, stellt er fest.

Ich spüle mir den Mund mit einem Schluck Weißwein.

»Aber das liebe ich ja an dir. Und viel mehr.«

Meine Hände werden feucht.

»Wie bitte?«

»Du hast schon richtig gehört. Das liebe ich an dir.«

Wir schweigen bis zur Vorspeise, und die anderen Gäste im Raum wagen sich auch wieder langsam in ein Gespräch hinein. Leise, leise, aus Furcht, sie könnten sonst verpassen, was bei uns passiert.

»Die Dame, ein Parmesanschaumsüppchen mit Kastanien-Crepinette.«

Ich verzichte auf einen Kommentar und probiere das Süppchen, das in einer fingerhutgroßen Tasse serviert wird. Es ist köstlich. Ich schlürfe und ergehe mich in wollüstigem Schnalzen. An den anderen Tischen wird es still. Mir schmeckt es.

»Alles zu Ihrer Zufriedenheit?«, fragt Kellner vier dazwischen.

»Das ist so geil, das würde ich gern mit einem Strohhalm trinken«, sage ich, und Lex starrt stumm auf seine Crepinette.

Zwei schweigende Minuten später ist der Kellner mit einem Strohhalm da – auf einem Silbertablett. »Madame.«

Er ist so gut ausgebildet, dass ihn sogar peinliche, unerzogene Gäste, wie ich einer bin, nicht aus der Ruhe bringen. Er hat meinen vollen Respekt. Also stecke ich den Strohhalm in die winzige Tasse und sauge behaglich die heiße, herrlich würzige Suppe auf.

Irgendwer dreht die Musik lauter, und am Nebentisch wird jetzt auch wieder geredet. Über das Essen. »Schmeckt es?« »Ja, mir schmeckt es, und dir?« »Aber ja, delikat.« »Ja, wirklich delikat. Mir auch.« »Ja.«

»Es tut mir von Herzen leid, Helena«, beginnt Lex. »Ich habe mich wie ein Depp benommen.«

»Wichser.«

»Wie?«
»Wie ein Wichser, nicht wie ein Depp. Deppen sind amüsant. Wichser sind feige. Das ist ein Unterschied. Du hast mich verletzt, gekränkt, gedemütigt. Du warst zu feige, um mir in den Wochen vorher auch nur einen Ton zu sagen. Nein, das hebst du dir auf für den Moment, in dem ich meinen Hintern durch die Gegend schwenke und mich zur Pornomuschi mache. Ich hoffe nur, bei der nächsten Frau beweist du mehr Mut!« Er starrt mich an. Ich will ihn treten.
»Ja«, sagt er nach einer Weile. »Ja. Bei der Nächsten werde ich mehr Mut haben. Entschuldige bitte. Ich wusste nicht, dass es ... dass es so schlimm für dich war.«
Die gebratene Jacobsmuschel auf flämischem Chicoree wird serviert. »Wo liegt Flamen?«, frage ich den Kellner. Es ist derselbe, der mir den Strohhalm kredenzt hat. »Flämisch heißt, dass er aus Flandern kommt. Belgien«, erklärt er mir leise.
»Aha. Und wieso heißt es dann nicht belgischer Chicoree?«
»Da frage ich gern unseren Chefkoch.«
Ich lächele mein Tausendwattlächeln. Darunter bin ich völlig derangiert.
»Du hast immer so abgeklärt gewirkt. Du bist eine Tigerin, Helena. Nichts machte dir was aus. Ich schien dir nie wirklich etwas zu bedeuten. Ich wollte dir wehtun, das weiß ich inzwischen. Um zu spüren, dass es dir nicht egal ist, ob ich da bin oder nicht.«
»Das ist billig, Lex.«
»Aber verstehst du es nicht?«
Ich denke nach. Doch, ich verstehe ihn. Das ist ja das Problem. Ich verstehe nur nicht, warum er gemein wurde anstatt zu fragen, ob er mir egal sei oder nicht. »Mir war es nie egal, ob du da warst oder nicht.« Wir sind am Ende der ersten Flasche angelangt.
»Zu dem Medaillon vom Frischlingsrücken mit Pfefferjus und Thymian-Gnocchi empfehle ich einen Rotwein«, piepst der Kell-

ner, inzwischen ist es Nummer zwei, der sich auch wieder an unseren Tisch traut. »Vielleicht ein Louis Latour 2001 aus der Bourgogne?«

»Für knapp hundertachtzig Euro? Reizend. Haben Sie nicht etwas Offenes da?«

Exklusiver Alkoholismus hat was für sich, wenn schon Betrinken, dann ordentlich, aber bitte nicht zu exorbitanten Preisen, wo Restaurants ihre 300 Prozent draufschlagen. Verschnupft bietet

er uns einen offenen Spanier an, aus der Ribera del Duero.

Alexander und ich bringen den Frischling hinter uns, ebenfalls als Türmchen gebaut. Ich habe immer noch Hunger.

»Möchten Sie vor dem Dessert eine Pause einlegen?«, fragt Nummer vier beim Abdecken.

»Ich würde gern noch ein doppeltes Clubsandwich einlegen.«

Kellner Nummer vier grinst. »Ich wette, der Millefeuille von der Valrhona-Schokolade mit Passionsfrucht-Gelee und karamellisierter Banane wird Sie durchaus nicht unbefriedigt lassen.«

»Na dann«, lenke ich ein und sehe mir Alexander genauer an. Irgendwie rührt mich, was er hier versucht. Er wird nicht unter 250 Euro für den Abend davonkommen, denn ich spekuliere noch auf den einen oder anderen Brandy und vielleicht auch auf eine schöne Zigarre. Aber, reichen 250 Euro, um das, was er getan hat, abzugelten?

Es reicht, wenn er mich weiter so bittend ansieht.

Jetzt fängt er sich wieder meine Hand. »Helena, ma tigresse ... ich habe erst in den Stunden, als ich ohne dich war, begriffen, dass wir denselben Stern teilen. Du bist mein Schicksal wie ich das deine. Ich war lange Jahre immun gegen die Vorstellung, es könne die eine Frau für mich geben. Ich liebte alle Frauen, und jede ganz besonders. Aber das war keine Liebe. Jetzt weiß ich erst, wie Liebe sein kann.«

Oha. Ich gurgele mit dem Rest Rotwein.

Alexanders Gleichmut bricht in sich zusammen. Er lässt meine

Hand los, greift sich sein Glas und gurgelt mit. Wir haben beide unsere Köpfe zurückgelehnt und gurgeln ein Marschlied, und ich wette, wir haben den anderen Gästen den schönen teuren Abend versaut. Aber gut, sollen sie uns doch verklagen. Danach lachen wir, bis mir der Bauch wehtut.
»Du hast mir gefehlt«, sagt Alexander schließlich ernst, als wir uns von dem Kicheranfall beruhigt haben. Ich sehe in seine Augen und weiß, dass er es so meint.
Das Dessert wird serviert. Valrhona-Schokolade.
Der Drang, mich schlecht zu benehmen, ist verflogen. Eine seltsame Ruhe breitet sich in mir aus, sie legt sich wie flüssiges Harz über all die Wunden und verschließt sie. Alexander ist wieder da.
Ich mag ihn, diesen Mann mit dem kantigen Gesicht und der jungenhaften Stimme, er rührt mich in seinem schlecht sitzenden Anzug und seinen braunen Augen, seiner breiten Nase und dem Mund, der wie roter Burgunder aussieht, ein Stich Blau darin. Kein bisschen sanfter. Immer noch ein französischer Macho. Hart zu allem, was nicht weiblich ist, und bei Frauen stets auf der Flucht, bevor er überhaupt angekommen ist.
Ich tauche meinen Löffel tief in das Schokolade-Frucht-Gemisch und hebe einen kleinen Hügel heraus. Der Hügel passt gerade so in meinem Mund, ich muss mit dem Finger nachhelfen, um alles hineinschieben zu können.
»Helena, ich liebe dich.«
Ich beiße auf irgendetwas Hartes. Ein scharfer Schmerz schnellt durch meinen Gaumen bis hoch in die Stirn und hinters Auge. Ich schlucke heftig und taste nach dem Glas Wasser, das bisher unberührt neben dem Untersetzer steht. Ich trinke und merke, wie etwas von der Zunge in meinen Hals rutscht. Ich schlucke heftiger, doch es verschwindet nicht. Ich räuspere mich.
»Ich will mein Leben mit dir verbringen. Ich will dein Mann sein. Heirate mich, und mach mich zu einem anständigen Kerl.«

Ich versuche einzuatmen, an dem Ding in meinem Hals vorbei. Ich keuche und versuche zu husten, aber alles, was aus meinem Mund kommt, hört sich verdächtig nach einem Stöhnen vor Überraschung und vor Freude an. »Hiiiii … hiiiii …«

»Willst du meine Frau werden, Helena Levy?«

Der Mann hat immer noch kein Gefühl für Timing.

Ich bin gerade dabei zu sterben! Ich schlage mit den Händen flach auf den Tisch und greife mir an den Hals. Mein Husten geht in eine beginnende Schwärze vor meinen Augen über, ich fange an, mit den Armen zu rudern und räume den Tisch von allem Unnützen frei. Huste und huste, die Erdachse kippt, und endlich, endlich kommt Kellner vier und hebt mich von hinten aus dem Stuhl, schlingt seine Arme zum Heimlich-Griff fest um meinen unteren Rippenbogen und hebt mich hoch und presst mich immer wieder ruckartig, bis es mir aus dem Rachen fliegt, was mich eben fast umgebracht hat.

Ich sehe einen silbernen Diamantring, der sich in der Luft dreht, seinen Glanz und sein Glitzern im Spiegel und im Licht der Kerzen zeigt, bevor er in Alexanders Dessert landet. Der zieht ihn heraus und starrt mich betreten an.

»Du hast … Du hast …« Ich bin schweratmig wie Darth Vader. »Du hast einen Verlobungsring im Dessert verstecken lassen?«

»Ich dachte, du magst das.«

»Nein!« Ich habe einen Schluckauf.

»Machst du mich trotzdem zu einem anständigen Mann und wirst meine Frau?« Er kommt um den Tisch herum und kniet zu meinen Füßen. Ich hickse. »Meine meeräugige Göttin. Ich will nicht ohne dich leben. Ich kann es auch nicht. Noch einmal lasse ich dich nicht gehen. Sag, dass du mich willst, Helena. Für immer.« Hicks.

Lex fasst nach meiner Hand und legt sie sich an seine Wange. Er sieht so glücklich aus, so hoffnungsvoll und bittend, so verzweifelt und gleichzeitig so gefasst, dass ich »Okay« hickse.

19

»Es tut mir leid.« Ben Gerion steht im Aufzug neben mir. »Was genau? Oder kann ich mir was aussuchen?«

»Mein Auftritt vor zwei Wochen. Ich habe völlig überzogen reagiert und das … das tut mir leid.«

Ich halte meinen Blick auf die Lichter der Etagenanzeige gerichtet. Vier. Ich bin eine Braut. Fünf. Ich werde heiraten. Helena Baumgarten.

»Ich glaube, ich habe … Persönliches mit Beruflichem vermischt.«

Sechs. Die Kinder könnten Marie Baumgarten heißen. Paul Baumgarten. Und ein kleiner Ben Baumgarten. Ach, nein.

»Verdammt, Helena, die Vorstellung, dass du mit diesem Kerl in Paris warst und mit ihm ge …, das hat mich krank gemacht! Ich wollte etwas finden, um dich anzuschreien.«

»Seit wann duzen wir uns? Und warum tun Männer Frauen weh, wenn sie unsicher sind?«

»Ich bin nicht unsicher, ich bin eifersüchtig!« Er fasst nach meinem Handgelenk.

Sophie Baumgarten? Ben ist eifersüchtig, Ben ist eifersüchtig, pumpt es in mir. Sieben. Pling. Daphne steigt zu. Ben lässt mich wie ertappt los. Ben. Ben. Er sollte mir egal sein.

»Hallo, Ben. Ausgeschlafen?«, schmeichelt Daphne mit heiser temperierter Stimme. Mir gewährt sie einen Seitenblick aus halb geschlossenen Lidern. Wir drei schweigen, und sie steht näher an ihm als an mir.

»Schon gut, Herr Gerion«, breche ich das Schweigen. »Es ist mir auch egal, ob Sie eifersüchtig oder unsicher oder dämlich sind.«

Acht.

Die Türen öffnen sich. Ich gehe als Erste heraus und drehe mich um. »Aber jetzt werde ich eben auch mal persönlich: Können Sie mir einen Juwelier empfehlen? Sie haben da doch Erfahrung, so als Gatte. Ich werde nämlich noch vor Weihnachten heiraten.«

Die Türen schließen sich langsam. Ben Gerions Gesicht wird grau wie Asche und zerfällt. Daphnes Mine ist ein Mix aus Hass und Entsetzen. Mit einer müden Handbewegung schiebt Ben Daphnes Hand von seinem Oberarm, als sei sie ein lästiges Insekt. Dann stößt er seinen Arm durch den sich schließenden Spalt der verspiegelten Stahltüren.

»Wen! Etwa diesen ... Bronski?« Seine Stimme ist wild und voller Wut, die Stimme einer angeschossenen Kreatur.

»Wen?! Aber nein!«

Die Aufzugtüren schließen sich, ich kann gerade noch Daphnes Frage hören: »Du bist verheiratet? Wieso hast du nie ...«

Tja, wieso wohl, Herzchen. Pollys erste Frage auf meine Ankündigung, noch vor Weihnachten zu heiraten war: »Warum?«

»Warum nicht?«, hatte ich zurückgefragt.

»Wen denn?«, hatte Hanne gefragt, und als ich stolz »Alexander!« sagte, hatte sie den Pizzadienst angerufen. Claire fragte: »Wieso? Hat dir Bronski in Paris etwa eine Ente in den Ofen geschoben?« Fanny hatte einfach nur gelacht und gefragt, ob Lex wisse, dass er dann ein verheiratetes Sexobjekt wäre, und Mikki wollte wissen, ob ich aus Liebe heiraten würde. Richterin Gnadenlos fragte, ob die Rache an Ben, Paris und Jo nicht ein bisschen zu weit geht. Rache? Wieso Rache? Die vorausschauende Frau sucht sich einen jungen Mann, denn der hält länger. Und wenn er sich irgendwann eine jüngere Frau sucht, bin ich eh wahlweise tot oder entspannt genug.

Jo fragte nur: »Wann?«

Meine Antwort, die ich ihm am Telefon gab, so als ob wir nicht nebeneinander wohnten, schien ihn zu erleichtern. »Gut«, sagte er und legte auf. Das Telefonat hatte nicht einmal zehn Sekunden gedauert.
Trotzdem haben wir am Sonntag zusammen gefeiert, wir, Mikki, Polly und Irma. Polly war über ihren Schatten gesprungen und hatte mit Lex' Lederjacke eine Seance abgehalten.
Er fand mich schön, überirdisch schön, seine blonde Helena mit den Meeraugen, die er so liebte. Er sah mich in einem Haus am
Meer, Rosenstöcken, ein Blick von der Küche aus auf die Dünen, zwei, drei Kinder, die ihn begrüßten, wenn er abends nach Hause kam …
Claire hatte mich während der Seance zweifelnd angeschaut. »Haus, Meer, Kinder? Schwanger und überfordert am Herd, oder wie?«
Mich machte diese Vorstellung seltsam leicht. Ein anderes Leben, völlig anders. Und versprach anders nicht auch besser? Eine Linderung der diffusen Qual, die ich fühlte, als Lex das erste Mal eine ganze Nacht neben mir schlief und ich Angst hatte, mich zu bewegen.
»Er weiß nicht, dass du nicht blond und meeräugig bist, stimmt's?«, hatte Polly gefragt, nachdem sie das Diktaphon abgehört hatte.
»Das bedeutet jetzt immer früher aufstehen und dir schnell das Gesicht machen. Habe ich früher auch so gemacht, um fünf Uhr, damit der Herr um sieben was Hübsches zu sehen bekam«, sagte Irma und nahm sich ein Streifchen Butterkuchen. »Das ist Nebbich«, schob sie hinterher und den Kuchen in voller Länge in sich hinein.
»Was soll es! Wenigstens eine von uns hat es geschafft!«, jubelte Fanny, sie würde die Hochzeitszeichnerin sein. Claire würde mit dem Kammerorchester der Symphoniker spielen, Hanne das Catering besorgen, Polly und Irma die Brautjungfern sein und

Mikki den Conferencier machen, gegen Blumenstreuen verwehrte sie sich. »Ist doch keine Kirche, sondern nur das Standesamt«, maulte sie und hatte recht. Jo war nicht zu unserer Feier gekommen. Wahrscheinlich war er wieder bei seiner neuen Freundin.

Die Sexkrise hat Lex und mir gezeigt, dass es mehr im Leben gab, als Orgasmen und die Freiheit, allein zu sein. Jawohl. Und ich bin nicht in ihn verliebt, was heißt, dass ich ihn so sehe, wie er ist. Perfekt. Keine Dramatik, herrlich. Und ich sehne mich so sehr nach Ruhe. Ich werde eine schöne Ehefrau sein, verspreche ich mir, über Jahrzehnte hinweg. Für meinen schönen, jungen Ehemann.

Meine Richterin Gnadenlos zieht die Augenbraue hoch. Wahrscheinlich hat sie sich noch nicht von dem wohligen Schock erholt. Bestimmt schweigt sie, weil sie zufrieden mit mir ist. Helena wagt es. Sie wagt es, sich lieben zu lassen ohne wegzurennen. Sie bedarf nicht mehr der Aufmerksamkeit vieler Männer, sondern es reicht ihr ein einziger.

»Würdest du Lex auch dann heiraten, wenn Jo in deine Arme gefallen wäre? Oder hast du nur Torschlusspanik und hättest jeden genommen?« Die Richterin spießt mich mit ihren Nägeln auf. Beleidigt betrete ich das Vorzimmer.

In meinem Büro wartet Angelica. Schön, dünn, und irgendwie … verändert. Irgendetwas ist anders an ihr. Ihre Fassade ist gesprungen.

»Wir müssen reden« sagt sie.

»Worüber?« Ich blättere in meinem Kalender. Der 18.11. ist ein guter Tag zum Heiraten.

»Über Johannes Ritter.«

Ich schneide mir mit dem Rand des Papiers in den Finger. Die Angst kehrt zurück. »Ach?« Ich sauge an der Wunde.

»Dein Nachbar, Helena. Der Callboy. Dein bester Freund.«

»Du mietest Jo?« Ich muss mich setzen.

»Nein. Nicht mehr. Jetzt liebe ich ihn.«

»Jo verliebt sich nicht in seine Kundinnen. Tut mir leid, da kann ich ihn auch nicht überreden.«

»Aber was redest du denn, Helena ...« Angelicas Stimme ist sehr sanft, sehr nachsichtig.

»Ich bin keine Kundin. Ich bin seine ...«

»Geliebte? Du denkst, dass du seine Geliebte bist?«

Jo und Angelica. Angelica und Jo.

»Wie lang?«

»Wie lang was?«

»Angelica.« In meiner Stimme das warnende Knirschen eines Eisberges kurz vor dem Bersten. »Wie lang geht das zwischen euch.«

»Bis zu deinem Geburtstag hatten wir über drei Monate eine eher ... geschäftliche Beziehung. An deinem Geburtstag hat sich das geändert. Ich bin ...«

»Du bist mir keine Rechenschaft über deine Gefühle schuldig.«

»Was redest du denn, Helena. Ich bin nicht zu dir gekommen, um dich um Erlaubnis zu bitten. Hannes ist ein freier Mann, der dich nicht fragen muss, wem er sein Herz schenken darf.«

»Aber künftig muss er dich fragen, wem er seinen Schwanz verkauft?«

»Er arbeitet nicht mehr als Callboy, wenn es das ist, was du wissen willst.«

Jo. Mein Jo. Sie nennt ihn Hannes.

»Und wieso müssen wir über ihn reden?«

»Er stirbt.«

Nach einer Ewigkeit kommt die Bedeutung ihrer Worte bei mir an.

»Nein.«

Wir sehen uns für Jahre in die Augen. Angelica wartet einfach ab, während sich die unlöschbare Panik in mir ausbreitet.

Nicht Jo. Nicht.

»Was ... was hat er?«

»Ein Glioblastom. Einen Gehirntumor.«

»Aber eine Operation ...?«

»Wird bei dieser Art Tumor nichts nützen. Er geht vom Gehirn selbst aus. Es ist eine Art Neubildung des Gehirns, es durchsetzt das alte. Es ist bösartig, er wächst schnell, und es ist unheilbar. Eine Operation ist, wenn überhaupt, nur ein Aufschub.«

»Und ohne ...«

»Vielleicht ein halbes Jahr. Johannes wird den nächsten Sommer nicht mehr erleben«, sagt Angelica, und jetzt zerfällt sie. Ihr Schmerz spaltet ihr Gesicht. Ich stehe auf und wir fallen aufeinander zu, klammern uns aneinander fest. Ihr Körper ist wie ein Zweig, so dünn.

»Ich habe ihn doch gerade erst gefunden«, flüstert Angelica. »Die Zeit ... sie ist doch viel zu kurz, mein Mann ... mein Mann stirbt ...« Ihre Stimme bricht an der Angst entzwei.

In mir tobt der Sturm. Jo.

Sein Kopfweh. Sein Rückzug. Alles ist auf einmal anders, es macht alles einen Sinn. Es ist die tödliche Realität.

»Wieso hat er es mir nicht gesagt?«, frage ich in die leere, hohle Welt hinein.

»Er wollte ... er wollte dich nicht belasten«, sagt Angelica rau. »Du hast genug Probleme, hat er gesagt. Aber jetzt, wo du heiratest ...«

»Probleme ...«, wiederhole ich für mich. Angelica fasst nach meiner Hand. Sie ist erschöpft vom Weinen. Ein trockenes Schluchzen hat ihre Tränen ersetzt. Ihre Finger sind kalt.

»Probleme?«, wiederhole ich mit geschlossenen Augen. Ich muss Angelica loslassen und beginne, Gegenstände von meinem Schreibtisch an die Wand zu werfen. Ich drehe mich zu ihr um. Es muss an meinem verzerrten Gesicht liegen, dass sie erschrocken zurückweicht.

»Das ist doch dumm«, schreie ich. »Das Leben ist dumm.«

Wir stehen voreinander, die Arme kraftlos. Jegliche Kraft tropft

mir aus den Fingern auf den Boden. Aus dem Hals drückt sich der Ekel, die Wut, der Zorn auf mich selbst.
»Ich will bei ihm sein. Bis zum Schluss.« Angelica sieht mich an, unbeugsamer Wille und untröstlicher Schmerz Seite an Seite in ihren Augen. »Er will die OP nicht, Helena. Der Tumor hat sich bereits auf beide Gehirnhälften verteilt. Jo wird sich verändern. Bevor es soweit ist, will er ... er will ...«
Wieder wird ihr Körper von peinigenden Wellen erfasst. Sie sieht mich gekrümmt vor elender Not an. »Er will gehen, dann, wann er will. Allein. Er will sich töten, wenn ich nicht dabei bin. Bitte, Helena, lass das nicht zu! Dass er geht, ohne dass ich es weiß, in welcher Stunde, in welcher Nacht, dass er fortgeht ohne Abschied ... Helena, hilf mir! Ich will bei ihm sein, wenn er ... stirbt.«
Ihr Wimmern zerreißt mein Herz.
Johannes.
Ich ziehe Angelica in meine Arme. Ihr Weinen ist jetzt stumm, es verebbt, bis sie ruhig und schwer an meiner Schulter lehnt.
»Ja. Er wird nicht ohne dich gehen.«

Sie atmet tief aus. Wir lösen uns voneinander. Unsere Blicke wissen nicht, wohin.
»Ich räume jetzt meinen Schreibtisch«, sagt Angelica mit unbestimmtem Zittern.
Als die Frau, die meinen besten Freund so sehr liebt, dass sie mit ihm sterben will, die Tür hinter sich schließt, öffne ich die rechte untere Schreibtischschublade. Nur noch eine Flasche. Ich nehme sie heraus und sehe in dem Spiegel, auf dem Grund der Minibar, mein Gesicht. Wie es aussieht, wenn nichts mehr zu trinken da ist.
Ich sehe eine dumme, dünne Frau. Sie wiegt die Flasche in der Hand. *Haben wollen*, fleht die Hyäne.
Dann stelle ich den Champagner zurück. Es reicht.

Ich liebe Jo, weil er mich liebt, so sehr es ein Freund vermag. Vielleicht liebe ich ihn, weil Freundschaft die geduldigste aller Lieben ist. Ich sitze seit einer Stunde im dunklen Treppenhaus vor Johannes' Tür. Er lässt mich nicht herein.
»Geh doch weg, Helena«, schlägt mir seine Stimme wieder dumpf durch das Holz entgegen.
Ich bleibe und sitze auf dem Fußabtreter. »GEZahlt« steht in weißen Lettern auf der Matte. Ich spüre Jo auf der anderen Seite
 der Tür.
Ich denke darüber nach, was alles nötig war, um ihn zu treffen. Was führte mich an diesem Tag in das Hotel Vier Jahreszeiten, was führte mich in die Schlüterstraße?
War es, bei genauerer Betrachtung, nicht vorherbestimmt? War es nicht der Regen an dem Tag und die offenen Schuhe, die falsch gewählten, und war es der Kosmetiktermin, um mich hübsch zu machen, für all die René, Marko, Carlo, Karstens dieser Welt? Begann es nicht mit meiner Geburt, dass ich zu Jo gelangte, dem einzigen Menschen, dem die Menschenliebe reicht, die er mir so freigiebig schenkte, ohne je etwas zurückzufordern? Wie sehr brauchen Jo und ich einander, dass wir diese Geschichte gemeinsam haben?
»Er brauchte dich doch gar nicht …«, korrigiert mich die Richterin sanft. »Du hast immer nur ihn gebraucht. Du hast die meisten, die du getroffen hast, gebraucht. Helena, sie waren dir nur ein Spiegel, den du voller Verlangen abgetastet hast.«
Ich lege den Hinterkopf an die Tür, an die Mikki zwei ausgeschnittene rote Papierherzen geklebt hat; ihre Farbe ist im Laufe der Jahre ausgeblichen. Nebenan höre ich Geräusche aus meiner Küche. Polly kocht und singt. Manchmal unterbrochen von einem brummigen Murmeln von Irma Roosenbaum oder einem Bellen von Jackie.
»Du hast nie meinen Vater kennengelernt.« Meine Stimme hallt in dem leeren, kalten Treppenhaus.

»Er hat meine Mutter zu einer geliebten Frau gemacht. In seine unbedingte Liebe gehüllt wie in einen schützenden, aber nicht zu schweren Mantel, ist sie zu der Frau geworden, die jede Seite ihrer Persönlichkeit entfaltet hat. Sie ist ganz. Komplett. Seine Liebe macht sie zu einer schönen Frau, die lebt und lacht und nichts unterdrückt oder sich frustriert fragt, wann ihr Leben eigentlich losgeht. Er hat es möglich gemacht, dass sie ihre besten Seiten ausleben konnte, denn manchmal braucht eine Frau dafür den richtigen Mann, der die Sprache ihrer Seele versteht.«
Auf der anderen Seite herrscht Schweigen. Doch Johannes ist da. Ich spüre seine Wärme. Wie ich sie immer gespürt habe.
»Er verliert seine Erinnerungen. An manchen Tagen redet er meine Mutter mit Helena an, an manchen fragte er sie, was sie in seinem Büro mache, und an anderen fragt er sie, ob sie noch wisse, wie das damals alles gekommen sei, mit ihm und ihr, als sie sich verliebten. Sie, die Schneiderin und Tochter eines italienischen Eismanns und einer Köchin aus Dortmund, und er, der Filmkomponist, für den sie einen Anzug nähte. Dann erzählt er die ganze Geschichte, was er gedacht hat, als er sie das erste Mal sah, und dass ihm gleich eine Melodie, ein Lied, eine Oper eingefallen war. Wenn er die Oper heute hört, mag er sie, aber er hat vergessen, dass sie von ihm ist. Manchmal merkt er, dass er vergisst. Dann hat er furchtbare Angst. Doch an den meisten Tagen ist er glücklich, weil er sich immer wieder neu in meine Mutter verliebt. Seit zweiundvierzig Jahren. Und sie geht diesen Weg mit ihm. Immer weiter. Bis zum Schluss.«
Ein stumpfer Laut auf der anderen Seite der Tür.
»Ich habe auch Angst, Helena.«
Jos Stimme ist fern und verloren, verweht im Rausch der Zeit.
»Ich habe eine Scheißangst. In meinem Kopf ... da ist der Tod. Ich will nicht sterben.«
Ich knie mich auf die Matte vor seiner Tür und lege die Hände an das raue Holz. »Du bist nicht allein«, flüstere ich.

Hinter der Tür erhebt sich ein müder Körper. Dann öffnet Jo die Tür.

Ich warte.

Jo greift über die Unendlichkeit herüber nach meiner Hand. »Helena.«

Er kriecht in meine Arme. »Ich will dieses Leben nicht vermissen müssen, Helena.« Ich halte diesen Mann, der mir so viel Güte geschenkt hat.

»Ich will nicht so viel zu verlieren haben. Gehe ich allein, wird es mir leichter fallen. Dann gibt es nichts, an dem ich hänge, nichts, was ich bedauern muss, nicht erlebt zu haben, zu Ende erlebt zu haben! Ich will satt davon sein, vom Leben. Aber ich bin es nicht! Jeder Tag, jede Stunde mehr mit ihr und dir und Mikki erinnert mich daran, dass ich noch lange nicht satt bin, ich will mehr, ich will.«

Er weint jetzt aus den Tiefen seiner vergehenden Seele.

»... mehr von der Liebe und meinem Kind und von Freundschaft und Glück und ... einfach nur Leben! Helena, ich bin noch keine vierzig und habe mein Leben nicht erlebt, nur ertragen! Ich will nichts aufgeben müssen, was ich gerade erst anfange zu lieben!«

Bei den letzten Worten hat sich Jo aus meinen Armen herausgewunden und mich an den Schultern gepackt. Er schüttelt mich mit jedem weiteren Wort fester.

»Mach nicht denselben Fehler. Ich bitte dich! Du wirst noch lange, lange leben, aber versprich mir eins: Versau es nicht, wach auf und lebe! Leb dein Leben, kein fremdes. Ertrag es nicht, lebe!«

In Jos Kopf wütet ein verängstigtes Tier. Es ist der Wahnsinn des Begreifens. Der unabänderlichen Wahrheit des Todes.

Ich schließe die Tür hinter uns, lehne mich an und ziehe Jo zu mir. Wir sinken tief und tiefer, bis er in meinem Schoß liegt und ich sein Haar streicheln kann.

»Wenn ich eines Tages sterbe, will ich leben, obwohl ich tot bin. Ich wünschte, ich wüsste es zwei Tage vorher. Dann würde ich alle, die ich liebe, rufen und wir würden ein Zelt am Meer aufbauen, es wäre warm und durch den Spalt oben könnte ich die Sterne sehen. Wir würden trinken und essen und tanzen, es gäbe Pudding und Musik. Sie würden mir die Hand halten, mein Haar streicheln, und es wäre leicht wie Einschlafen. Und wir würden uns das Leben erzählen, all das Schöne, all das Zärtliche, all das Lebenswerte. Und dann gibt es ein Gesicht, das ich sehen will, bevor ich für immer die Augen schließe: Ich würde es mitnehmen, als ewigen Begleiter, als letzten Blick. Ich hätte bis zum Schluss gelebt. Und nicht schon vor dem Ende aufgehört.«

Jos Atem hat sich beruhigt. Er liegt zusammengekrümmt wie ein Embryo auf dem fleckigen Läufer. Ich sehe seinen Puls an der hellen, durchscheinenden Schläfe vibrieren, ungebrochen.
»Soll ich leiden, damit ihr mehr Zeit habt? Verlangst du das?«
»Nein. Du sollst nicht für uns leiden. Du sollst für dich leben.«
Ein Zittern durchfährt seinen besiegten Körper. Jo setzt sich auf und umschlingt mich, leer geweint.
»Aber kann ich das von ihr verlangen? Von Angelica. Von dir. Und Mikki?«
»Nein. Du kannst es uns erlauben. Erlaub uns, mit dir leben zu dürfen. Dich zu begleiten. Bis zum Ende.«
Wir ziehen uns aneinander hoch, er strauchelt, und ich halte ihn.
»Ja«, raunt Jo dann, ein Wort frei von Mut. Und doch so voller Verlangen. »Ja.«
Sein weißes Hemd ist schweißdurchtränkt, er greift sich stöhnend an den Kopf und fällt fast. »Entschuldige«, keucht er gequält.
»Mach das nicht. Entschuldige dich nie, nie wieder! Fang gar nicht erst damit an, hörst du? Hörst du?«
Wir stehen und schauen und sehen alles voneinander.

Dann küsse ich Johannes auf die Stirn.
Angelica kommt die Treppe herauf, jeder Schritt ist bedacht. Sie sieht jung aus, jung und verängstigt und bereit, alles zu tun.
Ich lächele ihr entgegen. Sie bleibt vor mir stehen. Wir lehnen uns Stirn an Stirn aneinander. Das Flurlicht geht aus.
Dann geht sie zu Johannes. An seine Seite. In ihrer beider Geschichte.
»Du bist da ...«, höre ich Jo tief erlöst sagen. Die Tür schließt sich.

20

»Schau mal, Hella, das bist du«, sagte mein Vater mit blitzenden Augen und tippte auf das Bild. Es war gegen Ende der 70er Jahre, als meine Mutter auf Hippie machte und mein Vater auf Lude. Ich trug rote Shorts und ein grünes T-Shirt mit Pillhuhn vorn drauf. Ich stand zwischen zwei Pferden und hatte beiden eine Hand auf den Hals gelegt.

Damals, als ich das Bild gesehen hatte, verließ ich gekränkt meinen Körper.

Es ist Zeit zurückzukehren.

»Genau so«, bitte ich Jörg, den Friseur von Slup Cut am Mühlenkamp, und gebe ihm das Foto in die Hand. Neben mir lässt sich eine Studentin von Jörgs Frau Grigoria zu einem Bubischnitt überreden.

Er studiert das Foto eingehend. »Niedlich«, sagt er. »Wieso hast du die braunen Haare gegen einen Wasserstoffperoxid-Reaktor auf deinem Kopf eingetauscht?«

»Das ist eine lange Geschichte.«

»Und die Kurzform?«

»Ich wollte schön sein.«

Jörg atmet hörbar genervt aus und rollt die Augen.

»Du bist die dümmste klügste Frau, die ich kenne.« Er fährt mit gespreizten Fingern durch mein blondiertes, langes Haar. »Zwanzig Zentimeter weniger«, bestimmt er. »Wir machen eine Renaturierung, eine Pflege mit Bierhefe, um die Pigmentierung anzuregen, dann töne ich dir deine Naturfarbe rein. Sie wächst vom Ansatz her nach. Und du bist dir sicher, dass du nicht mal ein paar Strähnchen dazu willst?«

»Ich bin mir sicher. Und die Augenbrauen bitte auch.«

»Farbe?«

»Dieselbe wie meine Augen.«

»Grün?«

Ich drücke die Kontaktlinsen raus und schnippe sie in den Aschenbecher der Kundin nebenan. Sie studiert die neue Ausgabe der FEMME, die gerade rausgekommen ist – wie immer am dritten Freitag im Monat.

»Und? Steht was Schönes drin?«, frage ich sie.

»Näh! Alles nur Blabla. Immer nur über Schönheit!«

Die Studentin mit dem Bubikopf wendet sich uns zu. Ihre Stimme zerbrechlich wie Glas. »Aber das ist doch wichtig! Seit ich groß genug bin, um in einen Spiegel zu schauen, muss ich mich immer wieder vergewissern, ob ich da bin. Ich hab einfach Angst, dass ich nicht schön genug bin! Dass mir das Leben dann das Beste vorenthält!«

»Dummes Zeug«, knurrt die FEMME-Leserin und schüttelt ihre frische Dauerwelle, »fünfzehn Jahre später weiß man, dass man mit Anfang zwanzig schön war. Die Einsicht kommt zu spät, um sie zu genießen. Das ist jetzt noch Ihr Privileg: Sie sind jung, aber wissen nicht, dass Sie schön sind. Wir sind alt und wissen jetzt, dass wir schön waren.« Sie schaut mich an: »Nicht wahr?«

Jörg versucht sich an einem angemessenen Gesicht des Bedauerns und hängt mir den schwarzen Friseurmantel um. »Ach ja, die Welt ist ein wüster wilder Garten, und aus jedem Schmetterling wird Rasendung«, murmelt er und wirft einen prüfenden Blick in den Spiegel.

Die Dauerwellenfrau hat FEMME zur Seite gelegt und zündete sich eine Zigarette an. »Irgendwann möchte ich mal was Echtes lesen. Was Lebensnahes. Nachher habe ich noch das Gefühl, mein Kopf ist nur noch zum Frisieren und Nicken da. Ich dachte,

wir sind heute weiter. Aber irgendwie wiederholt sich alles, zieh dich so an, geh so, guck so, krieg ihn rum. Im Manne liegt das Heil.« Sie zieht ein Tabaksbeutelgesicht, und ich lehne mich zurück, schließe die Augen, lasse mich waschen, schneiden, tönen, und denke darüber nach, wo wir Frauen heute wirklich sind.
Ich öffne meine Augen erst wieder drei Stunden später.
Jörg tritt zwei Schritte zurück, um sein Werk zu begutachten. »Nun guck doch mal«, quengelt er.
»Wow«, entfährt es Grigoria. »Das hätte ich ja jetzt nicht gedacht.«
Und ich schaue.
Im Spiegel sieht mich ein viertelitalienischer Kobold mit Nutellafarbenem Haar an. Jörg hat mir einen kurzen Fransenschnitt verpasst. Wellen kräuseln sich knapp in den Nacken hinab und von hinten um meine Ohren, ein paar Strähnen schieben sich in die Stirn, meine Augen feuern dunkel unter den beiden braunen Halbmonden meiner Augenbrauen in die Welt. Mein Gesicht ist ungeschminkt, sehr hell, ich dachte immer, eklig. Dabei hat es nur nie zu Blond gepasst.
»Darf ich?«, fragt Grigri, und rückt mir mit einem braunen Kajal näher.
Warum nicht. Es reichte das eine Extrem. In das andere der totalen Schminkverweigerung will ich nicht verfallen. Ich spüre, wie sie mir noch etwas auf die Lippen tupft und die Wimpern tuscht. »Voilà.«
Ich öffne zum zweiten Mal die Augen, und jetzt spüre ich den Herzschlag im Magen. »Winona Ryder«, sagt Jörg fachmännisch. »Audrey Hepburn«, stellt Grigri richtig.
»Schneewittchens schwuler Bruder, der auf Bambi macht«, sagt Gnadenlos. Dann kichert sie. »Nicht so gemeint. Siehst okay aus.«
»Helena Levy«, beharre ich und taste mein Gesicht ab. Es ist ein Wiedersehen, nach Jahren und Jahrzehnten, mit mir selbst.

Wie konnte ich nur?
Wie konnte ich mich nur selbst vergessen?
Die Tränen schießen mir mit Wucht aus den Augen. Ich schlage überrascht die Hand vor den Mund und möchte mich sofort ausziehen, möchte dieses seltsame pastellblaue Kostümchen von mir werfen. Immer wieder fahren meine Finger hinein in das dunkle Haar.

252 Ich verabschiede mich von Jörg und Grigoria, die mir immer noch erstaunt und lächelnd hinterhersieht.
Ich kann an keinem Schaufenster vorbeigehen ohne zu überprüfen, ob ich das bin oder nicht doch wieder eine Blondine.
Ich bin es, aber noch verkleidet, und betrete eine Boutique auf dem Poelchaukamp. Die Blondine hätte hierher gepasst, aber nicht der Kobold, ich sehe es an den gelangweilten Minen der Verkäuferin. Ich gehe wieder heraus und links um die Ecke in den Mühlenkamp.
Im nächsten Laden bekomme ich, was ich will, und ich sehe eine Frau in Jeans und weißem T-Shirt vor mir. Ich bin nicht mehr blond und schön und meeräugig und in Schneiderkostüme gekleidet, sondern dunkel und ich selbst.
Ich öffne den Push-up BH, ziehe ihn aus einem Ärmel heraus und stelle mit Erstaunen fest, dass die Brustwarzen ein bisschen nach außen gucken. Und nicht parallel nach oben. So ekelig sind die ja gar nicht.
»Nun übertreib mal nicht«, schmunzelt Richterin Gnadenlos.
Ich tue es doch, denn ich kaufe mir, als ob nicht das Damoklesschwert der Kündigung über mir hinge, und damit roten Zahlen auf dem Kontoauszug, einen braunen Ledermantel, einen weißen Pullover und braune Lederstiefel.
Als das getan ist, bin ich völlig erschöpft von dem Rausch des Adrenalins und der Aufregung und dem Neuanfang. Am liebsten würde ich jedem auf der Straße erzählen, was ich gerade getan

habe: Ich habe mich in mich selbst verwandelt. Wiederaufnahme der Helena Levy. Nicht bildschön. Aber ich.
Ich könnte schreien vor Glück.

Jo und Angelica sitzen Hand in Hand vor dem »Eiszeit« und füttern sich gegenseitig mit Gummibärcheneis. Eigentlich ist es viel zu kalt für Eis, doch Jo hat auf Pollys Anraten eine Liste angelegt. »Die Dinge, die du längst tun wolltest. Schreib sie auf. Und dann mach sie!«
Sie erkennen mich nicht. Vielleicht sehen sie mich auch nicht, denn sie haben nur Augen füreinander. Sie sitzen so dicht nebeneinander, dass kein Zweifel mehr zwischen sie passt.
»Ich wäre dann soweit«, sage ich.
Ich genieße es, Johannes' entspanntes Gesicht zu sehen, auf dem ein Lächeln erscheint.
»Huch«, sagt Angelica. »Das ist ja ... ganz deine Farbe.«
»So siehst du also aus«, stellt Jo fest. »Die Wirklichkeit steht dir gut. Dreh dich mal.«
Ich stürze die Treppenstufen zu ihnen hoch und umarme Jo. »Hallo«, flüstere ich, »mein Name ist Helena und ich bin hässlich.«
Angelica und Jo sagen gleichzeitig: »Hallo, Helena.«
»Willkommen im Club der Anonymen Normalen.« Jo zieht an einer Haarsträhne, um zu gucken, ob ich auch ganz sicher keine Perücke trage.
»Sind wir noch in der Zeit?«, frage ich, und Angelica nickt. Ihr warmer Wintermantel schwingt auf, als sie aufsteht, darunter blitzt ein Kleid auf, eine schlichte Robe. Sie hat sie selbst genäht. Ich weiß, dass Johannes unter dem dunklen Wollmantel einen Smoking trägt, denn ich habe ihm heute Morgen die Fliege gebunden.
»Ich hole den Wagen«, sage ich ihnen und fahre wenig später mit dem geputzten 107er Mercedes vor.

Vielleicht ist mein Outfit für eine standesamtliche Hochzeit ein wenig schlicht. Aber ich fühle mich so gut wie seit Jahren nicht mehr. Um genau zu sein, wie seit 30 Jahren. Und Lex sollte mich so nehmen, wie ich bin. Nicht, wie ich vorgetäuscht habe zu sein.

Ich muss auf dem Weg in die Grindelallee ständig in den Rückspiegel schauen, um mich zu vergewissern, immer noch da zu sein. »Du siehst gut aus«, beschwichtigt mich Angelica.

»Sie sieht wie Helena aus«, ergänzt Jo leise. »Sie sieht aus wie die großartige Frau, die sie schon immer war. Und jetzt wird sie endlich, wer sie ist.« Ja. Schneewittchens schwuler Bruder.

Angelica sitzt auf Jos Schoß in dem Zweisitzer und schmiegt sich an ihn. Nur ihre Augen sind geschminkt, von ihrer Perfektion sind nur die perfekten Wangenknochen geblieben. Und wenn sie Jo ansieht, sind ihre Augen nicht mehr grün und kalt wie Packeis, sondern petrolfarben, wie die Küste einer Südseeinsel, warm und weich.

Vor dem dritten der zwölf gelb-roten Hochhäuser zur Grindelallee hin parke ich elegant ein. Wohnwaben, die wie ein Flottenverband, wie Schiffe in dieser Gegend schwimmen. Ursprünglich waren die Hochhäuser 1946 als Quartier für die englische Besatzungsmacht entworfen worden. Sie sind scheußlich.

Polly steht mit Mikki an der Hand vor der Drehtür zum Bezirksamt. Sie spielt mit den Fransen meines asymmetrischen, rotschwarzen Flamencokleides. Fanny, Hanne und Claire kreischen auf, als sie mich sehen, klatschen, werfen mit Rosenblättern und summen den Hochzeitsmarsch, als Jo, Angelica und ich näherkommen. »Na, nana-naa, na, naaa-na-naaaa. Na, nananaaaa, na, nanaaa, na, nanaaa.«

Ein fremder Mann mit leicht schief aufgesetztem, schwarzem Borsalino knipst ein Foto von den drei summenden Blumenmädchen. Sie tragen alle das gleiche Kleid – gelb. Mit Schleifchen. Und sie tragen kecke Hütchen zu weißen Handschuhen. Obwohl

ich glaube, Claire hat sich aus dem Rock eine Hose genäht. »In der Mitte kurz mal zusammengeheftet«, raunt sie mir zu, als ich an dem Stoff ziehe. »Du siehst unfassbar gut aus. Willkommen bei den echten Brünetten.«
»Darf ich vorstellen«, mischt sich Hanne aufgeregt ein. »Das ist Tim. Tim-Ake Bentz.« Ich sehe dem Mann mit dem ruhigen Gesicht erst in das kluge blaue und dann in das sanfte braune Auge. Er zieht Hanne an sich und stiehlt sich einen Kuss von ihren Lippen. »Hmm, du hast heimlich ein portugiesisches Vanilletörtchen gegessen, meine Blume«, stellt er fest, leckt sich die Lippen und küsst Hanne dann so heftig und innig, dass Mikki kichert. Hanne knickt bei dem Kuss mädchenhaft den Fuß nach hinten oben, beugt den Kopf zurück und hält sich ganz leicht an seinem winzigen Bauchansatz unter dem Anzughemd fest.
Fanny macht »Ohhhhhh«, als ständen wir vor einem Feuerwerk.
»Können wir?«, fragt Jo dann und sieht auf sein Handgelenk. Da ist nichts. Ich habe ihm die Uhr weggenommen. Zeit vergeht schneller, wenn man sie misst.
»Moment, da fehlt noch der Wichtigste!«, ruft Angelica.
Ich sehe Alexander die Auffahrt zum Amt hochhasten. Diesmal trägt er einen dunkelblauen Anzug. Er winkt uns zu und rückt im Laufen seine Krawatte zurecht. Ich strahle ihm entgegen.
Er begrüßt Jo mit Handschlag, küsst dann Angelica auf beide Wangen, gibt Polly die Hand, winkt Mikki kurz zu, die ihn gleichmütig ansieht, und gibt dann jedem der drei Blumenmädchen die Hand. Dann schaut er kurz zu mir und fragt Polly: »Wo ist meine Braut?«
»Wieso? Da!«, erwidert Polly irritiert. »Diese großartige Frau dort drüben! Mit dem Brautstrauß!«
Alexander dreht sich zu mir um. »Oh.«
»Noch zwei Minuten. Wir sollten jetzt reingehen«, drängelt Mikki, und die kleine Hochzeitsgesellschaft schiebt sich in die

Drehtür. Alexander hält mich am Ärmel zurück. Sein Gesicht wie ein zerrissener Lottoschein.

»Was soll das?«, zischt er. »Denkst du, das ist der richtige Zeitpunkt, um mal einen neuen Look auszuprobieren?«

»Der ist nicht neu. Der ist alt. siebziger Jahre, ungefähr.«

»Ich verstehe nicht.«

»Das ist kein *neuer* Look. Ich sehe genau *so* aus, Alexander. Ich bin nicht blond, sondern brünett. Ich habe keine Meeraugen, sondern Erdaugen. Ich bin nicht naturschön. Und das habe ich korrigiert.«

»Darüber reden wir noch«, presst er hervor und zieht mich zum linken der beiden Paternoster.

Ich will ihn eigentlich fragen, was es da noch zu diskutieren gibt.

»Zum Trauzimmer geht es dort lang«, sage ich stattdessen, und er marschiert mit Ziegelgesicht an mir vorbei, so als fände er den Weg auch alleine.

Ich höre es aus einer Kabine des Personenumlaufzuges kichern. Hanne und ihr Brie-de-Meaux-Liebhaber. Tim. »Hallo, ihr beiden!«, rufe ich in den Schacht, »Es wird sich hier unten getraut!«

»Aber oben sind die Anmeldungen!«, ruft Tim zurück.

Die Standesbeamtin Sabine Brandel erwartet uns. Die Mittdreißigerin lächelt mir erstaunt zu. »Holla. Neue Haare, neues Leben?«, fragt sie, und Hanne und Tim kommen doch noch den kurzen Flur entlanggelaufen, beide kauen irgendetwas und sehen glücklich aus.

Es ist eine kurze Zeremonie. Sabine Brandel verspricht kein Glück, aber sie wünscht es von ganzem Herzen. Sie verzichtet zu erwähnen, wie sich die Brautleute kennengelernt haben, und dafür sind wir alle dankbar. Sie klärt die Personalien routiniert, ihre Stimme springt von Silbe zu Silbe wie ein Bergbach, hell und klar, ihre blaugrauen Augen glänzen wie zwei polierte Tahitiperlen. Sie ist so blond wie ich noch vor vier Stunden, aber echt,

und der goldene Schimmer harmoniert mit den Ringen in der roten Schachtel auf dem Tisch.
Als sie zu der Stelle kommt, wo sie vorliest, was sie bei der Brautpaarbefragung wissen wollte: »Was schätzen Sie an Ihrem Partner am meisten?«, rinnen mir die Tränen hinab.
»Ich liebe es, wie er mich liebt. Wie er mich ansieht, mit diesem Blick voller Wärme und Zuversicht. Und ich liebe es, dass ich seine Liebe sehen und fühlen kann und damit meine Liebe ein Zuhause gefunden hat. Was ich an ihm schätze: Seine Fähigkeit mich so zu sehen, wie ich bin, mich zu erkennen und mit mir umgehen zu können. Auf Englisch würde man sagen: ›He cares for me.‹ So, als ob es ihm leichtfällt, meine Macken und Neurosen zu ertragen, meine Stärken zu schätzen und sich auf zärtliche Art um mein Seelenwohl zu sorgen. Er tut mir gut, so wie er ist: geduldig, warm, klug, verrückt, sexy. Er ist ein guter Mann.«
Ich schlucke hart und höre Fannys Schniefen.
Dann liest Brandel das männliche Gegenstück vor. »Auf die Frage, was denn Liebe sei, hat Jacques Derrida einmal geantwortet, man müsse unterscheiden zwischen dem Wen oder Was. Wen liebe ich, oder was liebe ich an ihr? Erstere Frage braucht keine Begründung, weil die Liebe unabhängig von Eigenschaften ist. Sie ist, was sie ist. Erst wenn das gegeben ist, kann man sich dem Was nähern. Ich liebe an ihr: Ihren Mut. Ihre Geradlinigkeit und dass sie niemals zurückweicht. Sie ist Geliebte, Freundin und Gefährtin in einem. Sie ist alles, wovon ich immer geträumt habe, und noch viel mehr.«
»Ach!«, entfährt es Claire aus übervollem Herzen.
Ich wünschte, Polly säße neben mir, dass ich mich an sie lehnen könnte, doch sie sitzt zu weit weg. Eine Träne fällt auf die Tischplatte vor mir. Unter dem Tisch greift eine warme Hand nach meiner, sie gehört Jo. Sogar jetzt ist er für mich da. Dann zieht sich die Hand zurück.

Nach den Formalitäten ist die Frage dran. Die wichtigste aller Fragen, jene nach dem Willen, dem freien, überzeugten Willen.

»Ich bitte Sie alle, sich zu erheben«, sagt die zierliche Frau Brandel, und ihr Pony wippt. Ich glaube, sie mag das. Das Verheiraten.

»Ich frage Sie zuerst: Frau Angelica Lenzmann, wollen Sie den hier anwesenden Johannes Ritter zu Ihrem rechtmäßig angetrauten Ehemann nehmen, so antworten Sie ihm bitte mit Ja.«

»Ja«, haucht Angelica und wendet Jo ihr Gesicht zu. Über ihre Wangen laufen fein gesponnene Tränen. Sie ist schöner denn je.

»Und ich frage Sie, Johannes Ritter, wollen Sie die hier anwesende Angelica Lenzmann zu Ihrer rechtmäßig angetrauten Ehefrau nehmen, so antworten auch Sie bitte ihr mit Ja«.

»Unbedingt«, sagt Johannes und küsst seine Frau.

Sabine Brandel lacht und sagt in den Kuss hinein: »Sie sind jetzt das Ehepaar Ritter. Herr Ritter, nehmen Sie bitte diesen Ring, und schön langsam und filmreif stecken Sie ihn jetzt Ihrer Frau an ...«

Die Hände der beiden zittern und beben, als sie sich gegenseitig die Ringe anstecken und dann zart aufeinandergelegt über den Brautstrauß halten, damit Tim ein Foto schießen kann. Ich unterschreibe das Dokument als einzige Trauzeugin.

Brandel gibt jedem reihum die Hand, wir umarmen uns nacheinander und lachen, aber nur kurz, denn die Ehe wird kurz.

»Ich liebe dich«, sagt mein bester Freund zu Angelica.

»Ich liebe, dass du mich liebst. Ich liebe dich auch«, gesteht die Braut ihrem Mann, der stirbt.

Dann kommen beide auf mich zu, die Ringe blitzen an ihren linken Händen. »Danke«, flüstert Jo, und ich halte ihn links und Angelica rechts, »danke, dass du mich vor der Dummheit bewahrt hast, das Leben früher, vor dem Ende, aufzugeben.«

»Danke, dass ihr uns euren Termin gegeben habt«, ergänzt seine Frau.

Fanny, Claire, Hanne und Tim eilen voraus. »Kein Reis!«, erinnert Polly, »da rutschen später nur die Leute drauf aus!«, und fasst Mikki fester bei der Hand. Sie stützen einander, die alte Frau und das Mädchen. Mikki ist blass und sieht aus wie das Kind, was sie ist.
In jeder zweiten Nacht der vergangenen Woche habe ich sie mit zu Polly und mir genommen. Meist schlief sie zwischen mir und Jackie. Lex war nicht glücklich darüber, aber ich hatte ihn in jeder anderen Nacht besucht. Und war jedes Mal vor Mitternacht gegangen. Ich kann es noch nicht wirklich ertragen, einen Mann neben mir im Bett zu haben.
Ich folge dem Brautpaar allein. Alexander sehe ich durch die Scheiben an meinem Wagen stehen und telefonieren. Sabine Brandel hält mich zurück.
»Ich kann Ihnen einen Termin freihalten«, sagt sie. »Wann immer, wo immer. Und wen auch immer«, ergänzt sie und lacht.
Polly und Mikki werfen mit Konfetti und Zuckerstreusel auf das Paar. Ich greife in meine Manteltasche und hole den Frischhaltebeutel mit Rosenblättern heraus, den mir Claire zugesteckt hat, und lasse Glück und Liebe mit jedem Blatt auf das Ehepaar Ritter regnen. Sorgsam, als streute ich rote Diamanten aus.
Während Tim die Zuckerstreusel-Mädchen Polly und Mikki fotografiert, erinnere ich Jo an seine Medikamente und reiche ihm diskret eine Wasserflasche. »Die Trauzeugin denkt an alles«, sagt er und schluckt das Kortison. Das Marihuana, was ich ihm mit Fanny im Schanzenviertel besorgt habe, gegen die Übelkeit, wird er später mit Angelica rauchen. In einer Suite im Hotel Atlantic. Da hat er nie gearbeitet, es ist sauberes Terrain. Doctor Love ist jetzt verheiratet.
Jetzt hebt er Angelica von hinten hoch und wirbelt sie um sich herum, ihr champagnerfarbenes Kleid dreht sich mit ihr mit, sie lachen beide aus tiefster Seele. Es ist ein Moment des ungetrübten Glücks, in dem es keine Sorgen gibt, keine Angst, es ist das

greifbare Gefühl, dass Liebe sich immer lohnt. Ganz gleich, für wie lange.

Dieses Foto wird jahrelang mein Lieblingsbild bleiben, und ich sehe es jedes Mal, wenn ich von meinem Schreibtisch aufsehe.

Jetzt fahren wir in einer Kolonne, drei Wagen, hupend durch die Stadt und bis zum Türken am Schulterblatt. Wir zehn passen gerade so in die Dönerbude neben der Roten Flora und bekommen Tee in kleinen Gläsern auf noch winzigeren Blech-Untertässchen aufs Haus serviert, als der Wirt mit den zusammengewachsenen Augenbrauen und dem Schneidezahnproblem hört, dass wir ein frisch verheiratetes Ehepaar dabei haben. Er dreht die Musik lauter und Angelica und Johannes tanzen ihren Hochzeitstanz in einem anatolischen Imbiss zu einem unverständlichen arabischen Liebeslied auf brüchigen Fliesen zwischen Resopaltischen. Draußen klebt grauer Winterregen an der Scheibe, leere Getränkekisten stapeln sich neben der Vitrine. Es ist die schönste Hochzeit der Welt.

Bis ich Alexanders Blick auffange. Ich ertappe ihn dabei, wie er an mir auf und ab schaut, seine Mundwinkel herabgezogen.

Dann sehe ich wieder zu Jo und seiner Frau hinüber. Sie hat ihren Kopf an seine linke Schulter gelehnt, ihre Hand ruht auf seiner Brust. Er hat seine rechte Hand schützend über Angelicas Finger gelegt, mit der anderen streichelt er behutsam ihren Nacken. Er hält sie wie einen kostbaren, geliebten Schatz. Sie haben die Augen geschlossen und wiegen sich in natürlicher Gleichförmigkeit durch den tristen Raum, drehen sich unter den nackten Leuchtstoffröhren. Mikki tanzt mit Polly. Hanne mit Tim. Und sehe ich da ein in Tee getauchtes Zuckerstückchen, das sie zwischen ihrer beider Lippenpaare hin und her schieben? Ich sehe all das, den Glanz auf Claires Gesicht und wie sie nach Fannys Hand greift und wie sie diskutieren, wer führen soll, bis Claire die Seeberg einfach mit sich zieht und sie einen Klammerblues tanzen.

Lex zündet sich eine Zigarette an. »Tanzt du mit mir?«, frage ich ihn und wage den Sprung in das Bronzewasser seiner Augen, die Pupillen zwei schwarze Inseln, die in den hohen Wellen nicht wissen, wohin.
»Wenn's sein muss«, sagt er und nimmt nicht mal die Zigarette aus dem Mund, als er mich zu fest umfasst und über meine Schulter hinweg sieht. Wann immer, wo immer.
Wir tanzen wie mit Pflastern unter den Füßen. Ich betrachte Lex' Gesicht. Würde ich dieses Gesicht als Letztes sehen wollen, bevor ich für immer die Augen schließe? Wen immer.
»Was siehst du mich so an?«, fragt er. Der Rauch entweicht ihm bei jedem Wort kauend aus dem schönen Mund und legt sich auf meine Netzhaut. Ich blinzele ihn weg.
»Wein doch nicht, Helena ... Haare lassen sich wieder färben. War ein Experiment, versteh ich ja, bei all der Aufregung ... Aber bald bist du wieder ganz die Alte, nicht wahr? Meine süße Luxushure ...«
Ich lasse Lex los. Als seine Finger aus meiner Hand gleiten, vermisse ich sie nicht.
»Ich bin noch lange nicht die Alte. Ich fange gerade erst damit an.«
In seinem Blick gärt die Enttäuschung wie ein schimmelnder Eintopf.
»Das heißt, du wirst nicht ... Du willst *so* bleiben?!«
»Hast du denn nie gemerkt, dass ich eine falsche Blondine bin?«
Er schnaubt. »Allerdings nicht! Und ich wusste nicht, dass man selbst daran schuld ist, wenn man einem Betrug aufsitzt!«
Lex ist laut geworden, und Tim sieht prüfend zu uns herüber.
»Betrug?« Ich muss lachen. Wieso eigentlich nicht. Ich habe Lex betrogen und ihm eine Frau vorgegaukelt, die ich gar nicht bin.
»Entschuldige«, sage ich, »das war dumm von mir«, ich muss immer noch lachen, und als er sich umdreht, sich auf einen der

Stühle stützt und sich vorbeugt, um die Zigarette in dem verwaschenen Ernte-24-Aschenbecher auszudrücken, klapse ich ihm auf den Hintern und sage: »Weißt du was? Ich hab mich irgendwie daran gewöhnt, ohne dich zu leben. Es ist vorbei.«

Der Stuhl rutscht unter ihm weg und Alexander fällt auf die Knie.

»Wie bitte? Du machst mit mir Schluss?«

»Oh, bitte. Machs nicht so dramatisch, Alexander.«

Ich widerstehe nur knapp dem Impuls, meine Erleichterung mit einem wilden Schrei und einer Beckerfaust hinauszuschleudern. Ich höre nur, wie Lex aus dem kleinen Imbiss geht. Klick, klick, machen die Nägel unter seinen Schuhen. Klick, klick, rastet wieder etwas ein.

Ich bestelle ein Bier. Ein alkoholfreies.

Ich glaube, ich habe mich gerade gründlich entlobt.

Mein »Jippiiiijeeeh« lässt den alten Mann, der bisher hinter dem Tresen ungerührt in seiner *Hürriyet* gelesen hat, zusammenzucken und aus halbblinden Augen zu mir aufschauen. »Auf die Freiheit, auf das Leben, auf die Liebe«, proste ich ihm zu. Er lacht zahnlos und freut sich mit mir. Er hat kein Wort verstanden.

Als ich mit Johannes anstoßen will, krümmt der sich schmerzgepeinigt und lässt sich auf einen Stuhl fallen. Seine Muskeln beben wie bei dem ersten Anflug eines epileptischen Anfalls. Sofort umringen wir ihn.

»Was ist? Ist dir schlecht? Hast du einen Anfall?«

»Ein Arzt! Wir brauchen einen Arzt«, ruft Polly, Mikki schreit, sie ruft angstvoll nach ihrem Papa, immer wieder, »Papa!«, aber da hebt Johannes die Hand und holt tief Luft. Ein Lachen bricht sich seinen Weg. Es ist das erste, was ich von ihm in den vergangenen Wochen gehört habe. Es ist eine wunderbare Melodie, es ist der Soundtrack des Lebens. Es gluckst und kullert und springt und lockt und kost, es ist großartig. Wir halten alle die Luft an und wagen nicht, zu sprechen.

»So hören sich also deine drei magischen Worte an, Helena … ›Es ist vorbei.‹ Wunderbar. Ich trinke auf dich und den glücklichen Mistkerl, der dich mal abbekommt! Ich trinke auf euch, ihr wunderschönen Frauen, und auf die Ehemänner, die euch kriegen, und ich spucke auf alle Versager, die euch verlassen haben. Helena! Es ist endlich vorbei!«

21

»Es ist noch lange nicht vorbei«, antworte ich auf Daphnes Frage, ob es schon jemanden als kommissarische Leitung gibt, für den Fall, dass ich ab zweiundzwanzigsten Dezember freigestellt bin.

»Ich möchte dich doch sehr herzlich bitten, mir nicht schon das letzte Hemd vom Körper zu reißen, wenn ich noch nicht mal kalt bin!«

»So meinte ich das gar nicht«, beeilt sie sich zu erklären, und ich fange einen Blick von Ben auf, der im Konferenzraum an der Wand lehnt und mich während der Ressortleiterkonferenz beobachtet. Er beobachtet mich, seit er in der Teeküche aus den Tiefen des Kühlschranks wieder aufgetaucht ist und mich Rohkost schnibbelnd am Tresen fand.

»Guten Morgen«, hatte er zerstreut gesagt, »Hallo«, hatte ich zurückgelächelt und in eine Möhre gebissen. Möhren. Und das mir. Aber Angelica und ich hatten Johannes' Speiseplan zusammen mit seinem Arzt aufgestellt, und irgendwie ist mir die Hälfte davon ganz lecker vorgekommen. Die andere Hälfte macht immer noch keinen Spaß.

»Helena! Warten Sie. Irgendwas ist anders mit Ihnen.« Sein Blick flog zu meinen Haaren, meinen Augen, über die Jeans und wieder hinauf bis zu meinen Augen. »Ah. Jetzt weiß ich es. Sie tragen flache Schuhe.«

»Gefällt es Ihnen, Herr Gerion?«

»Ja. Aber warum essen Sie? Das ist doch sonst nicht Ihre Art.«

»Dachten Sie bisher, ich werde vom Make-up am Leben gehalten?«
»Ist das alles echt oder irgendeine neue Show?«, argwöhnte er.
»Finden Sie es selbst raus«, hatte ich ihm vorgeschlagen.
Ich spürte, wie mir Ben auf den Hintern schaute. Unter der weißen Seidenbluse hüpften meine kleinen Brüste in ungewohnter Freiheit. Die Volontäre hatten beunruhigt in die Tasten gehämmert und beschäftigt getan, als ich ihnen in ihrer Kammer guten Morgen sagte. »Seien Sie nicht so eilfertig. Und kommen Sie um dreizehn Uhr in mein Büro.« Sie nickten zitternd. Kai-Arne, der Hübsche, Große, der mich ansieht wie Dustin Hoffman die Bankcroft in »Die Reifeprüfung«, legte mir die Auswertung der Zeitungen hin. »Die ... die ... Vermisstenaufrufe. Die aus Hamburg habe ich angestrichen.« Ich bedankte mich mit einem Wangenkuss.
Ich war durch die Redaktion gegangen und hatte jedem Mitarbeiter einen Termin gegeben, in viertelstündigem Abstand. Mehr ging nicht. Für das, was ich vorhatte, war es vielleicht schon etwas spät. Aber noch nicht zu spät.
Und jetzt spinnt Ben den Faden seines Augengarns bis zu mir.
Es sind noch viereinhalb Tage bis zum Redaktionsschluss für Heft eins. Das Heft, welches darüber entscheiden wird, ob ich gehe oder bleibe. Jo hatte mich gebeten, es durchzuziehen.
»Bis Weihnachten werde ich locker durchhalten«, hatte er mir versprochen. »Danach kannst du mir jeden Tag mit deinem Pflegefimmel auf die Nerven gehen, aber mach erst dein Revier klar.«
»Und sieh zu, dass du die Alte loswirst«, hatte Angelica gesagt.
»Ich dachte, Daphne und du, ihr wart mal Freundinnen?«
»Um Gottes willen. Das hätte ja bedeutet, dass ich ihr hätte nahestehen müssen«, hatte sie erklärt und mit Mikki weiter Adventssterne gebastelt. Adventssterne. Als Nächstes wollte sie mit Polly backen. Backen! Pulp-Fiction. Uma-Thurman alias Gattin

Ritter wurde zu einem Menschen, der sich nicht weiter fragte, ob Basteln und Backen Verrat an der feministischen Politik bedetete oder dem Sexappeal Abbruch tat.
Viereinhalb Tage. In den letzten Nächten war es mir endlich eingefallen, was FEMME fehlte. Und das ganz ohne Alkohol. Ich schiebe das Verlangen nach ihm immer um eine Stunde weiter. Die Lust bleibt. Die Hyäne wimmert.
»Meine Damen, meine Herren, die Eins könnte mein vorläufig letztes Heft sein. Ich werde mir die Freiheit nehmen, damit zu machen, was ich will. Und, Herr Gerion, ich denke, es wird Ihnen gefallen. Ein bisschen haben Sie mich nämlich darauf gebracht.« Ich atme ein und wage es.
»Wir reden seit Jahrzehnten über dasselbe! Aber auf Männern rumhacken ist out. Und den Mann als Retter des Lebens zu sehen auch. Dünnsein und Schönsein ist eine Zivilisations-Manie! Dieser antiquierte Schönheitswahn wird nie ausgereizt sein, gut, hatten wir ja schon mal, und das hier ist ein Rollback in die fünfziger Jahre! Wir haben Perfektion zur Religion erhoben! Das ist unserer Leserin zu wenig! Die fühlt sich nicht ernst genommen – und wollen wir nicht alle genau das: Ernst genommen werden? Wahrgenommen werden? Dass einer kommt und hinter die Maske sieht und sagt: ›Ach so, so bist du, ich verstehe dich!‹ Den Schmerz, die Unruhe, die Sehnsüchte?« Ben sieht mich an, als wüsste er, wovon ich spreche. Barbara kratzt sich am Kinn.
»Die Polarkappen schmelzen, Amerika wird von einem Zwergcowboy regiert, Frauen wird die Klitoris abgehackt, aber unsere Eloquenz erstreckt sich auf das Inhaltsverzeichnis eines Drogerie-Faltblatts! Wir betreiben verbalen Krebsgang, ermüdend, geboren aus der Furcht, Stellung zu beziehen und dann nicht mehr dazuzugehören. Zu was auch immer. Scheiß drauf, wer gehört sich selbst? Wir denken in Phrasen amerikanische Vorabendserien! Und wisst ihr was: Da mache ich nicht mehr mit.«

Meine Ressortleiterinnen sitzen mit offenem Mund vor mir.
»Wir alle haben ein Leben hinter uns. Geliebte Menschen sterben, Geschwister sind drogenabhängig, Mütter lebensfremd, Großväter unbelehrbare Nazis. In Familien wird über Geld und Leid geschwiegen. Was sollen denn die Nachbarn denken? Unser Sexualleben ist verkorkst, und manche haben nur unter der Dusche mit einem wasserfesten Vibrator Sex und hören dabei die Staumeldungen. Wir wollen das Leben revolutionieren, aber die Frisur soll dabei sitzen, wir wollen die Welt erobern, aber nur zwischen neun und siebzehn Uhr.«
»Kann es sein, dass du unter akutem Gesellschaftshass leidest und uns gerade damit anstecken möchtest?«, unterbricht Lukas meine Suada.
»Komm du erst mal in mein Alter«, werfe ich ihm hin. »Je kürzer der Weg ist, der noch vor einem liegt, desto weniger ist man für Illusionen zu haben.«
»Du mich auch. Der Teufel trägt Prada und die Engel H&M – oder wie?«
»Lukas, ich habe Spaß an Kleidern, am Ausgehen, am Sex und am Küssen und Schminken. Es ist sehr amüsant. Das ging auch jahrelang gut, ich war die perfekte FEMME. Ein Kunstprodukt. Unecht. Ich habe einen Orgasmus vorgetäuscht in der fatalen Annahme, mein echter sei langweilig.«
Lukas lacht laut auf. »Großartig, Helena, mach weiter. Da müssen wir nicht mehr den Blog lesen. Wusstest du, was er letzte Woche geschrieben hat: Du bist sexuell frustriert, heiratest einen jüngeren Mann, bist schwanger und überlegst, ob du dir den G-Punkt operativ vergrößern lassen sollst. Ich glaube, der Begriff Brötchen fiel, um zu beschreiben, wie der Schlitz so aussehen soll. Unappetitlich! Ach, ja, und es hieß, du hättest den Termin mit Danny Martini versoffen und deinem Fotografen die Schuld gegeben. Na ja. Hier hören wir wenigstens die Wahrheit, und die ist eindeutig unterhaltsamer.«

Ich werfe mit einer Möhre nach ihm.
»Beinahe hätte ich einen Mann geheiratet, den ich gar nicht heiraten wollte, einfach nur deshalb, weil ich mir vorstellen konnte, dass mir ein Brautkleid stehen würde! Und erst als mein bester Freund anfing zu sterben, bin ich aufgewacht. Ihm passiert das, wovor ich am meisten Angst habe. Und meine Probleme erscheinen mir dagegen lächerlich und klein.« Ich vermeide es, zu Ben hinzusehen.

»Mei, du bist ja krank.« Daphne schneuzt sich. »Hast plötzlich die Natürlichkeit für dich gepachtet und willst jetzt alle auf deinen Tick einnorden. So geht das nicht. Die Leserin will FEMME so, wie sie immer war. La Passion. L'amour. La Vie. Nix mit Tod, das ist unsexy. Wir wollen unterhalten, nicht missionieren! Auch für Unterhaltung muss Platz sein, Pädagogik ist so unspannend, so wenig lebendig.«
»Von La Vie hatten wir aber in letzter Zeit recht wenig, meine Liebe. Und ich sagte ja: Es ist *meine* Eins. So einfach ist das.«
»Komm schon, noch eine Beichte, und dann sagst du uns, wie wir dir deine Abschiedsvorstellung hinbasteln sollen.« Lukas hält abrupt inne. »Ich fürchte, nur wer nicht glücklich ist, hat Angst vor dem Tod.« Er lächelt unsicher.
Daphne rollt die Augen. »Ihr seid alle trübsinnig. Und jetzt sag's halt. Was ist denn so furchtbar?« Mit ihren verschränkten Armen schiebt sie ihre Brüste noch ein wenig mehr zusammen. Ich wette, wäre sie ein Mann, würde sie sich mit 50 einen Motor in ihren Penis einsetzen lassen.
»Na, schön. Ich bin in Ben Gerion verliebt.«
Alle Köpfe schwenken zu ihm.
»Was? In mich? Wieso das denn?«
»Irrationale Sehnsucht, Herr Kollege. Quasi eine hormonell bedingte Manie, ähnlich der Geistesgestörtheit. Nehmen Sie es nicht persönlich. Es sind meine Östrogene. Ich steh einfach total auf Sie.«

Ben steht da mit einem Gesicht, das sekündlich die Farbe wechselt. Erst tapetenweiß, dann sonnenuntergangsrot, bis es sich wieder bei seinem sanften Teint einpendelt. Ein Gesicht wie aus Kirschholz geschnitzt. Ein Gesicht, von dem ich mir vorstellen könnte ... Stopp, stopp.

»Gut. Ich denke, damit gehört mir die Eins.«

Lukas pfeift auf zwei Fingern, und Barbara und Filumene klatschen, Nini, Angelicas Stellvertreterin, Französin und eine lispelnde Brillenträgerin mit ernstem Gesicht, auch. Helga, meine Bildchefin, zwinkert mir zu.

Nur Marlies seufzt einmal heftig und sagt, »Ich war bis vor kurzem auch in Ben Gerion verliebt«, klopft dann auf den Tisch und lächelt mich freimütig an.

Daphne sitzt da wie ein Kloß und presst ihre Brüste hoch.

»Jetzt zu unserem Produkt. FEMME fehlt eine natürliche, variable Weiblichkeit. Keine gespielte. Wir könnten es der Leserin leicht machen, es sich leicht zu machen mit sich. Perfektion ist der Makel. Wer perfekt ist langweilt. Ängstigt. Überfordert. Nervt. FEMME nervt, so wie sie jetzt ist. In der Eins werden wir nicht nerven. Sondern leben. Erst wer unperfekt ist, ist perfekt. Schenken Sie mir knapp fünf Tage Ihrer Zeit, und danach können Sie ja wieder machen, was Sie wollen – das sollte jeder sowieso viel öfter tun.«

Jetzt trommeln sie mit den Füßen und Händen, Daphne hält sich die Ohren zu, und Ben hat die Hände in den Taschen vergraben und schaut mich an. Er lächelt, er strahlt, seine Diamanten sind geschmolzen zu einem wahnsinnig blauen Himmel, mit dem er mich jetzt übergießt.

Ich denke an Jo und wünschte, er wäre hier. Denn ich tue es für ihn. Ich wäre gern an seiner Stelle, dann hätte mein absurdes Leben ein Ende, und Angelica hätte ihren Mann.

Ich schlucke dreimal und taste nach dem Guavensaft. Lukas schiebt ihn mir sanft herüber.

»Ist schon gut«, sagt er sehr leise, »mein Exfreund hat HIV. Wir leben zwei Leben, dieses hier, das PR-Leben, und das andere. Die Wirklichkeit. Das eine ist verkäuflich, das andere vergänglich. Nimm das verkäufliche Leben nicht so ernst wie das vergängliche. Was wir drucken, lenkt die Leser ab. Es lindert die Qual des Belanglosen. Wie Medizin gegen Trostlosigkeit. Es ist Unterhaltung. Keine Religion. Hm?«

»Wir machen eine neue Modestrecke«, wirft Nini silbenstrauchelnd ein: »Eine Samstagnachmittag-mit-dem-Liebsten-dem-Kind-und-dem–Hund-spazieren-gehen-Look an die Elbe. Weiblisch, natürlisch, ünperfekt. Aber ziemlich schick. Und die Models tragen alle Größe vierzig und zweiundvierzig!« Sie sieht uns an, als hätte sie gesagt: »Wiegen zwei Zentner.«

»Eine unserer Edelfedern könnte einen Vierseiter schreiben über die Sucht nach Perfektion und die Entspannung, wenn man akzeptiert, dass es nicht immer rund laufen muss«, wirft Filumene ein. »Perfekt unperfekt. Tut der Seele gut und macht hübsche Lachfalten.«

»Und gegen Schönheits-OPs. Ich will nicht wissen, wie das geht, sondern warum jemand das macht! Vulva-OP, Zehen-OP, Nabel-OP, Brüste aufplustern mit fünfundsechzig: unnötig. Es lebe das Leben!«

»Ich finde das auch gut«, sagt Gerion, »falls das hier jemanden interessiert. Helena, Sie werden mir doch glatt sympathisch.«

»Das war nicht meine Absicht.« Ich ertappe mich dabei, wie ich ihn anhimmle.

Daphne wird immer blasser.

»Und beim Sex könnten wir eine Story schreiben lassen über die Lust an der Vertrautheit. Eine Art Plädoyer für unverkrampften Sex ohne großes Schleifchen drum – und sei es nur einmal die Woche.«

»Haaaaa!« Lukas quiekt erschreckt auf. »Einmal nur?«

»Auf mehr kommen die wenigsten!«, korrigiert ihn Marlies.

»Und hast du auch an eine Seite für die langweiligen, frustrierten Vorstadtsekretärinnen gedacht?«, fragt Daphne kalt.
»Die könntest du übernehmen«, schlage ich vor, und fast tut es mir leid, als die Redaktion zu lachen beginnt. Sie lachen über Daphne.
»Ich freu mich auf die Eins. Für einen Tag werde ich Sie allein lassen. Ich fliege nach Rom. Wir brauchen noch ein großes Männer-Interview.«
»Und Danny gibt dir jetzt noch eine Chance? Trotz Paris?«
Daphne betrachtet ihre Fingernägel.
»Gibt er. Manche verdienen sie. Andere nicht. Um genau zu sein: Arschlöcher verdienen keine zweite Chance.«
Daphnes Blicke und meine kreuzen sich wie zwei Florettklingen in der Luft. Dann stehe ich auf und verlasse den Raum, um den ersten Viertelstundentermin wahrzunehmen.
Hanne schickt mir den ersten rein. Ronald Alisch, Schlussredakteur. Ich habe ihn seit Monaten nicht mehr gesehen. Er ist 58 und hat noch Mildred erlebt, meine Vorgängerin, und auch deren Vorgängerin Chantal – und den allerersten Chef, der heute beim *Stern* ist.
»Na, Boss, lang nichts mehr gehört«, sagt er und setzt sich in den Besucherstuhl. »Was ist los, bin ich zu alt geworden für den Job hier?«
Ich sehe Ronald in die Augen. »Nein. Ich will wissen, wie es Ihnen geht. Was Ihnen nicht passt und ob Sie eine Idee haben, was wir besser machen können. Sie haben fünfzehn Minuten. Es tut mir leid, dass ich Sie nicht früher gefragt habe. Reden Sie einfach drauflos.«
»Oh, mir, mir geht es gut! Ich warte seit dreißig Jahren darauf, dass mich mal einer fragt, was ich ändern würde.« Seine grauen Augen unter den dicken Brauen funkeln. Er lehnt sich zurück, faltet die Hände über seinem graugrünen Strickpulli und schließt die Augen. »Lassen Sie mich das für einen Augenblick genießen.

Und holen Sie einen Block raus, junge Dame, ich hätte Ihnen da einiges vorzuschlagen. Beginnen wir mal bei der Sprache, die sich so anhört, als machten wir Werbung, anstatt zu berichten …«

Stunde um Stunde vergeht, und ich muss Hanne mehrere Male um einen neuen Block bitten. Die Schrift, die Sprache, die Bilder, die Themen. Ich weiß jetzt mehr über die Sorgen und Bedürfnisse anderer, als ich je gewagt hatte, zu erfragen. Ich bedauere, zu selten zugehört zu haben.

Um 18 Uhr habe ich Hunger. Der letzte Termin sitzt da, Kira Zeidlinger, eine Grafikerin. »Bilder schön und gut, aber oft hören die Texte auf, wenn es gerade interessant wird. Und wenn, dann sagen immer nur Experten was, ich meine, haben die Autoren denn selbst keinen Menschenverstand?«

Ich begreife, dass ich dem Cheffehler aufgesessen bin. Zu meinen, andere könnten nicht über ihren Aufgabenbereich hinaus denken. Wie hatte mir das passieren können?

»So, wie dir alles im Leben passiert ist. Du hast nicht nachgedacht, sondern dich nur machen lassen. Wusstest du nicht, dass ein Leben von den Menschen gemacht wird, mit denen man es führt?« Richterin Gnadenlos erhebt sich halb von einer Massagebank und rattert mir dieser Information hin, bevor sie sich wieder hinlegt.

Das werde ich mal Doktor Liebling erzählen müssen.

»Du brauchst keine Therapii-iieh«, schnauzt mich Gnadenlos an, »du brauchst …« Aber das verrät sie nicht, denn Ben steht in der Tür.

»Verzeihung, haben Sie einen Termin?«

»Ich hätte gern einen Dauertermin«, erwidert Ben. Wieder diese Scheinwerfer, die blauen, hellen, warmen Lichter seiner Augen. Darin sehe ich weites Land.

Dann nimmt er seine Brille ab und wird schöner, je länger ich ihn ansehe. Mir fallen immer mehr Dinge auf, die ich an ihm schön finde. Seine Augenbrauen. Der kleine Leberfleck an der Wange. Die Kerbe. Die Lachfältchen um seine Augen. Die schiefe Nase. Der Mund. Nicht wirklich schön. Aber es ist der schönste Mann, den ich je gesehen habe. Ich gehe auf ihn zu. Bis wir fast Mund an Mund dastehen. Ich atme ein, ich atme aus, und er beugt sich zu mir, seine Lippen …

Hanne klopft an den Türrahmen und reicht einen Papierausdruck herein. »L'homme des femmes et la femme fatale. Man wartet gespannt auf das Baby. Glückwunsch, ihr beiden habt ein Verhältnis.«

Wir trennen uns hastig wie ein gespaltenes Stück Holz.

»Und du hast eine Zuckerstange hinter dem Ohr.«

»Von Tim«, jauchzt Hanne und schüttelt sich wohlig. »Und außerdem steht in dem Blog ein Link zu einer Travestieshow. Wusstest du, dass Alexander, dein Exverlobter, eine blonde Transe zur Freundin hat?«

»Huch.« Das war jetzt aber etwas viel an Neuigkeit. Ich starre auf den Text des Bloggers *Angels Eye*. L'homme des femmes …

»Ich habe eine Idee«, sage ich und folge dem Schatten eines Einfalls.

»Ich glaube, ich auch«, sagt er.

»Wir machen eine Ausgabe, die vorne die FEMME ist, und hinten …«

»… ist FEMME ein HOMME.« Ben lächelt und seine Finger streicheln meine. Das Knistern zwischen ihnen ist wie Seide.

»Weißt du, was das bedeutet?«, frage ich.

»Das heißt mehr Arbeit, und ich muss ein paar Kollegen anrufen, damit die deine Themen aufgreifen und auf Mann drehen …«

»… die Modestrecke können wir uns teilen, und du als Mann könntest über das Thema ›Sollte Mann Liebe und Sex trennen?‹ schreiben …«

»… und wir führen zwei Interviews mit Martini.«

»Moment mal.« Davon bin ich nicht ganz überzeugt.

»Bitte. Du kannst nicht verlieren. Meins wird nicht besser sein. Ich bin nur ein Mann!« Das Nur ist die Untertreibung des Jahrhunderts.

Ich lege meine Arme um seinen Hals. »Ben.« Mehr schaffe ich nicht.

Es ist ein weicher, zärtlicher erster Kuss, so perfekt wie Kirschen zu Milchreis passen. O Gott, lass es aufhören. Es hört auf.

»Wieso streiten wir eigentlich immer?«, fragt er leise an meinem Ohr und zieht mich an sich, nur ganz zart.

»Weil ich den ganzen Tag an dich denken muss.«

Und doch. Ben ist ein verbotener Mann. Er ist zu verheiratet. Ich kann das nicht. »Ich kann das nicht«, wiederhole ich laut und schiebe ihn weg. »Lassen Sie uns zum Sie zurückkehren.«

22

Polly hat einen Entschluss gefasst. »Du bist meine Familie, Helena. Du und Mikki und Jo und Angelica und Frau Roosenbaum und deine drei Freundinnen. Und Jackie auch.« Sie hebt den Hund auf ihren Schoß. Jackie schnappt nach dem Musselinhalstuch. Polly schiebt die vom schmucken Kai-Arne zusammengesuchten Zeitungsausschnitte mit den Vermisstenaufrufen der Gerichte und Notare auf dem Küchentisch hin- und her.

»Willst du denn nicht wissen, wer du bist?«

»Weiß ich doch! Tante Polly!« Sie zupft an dem Basilikumbusch und klaubt schlaffe Blättchen ab.

»Aber du musst doch Freunde haben. Kinder, die dich vermissen. Und die es furchtbar finden, vergessen zu werden. Ich werde immer das Kind meines Vaters sein, immer. Ich kann es kaum ertragen, dass er mich manchmal ansieht und mit mir flirtet, weil er denkt, ich sei irgendeine hübsche Larve. Er weiß nicht mehr, dass er mir das Schwimmen beigebracht hat, er erinnert sich nicht mehr daran, wie er mich auf den Flügel gehoben hat, damit ich die Musik in meinem Bauch spüren konnte, die er spielte. Wenn er das vergisst, ist es so, als sei es nie gewesen.«

Polly hat den armen Busch jetzt ganz entblättert. Nun greift sie resolut nach dem Pudding. »Ich will nicht. Ich bin glücklich, Helena. Glück ist zerbrechlich. Ich will es nicht aufs Spiel setzen. Hier ist das Leben, das mir gefällt. Und manchmal zwingt uns das Leben Wege auf, die wir selbst nie gefunden hätten.« Ihr Löffel kratzt am Boden des Schüsselchens. Zitronenpudding.

»Und was ist, wenn es da einen Mann gibt, dem du fehlst? So sehr fehlst, dass die Sonne in seinem Leben nicht mehr scheint?«

»Ach, Schnickschnack. Vor dem wäre ich wohl kaum davongelaufen. Wahrscheinlich ist er ein buckliger, aus dem Mund riechender Kerl mit Hühneraugen.« Polly knallt das Schüsselchen heftig auf die Platte. »Nein. Meine Familie ist hier. Hier habe ich alles, was ich brauche. Ich habe mich an dich gewöhnt. Auch wenn du völlig verrückt bist. Oder soll ich lieber gehen? Ist es das, was du mir sagen willst?«

Ich denke kurz über diese Alternative nach. »Nein. Bitte bleib.«

»Du musst aber gehen, meine Liebe. Parti a Roma, dolce vita, bella Italia, mangiare. Und wer weiß? Amore …« Sie krault jetzt Jackies Ohren. »Piccolo cane, una piccola sensazione, mio caro …«

»Wieso kannst du Italienisch?«

»Ich habe keine Ahnung. Grüß Daiquiri von mir.«

Ich ziehe den Ledermantel an, nehme den kleinen Koffer und meine Handtasche, und gehe nochmal zurück in die Küche.

Polly hat ihre Finger auf die Zeitungsausschnitte gelegt. Ihr Blick ist nach innen gewandt und ich warte ab, bis sie zurück ist aus ihrer Welt. Irgendwann hebt sich ihr Blick und die Verlorenheit gleitet wie Wasser von ihren Wangen, verläuft sich im Nichts und sie lächelt mich an. »Fehlt dir was?«, frage ich.

»Nein. Nichts. Nur meine Jugend.« Sie lächelt flüchtig. »Bis morgen«, sagt sie dann. »Ich hab dich lieb, Helena Levy.«

»Ich hab dich auch lieb, Polly«, flüstere ich und küsse sie auf ihren Scheitel, der eine verletzliche Kopfhaut durchschimmern lässt.

Ich merke es erst, als ich im Taxi zum Flughafen sitze: Ich habe vergessen, in den Spiegel zu sehen. Ich weiß nicht, wie ich aussehe.

»Der Straßenverkehr in Rom ist, mit unseren Maßstäben gemessen, chaotisch. Die Römer pflegen einen elastischen Fahrstil, sie weichen eher nach links oder rechts aus, als dass sie bremsen, und sie sehen eine rote Ampel als unverbindlichen Ratschlag an.«

Ben hat seine Hand auf meine gelegt, als ich mich am Pantheon in sein Knie gekrallt habe. Unser Chauffeur flucht unermüdlich. Ich bin noch nie in Rom gewesen und erschlagen.

Ben versucht, mich mit Konversation abzulenken. »Schade, dass wir keine Zeit haben. Wir könnten zum Kapitolsplatz ins Museum gehen und uns Amor und Psyche ansehen.«

Ein weißer Lancia weicht uns elegant, aber permanent hupend aus, der Fahrer könnte für Armani laufen, er zeigt beim Grinsen 32 weiße Zähne, nur oben. Unser Chauffeur beschimpft ihn und dreht dann das Radio lauter. Adriano Celentano singt: »Nata per me.« Als ob er hofft, seine Worte würden vom Wind aufgefangen und an das Ohr seiner fernen Geliebten getragen werden. Der Chor der Mädchen ist weich und klingt so fein und sirrend, als ob eine Gazegardine durch einen Spalt zu einer geträumten Erinnerung gleitet. Die Geigen des Orchesters begleiten ein Schiff ohne Kapitän über einen tiefen, endlosen Ozean. Es ist ein Lied, hinter dem Rom zurückweicht und wie ein Film vorbeigleitet.

Bens Stimme ist ruhig.

»Psyche war eine so schöne Königstochter, dass jeder sie bewunderte und dabei die Verehrung der Schönheitsgöttin Venus vernachlässigte. Wütend befahl Venus ihrem Sohn Amor, das Mädchen in einen hässlichen Mann verliebt zu machen. Doch Amor selbst verliebte sich in Psyche. In der folgenden Nacht gesellte er sich unerkannt als Bettgenosse zu ihr, verbot ihr aber, ihn anzusehen. Psyche konnte bald ihre Neugier nicht länger zügeln und griff zu einer Öllampe. Als sie das Licht entzündete, um herauszufinden, warum sie fühlte, was sie fühlte, sah sie den wunderschönen Amor in ihrem Bett. Er entfloh. Die verzweifelte

Psyche suchte die Liebe fortan vergeblich, doch niemand half ihr – aus Furcht vor der eifersüchtigen Venus.«

»Die schöne Venus war eifersüchtig auf Psyche?«

»Allerdings. Und die Liebe, Amor, entfloh, als die Ratio, in Gestalt der Psyche, sie zu ergründen versuchte.«

»Und was sagt uns das, werter, vielwissender Kollege?«

»Dass wir soeben wieder mal unser Verhältnis geklärt haben.«

Der Wagen schlängelt sich den Corso hinab, ich erhasche einen Blick auf die Spanische Treppe und die Trinitá dei Monti-Kirche, bevor wir viermal abbiegen und das Hotel Dei Mellini in der Via Muzio Clementi erreichen.

Als ich aussteige, kann ich die Stadt riechen. Sie riecht ... pastellblau. Ein graublauer Winterduft, von Brötchen und Kaffee, die Hektik wird von Sinnlichkeit gelindert. Er ist anmutig, riecht nach Zypressen und Küssen – so riechen Steine, wenn der Schatten auf sie fällt, den Engel mit ihren Flügeln schaffen.

Der Rezeptionist redet italienisch und ist enttäuscht, dass ich ihn nicht gleich verstehe. »Sie sind keine italienische Signora?«, fragt er in schlichtem Englisch. »Habe ich gedachte, haben Sie genauso Feuer in die Augen wie unsere Frauen.«

Er gibt uns zwei Zimmer im sechsten Stock mit Blick über die Stadt und zur Kuppel des Petersdoms. Ich putze mir rasch die Zähne, ziehe ein tailliertes Hemd meines Vaters aus den 70er Jahren über, stopfe es nachlässig in die Jeans, fahre mir mit dem nassen Kamm durch die Haare und ziehe den Kajal nach.

Eine halbe Stunde später sitzen Ben und ich bei einem zweiten Espresso im Caffé Greco in der Via Condotti.

Rom ist eine verworfene, eine sinnliche Stadt, man kann sie nicht mögen, nur ihr verfallen. Die Fassaden drängen sich wie Leiber aneinander, die kurvennasigen Römerinnen flanieren und die Römer werfen Blicke, manche stolzieren, andere fließen, sind in bedeutsamen Ernst versunken, und ich muss an Maiglöckchenwein denken.

»Filipo Miller hat hier gern seinen kleinen Schwarzen getrunken«, klärt mich Gerion auf und nippt an seiner Tasse, Milchschaum auf seiner Oberlippe.
»Aha.«
»Das war Goethes römischer Deckname.« Er leckt sich die Crema fort.
Ich muss unanständig laut lachen, und der Barista schaut herüber, sein Lächeln spiegelt sich in dem blank gelaufenen Fußboden des über 200 Jahre alten Caféhauses mit den grün-braunen Stühlen.
»Ich liebe es so, wenn du lachst.« Bens Blick ist warm. Fasziniert beobachte ich, wie sich sein Gesicht verändert. Da ist es wieder. Dieser einzigartige Ausdruck, wenn Ben mich anschaut.
»Schau mich bitte nicht so an«, bitte ich ihn. Es ist eine Bitte, die ich nicht so meine, eigentlich will ich darum bitten, es ertragen zu können. Ben nimmt meine Hand und summt »La vie en rose«.
Ich weiß nicht, woher ich den Mut nehme, aber ich singe diesem Mann ein Lied, »La vie en rose«, mit einem Text vor, den mir meine Mutter beigebracht hat. Denn wenn ich mich fürchte, muss ich singen, nur tue ich es zum ersten Mal vor einem Mann, der nicht Jo ist. »Schau mich bitte nicht so an, du weißt es ja, ich kann dir dann nicht widerstehen. Schau mir nicht so auf den Mund, du kennst genau den Grund. So kann's nicht weitergehen ... Schau die Leute ringsumher, sie wundern sich schon sehr. Wir sind doch nicht allein. Was mir dein zärtliches Lächeln verspricht, sollst du, erst wenn wir alleine sind, haben ... Schau mich bitte nicht so an, du weißt es doch, ich kann nicht widerstehen.« Röte kriecht mir den Hals hinan.
»Ahhhh, amore, amore«, fängt ein Italiener neben uns an zu schwärmen. Er hat sich als Künstler verkleidet, denn wir sind in einem Künstlerlokal, da sind immer alle, nur keine Künstler, und Ben hat einen feuchten Glanz in seinen Augen. Er streicht mir über die Wange, und ich lehne mich in seine Hand.
»Wie schön du bist.« Seine Stimme ist rau und verletzlich. Ich

streiche mir instinktiv durchs Haar und kneife die Pobacken zusammen. »Ich meine ... keine Schönheit.« Meine Hand wird kalt. »Du bist schön, wenn du singst. Wenn du lachst. Wenn du aus dem Zimmer kommst und ich weiß, du hast gerade über Rom geschaut, und die Wucht des Anblicks ist noch in deinem Gesicht zu lesen. Du bist schön, wenn du nachdenkst und wenn du Angst hast. Wenn du lügst und wütend bist, dann bist du ganz besonders schön. Das ist fatal, denn dann verliebe ich mich wieder in dich, obgleich ich mir vorgenommen habe, das nicht zu tun. Du hast es mir oft leicht gemacht, dich nicht zu mögen, wenn du dich verkleidet hast und kriegsbemalt und auf du-kannst-mich-mal gemacht hast.«

Was bilden sich Männer ein, dass sie darüber urteilen, wie Frauen sich anziehen und wie sie sind? Was glauben sie, was sie mit dem Kundtun ihrer ach so wertvollen Meinung bewirken?

»Oh, du hast ja so recht, sag mir, was ich noch ändern soll, damit ich dir gefalle!«

»Das warst nicht du, Helena, nur ein Versuch.«

»Erzähl mir nicht, wer ich bin und wer nicht.«

»Geht das schon wieder los?«

»Beschwer dich jetzt bitte nicht bei mir, dass du mich gekränkt hast!«

Ben lässt sich mit einem resignierten Stöhnen nach hinten sinken.

»Gut, dass wir das Interview nicht zusammen machen.«

»Ja. Gott sei Dank.«

Ben macht dem Kellner das Zeichen für die Rechnung: Mit einem Finger ahmt er in der Innenseite der anderen Hand einen schreibenden Kuli nach. Wir bezahlen ein bisschen zu viel, aber dafür gehen wir dann auch schweigend die Spanische Treppe hoch. Wir schweigen, während über der Ewigen Stadt die Sonne beginnt unterzugehen und die Häuserfassaden in Gold und Orange glänzen, und wären wir jetzt glücklich, dann wäre es ein unvergesslicher Abend.

Aber so vermeiden wir es, uns anzusehen. Das ist unser neues Spiel: Wer kann am elegantesten am anderen vorbeisehen? Und das schaffen wir zwei Kilometer lang bis zum St. Regis Grand Hotel, wo uns Gio, Dannys Beschützer, Fahrer und Zeitvertreiber in der pompösen Jugendstil-Halle in Empfang nimmt. Kristallleuchter aus Muranoglas, Fresken, antike Möbel, die Decke ist wie eine Butterdose geformt und mit Jugendstilfenstern durchsetzt. Es erinnert mich an das Ritz in Paris, aber das ist kein Wunder, auch dieses Hotel hier wurde von César Ritz entworfen.

»Wir gehen einen trinken. Viel Spaß. In einer Stunde bin ich dran«, sagt Ben, schafft es, an einen Punkt über meine Schulter hinweg zu den Palmwedeln in den Amphoren neben den Belle-Epoque-Stühlen zu schauen und dann in der »Le Grande Bar« des Luxushotels an der Piazza della Repubblica zu verschwinden. Gio schaut mich über seine Machosonnenbrille hinweg an, so als wolle er sagen: »Ihr solltet einfach miteinander ins Bett gehen statt hier so rumzuzicken.«

Ich finde den Weg durch das mit reich bestickten, blauen Teppichen ausgelegte Treppenhaus. Gusseiserne Ornamente zieren das Geländer, Gobelinwandteppiche stellen alte Stadtansichten von Rom dar.

Wir sehen uns lange an, Danny und ich, als er die Tür öffnet. Er trägt einen leichten italienischen Anzug in zartem Dunkelbraun.

»Ich kenne Sie«, sagt er dann langsam. »Und ich kenne das Hemd.«

»Von meinem Vater.«

»Sie mögen ihn?«

»Ich liebe ihn.«

»Früher habe ich Frauen, die ihren Vater lieben, als seltsam empfunden. Als ob ich mit ihrem tollen Dad konkurrieren müsste.«

»Und heute?«
»Konkurrieren ihre Dads mit mir.«
»Denken Sie, Sie wären ein guter Schwiegersohn?«
Danny Martini lächelt das Lächeln, das Brad Pitt so eifersüchtig macht. »Fragen wir Ihren Vater. Wenn Sie mir erzählen, warum Sie so anders aussehen. Wenn Frauen ihr Haar abschneiden …«
»… fangen sie ein neues Leben an, genau.« Ich ziehe den Ledermantel aus, er nimmt ihn mir ab und legt ihn sorgsam über einen

mit cremefarbener Seide bezogenem Stuhl. »War er ein Arschloch, der Kerl, wegen dem Sie das getan haben? Wegen dem Sie Ihre Maske gegen ein Gesicht getauscht haben?«
Ich muss lachen, es ist ein ernstes Lachen.
»Halten Sie mich für ein Arschloch, Mrs. Levy?«
»Miss. Und, nein, das tue ich nicht.«
»Die meisten Schauspieler sind keine Arschlöcher, sie sind lediglich von Arschlöchern umgeben. Deswegen halten viele Leute Schauspieler für Arschlöcher.« Danny gießt mir einen San Pellegrino ein und betrachtet sinnend die Hermès-Shampoo-Fläschchen, die er auf der schwarzen Chaiselongue der Designer-Suite gelegt hat.
»Sollte es so sein, kann ich nichts dafür. Mein Assistent behandelt jeden Menschen mit einer unerträglichen Arroganz, dass es mir beinahe peinlich ist. Und selbst meinen Fahrer finden die meisten Leute widerlich. Gio schafft die Strecke Como–Rom in etwas mehr als drei Stunden. Wer das Tempolimit einhält, benötigt knapp sechs.«
Seit drei Jahren befindet sich Martinis Erstwohnsitz am Comer See: eine 15-Zimmer-Villa mit Park, Riva Boot am Anleger, Tischtennisplatte auf der Terrasse und etlichen Schlafzimmern.
»Manchmal versuche ich es auszugleichen. Es kommt bei fast jedem Restaurantbesuch vor, dass eine Frau mich um einen Kuss bittet, und weil ein Mann einer Frau eine solche Bitte nicht abschlagen soll, wenn er sie nicht kränken will, sage ich ja. Dann

schießt ihre Freundin ein Foto mit der Minikamera des Mobiltelefons. Zwei Minuten später ist das Bild im Internet, und ich habe die nächste Affäre. Aber ich glaube an das Gute im Menschen, besonders im weiblichen.« Er hat sich auf der Chaiselongue ausgestreckt, während ich mich im Schneidersitz auf das Bett gegenüber gesetzt habe. Das Band läuft.
»Und Sie? Glauben Sie auch an das Gute im Menschen?«
»Ich glaube, dass Gut sein ein ewiges Wünschen ist, bei dem uns das Leben ständig in die Quere kommt.«
Er grinst sein lukratives Lächeln. »Was ist nun mit Ihren Haaren?«
Ich überlege, wie ich es erklären soll. Dann ziehe ich ein Stück Zeitung aus meiner Handtasche. Ein Foto von mir in der BILD-Zeitung. Ich hatte es mir ausgeschnitten, um mich daran zu erinnern, dass ich mit 35 eigentlich woanders hatte sein wollen als auf der Rückseite eines Boulevardblatts, worauf andere ihr Mittagessen in Plastikschalen abstellten und dabei über meine Brüste redeten.
Er kneift leicht die Augen zusammen. 46 Jahre gehen auch an dem sexiest man alive nicht vorbei. »Sexsymbol, hm?«
»Selber.«
»Ist auch nicht abendfüllend.«
»Erzählen Sie mir davon.«
»Fangen Sie an, Helena of Troy.«
Ich finde es charmant, dass er es so hindreht, als ob zwei Sexsymbole in ihren besten Jahren in einem Zimmer hockten und sich beichteten, wie sie alle da draußen an der Nase herumgeführt hatten. Der arme Mann weckt Begehrlichkeiten bei Frauen auf der ganzen Welt, die ihm hinterherreisen, ihn anrufen und vorlügen, sie seien 15-jährige Schulmädchen, die an Leukämie erkrankt seien.
Ach, ja, wir geplagten Ikonen! Dabei sitzt nur eine im Raum, respektive fleezt – und das ist er.

»Solange man ein Sexsymbol ist, wird man nie man selbst sein. Jeder träumt sich etwas in das Gesicht, in den Körper, in die Worte hinein. Bis so viele fremde Träume an mir hafteten, dass ich selbst keine eigenen mehr hatte.«
»Aber bringen Sie das nicht anderen Frauen in Ihrem Magazin bei? Wie Sie Träume bei Männern wecken? Phantasien – interessanter als die Realität?«
»Solange man glaubt, dass diese Phantasien Wirklichkeit werden könnten, ist das kein Problem. Es ist ein schönes Spiel.«

»Der Messias Sex hat nicht funktioniert?«
»Weder fünf Kilo weniger auf der Waage noch ein größerer Busen oder das richtige Kleid werden mein Leben verändern. Ihres etwa?«
»Ich sollte das mal mit dem Kleid probieren. Aber Sex bringt Geld. Ansonsten sitze ich rum und kann eine Frau nicht mal angucken, ohne dass sie sich gleich anders hinsetzt und mich betont ignoriert oder betont anschwärmt. Ich bin nicht mehr nur ein Mann, ich bin Danny Martini. It's a sexy lifestyle, but no Life.«
»Sie können sich aber die Jobs und die Frauen aussuchen.«
»Wenn man nichts anderes vom Leben will, ist das in Ordnung. Aber das reicht mir nicht. Ich will noch etwas anderes. Aber ... ich weiß nicht. Oh, wie dämlich höre ich mich an, ich habe Geld, ich habe Arbeit, ich könnte Sex und Liebe bekommen ... und suche! Hey, mal ehrlich: Wem würde ich mit diesem Luxusproblem wohl leid tun?«
»Sie wollen kein Mann für viele sein. Sondern einer für eine. Sie wollen sich sicher sein, um ihrer selbst geliebt zu werden, nicht um ihre Symbolkraft. Aber das will jeder.«
»Sind Sie eine Frau für einen?«
One-Man-Woman. Ein schöner Ausdruck.
»Keine Ahnung. Ich weiß nicht, ob ich es lange aushalten könnte. Wenigstens wird Martini nicht als Luder oder Schlampe wahrgenommen.«

»Sexsymbole werden bewundert, aber Frauen stehen mit einem Fuß in der Kloake der Promiskuität und mit dem anderen auf dem Altar. Ich glaube kaum, dass Männer je als Schlampen bezeichnet werden. Ich entschuldige mich an dieser Stelle für unsere Dummheit.«
»Wissen Sie, wer ein everybody's sexy darling ist und sich deswegen nicht ernst genommen fühlt, kann das ändern. Oder genießen.«
»Sie haben es nicht genossen. Warum?«
Absofuckinglutely no. Ich atme tief ein und aus. Wieso habe ich es nicht genossen? Eine Zeit lang, ja, natürlich. Es wert zu sein, begehrt zu werden, hat seinen törichten, süßen, giftigen Reiz. Es verspricht so unendlich viel, ein reiches Leben.
»Weil es die Seele verstümmelt. Weil Schönheit einsam macht. Weil ... ich nicht geliebt werden will für etwas, was vergeht, Jahr um Jahr. Das ist zu wenig. Viel zu wenig.«
»Marilyn Monroe hat einmal in etwa gesagt: ›Ich habe Angst vor diesen Leuten. Wenn sie einen so sehr lieben, ohne einen zu kennen, dann können sie einen genauso tief hassen.‹« Martinis Stimme rollt sich ein.
»Vielleicht wird der Mensch immer Schönheit von Seele und Klugheit trennen? Damit ein Mensch, der schön, sexy und liebenswert ist, nicht so unerträglich ist ... Deswegen muss das Busenwunder dumm sein, die Femme fatale berechnend, der Vamp kalt, die Schönheit altern. Ausgleichende Gerechtigkeit.«
»Schreiben Sie, ich hätte das gesagt. So etwas Kluges traut mir keiner zu.«
»Armes Sexsymbol.«
»Vielleicht brauchen wir die Schönheit, um das Hässliche überhaupt erst sehen zu können? Um es zu ertragen? Um es ändern zu wollen? In etwas nicht mehr ganz so Hässliches?«
»Mag sein. Aber wieso mache ich dann eine Frauenzeitschrift, wieso kein Straßenmagazin?«

»Weil die Leute nicht belehrt, sondern verführt werden wollen. Kann man Kälte sehen? Nein. Kann man Liebe sehen? Nein. Aber beides spürt man. Doch an etwas zu glauben, was man nur spürt, ist schwierig. Sie wollen es sehen, um es ernst zu nehmen. Und sichtbar ist nur Schönheit.«

»Keinen Sinn für Schönheit zu haben hieße wenigstens, gelassen zu sein.« Wir stoßen mit San Pellegrino an. Das Band läuft, aber keiner spricht. Ich greife mir in den Nacken.

»Und jetzt erzählen Sie mir bitte, wie Sie in mein Hotelzimmer in Paris kamen und wieso Sie heute Ihr Haar kurz tragen.«

Ich schließe die Augen, als ich Martini die Wahrheit beichte, ihm von Paris erzähle und dem Versuch, zu hassen, um nicht mehr zu lieben.

Martini hat sich auf der Chaiselongue vorgebeugt. »Er hat was? Einen Zettel geschrieben, in meinem Namen? Und Sie dann … what's his name: Pawel Asshole? Ich komme nach Hamburg und bringe ihm Manieren bei! Ich bin nächste Woche bei einem Koch, J. B. Kerner oder so, in Hamburg. Sie zeigen mir Bronski und ich zeige ihm Lucius.« Lucius ist Dannys zweiter Vorname. Wir besiegeln es per Handschlag.

»Und Ihr Begleiter? Er macht das Interview auch für Ihre Zeitschrift?«

Ich nicke nur mit den Augen. Aber offenbar verräterisch.

»Ahhh … you are in love«, stellt Martini breit lächelnd fest, legt die Hände hinter den Kopf und lehnt sich auf der schwarzen Liege zurück.

»No. I'm in a hurry und er ist married. Aber Sie können unter Männern reden. Über Frauen, Motorräder und Fremdgehen oder so.«

»Was ist mit Ihrem Nacken?«

»Er tut weh.« Ich halte das Muskelrelaxan hoch.

»Sie brauchen keine Medizin. Sie brauchen Liebe und eine Massage«, stellt Danny Martini fest und klopft auf das Polster

der Chaiselongue. »Kommen Sie.« Er schwingt die Beine links und rechts über die Liege, doch ich zögere. Wie jetzt: Liebe oder Massage? »Kommen Sie schon. Wenn Sie nachher mit ihm ausgehen, auf der Piazza den Mond ansehen und sich küssen wollen, dann können Sie nicht, weil der Nacken steif wie ein Stock ist? Oh, come on!«
Ich setze mich auf die Kante des Diwans zwischen seine Beine. »Öffnen Sie das Hemd etwas, der Kragen ist im Weg.«
Ich öffne drei Knöpfe. Sekunden später spüre ich die festen Daumenkuppen von Mr. M. Ich atme überrascht aus.
»Uuua«, entwischt es mir. »Das ist … gut.«
»Ich weiß«, sagt Martini mit seiner Bettstimme und knetet meinen Nacken weiter. »Es gibt's nichts Sexyeres als eine Frau, die ganz bei sich ist. Und ein Mann weiß, sie ist die Herrin ihres Ichs. Er wird nur Gast sein, aber er wird sie nie besitzen. Boy, das wäre auch langweilig. Schön, dass Sie nicht mehr so ein Fuck-me-go-home-Thing sind.«
Ich kann nichts gegen die kleinen Geräusche tun, die aus meinem Mund entweichen. Ich stöhne und ächze und gebe gierige Jaaas von mir. Nach zehn Minuten Massage, in denen sich mein Stöhnen in ein Crescendo gesteigert hat, ist Danny fertig mit mir und ich spüre, dass sich ein debiles Grinsen in meinem Gesicht festgesetzt hat.
Als er mir die Tür aufhält, steht Ben davor. Neben ihm Gio, der mich fett angrinst. Offenbar haben sie gelauscht. »Thanks, Mr. Martini«, hauche ich und höre mich wie frisch gevögelt an. Ich knöpfe mir das Hemd zu. Danny zwinkert mir zu, und für einen Moment fällt er in die alte Martini-Rolle, die man von ihm gewöhnt ist, zurück.
Bens Gesicht ist aus Lehm, scharf zeichnen sich die Spatenstiche ab. Wir driften aufeinander zu und aneinander vorbei. »What have you done with her?«, höre ich Bens erste Frage, seine Tonlage ist verrutscht.

»Just what she needed«, antwortet Danny. Man kann sein Lächeln in der Stimme hören. Dann klappt die Tür mit einem satten Klang zu.

23

»Tanzen Sie auch mit sich selbst?«, frage ich den Barkeeper hinter dem schwarzen Marmortresen der Le Grande Bar, der Gläser poliert und vermutlich kein Wort von dem versteht, was ich ihm erzähle.
»Ich schon. Ich habe ein Glas in der Hand und die Arme halte ich so, als ob ein Mann mich führen würde. Sehen Sie, so in etwa.« Ich rutsche von dem Barhocker und zeige ihm, was ich meine.
»So. Gucken Sie? Ja? Etwa so.« Ich schließe die Augen. »Dann tanze ich allein. Ich glaube, es ist nur noch deprimierender, allein in der Küche zu sitzen und zu essen. Oder sich allein zu befriedigen und dann macht man die Augen auf und niemand ist da.«
Ich hieve mich wieder auf den Hocker. Dabei merke ich kaum, dass ich den dritten Hemingway, eine Mischung aus Pastis und Champagner, bestelle und die kauernde Hyäne wecke. *Mehrmehrmehr*, faucht sie gierig, *haben haben, haben wollen,* und ich trinke und trinke. Es hat mir so gefehlt! Und Gio, Martinis Chauffeur, kaut mit offenem Mund Kaugummi und spielt mit einem grünen Cocktailspieß.
Richterin Gnadenlos will etwas sagen, aber die Hyäne springt ihr ins Gesicht und beißt ihr die Kehle durch. Gio hat den Spieß nun zwischen den Lippen und schiebt ihn wie ein halbgarer mexikanischer Killer von links nach rechts und zurück.
»Du bist doch auch nur ein Zaungast des Lebens«, belehre ich

ihn. Wie haben es drei Hemingways nur geschafft, die Hyäne freizulassen?

»Wer beobachtet, darf nicht mitmachen. Du und ich, wir sind zwei Tiere hinter einem Zaun. Oder, nein, ich bin das Tier und Danny auch und die anderen gucken zu.«

»Wieso erzählst du mir das?«, fragt der Chauffeur.

»Weil du mir egal bist. Aber was ist, wenn du jemanden triffst? Da ist es nicht egal und du denkst, er darf nicht genau hinsehen. Ich trage einen Handschuh aus Stolz und Cellulitecreme, der ist mein Schutz, und er täuscht Hautkontakt vor. Nah, aber nicht nah genug.«

»Aha. Dann zieh doch den Handschuh aus. Sonst kannst du doch auch nichts fühlen.« Gios Stimme klingt nach heiserem Paten.

»Du hast ja keine Ahnung.« Ich verreibe den Ring aus Feuchtigkeit, den das eisbeschlagene Glas auf dem schwarzen Marmortresen hinterlassen hat. Dauernd stirbt jemand auf der Welt. Aber warum Jo?

»Trink nicht wegen mir, Liebling«, sagt Ben in mein Ohr und hat Danny im Schlepptau.

»Ich bin ein schlechter Mensch, Ben Gerion, und wärest du nicht verboten, hätte ich schon längst meinen Handschuh ausgezogen.« *Haben wollen. Den da. Meinsmeinsmeins.*

»Du bist kein schlechter Mensch. Und ich bin ein Idiot« Ben wirft Martini einen Seitenblick zu.

Oh. Was habe ich auf einmal richtig gemacht?

»... dass ich geglaubt habe, du würdest den Verlag betrügen. Verzeih mir, bitte. Ich bringe das in Ordnung.«

»Oh. Okay.« Martini und ich sehen uns an, er zwinkert mir zu.

»Aber nur, weil ich Danny dafür dankbar bin, heißt das nicht, dass ich dich an ihn abgebe, in Ordnung?«

»Abgeben? Ich gehör dir ja nicht mal!«

»Sie kann einfach keine Komplimente annehmen«, beschwert sich Ben bei Martini.

»Kommt auf die Komplimente an. Man muss ja nicht alles annehmen, was einem so unter die Nase gehalten wird«, sagt der. »Gio, fahren wir. Ciao Bella. Alla prossima volta, a Aamburgo. Va bene?«

»Si, Senior, arrivederci a Aamburgo.«

Er küsst meine Wange. Und die andere auch. Und nochmal. Ben bekommt nur einen Schlag gegen die Schulter. Männermarotten. Dann lassen uns der einsame Hollywoodstar und sein Zeitvertreiber allein mit uns zurück.

»Können wir nochmal anfangen?«, fragt Ben. »Du als du, ich als ich, und wir ... als wir?«

»Das wäre der vierte Anfang. Ich bin müde vom Anfangen.«

»Der vierte? Das Hotel, die Redaktion ... es ist der dritte Versuch.«

»Du hast mich nicht mal bemerkt, nicht wahr? An dem Tag in der R&B-Bar. Du hast Golf geschaut und ich habe in dein Gesicht gesehen und geträumt ... geträumt davon, was Schicksal sein könnte, und was Zufall. Und dass wir denken, alles macht einen Sinn. Alles führt auf den einen zu. Wir basteln uns die Vergangenheit zu einem kosmischen Plan zurecht, der uns auf den einen zugeführt hat. Dieser Mensch ist der Mittelpunkt des Lebens. Bis es soweit ist, lebt man rückwärts in Bedauern und vorwärts in Furcht. Quatsch. Ich hätte nackt auf den Tresen steppen können und du hättest mich übersehen.«

»Du warst die verschreckte, völlig überspannte Blondine in der ...« Ben muss lachen. »O Gott. Wir haben so viel Zeit verschwendet.«

»Was! Aber wieso?«

»Ich wollte von Anfang an mit dir tanzen. Im Regen. Um zu sehen, wer du bist. Du hattest etwas so ... Sehnsüchtiges in deinem Gesicht. Etwas, was ich kenne. Lass uns tanzen. Komm.«

»Nicht hier«, bitte ich ihn. »Zeig mir den Mond, wie er in Rom aussieht.«

Und genau das tut Ben.
Ich schweige während unseres Spaziergangs, denn ich habe Angst, dass mir die Worte entfliehen und ich sie in die Enge treiben muss. Das ist Bens Nacht, und durch ihn wird sie meine. Vielleicht.
Vielleicht begehrt er mich in diesem Moment so intensiv wie ich ihn und er wartet, dass ich ihn aus Fesseln befreie, die meine Feigheit uns auferlegt hat. Meine Zweifel, die Qual, sich mit

dem zweiten Platz zu begnügen.
»Vielleicht ist es mehr als nur Sex«, flüstere ich Rom zu.
»Vielleicht ist es nicht mal der«, gurgelt Richterin Gnadenlos heiser. »Himmel, du willst ihn, er will dich, und wenn du es heute Nacht nicht ausprobierst, wirst du nie wissen, was alles möglich wäre.«
Und doch. Das alte Verlangen, von dem ich annahm, ich hätte es in Paris in einem Hotelzimmer verloren, erwacht. Es schiebt die grauen Decken und Kissen beiseite. Da war sie wieder – eine schöne Stadt, die Nacht, ein Mann, der es wert war, und Alkohol: die perfekte Konstellation für ein Abenteuer. Drei Tage im Herzen, drei Jahre in Trauer.
Wir gehen langsamer, als ob wir vermeiden wollen, am Hotel anzukommen und damit der Entscheidung näher, miteinander zu schlafen, jetzt oder niemals. Aus einem Café im Campo de' Fiori fließt Musik aus einer Tür, umringt uns, und ich erkenne »Something« von Shirley Bassey. »Something in the way, he moves ... attracts me like no other lover.«
Trastevere, das Viertel der Zimmermänner und enger Gassen, Jazzclubs und Bars, die Seele mürbe geworden vom Erobern der Sieben Hügel.
»Tanz mit mir«, bittet Ben und reicht mir seine Hand. Ich will. Ich will nicht. Ich will. Und ich rette mich in seine Arme. Wir tanzen unter dem römischen Mond.
»You asking me, will my love grow. I don't know, I don't know.«

Sehr langsam, und es fühlt sich an, als ob wir seit hundert Jahren tanzen. Es gibt nicht diese Eingewöhnungszeit, in der die Füße übereinander stolpern und sich der Rücken verspannt. Wir tanzen gut zusammen.
»Wie möchtest du leben, wenn du liebst?«, fragt er, als ich meinen Kopf an seine Schulter lehne. »Something in the way he moves.«
»Wenn du mich nach den Bedingungen fragst …«
»Denk nicht an mich. An dich.«
Er verführt mich zur Wahrheit. »Ich will allein leben. Aber nicht allein sterben. Ich will mich nicht um Müll und Abwasch und Einkauf streiten. Ich will nicht, dass Geld die Positionen bestimmt, und ich will frei über Sex reden. Ich will mich frei fühlen, aber gewollt. Ich will freiwillig lieben und ohne Schuld. Ich will … keine Kompromisse. Entweder es passt. Oder nicht. Keine Kompromisse.«
»Du suchst den perfekten Mann?«
»Unsinn … mein Mann kann nicht perfekt sein.«
Ich muss lachen und dränge mich dichter an Ben, und ich spüre wie sein Bauch zuckt. Er lacht.
»Ist dir nicht kalt, Liebling?«, fragt er zärtlich.
»Ja.« Ich wage es, in seine Augen zu sehen. Und sehe … wie ich mich in ihnen spiegele.
»Komm.« Er nimmt mich bei der Hand und zieht uns zu einem Taxi, auf der Rückbank hält er mich im Arm. Er küsst mich nicht, er hält mich nur. Seine Hände sind warm und trocken, und ich verkrieche mich in seiner Halsgrube. Sie ist warm und seine Haut ganz weich. Ich sehe uns, wie wir uns in der Scheibe spiegeln. Wir, als Wir.
Vor dem Hotel Dei Mellini wartet er, bis das Taxi davongefahren ist. Dann fasst er mich an beiden Schultern und sieht mir ins Gesicht.
Er spricht sehr langsam, damit ich keines seiner Worte verpasse.

»Ich werde dich heute Nacht nicht gehen lassen, Helena.«
Panik rauscht durch meine Brust.
Statt einer Antwort ziehe ich ihn mit mir, bis zu meinem Zimmer. Auf der Schwelle drehe ich mich um.
»Mein bester Freund wird sterben. Ich habe Angst vor dem Leben ohne ihn. Nie wieder zu hören, wie er nebenan die Tür aufschließt. Ich will mein Leben satt leben, nicht mit halben Sachen. Keine Kompromisse. Deswegen ist diese ganze Nacht ganz unsere. Über das Danach will ich nicht reden. Tu du es auch nicht.«
Zwei, drei Herzschläge lang sehen wir uns an. Dann nehme ich Ben die Brille ab.
Die Nacht verwebt sich mit Traum und Wirklichkeit. Wie wir voreinander stehen und zum ersten Mal allein sind, im selben Augenblick nacheinander greifen, um uns auszuziehen. Es sind Wellen, es ist die rastlose Leidenschaft, die sich mit unendlicher Zärtlichkeit abwechselt. Als meine Brüste zum ersten Mal die Wärme seiner Brust spüren, steigt etwas in mir empor, wie nachlassender Schmerz, der verrinnt mit jedem Strich, den seine Hände an meinem Rücken, meinen Schultern, meinen Armen zeichnen.
»Lass mich dich ansehen«, bittet Ben und führt mich zum Bett. Ich bin scheu und bedecke meine Scham, meinen Bauch. »Lass doch …«, sagt er und schiebt meine Hände beiseite.
»Bitte, sei nicht enttäuscht«, denke ich und suche sein Gesicht nach einer Regung ab, die verrät, dass er nicht mag, was er sieht, nicht begehrt, was er berührt. Aber da ist nichts in seinem Gesicht, nichts außer Wärme und Lust und Zärtlichkeit und … ich muss die Augen schließen und strecke meine Hände nach ihm aus. Er küsst sie, er küsst meinen Bauch, meine Lenden, er wandert höher und nimmt sich Zeit, so viel Zeit. Ich weiß nicht, wohin mit meinen Händen und ziehe ihn an mich, sein Mund trifft auf meinen Hals und seine Zähne finden ihren Weg, es ist köstlich, es ist unerträglich. Ich stöhne und muss lachen, ihm

gefällt es, dass ich mich winde und es doch will, und er beißt zu und zu. Seine Hände in meinem Haar. Seine Finger, die meine suchen, um sich zu verweben, sein Atem, der sich um meine Nippel schließt, meine Scham behaucht.

»Du bist wie eine einsame Wölfin«, seine Stimme summt und streichelt, »du hast nachts gesungen, dass du auf mich wartest, allein ... deine Augen haben dieses Lied verraten, während dein Mund andere Dinge log ...«

Wir spielen miteinander, jahrelang, wie zwei Wölfe im Dickicht der Dunkelheit, ich will ihn anfassen, *meins, meins, meins, alles meins, endlich*, die Rundungen seiner Schultern, die Schüsselbeine, ich muss ihn riechen, schmecken, fühlen, kosten, küssen, kosen, es ist eine Sucht, und sie ist tiefer und hungriger als jede Lust auf Alkohol. Und die Nacht vergeht bis in den Morgen, als er schweißnass auf mir liegt und endlich zu mir kommt. Er lächelt dabei, er hat dieses Gesicht. Und dann ist er da, der Moment, der niemals wiederkommt, der Augenblick, bevor er sich das allererste Mal in mich versenkt.

»Ich liebe dich«, sagt Ben in mein Gesicht, sieht mir unverwandt in die Augen und stößt zu.

Wieder. Wieder. Und mehr. Ich kann meine Augen erst von seinen lösen, als ich komme. Ich bin überrascht von der schwarzen Welle, und in mein Rufen hinein lässt er los und folgt mir nach, als ich wieder in diesem Zimmer bin und nicht mehr im Himmel. Ich bin hier und ganz da und kann ihn in mir kommen spüren. Ich sehe ihn an und sauge alles auf, was ich kriegen kann, wie sein Gesicht zerfließt und sich neu zusammensetzt, wie die Adern an seinen Oberarmen heraustreten und er sich nach vorne krümmt, um sich dann aufzubäumen. Ich umfasse Bens Hintern und ziehe ihn tiefer in mich hinein, öffne mich noch mehr und will alles von ihm, will ihn, ganz und gar, »Komm, komm zu mir.«

An diesem Morgen schlafe ich in Sekundenschnelle ein, während

Ben mich von hinten umfasst. Morpheus führt mich rasch fort, denn Ben ist da und hält mich.

Erst spät am Morgen wache ich davon auf, dass ein Sonnenstrahl auf meinen nackten Fuß fällt. Er ist heiß. Ben liegt auf dem Rücken neben mir, ich auf der Seite, und seine Hand ist unter meinen Po geschoben, so als hatte er die ganze Nacht Kontakt mit mir gehalten.

Ich drehe mich vorsichtig um und betrachte sein Gesicht. Sein

liebes, wundervolles, zerklüftetes Gesicht.

So ist das also, mit einem verheirateten Mann zu schlafen.

»Habe ich geschnarcht?«, fragt er mit geschlossenen Augen.

»Keine Ahnung. Und ich?«

»Du redest nur im Schlaf, Helena. Aber leider habe ich die Sprache nicht identifizieren können.« Er schlägt die Augen auf und die Leuchtfeuer streifen über meine Wangen, als seien sie auf der Suche nach Zweifeln. »Wie fühlst du dich?«

»Wie eine Betrügerin.«

»Wieso? Bist du heute Nacht aufgestanden, hast es mit dem Portier getrieben und bist wieder zurück zu mir ins Bett gekommen?«

»Du weißt, was ich meine.«

»Nur weil ich mit dir geschlafen habe, kann ich noch keine Gedanken lesen. Ich weiß nicht, was du meinst. Sprich mit mir, Liebling.« Er streicht mir eine Strähne aus dem Gesicht.

»Ich habe Angst, dass das hier ein ganz großer Fehler war. Schön, aber ein Fehler. Würdest du … jetzt bitte gehen?«

Er sieht mich lange an. Dann schüttelt er den Kopf. »Ich gehe nicht. Ich liebe dich immer noch.«

»Ach, hör auf. Ich will keine Liebe. Liebe! Das ist doch nur so ein Wort für etwas, das immer schön anfängt und furchtbar endet.«

»Aha. Und was willst du dann?«

»Dich und das! Das Eine, sonst nichts. Den Rest behalt.«

»Jede Frau will Liebe.«
»Ich bin nicht jede.«
»Deswegen liebe ich dich ja auch.«
»Hör auf mich zu verwirren. Küss mich. Und dann hör auf.«
Er reißt mich in seine Arme und hält mich dicht, bis ich aufhöre zu zappeln und zu zucken und zu beißen, und ganz still werde in seinen Armen.
»Ich liebe dich. Find dich damit ab.«
»Nein! Nein, nein, ich will keine Liebe, nicht so eine, ich will sie nicht, es geht nicht! Ich kann außerdem gar nicht lieben.« Ich sehe, so fest ich kann, in seine Augen und bete, dass er mir das abnimmt.
»Tust du doch die ganze Zeit. Sitzt hier und willst mich fortschicken aus lauter, lauter Liebe. Damit ich nicht gehe, bevor du genug von mir hast. Damit du bloß nicht in die Gefahr gerätst, dein Leben von mir abhängig zu machen. Aber ich sag dir mal was, Helena: Du würdest es überleben. Nicht Liebe bricht dir das Herz. Die Menschen tun es. Es passiert immer wieder. Aber ohne Risiko …«
»Das wird keine Liebe mit uns. Es wäre entsetzlich.«
»Wäre es so schlimm, meine Frau zu sein?«
»Vom Heiraten halte ich noch weniger als von der Liebe. Und außerdem bist du verheiratet.«
»Ich bin nicht verheiratet.«
Mir bricht der pure Schweiß aus. »Was? Na … also … seit wann?«
Er schüttelt den Kopf und beugt sich aus dem Bett heraus, sucht etwas in seiner Hose und reicht mir ein gebügeltes Taschentuch.
»Aber … deine Frau …?«
»Meine Frau würde mich damit vermutlich knebeln, ja. Ich schätze, wenn ich heirate, dann keine Frau, die mir die Taschentücher bügelt.«
Ich drehe mechanisch den Kopf. Ben. Ist. Nicht. Verheiratet.

»Die Liebe, die du meinst und fürchtest, die gibt es nicht, denn sie wäre keine Liebe. Was du willst, ist eine scheue, furchtsame Liebe, sie soll stark sein, dich aber nicht übertrumpfen. Sie soll nicht fordern, dir aber alles geben, wenn du es willst. Am liebsten willst du aus der Ferne geliebt werden … ja, vielleicht hast du recht, das ist entsetzlich. Du willst geliebt werden, aber nicht lieben.«

Bei den letzten Worten hat er sich aufgesetzt und dreht mir den Rücken zu. Er stützt den Kopf in beide Hände.

Ich will ihn nicht verletzen. Aber das geht nur, indem sich jene, die sich lieben, aus dem Weg gehen und immer nur die Sehnsucht spüren. Happy Ends gibt es nicht. Ich streichele seinen Rücken.

»Ich will mich nicht zerstören, um dir zu gefallen. Nachher sonne ich mich so sehr in deiner Anbetung, dass ich versuche, die Mrs. Right für dich zu sein, und verwandele mich so in ein dressiertes Frauchen. Und dann bügele ich doch deine Taschentücher.«

Ben dreht sich zu mir. Er streicht mit der Daumenkuppe über meine Unterlippe. Ich hebe ihm mein Gesicht entgegen.

Er legt sacht einen Finger auf meine Lippen. Was er dann flüstert, hallt für Tage nach, so laut, dass ich mir die Ohren zuhalten werde.

»Ich will keine Frau, die sich selbst nicht liebt. Dafür ist mein Herz nicht stark genug. Ich würde dir gern einen Platz darin einräumen, aber nicht mein Leben hergeben, damit du deins endlich magst.« Ben hat leise gesprochen, und dennoch hat er mein Verbrechen beschrieben, so laut, als sei ich der Klöppel einer Glocke.

Sein Mund kommt mir nahe. Noch näher. Dann flüstert er sehr zart und sehr unglücklich:

»Ich liebe dich. Ich bitte dich um zwei Dinge. Respektiere dich selbst. Und küss mich erst, wenn du mich liebst, Helena Levy. Alles andere will ich nicht. Ich will alles. Oder nichts. Ich will dich, mit allem Drum und Dran. Die Details sind verhandelbar. Aber nicht das Vielleicht.«

24 Ich habe nie geglaubt an und nie gesucht nach einem Mann, der mich erlöst. Wollte niemals Weibchen sein, zweisam sein, im Wir-Modus ticken, brav sein, mich überreden lassen, zu zweit glücklicher zu sein als allein und allein aus der Liebe das Leben ziehen. Ich wollte es aus mir, aus meinem Schaffen, Tun, Denken. Und doch.

Liebe ist ein Biest, es schert sich nicht darum.

Das alles weiß jetzt der Mann, der neben mir in einem Taxi sitzt und die vorbeifliehenden Fassaden der Hamburger Hochallee betrachtet. »La ville blanche« wird die Stadt hier genannt, weiße Gründerzeitvillen, und aus den Boxen des Taxis füllt ein Chor den viel zu großen Raum zwischen uns aus. »Oh Happy Day«, singt der Gospelchor, »when Jesus washed my sins away.« Regentropfen kleben an den Scheiben, der Motor des alten Taxis mit den durchgesessenen Ledersitzen stöhnt müde auf. Neben mir sitzt ein Mann, dessen Berührungen mich letzte Nacht vergessen ließen, dass ich nicht schön bin. Ich fühlte mich geliebt. Begehrt. Gewollt. Und verstanden.

Es war eine kurze Zeit im Paradies.

Ich gehöre dort nicht hin.

Als wir am Hallerplatz in die Schlüterstraße einbiegen, hat sich der Regen verstärkt. Die Stadt ist von einem tristen Grau verhangen. Hamburg empfängt den Herbst so ungnädig wie einen ungebetenen Gast. Ben sieht stoisch nach draußen. Ich habe aufgegeben, mir mit geschlossenen Augen zu wünschen, er würde seine Hand auf meine legen. »Walk on by«, bittet nun Dionne Warwick, »dont stop.«

Und ich steige aus, ohne mich umzusehen. »Foolish pride, that is all that I have left, so let me hide, the tears and the sadness you gave me, when you say goodbye ...« Die Tür klappt zu. Ich stehe im Regen und spüre nicht, ob es Salz auf meinem Gesicht ist oder nur Wasser aus dem schweren Himmel.

Der Taxifahrer reicht mir den kleinen Koffer aus dem Kofferraum, hastet unter den erbarmungslosen Tropfen zurück auf die Fahrerseite, schlägt die Tür zu und fährt an, ohne zu kuppeln. Der Motor wehrt sich; beim zweiten Mal schafft er es, und der Regen dringt durch meinen Mantel bis auf die Haut. Ben dreht sich nicht um, als das Taxi sich in Bewegung setzt.

Das ist das letzte Mal, dass ich ihn gesehen habe. Er wird nicht mehr in die Redaktion kommen. Sein Job ist beendet. Wir haben uns längst voneinander verabschiedet, in Rom, in jenem Bett, als er mich nicht küsste, sondern seine Bedingungen stellte. Kann man einen Mann wollen, der solche Bedingungen stellt?

Ich sehe dem Taxi nach und tue nichts gegen die Tropfen, die mir einfach weiter über die Wangen laufen. Das Kinn herab und den Hals hinunter.

Ich weiß nicht, wie lange ich dort auf dem Kopfsteinpflaster stehe, im Regen, mit dem kleinen Koffer in der Hand und dem Taxi nachsehe, das schon längst nicht mehr zu sehen ist.

Eine Hand schiebt sich in meine kalten, stummen Finger. »Helena. Was machst du denn hier draußen?«

Ich drehe mich Jo zu. »Nichts. Einfach ... nichts.«

Der Regen färbt seinen hellen Mantel schlammigbraun. So stehen wir voreinander. Ich bin doch schon seit Jahren längst tot, aber habe nur vergessen zu sterben.

»Du spinnst«, sagt Jo und hält meine Gedanken davon ab, sich in ein Schwert zu werfen.

Der Regen stürzt weiter auf uns herab und wäscht die Hoffnungen in den Rinnstein.
»Ich will dich nicht verlieren, Johannes Ritter.«
»Ich dich auch nicht, Helena Levy.«
»Kann ich lieben?«
»Tust du doch.«
»Wen denn?«
»Mich?«
»Ja. Das tue ich. Von ganzem Herzen.«
»Na, dann«, sagt er und führt mich aus dem Regen fort.
In meiner Küche ist es warm. Der Dampf aus einem Kochtopf hat die Fenster beschlagen. Polly reicht mir ein Küchenhandtuch, mit dem ich meine Haare trockne. Das Wasser tropft von meinem Mantel auf den Boden. Jo lehnt im Türrahmen, seine Arme abwartend ineinander verschränkt. Polly steht am Herd. Sie trägt eines meiner blauweißen Chanelkostüme und eine Schürze. Rot. Darauf ist »Küchenmaus« gestickt.
»Was bin ich nur für ein Mensch?«, frage ich niemanden Bestimmten. Jackie springt vom Fensterbrett und legt sich flach auf den Boden. Dann robbt sie auf mich zu. »Paff?«, fragt sie.
»Find's raus«, sagt Polly rau.
Erschrocken von meiner eigenen Wut greife ich nach einer Zeitschrift, die auf dem Tisch liegt. Ich hebe sie hoch. Auf der Rückseite ist eine Werbeanzeige eines Champagnerherstellers. Zwei Frauen steigen aus einer schwarzen Stretchlimousine. Sie tragen großartige Kleider und sind abgöttisch schön; sie tragen das Lächeln der Siegerinnen im Gesicht und eine Flasche Champagner in der Hand. Sie werfen den Blick in die Runde, und in ihren Augen spiegelt sich die tiefe Befriedigung, bewundert und gewollt zu werden. »So! So soll das Leben sein? Oder warum versprechen sie uns das?« Ich werfe die Zeitschrift heftig auf den Boden und spucke drauf, zweimal, dreimal.
»Alkoholisiert aus einem Wagen steigen? Na, ich weiß nicht.«

Polly nimmt das Blatt mit spitzen Fingern hoch und hält es sich vor die Augen. »Das weiß doch jeder, dass das Leben so nicht ist.«

»Wenn's jeder weiß, wieso werben sie dann damit?«

»Und Männer würden auf die Weiber auch nicht abfahren«, sagt Jo von der Tür her.

»Wieso nicht?«, schreie ich ihn an. »Was ist falsch an schönen Frauen? Was ist falsch daran, so ein Leben zu wollen, ein begehrtes Leben, fröhliches Leben, in dem ich mir aussuchen kann, wen ich will?«

»Aber dafür musst du doch nicht schön sein«, sagt Jo leise.

»Aber sieh mich doch an!«

»Und du glaubst ernsthaft, weil du so furchtbar durchschnittlich bist, will dich keiner?«

»Ich will doch nur glücklich sein. Versteht ihr das nicht?«

Polly tritt auf mich zu und nimmt meine beiden Hände.

»Aber glücklich sein beginnt nicht hier.« Sie legt meine Hände auf meinen Bauch, den ich unwillkürlich anspanne.

»Und auch nicht hier.« Sie führt meine Hände zu meinen Hüften.

»Nicht hier.« Sie legt meine Hände auf mein Gesicht.

»Sondern genau … hier.« Jetzt liegen unsere vier Hände über meinem Herzen. Ihre Augen ruhen voller Güte und Zärtlichkeit auf meinen.

»Zu gefährlich«, flüstere ich. »Ein Mann allein ist zu gefährlich.«

»Wer hat gesagt, dass erst ein Mann dich glücklich macht?«

»Alle Frauenromane.«

Polly lässt meine Hände los. Und lacht. Lacht und lacht und lacht. »Natürlich sagen sie das! Das ist der alte Traum der Liebe, dass erst der Richtige kommen muss, um das Herz zu heilen. Aber, ich sag dir jetzt mal was: Er ist nicht dafür zuständig, dass du glücklich bist. Du darfst auch ohne ihn glücklich sein. Sogar ohne ihn unglücklich.«

Jackie beginnt meine Hand zu lecken.
»Ich schätze mal, die Chance, mit einem Mann unglücklich zu werden, ist höher als glücklich. Verdammt, ich kenne mehr Frauen, die allein zufriedener waren als mit einem Mann!«
»Liebst du diesen Mann, mit dem du in Rom warst?« Polly bindet sich die Schürze ab und wirft sie Jo zu. Er versteht, bindet sie sich um und beginnt, im Kochtopf herumzurühren.
»Ich weiß es nicht.«
»Dann liebst du ihn nicht.«
»So einfach ist das nicht!«
»Natürlich ist das so einfach.«
»Woher willst du das wissen?«
Polly sieht mich eigentümlich an. »Ich bin ... davon überzeugt.«
Sie fasst sich an den Kopf.
»Aber Liebe, Polly ... Verlieben, all das Drama, die rosaroten Wolken, die Leidenschaft ... und dann vergeht es. Es verfliegt einfach. Liebe ist nur eine Erfindung. Ein Traum. Eine Hoffnung. Ein gesellschaftliches Ideal, um Frauen zu de-emanzipieren. Ich bin jetzt verliebt, natürlich, aber das hält doch nicht ewig! Irgendwann wache ich auf und merke, dass ich mich getäuscht habe. Dann sitze ich irgendwo in einem Reihenendhaus und bin zu müde, um nochmal neu anzufangen. Und dass Liebe nur ein Wort ist, für etwas, das vorbeigeht.«
»Hast du mal so sehr geliebt, dass du dachtest, dein Leben könnte ungelebt sein, wenn du nicht zurückgeliebt wirst?« Pollys Stimme ist ganz leise. Ich schüttele den Kopf. Doch dann besinne ich mich und sehe zu Jo, der mit dem Rücken zu uns im Kochtopf rührt.
»Doch. Ja. Einmal.«
Polly sieht zu mir und dann zu ihm. Dann verliert sich ihr Blick in einem nachtschwarzen Gestern, das ihre Geheimnisse verbirgt.
»Das ist etwas anderes. Das ist Menschenliebe ...« Pollys Stimme

schwebt jetzt davon. Sie fasst sich wieder an den Kopf. »Etwas anderes«, wiederholt sie. Sie legt ihre alten, faltigen Hände in den Schoß.
»Hast du noch die Nummer von diesem Professor in Bielefeld?«, fragt sie dann, die Silben schemenhaft und scheu.
»Markowitsch? Du willst dich hypnotisieren lassen?«
Sie nickt. »Ja. Ich … ich muss. Um dich davon zu überzeugen, dass Liebe eben nicht nur ein Wort ist.«

»Du hast mir gesagt, wie glücklich du jetzt bist, Polly! Das kann meinetwegen so bleiben! Wegen dem bisschen Liebe sollte man nicht sein Leben zerstören! Du weißt so viel über … so viel. Genügt das nicht?«
»Du bist ja doof«, seufzt Polly.
»Ich schließe mich meiner Vorrednerin widerspruchslos an«, vermeldet Jo vom Herd aus. Dann bindet er sich die Schürze wieder ab. »Wenn ihr mich entschuldigt. Ich gehe jetzt rüber und liebe meine Frau.«
»Mach mir einen Termin. Bei irgendwem, der das kann. Was ich … brauche«, verlangt Polly, als Jo gegangen ist und Jackie auf ihren Schoß hüpft, um sich nach dreimaligem Um-sich-selbst-drehen wohlig kauend darauf niederzulassen. »Paff«, sagt sie bestätigend.
»Du willst das wirklich riskieren?«
Polly nickt.
»Tu es nicht wegen mir«, bitte ich.
»Wie könnte ich«, erwidert Polly. »Du musst selbst drauf kommen, wer du bist und was du willst.«
Ich wähle Doktor Lieblings Nummer aus dem Kopf. Dann gehe ich in die Redaktion, um das zu tun, was ich wirklich will: Ein Heft machen.

Als ich das nächste Mal auf die Uhr sehe, bin ich seit 53 Stunden ununterbrochen in der Redaktion. Es ist Freitagnachmittag, und meine Chefin vom Dienst, Angela, sitzt auf meiner Schreibtischkante und zieht Grimassen. Der Hersteller drängt. Der Drucker flucht. Ich habe das Interview geschrieben. Ich habe alle Texte redigiert. Jeden einzelnen. Ich sitze Stunde um Stunde in der Bildredaktion und suche mit Helga Stars heraus, die weniger makellos, sondern fröhlich und nahezu sie selbst sind. Ich korrigiere mit Ronald Alisch die letzten Rechtschreibfehler. Ich bestelle Pizza, Sushi und Buletten für alle. Ich tanze mit den Volontären in der Nacht von Donnerstag auf Freitag Samba zu Quincy Jones »Mambo Craze«. Ich schlafe auf dem Boden.

Gegen fünf Uhr früh kommt Hanne und bringt Frühstück und Polly mit, die Rührei für alle macht und freudestrahlend auf Daphne zuläuft: »Deedee! Heute schon hysterisch gewesen?«

Daphne schaut mich so an, als ob ich was dafür könnte.

Wir gestalteten ein komplett neues Heft. Eine neue FEMME. Wir leiden wie Eltern, nein, wie eine Mutter, die unter Schmerzen ein Baby auf die Welt bringt.

Farben, Wörter, Bilder reihen sich aneinander, bis es genauso aussieht wie es sich anfühlt. Das, was ich wollte: Es sollte dort treffen, wo Polly ihre Hand hingelegt hatte. Im Herzen.

Ich rufe jeden einzelnen Anzeigenkunden an und erlasse die Anzeigenpreise um die Hälfte. Wenn sie überhaupt noch inserieren wollen.

15 von 45 springen ab. »Wie bitte? Natürlich, große Größen, unperfekt? Nein, das passt nicht zu unserem USP, tut uns leid« – »Modestrecke mit Mann, Kind und Hund? Also, wirklich, das ist nicht unsere Linie, rufen Sie doch mal bei H&M an« – »Übernehmen Sie sich da nicht etwas, Frau Levy? Sie werden Leserinnen verlieren!« – »Seid ihr wahnsinnig! Das will doch keiner lesen!« – »Wunderbar, Frau Levy. Wir werden eine neue Anzeige schicken. Wäre Ihnen etwas Romantisches recht?« Bitte sehr, gern, Herr Grimm. Der Champagnerhersteller, dessen Limousi-

nenfrauen ich auf den Küchenboden geschleudert hatte, wollte bei der neuen FEMME mitmachen.

»Wie genau romantisch?«, will ich wissen.

»Wir hätten da noch ein Heiratsantragsmotiv. Er kniet vor ihr, sie hat aber bereits die Flasche hinter ihrem Rücken versteckt, weil sie weiß, was er gleich fragen will.«

Ich muss lachen. »Oh, bitte, welche Frau bekommt denn das schon hin?«, frage ich.

»Meine«, sagt Herr Grimm von der Werbeagentur Cord Schubert ernsthaft.

Ich sage »In Ordnung« und lege einigermaßen bekehrt auf.

Auch Träume haben manchmal ihren Ursprung in der Wirklichkeit.

Ich lege die Seiten hintereinander im Flur aus. Die Autoren haben geflucht und genörgelt, sich die Finger wund geschrieben und erhielten alle, das hat Hanne arrangiert, einen Blumenstrauß, einen Gutschein jeweils für das beste Restaurant in ihrer Stadt und eine Zehnerkarte für einen Masseur, der Hausbesuche macht. Autoren muss man pflegen und nicht wie Bausteinlieferanten abkanzeln.

Der Titelumschlag ist schon gedruckt, er musste früher in die Druckerei. Ich habe den Untertitel eingedeutscht. Das Leben. Die Liebe. Die Leidenschaft. Lebe lieber leidenschaftlich.

Kai-Arne, der Volontär, steht neben mir. »Sieht gut aus«, sagt er, der lange Kerl mit seinen großen, schräg stehenden Augen und seinem verwuschelten Blondschopf.

Andächtig schreiten wir nebeneinander die Seiten ab. Die Sexstrecke, in der wir für unangestrengte Sexualität plädieren und die Erotik der Vertrautheit, unabhängig von der Häufigkeit. Die Modestrecke ist fröhlich und warmherzig. Die Diätlügen kommen auch gut. Genauso wie das Plädoyer gegen Schönheits-OPs. Auch die Reportagen über alleinerziehende Frauen und erst recht die Mutter-Tochter-Interviews über Liebe.

Der Männerteil ist auch nicht schlecht. Ben hatte gut vorgearbeitet. Seine männlichen Autoren haben ihm geschrieben, was sie an Frauen wirklich sexy finden (Ungeschminkt! Bitte nicht dünn! Keine Sexgöttin!), warum Liebe ihnen Angst macht, was ihre Väter ihnen bedeutet haben, wozu Arbeit wirklich Sinn macht und warum Sex manchmal Druck bedeutet. Bens Beitrag über das Recht auf Image-Freiheit war mein Lieblingstext: »Nur man selbst zu sein ist harte Arbeit. Weder Macho noch Softie, noch Metrosexuell oder Karrierist, noch Linker oder Konsumperformer. Ohne Etikett und frei von Image zu sein, das erlauben die wenigsten (sich selbst) …«

»Was mögen Sie für Frauen?«, frage ich Kai-Arne.

Er errötet bis unter seine hohe glatte Stirn. »Ich … Ich … Solche wie … also solche wie Sie, Frau Levy.«

»Ah? Und was bin ich für eine Sorte Frau, Herr Kollege?«

»Na, ja … Sie sind so … natürlich. Und gar nicht zickig. Und Sie sehen gut aus und sind witzig. Sie sagen, was Sie denken. Schlaue Sachen. Mit Ihnen kann man reden. Und lachen. Und …«

»Jaaaa?«

»Ich mag es auch, dass Sie sich ein bisschen zurechtmachen. Nicht so sehr, also, nicht so wie sonst, aber jetzt, das mag ich. Sie sehen gut aus, aber nicht mehr so, dass ich neben Ihnen total langweilig bin. Also, Sie sind mehr als schön, aber schön sind Sie auch.«

Ich sehe diesen jungen Mann an, der gerade meinen Knall geheilt hat, ohne es zu merken. »Ist das typisch für Ihre Generation?«

»Was denn? Auf kluge, sexy Frauen zu stehen?«

»Von sexy war eben nicht die Rede.«

»Na ja … Sie sind meine Chefin. Ich will Sie ja nicht … Sie wissen schon. Aber sexy sind Sie auch. Vor allem Ihre Lachfältchen. Und dass Sie so verrückt sind und so intensiv. Na ja und dieser kleine Bauch hat auch was, das ist sinnlich. Und … sexy.«

Ich bring ihn um. Aber vorher lache ich mich tot.
Jetzt sieht er auf und an mir vorbei. Auf die Frau, die den Flur entlangschwebt. Es ist Fanny. »Helena!« Sie schreit, als ob ich nicht drei Meter von ihr entfernt stünde, sondern auf der anderen Seite der Alster.
»Helena!« Jetzt winkt sie, und Kai-Arne neben mir sagt »Wow«, ich kann ihn verstehen, denn Fanny glüht, sie glüht von innen heraus, als ob sie aus reinstem Feuer besteht. »Ich hab ihn angerufen!«, schreit sie.

»Wen?«
»Wen? Spinnst du? Olaf natürlich! Ich hab Olaf angerufen! Ich hab eine Woche lang das Scheißtelefon in die Hand genommen und angestarrt und nicht angerufen, aber dann habe ich es doch getan, na, auch wegen dem Kleinen, und da dachte ich mir, scheiß drauf, soll er doch wissen, dass ich ihn will und liebe und ihn malen, malen, malen will, ich kann nur noch ihn malen und sonst niemanden und …«
»Halt mal. Was für einen Kleinen?«
»Kriegen Sie ein Baby?«, fragt Kai-Arne und schaut von seinen Ein-Meter-Neunzig herab auf Fannys knappe Ein-Meter-fünfundsechzig.
»Yeah! Cool, oder? Olaf hat schon meinen Bauch gemalt, dabei kann man doch gar nichts sehen, oder?«
Fanny zieht ihr Ringelshirt über der hochgekrempelten Anzughose hoch und streckt ihren sommersprossigen Bauch demonstrativ vor.
»Ich fasse zusammen: Du bist schwanger, hast Olaf angerufen und …« Ich weiß nicht mehr weiter, denn es ist zu schön und zu unglaublich.
»Und: Er freut sich! Weißt du, was er gesagt hat?«
»Er will dich heiraten?«
»Quatsch! Wer will das denn! Nein, er hat gesagt, komm, Baby, lass uns ein Bild malen, zusammen, das nie fertig wird, über uns,

über unser gemeinsames Leben, und dann hat er zweihundert Meter Tapete gekauft und sie in meiner Straße ausgelegt und gemeint: ›Das reicht für die nächsten vierzig, fünfzig Jahre!‹«
Fanny quietscht und fällt mir um den Hals.

»Und alles nur, weil ich ihn angerufen habe! Hätte ich das doch schon vorher mal im Leben getan, meine Güte, all die Zeit, die dabei draufgegangen ist, neben dem Scheißding zu hocken …«

»Aber dann hättest du Olaf vielleicht nicht getroffen.«

»Oh! Ja! Stimmt! Na ja, man muss offenbar nicht nur wissen, wann man das Richtige tut, sondern auch, mit wem, wie?«

»Wie auch immer«, antworte ich und ziehe sie in meine Arme, die irre, verwuschelte Fanny Seeberg, von der wir künftig meist nur noch das eine Gemächt auf Öl und Leinwand zu sehen bekommen werden. Und wer weiß, vielleicht irgendwann einen Mini-Seeberg-Kaschinski?

»Wirst du Patin?«, fragt sie aufgeregt.

»Ihr wollt ihn taufen lassen?« Ich bin entsetzt.

»Nee, das kann er sich mal schön selbst aussuchen. Oder, sie. Aber das Kleene braucht doch eine verrückte Tante. So wie du Polly hast.« Fanny schlägt sich die Hand vor der Mund. »Also … ich meine … weißt du, was ich meine?« Ich nicke. Und habe keine Ahnung.

Ich schicke alle nach Hause und gehe mit Fanny einen trinken. Holundersaft. Für alle drei.

25

Polly flirtet mit Danny Martini. Und er genießt es. Das Vapiano an der Rothenbaumchaussee wird halb gesperrt, als klar ist, dass sich Mr. Martini noch rasch vor seinem Auftritt bei Johannes B. Kerner und seinen Köchen nebenan eine Pizza reinpfeifen will. Und alle hängen sie an ihm dran. Die *Morgenpost. Das Abendblatt. Welt, BILD, NDR, Hamburg 1* und eine Reihe freier Fotografen. »Hätten Sie Interesse, als mein neues Verhältnis aufzutreten?«, fragt Danny, als er mir und Polly die Tür zum Vapiano aufhält.

»Heute nicht.«

»Ich schon«, neckt Polly den sexiest man alive, und er beugt sich vor und gibt ihr einen Handkuss auf die silbernen Handschuhe. Die Kameras draußen vor den Scheiben surren und klicken.

»Sie kommen mir bekannt vor …«, stellt Danny dann fest. »Machen Sie Filme?« Polly schüttelt mädchenhaft den Kopf.

»Nein«, haucht sie dann. »Ich mache Puddings.«

Mr. M sieht ihr tief in die Augen. »Ich hasse den Kerl, der Sie mal abbekommt. In Ordnung. Und wo ist der andere Kerl?« Er meint Paris.

Paris hatte angeblich keine Zeit für diesen Fototermin. Doch von Angelica wusste ich, dass er zu Hause hockte und den Kopf einzog.

»Und was sitzen wir dann hier rum?«, fragt Danny. Er stemmt sich aus dem weißen nachgiebigen Nest hoch und geht zu der offenen Pizzaküche des Restaurants. Hunderte schwelgende

Augen folgen ihm, die Gespräche verebben, als er an den hohen Tischen mit den Barhockern vorbeigeht und sich dann über den Glastresen zu dem kroatischen Pizzamacher beugt. »Packen Sie sie bitte ein, okay?« Dann zückt er sein Handy und spricht einige Worte hinein.

Wir zahlen gegen den Willen des Geschäftsführers an der Kasse und treten hinaus ins Blitzlichtgewitter. Ich fühle mich etwas deplatziert mit den drei Pizzakartons in meiner Hand und ziehe mich dezent hinter eine Sonnenbrille und Polly zurück.

»Kommen Sie«, sagt Danny und zieht Polly an sich. »Und Sie sind sich sicher, dass Sie nicht mal im Showbusiness waren?«, fragt er und posiert mit Polly vor den Blitzlichtern. Sie trägt ein türkisfarbenes Seidenkleid und einen Hut mit Netzstoff vor dem Gesicht. »Nein, ganz sicher bin ich mir nicht«, antwortet ihm Polly in fehlerfreiem Oxfordenglisch.

»Wie kann man sich da nicht sicher sein?«

»Ich habe mein Gedächtnis verloren, junger Mann. Ich weiß ja nicht mal, wer Sie sind oder warum Sie fotografiert werden.«

»Oh, nicht ich werde fotografiert. Die Leute sind wegen Ihnen hier.«

Polly schaut ihn für einen Augenblick entsetzt an, bevor sie sich ein wenig aufrechter hinstellt und so gekonnt posiert, als hätte sie ihr Leben lang nichts anderes getan.

»Hierher! Bitte mal hierher schauen!«, ruft der Kollege Michael Zappel vom Abendblatt, und sie gehorcht dem Mann mit der Eisenherzfrisur. »Was tragen Sie für einen Designer?«, ruft jemand, und Polly lächelt zweideutig, aber antwortet nicht. Danny drückt sie näher an sich, und sie posieren, jetzt kniet er sich vor sie.

Voilà, das ist doch mal eine Nachricht! Und keiner, keiner weiß, wer diese Frau ist.

Ein Hupen lenkt mich ab. Ein knallgelbes Saab-Cabrio hält an der Zufahrt zum Vapiano. Der Betonkopf hinter der Sonnenbrille kommt mir bekannt vor. Gio. Der Mann, der Como – Rom in drei Stunden schafft.

»Ladys?«, fragt Danny und hält uns die Tür auf. Polly posiert noch zirka dreiundachtzigmal, Gio klappt die Sitze nach vorn. Dann reicht Gio Brillen herum. Taucherbrillen. »Aufsetzen, es ist kalt«, stellt er in römisch gefärbtem Englisch fest, und Danny, Polly und ich setzen die Ungetüme auf, die das halbe Gesicht verdecken. Gio drückt aufs Gas. Polly und ich werden in die Sitze

gedrückt. Die Kameraverschlüsse surren und klicken weiter.

Bis Gio den Fuß durchdrückt und der Wagen einen Satz nach vorne macht. Mit quietschenden Reifen schießen wir aus der Zufahrt des Vapiano und des Kerner-ZDF-Hauses heraus, fädeln uns in die Linksabbiegerspur ein und schwenken im Tiefflug in die Hallerstraße ein. Gio schaltet erst bei 90 in den dritten Gang.

Na, wunderbar. Wir sausen in einem Heidentempo durch Hamburg, mit Danny Martini, und niemand erkennt uns. Mit den Taucherbrillen sehen wir aus wie eine Horde grenzdebiler Flüchtlinge aus Ochsenzoll aus. Gio dreht den Lautstärkeregler bis zum Anschlag hoch. Nancy Sinatra fordert ihre Boots zum Walking auf.

»Yiiiiieeeeehhhaaaa«, jubelt Polly neben mir, als wir die hellrote Ampel an der Grindelallee überfahren und Gio rechts überholt, bis sich die zweispurige Straße auf eine Spur verengt und er kurz vor einem geparktem Volvo wieder auf die linke Seite zieht und dabei einen Porsche Cayenne schneidet. Nebenbei isst er Pizza.

»So! Wo wohnt der Kerl jetzt?« Danny wendet sich um und grinst.

Ich dirigiere Gio durch den Schlump, die Bundesstraße, am Elimkrankenhaus vorbei auf die Fruchtallee, in die Bellealliancestraße hinein.

»Haaaaalt!«, schreie ich, als ich einen mir zu bekannten Schat-

ten sehe, der flüchtig in den Scheiben des *Freischwimmer* auftaucht. »Da!«
Gio bremst und der Rückhaltegurt schneidet mir in die Schulter. Danny springt aus dem Wagen, ohne sich die Taucherbrille vom Gesicht zu nehmen. Polly verheddert sich im Gurt. »Was für ein Fahrer!«, seufzt sie. Gio kaut unbeeindruckt Pizzakäse.
Danny ist schon durch die beiden Eingangstüren des *Freischwimmer* und hat sich vor Paris aufgebaut, der in einem der rot-weißen 60er-Jahre-Sessel am Fenster sitzt und vergeblich versucht, mit Tine, der anmutigen Kellnerin, zu flirten. Er springt erschrocken auf, als Danny vor ihm steht. Martini sticht ihm den Finger in die Brust.

»Sie haben also diese Frau in meinem Namen belogen?« Danny zeigt auf mich. Paris fällt wie ein Sack in den Stuhl zurück.
»Wer sind Sie denn?«, fragt Paris sichtlich um Fassung bemüht. Danny Martini zieht seine Schnorchelbrille vom Gesicht.
»Oh, shit«, sagt Paris langsam. Clemens und Tine haben sich sinnend auf die schwarz lackierten Bar gestützt und schwärmen beide Danny Martini an. Dann zuckt Paris Blick zu mir.
»Helena! Wieso bist du nicht mehr blond?« Ich ignoriere ihn. Polly schwebt hinter mir in das Lokal. »Ha! Der Bestatter!« Sie zieht ihren linken Handschuh aus und schlägt ihn Paris mit einem scharfen Schwung ins Gesicht. »Ich konnte Sie noch nie leiden!«
Danny setzt sich in den zweiten Plastikstuhl neben Paris und legt einen Fuß auf das andere Knie. Clemens fragt ihn, als ob er ein ganz normaler Gast wäre, nach seinen Wünschen. Danny will Wasser und einen Traubensaft, Polly fragt nach Blaubeerpfannkuchen. Clemens fragt Paris nicht. Polly und ich setzen uns auf das Lederquadrat gegenüber.
»Und jetzt sagen Sie mir mal: warum genau Sie das gemacht haben.«
Paris sieht erst zu mir, dann zu Danny, und schließlich sieht er

auch noch lange zu Gio hinüber, der neben ihm außen an der Scheibe lehnt und jetzt einen Zahnstocher von links nach rechts in seinem Mund verschiebt und dabei langsam die Sonnenbrille abnimmt. Dahinter erscheinen zwei Kohlenaugen, die Paris alles sagen, was er wissen muss: »Sperr das Maul auf oder du bist tot.«

»Ich ... ich wollte Helena haben«, beginnt der Mann, der FEMME mal das Gesicht gab, dabei war es nur eine Maske. »Aber,

das mit Paris war nicht meine Idee!«

Danny zieht eine Augenbraue hoch. »Ach?«

»Ja! Sondern von Daphne, Helenas Stellvertreterin! Ich sollte Helena arbeitsunfähig machen, damit Daphne ihren Job haben ...«

»Ekelhaft!«, stellt Danny fest.

»Was würde deine Schwester Agnes dazu sagen?«, fällt mir dazu absurderweise ein.

»Schwester? Wieso Schwester? Ich bin Einzel ...« Und dann merkt Paris, dass er einen weiteren Fehler gemacht hat.

»Agnes war also auch nur eine Erfindung? Das Ohrenpusten, das Frauseinwollen, all dieser ...« Ich spüre, wie heißkalte Empörung durch meine Adern wäscht. Mir fehlen die Worte vor Wut.

»Wer ist Agnes?«, fragt Polly.

»Meine Güte, Sie lügen aber viel«, bemerkt Danny zu Paris und gibt ihm einen Schlag auf den Hinterkopf. Clemens serviert die Getränke.

»Seien Sie einmal ein Mann und sagen Sie die Wahrheit.«

Danny gibt ihm erneut einen Schlag, wie ein Lehrer einem widerspenstigen Schüler in der letzten Reihe. »Na?«

Paris' Worte sprudeln jetzt hervor wie Billigsekt. »Ich wollte dich schon immer, Helena ... Ich wollte dich besitzen. Um dir Manieren beizubringen. Um dich zu knacken. Diese arrogante Fassade! Und als Daphne diese Idee hatte ... tut mir leid, ich konnte doch nicht, ich wusste nicht ...«

Er bekommt von Martini wieder einen Schlag auf den Hinterkopf.
»Sie tun einer Frau weh, weil Sie sie nicht kriegen können? Mann, Sie haben ein echtes Problem, Junge.« Danny trinkt das Wasser in kleinen Schlucken aus. »Na. Dafür müssen Sie mit sich selbst alt werden. Ist ja auch nicht schön.«
Danny macht Clemens das Zeichen für die Rechnung.
»Es tut mir leid«, quiekt Paris. »Es tut mir so leid, aber ...«
»Schön, schön«, flüstere ich. »Aber nun ist auch gut.«
Polly steht auf und sieht auf Paris herab. »Sie sind ein armes kleines Würstchen. Friede sei mit Ihnen.«
»Lassen wir dieses Würstchen allein. Ich werde mir seinen Namen merken, damit ich meine Kollegen in Hollywood vor ihm warnen kann. Arrivederci, Asshole.« Danny gibt Paris einen letzten Schlag auf den Hinterkopf und setzt sich wieder die Taucherbrille auf.
Dann bietet er Polly seinen Arm. »Ich bin mir sicher, Sie schon mal gesehen zu haben. Sie waren nur ein wenig jünger, ein wenig blonder ... waren Sie mal ein Pin-up?« Polly lacht und winkt Tine und Clemens zu.
Ich stehe direkt vor dem schönen Mann. In Paris' Augen der Ausdruck eines Kindes, das etwas falsch gemacht hat und sich ärgert, dabei erwischt worden zu sein. Ich krümme die Finger und lege den Daumen sorgsam über die Faust. Ich lächele ihn an.
»Paris ...«, hauche ich den Schmachthengst an. In seinem Blick breitet sich Hoffnung aus. Mit der linken Hand streichele ich seine stoppelige Wange. Diesen Dreitagebart fand ich mal unglaublich sexy. »Paris, du bist einfach zu dumm.« Dann hole ich aus.
Die feste Außenseite meines rechten Handrückens trifft genau auf sein Kinn, und zwei Backenzähne mit teuren Kronen machen ein hässliches Geräusch.

Paris geht mit einem gurgelnden Laut zu Boden. Tine sagt »Gong«.

Clemens hilft Paris vom Boden auf, führt den gekrümmten Mann zur Tür und verkündet sehr zufrieden: »Sie haben Hausverbot.« Dann zwinkert er mir zu. Mit beiden Augen.

Gio hat den Motor bereits angelassen. Das Saab-Cabrio vibriert, und der Motor röhrt unter seinem Gasfuß, die Straßenfjorde hallen wider von dem Brüllen der Maschine.

Ich klettere auf den Rücksitz und fühle mich großartig, auch wenn meine Hand schmerzt. Claire hatte mir beigebracht, richtig zuzuschlagen. Nicht wie ein Mädchen. Sondern ordentlich. Sie wird stolz auf mich sein.

Danny hilft Polly fürsorglich auf den Rücksitz und rückt ihr noch die Taucherbrille zurecht. »Und was machen wir jetzt?«, fragt sie.

»Ich muss leider noch ein bisschen arbeiten«, antwortet Danny. »Aber wir fahren Sie dahin, wo immer Sie hinwollen, Mam.«

Polly sieht zu mir herüber. »Nach Hause«, sagt sie. »Einfach nur nach Hause.«

26

»Du bist zu hübsch für eine Feministin«, hatte mir mal ein Mann gesagt, als ich nicht so wollte wie er. Ach, ja. Stattdessen helfe ich Frauen seit Jahren dabei, wenig mehr zu sein als eine dekorative Praline, mit Idealmaßen, eine hübsche Larve – letztlich nur atavistische Speckstückchen, männerhörig, modehörig und abhängig von Schönheitsnormen, so austauschbar wie Batterien. Ein Heer von gut funktionierenden Batterien, die sich auslutschen lassen, bis nichts mehr bleibt außer der Frage: »War das schon alles?«
Stattdessen könnte ich ihnen sagen, dass es okay ist, allein oder einsam zu sein. Und dass man kein Mensch zweiter Klasse ist, weil es da niemanden gibt, neben dem man noch besser, noch anständiger, noch fraulicher wird. Der Kult ums Paarwesen hat einem ja völlig das Vertrauen genommen, auch allein weise werden zu können. Oder dick und weise.«
Marianne Liebling lacht hell auf, ein Lachen so vibrierend wie das Tremolo in der Stimme Edith Piafs. Sie schiebt mir die Lakritz näher hin. Doktor Thomas Liebling und Polly haben sich jeden Tag getroffen, um weiter und weiter zurückzugehen. In ihr Gedächtnis. Kassette um Kassette füllt sich mit ihren Erzählungen unter Hypnose.
»Wussten Sie, dass siebzig Prozent der Playboy-Models, die in den letzten zwei Jahrzehnten auf den Ausklappbildern präsentiert wurden, untergewichtig sind?«, fragt Marianne. »Der Body-Mass-Index der Models lag im Schnitt bei 18,1. Als unter-

gewichtig gilt, wer einen Wert unter 18,5 hat. Ab dieser Grenze geht man davon aus, dass eine Essstörung vorliegt. Frau Levy, Sie allein sind also nicht für den Untergang des Abendlandes zuständig.«

Ich habe mir freigenommen, um das Abendland von selbst untergehen zu lassen. Bis zum 15. Dezember plus einiger Tage bin ich von Zero freigestellt. Bis zum zweiundzwanzigsten, um genau

zu sein. Daphne tut das, was sie sich schon immer erträumt hat. Sie hat die Leitung übernommen und ist sich sicher, damit auf der Zielgeraden zum Posten der FEMME-Chefredakteurin zu sein. Und sie ist sicher, damit all das zu bekommen, was sie von Rechts wegen meint zu verdienen: Glamour, VIP-Status und Macht.
Hanne hat sich demonstrativ krank gemeldet. Sie ist mit Tim-Ake in die Normandie gefahren zu einer Calvados-Destillen-Reise. Und mal gucken, was der Senf in Dijon so macht.
Vormittags begleite ich Polly zu den Sitzungen mit Liebling. Nachmittags gehe ich Jo besuchen. Wir reden nicht über den Tod. Wir leben das Leben, und er erzählt mir seines, Angelica berührt ihren Bauch und lächelt. Ihrer beider Finger tasten nacheinander und unterhalten sich schweigend. Abends sitzen Irma Roosenbaum und ich in der Tiefgarage in ihrem Jaguar und hören Klezmermusik. Sie weigert sich, einen CD-Spieler für ihre Wohnung anzuschaffen.
Jo regelt sein Nachleben – ein furchtbares Wort. Er regelt das, was auf Mikki und Angelica zukommen wird. Die Verfügungen haben wir zusammen aufgesetzt, Mikki wird das Bleiberecht erhalten, auch wenn Angelica nicht automatisch sorgeberechtigt ist. »Hör dir das an«, hatte Jo gemurmelt, »das Kind soll im gewohnten Familienverband, Klammer auf, Paragraph sechzehn zweiundachtzig, Bleiberecht, Klammer zu, bleiben können, obwohl der Partner des verstorbenen Elternteils nicht sorgeberechtigt ist. Familie. Das hat sie hier. Oder?« Ja. Das hat sie.

Manchmal bin ich sogar glücklich. Und dann bin ich es wieder nicht.
Marianne Liebling mag es, wenn ich neben ihr auf der Tischkante sitze oder herumlaufe in der Altbauwohnung in der kantigen Straße zwischen Schlump und Schlankreye. Ich betrachte die Fassade der Vaterstädtischen Stiftung gegenüber und lausche auf die Kinderstimmen, die vom nahen Schulhof durch den warmen Winter drängeln und wie buntes Feuerwerk in der Luft zerplatzen.

Mariannes ruhige, zuverlässige Hand ruht in der Luft.
»Und war das für Sie schon alles, Frau Levy?«
Ich lege meine Hand auf die kühle Fensterscheibe. In Gedanken sehe ich Bens Gesicht auf der anderen. Seine Finger berühren meine, aber nur fast. Wir können uns sehen, aber nicht anfassen.
Nein. Das war noch lange nicht alles.
»Wenn Sie drei Wünsche frei hätten ...«, beginnt Marianne Liebling.
»Habe ich aber nicht.«
»Sie dürfen alles. Kommen Sie. Sagen Sie schon.«
Wünsche zu haben ist leicht. Hoffnungen nicht. »Lieben. Geliebt werden. Leben bis zum Anschlag.«
»Und was hindert Sie?«
Ich weiß die Antwort. Ich weiß sie schon lange.
»Ich«, gebe ich zu. Marianne legt mir ihre zuversichtliche Hand auf die zitternden Finger. »Ist nicht schlimm«, sagt sie, »nicht schlimm.«
Ich denke daran, dass ich nie an den Märchenprinzen auf einem weißen Pferd geglaubt habe. Wenn, dann eher an das Pferd. Ich denke daran, wie ich Ben angerufen habe. Es war eine dieser Nächte, in denen ich es nicht mehr länger ausgehalten hatte, ihn nicht zu sprechen.
»Freundschaft ist mir zu wenig, Helena ...«, hatte er gesagt.

»Alles. Oder Nichts. Du wirst mir fehlen, ja. Aber mehr würdest du mir fehlen, wenn ich dich sehen könnte, aber du nicht ganz bei mir wärest.«
»Aber wir ärgern uns nur. Es gibt genügend Frauen da draußen, über du dich nicht ärgern müsstest.«
»Lieber ärgere ich mich mit dir herum, als eine andere Frau zu lieben.«
»Liebst du mich noch?«, fragte ich ihn nach Minuten des

Schweigens. »Natürlich«, sagte Ben. »Das hört ja nicht einfach nach zwei Wochen auf.«
»Aber wieso?«
Er hatte tief geseufzt. »Oh, bitte. Wieso? Wenn ich das wüsste, würde ich dich vielleicht nicht lieben. Es gibt kein Warum, kein Wieso. Denn dann gäbe es ja einen Grund. Eine Bedingung. Was soll ich sagen – ich liebe dich, weil du schön bist? Schönheit vergeht. Und du würdest Angst haben, dass damit meine Liebe vergeht. Soll ich sagen: Weil du so klug bist? Würdest du morgen einen Unfall haben und danach nur noch stottern und kein Kreuzworträtsel mehr verstehen, denkst du, meine Liebe würde weniger?«
»Ich weiß nicht.«
»Was weißt du dann?«
»Du fehlst mir.«
»Das ist gut. Ich mag es, dir zu fehlen.«
Dann legte er auf, sehr langsam. Ich war vom Bett aufgestanden und hatte mich nackt vor den Spiegel gestellt. Was sah er nur, was ich nicht sah? Ich ging näher an den Spiegel heran. Und fand es nicht.
»Vielleicht will das Abendland ja magersüchtig untergehen. Vielleicht will die Gesellschaft verführt werden. Vielleicht hat es nur nicht für mich funktioniert.«
»Ja«, sagt Marianne Liebling. »Ja. Vielleicht.«
Ich ahne, dass wir beide wissen, dass die Welt sich niemals än-

dern wird. Nur man selbst. Und Ideale sind nur so lange welche, wie sie unerreichbar sind, wie Träume, die wir zum Überleben brauchen.

»Darf ich Ihnen Ihre Freundin vorstellen?«, fragt Doktor Thomas Liebling. Er hat sich leicht auf Pollys Oberarm gestützt und lässt sich von ihr führen, obgleich er das nicht braucht.

»Liebling«, sagt Marianne und lächelt ihn an. Sie lächelt ihn an, obgleich er es nicht sehen kann. Und das ist Liebe. Sie ist wie Wärme, spürbar, fühlbar und jetzt, hier ist sie sichtbar. Ihre Hand wärmt immer noch meine kalte.

Polly lächelt unsicher.

»Wiederholen Sie es bitte«, bittet Thomas Liebling. »Wie heißen Sie?«

»Ich bin ...«, Polly schluckt. Ihre Augen schwimmen in Tränen. Der Freude. Des Entsetzens. Ihr Gesicht wechselt von einer Unentschiedenheit in die andere.

»Silberberg. Ich bin Martha ... Silberberg.«

Dann fällt sie in meine Arme. »O Helena ... der Krieg ... o Gott, der Krieg ...« Sie drängt sich in das Nest meiner Schultern. »Und Matteo ... ach, Matteo ...« Sie lässt sich auf den Stuhl neben Mariannes Schreibtisch sinken.

Doktor Liebling schiebt die Kassette seiner Frau zur Abschrift hin. »Wir sind am Ende«, sagt er.

»Nein«, sagt Polly zitternd. »Am Anfang. Das ist nicht das Ende. Nicht das Ende ...« Ihre Stimme verliert sich in der Weite ihrer Erinnerung. Ihre Augen sind weit und feucht, nicht mehr länger heimatlose Augen. Sie wissen, woher sie kommen, doch dort ist nicht mehr ihr Zuhause.

»Wer ist Matteo?«, frage ich Polly leise. Nein. Martha. Meine Martha.

»Mein Matteo ...«, wiederholt sie, und es ist, als ob ihr Herz zerbirst.

Doktor Liebling drückt mir zwei Schachteln in die Hand.

»Zur Beruhigung. Der emotionale Stress ist enorm. Die Abschriften kommen heute Nachmittag. Damit Sie wissen, was ... Frau Silberberg so beunruhigt.« Ich greife wie aufgezogen nach den Arzneien.

Martha Silberberg und ich halten uns an den Händen, bis wir nach 25 Minuten zu Fuß die Stiegen zu mir hinaufgehen.

Ich bemerke meine eilfertige Geschäftigkeit, während Polly – Martha! – auf einem Küchenstuhl sitzt, die Hände im Schoß

gefaltet, vor sich auf die Tischplatte starrt. Ich rühre einen Zitronenpudding an, ich kopiere die Handgriffe, die ich bei ihr hundertmal gesehen habe. Als ich die Masse im Topf mit einem Küchenhandtuch bedeckt auf das Fensterbrett zum Auskühlen stelle, erhebt Martha ihre Stimme.

»Ich war schön ... so schön. Ich bin fünfundsechzig Jahre alt. Ich war ... ich bin ... wie sagte man damals: Ein Fräuleinwunder. Ja. Ich habe die Susanne Erichsen bewundert, die Miss Germany von neunzehnhundertfünfzig, die der Inbegriff des Fräuleinwunders wurde. Dabei war sie nicht mal blond. Sie ging nach Amerika, kam wieder und gründete eine Firma. Mode, für Teenager ... das war ein Begriff, den sie uns mitgebracht hat, die Susi. So wollte ich auch sein. Dann kam das Jahr neunzehnhundertsechzig. Der Miss-Germany-Wettbewerb. Aber da war Ingrun, und sie hat gewonnen. Sie hat später den Neckermann geheiratet ... man durfte ja nicht verheiratet sein, als Miss-Kandidatin. Deswegen habe ich ... Matteo ...«

Sie streichelt, ohne hinzusehen, Jackies dunkles Köpfchen. Die Kleine merkt, dass etwas anders ist.

Ich lasse Martha weiterreden, langsam erst, Stunden um Stunde. Und es rollt sich ihr Film auf, er ist nicht chronologisch, und doch ist es eine Geschichte, ihre Geschichte.

Wie sie herumgereicht wurde, als eine der Schönen in Deutschland, ein Fräuleinwunder. Wie sie Jahr um Jahr aufschob, Matteo wiederzufinden, dessen Antrag sie abgelehnt hatte, um an

den Misswahlen teilnehmen zu können. Denn sie war schön, und sie liebte dieses Leben mehr als die Liebe. Die Schönheit, die ein hässliches Leben vergessen ließ. Den Krieg, den sie als kleines Mädchen erlebt hatte. Die Toten und die Häuser, wie Zahnstümpfe im verbrannten Deutschland, Spielzeug aus Papier und Haarnadeln, Salat aus Gänseblümchen, Löwenzahn, Brennnesseln. Die schweren Eimer, die sich die Trümmerfrauen reichten. Martha mittendrin, gerade ein Schulkind, wollte helfen. Gelacht hat ihre Mutter später, als das Recht der Frauen, zu arbeiten,
von der Entscheidung der Ehemänner abhing, denn ihrer war im Rinnstein von Buchenwald gelandet. Den neuen Bewerbern wollte sie die Kernfamilie nicht einfach schenken.

»Frauen bauten Deutschland auf«, hatte sie ihnen zugerufen, wenn sie enttäuscht vom Liebeslager aufgestanden waren und sich fragten, wo das Wunder des Fräuleins blieb. »Was, soll ich zurück in die Küche?«

»Meine Mutter war die Erste, die mir sagte, dass auf einen Mann allein nicht zu bauen sei. Als ich Matteo mit achtzehn kennenlernte ... ach ... Maman hatte Angst, ich würde vergessen, wie wir die Steine und das Land aufgeräumt hatten. Um fortan nur noch zu kochen, zu gebären und brav zu sein?«

Sie lacht bitter auf.

»Sie ließ mich ihr versprechen, innerlich immer frei zu bleiben, um es auch immer allein schaffen zu können. Ich habe Matteo geliebt. Jede Frau liebt einen Italiener ... Ich dachte, ich könnte nicht mehr atmen ohne ihn. Und doch ... habe ich vergessen. Ich habe einen ungefährlichen Mann genommen, für den ich aus Liebe mein Versprechen, das ich meiner Mutter gegeben hatte, nicht hätte brechen müssen. Weißt du, Helena, ich glaube, wir Frauen waren schon immer emanzipiert. Aber wir waren müde, nach dem Krieg, wir wollten Normalität und Sicherheit, etwas, das nicht so schnell kaputtgeht und das Grauen offenbart. Nicht erst die sechziger Jahre haben uns befreit, wir ahnten es doch schon

vorher. Hätten wir sonst unsere Töchter gehen lassen? Dahin, wohin sie wollten? Und mit wem, Frau, Mann, oder allein?«
»Hattest du eine?«
»Nein.« Martha schüttelt den Kopf.
»Nein. Gisbert hatte zwei Söhne ... der ungefährliche Mann. Ich war Schneiderin. Wie die Erichsen. Ich wäre auch gern eine Botschafterin der deutschen Mode gewesen, der neuen Frauenmode, der Paris näher war als Frankfurt und das uns sagte, wie eine

deutsche Frau auszusehen hatte ...
Aber ich hatte mein Wunder. Ich hatte es. Als ich als Model gearbeitet habe. Als Avon-Girl. Drei Monate, in Kalifornien. Ich habe dort Vicki Baum getroffen, ein Jahr bevor sie starb. Ich bekam vierhundertzwanzig Mark die Stunde. Mehr als ein Industriearbeiter im Monat. Vicki war eine jener Frauen, die vor dem Krieg bereits über die Neue Frau geschrieben hatten, die so viel leistete und auch so viel verdienen sollte wie ein Mann. Die sich ihre Männer aussucht, wie es ihr passte, die liebte und lebte und sich das Recht herausnahm, auszusehen und das zu tun, was sie wollte, und die sich nicht in enge Kleider zwängen ließ, um eine gute deutsche Frau zu sein. Und doch, das Leben war keine Revue, nicht jede konnte Hosen und Bubikopf tragen und Charleston tanzen, das ist verklärt. Deutschland war nicht wie das avantgardistische Berlin, nicht vorher, nicht nachher. Frauen, die frei lebten, waren verdächtig.
Gisbert war kein klassischer Mann. Nein, er mochte es, wenn ich arbeite. Er hat ja gut gelebt davon. Ich war Anfang dreißig, als er mit zwei Koffern und zwei kleinen Kindern an der Hand bei mir einzog. Ich habe ihn ausgehalten. Aus schlechtem Gewissen, ihn nicht zu lieben. Meine Liebe war ja fort. Also arbeitete ich für ihn, mich, die Kinder.«
»Irma hatte also recht. Du bist reich.«
»Wenn man seit Mitte der sechziger Jahre Netzstrümpfe in die ganze Welt verkauft, die noch mit der Ajour-Stick-Technik ge-

macht werden, lässt sich einiges verdienen. Ich bin eine Strumpfverkäuferin.« Martha sieht mich unglücklich an. »Eine nicht geschiedene Strumpfverkäuferin.«
»Paff«, sagt Jackie.
»Und das ist mein Hund«, sagt die alte Dame leise. »Ich wäre gern wieder Polly«, stellt Martha Silberberg fest, nachdem ich lange geschwiegen habe. Ich muss nachdenken.
»Was ist passiert, als du vergessen hast ... wer du bist?«
Als ob Martha-Polly all die angehaltene Luft der letzten Jahrzehnte ausstößt, atmet sie aus. »Matteo. Ich habe Matteo wiedergesehen.«
Jetzt laufen ihr alte Tränen über das jung gewordene Gesicht herunter. »Ich habe ihn doch so geliebt, Helena. So sehr. Und mein Leben wäre anders gewesen, mit ihm darin. Ich habe ihn gesehen und wir haben den Nachmittag bei den alten Fotografien verbracht, ich sagte, ›schau, das bin ich, hier, das ist das ausgebombte Haus gewesen, man kann in das Schlafzimmer sehen ... hier, da trage ich eine Entwarnungsfrisur: alles nach oben ... und da, die Weltausstellung, Paris, die Laufstege, Gaultier, Madonna, Vivienne Westwood ... meine Strümpfe‹ ... und er sagte: ›Du lächelst nicht, auf keinem der Bilder, nicht mal auf deinem Hochzeitsfoto‹, und ich sagte ihm ... ›ich lächele nicht, weil ich dich immer vermisst habe.‹«
Sie verbirgt ihr zerschmettertes Gesicht in den Händen. Sie sind faltig und hell, blaue Adern zeichnen sich ab, ringeln sich um die braunen Flecken. »Ich hab gesehen, dass ich einmal falsch abgebogen bin, aber mich nie darum bemüht habe, auf meinen Weg zurückzukommen.«
»Und dann?«, frage ich.
»Und dann bin ich nach Hause gegangen und habe die Scheidung von Gisbert verlangt. Er sagte: ›Das kannst du dir gar nicht leisten‹, und ich bin raus, aus dem Haus, mit Jackie ... und von da an weiß ich nichts mehr.«

Ich musste an Markowitsch aus Bielefeld denken. Der mit den Amnesiepatienten, die geflüchtet waren aus einem Leben, das nicht ihres war. »Wo ist Matteo jetzt?«
Martha zuckt mit den Schultern. »Wir haben uns verabredet«, sagt sie. »In einem kleinen Lokal, oben am Grindel, es heißt wie eine spanische Vorspeise. Ja. Tapeo. Das Lokal gehört einem Freund von ihm, hat er gesagt, einem Bänker, der lieber Maler sein will, aber jetzt Wirt ist. Er heißt Ade.«

Martha tut nichts gegen die Tränen, die ihr wie zwei Nornenfäden links und rechts die Wangen herablaufen und ihr Gesicht verweben, zu einer trauernden Maske.
»Er hat schon so lang gewartet, Helena. Er wird nicht mehr bis heute gewartet haben.«
»Murks«, knurrt Jackie, und ich nehme den Pudding vom Fensterbrett. Dann fülle ich drei Schüsselchen – für den Hund, für Martha und für mich. »Zitronenpudding. Der hilft gegen Angst vor Gefühlen.«
Martha Silberberg sieht mich an. Dann lächelt Polly.

Der Besuch in der Villa Silberberg am Harvestehuder Weg ist ein bisschen wie der Besuch eines Friedhofs, nur dass die Toten noch leben. Der Ausdruck auf dem Gesicht von Gisbert Keip – Martha hatte erst mit 35, also 1976 geheiratet und ihren Mädchennamen behalten –, als er seine bis dato verschollen gehoffte Frau erblickt, erzählte mir mehr über die Ehe der beiden, als ich je wissen wollte. Der älteste Sohn, Bertram, brütet im Hintergrund. Er hat ein Frettchengesicht und eine schiefe Nase. Sie haben beide Schmarotzeraugen.
Martha-Polly gibt Gisbert, als er beharrlich die Tür nicht freimachen will, eine Ohrfeige. Da erst lässt er sie ein.
Rechtanwalt Klosi neben mir gönnte sich den Anflug eines Lächelns. Der jung aussehende Verlagsanwalt mit graublauen Augen, die nie zwinkern, trägt seinen Kampfanzug – einen ein-

schüchternden hellen Anzug, Fliegerbrille und einen Stahlkoffer. Er sieht aus wie ein Killer.
Jetzt sitzen wir in Marthas Büro. Es sieht so aus, als hätte jemand in den letzten zwei Monaten darin etwas gesucht, aber nicht gefunden. An den Wänden sind helle Stellen, so als seien Bilder abgenommen worden. Martha alias Polly öffnet den Deckel des verstaubten Klaviers. Dann zupft sie an drei Saiten, schwache, tiefe Töne erklingen, und ein Fach unter dem Klaviermanual öffnet sich lautlos, bis es mit einem Klick in der Halterung einrastet. Daraus holt Polly einen langen, niedrigen grauen Stahlkasten hervor und öffnet ihn.

»Mein Leben passt in eine Schachtel«, sagt sie entschuldigend. Klosi steht an der geschlossenen Tür. Sie reicht mir ihren Ausweis. Dann geht sie die Urkunden und Papiere durch. »Alles noch da«, sagt sie schließlich und schüttet den Inhalt auf dem Klavierhocker aus.
»Wie ich die Situation einschätze«, lässt Michael J. Klosi vom Türrahmen aus vernehmen, öffnet die Tür und sieht Gisbert Keip so lange an, bis der seinen Lauschposten mit waidwundem Blick verlässt, »wurden Sie nicht als vermisst gemeldet, um später als verschollen und schließlich für tot erklärt werden zu können. Dann wäre die gesetzliche Erbfolge in Kraft getreten.«
»Die Kinder habe ich nie adoptiert«, gesteht Matha leise. »Sie hätten doch ihre Herkunft damit aufgegeben.«
»Ich denke, das nehmen sie Ihnen durchaus übel. Geerbt wird dann nämlich nicht«, sagt Klosi und hat nur ein Lächeln im linken Mundwinkel übrig. Dann stutzt er und geht zu einem der hohen Fenster mit Blick auf die Alsterwiesen. Er schiebt die schweren Samtvorhänge mit dem rot-gelben Foulardmuster beiseite. Dahinter kommen zwei Umzugskisten zum Vorschein. Polly lässt sich auf dem Mosaikparkett auf die Knie sinken, ich höre ihre Gelenke knacken. Sie hebt die Bilder vorsichtig aus dem

Karton. »Die hingen hier … und überall«, sagt sie mit kleiner Stimme. »Sie haben mich einfach aus ihrem Leben abgehängt. Sie wollten mich nicht mehr sehen. Nicht mal mehr auf einem Bild. Schau!«, bittet sie, und ich überfliege die Bilder. Das ist Martha Silberberg. Mit Mario Adorf und Sophia Loren, da mit zwei Beinmodels, Martha mit Dohnanyi, dem designierten Bürgermeister, Martha mit Jackie. Dann reicht Polly mir ein Blatt nach dem anderen, ich lese und reiche es an Klosi weiter.

Da ist ein Haus in der Nähe von Florenz, ein Appartement in Lissabon, zwei Silberbergstiftungen, die NGOs, regierungsunabhängige Organisationen, in Ghana und Nordwestkamerun unterstützen, die Mädchen Lesen und Schreiben beibringen, eine Ausbildung finanzieren und eine Musikbibliothek jüdischer Klezmermusik. Sie ist Ehrendozentin der Modeschule von Kalifornien und hält 61 % der Aktien der Silberstrumpf-AG. Und da sind noch die Auszüge über ihren Goldbesitz.

Jetzt beugt sich Klosi über die Akten und hält für eine Minute die Luft an. Dann lächelt er das erste Mal wirklich.

»Ihr Mann hat damals den Ehevertrag unterschrieben, der den Zugewinn und den Unterhalt ausschließt und die Gütertrennung vorsieht. Ich schätze mal, er hat Ihnen nicht zugetraut, dass Sie mal mehr verdienen würden als er, und wollte verhindern, dass Sie ihm nach der Scheidung das letzte Hemd ausziehen. Tja. Dumm gelaufen. Denn Summa summarum sind Sie mit allen Konten und jedem Besitz mehrfache Millionärin.«

27

»FEMME verliert Idealmaße.« Spiegel-Online.
»Jahrmarkt der Natürlichkeiten«. Kressreport.
»Danny Martini will mehr als sexy sein«. BILD.
»Ein neuer Feminismus«. Alice Schwarzer.
»Vorne Frau, hinten Mann, erinnert mich ein bisschen an: Kräht die Henne auf dem Mist – wenn das mal keine Transe ist.« Harald Schmidt.
Mein Editorial zur FEMME, die hinten eine HOMME ist und innen nicht so wirklich das, was man und Frau von der stärksten Frauenzeitschrift Deutschlands erwarten, fand sich mehrfach kopiert in diversen Blogs und Foren. Vor allem an dem Satz »Eine Frau muss nicht alles sein, es reicht, wenn sie sie selbst ist«, rieb man sich auf. Angefangen mit: »Was soll das für ein weibliches Konzept sein?«, bis hin zum schlichten »Spielverderberin«, war alles zu lesen.
»Was ist los mit den deutschen Frauen?«, wurde auf dem ZEIT-Blog gefragt, und es raschelte in den Wochenendausgaben der Tageszeitungen.
Die Kolumnisten und Edelfedern spitzten ihre Zungen noch ein wenig an, um das auseinanderzunehmen, was wir da vorgelegt hatten.
»Früher ging's um besseren Sex und Traumbody, um längeren Sex und Bikinifigur, um heißeren Sex und flachen Bauch in drei Tagen. Jetzt ist alles anders, und FEMME will nicht mehr länger Supersex und Superkörper. Jetzt will sie auf einmal auch den

Rest vom Leben und bringt die deutschen Frauen völlig durcheinander«, schrieb die taz.

Oje. Von denen gelobt zu werden ist verdächtig.

»Die FEMME wird durch den HOMME erst komplett – Rückfall ins Kindchenschema der Männer-Gesellschaft?«, schrie der Kölner Express. Ja, ja.

»Und wer verkauft uns jetzt unsere Träume?«, fragte das Streiflicht der Süddeutschen. Im Medienteil war eine Historie der

Frauenzeitschriften in Deutschland abgerissen, und man stellte fest, dass FEMME aus der Pop(p)kultur entsprungen war und offenbar fest vorhatte, die Wirklichkeit zu einem Traum werden zu lassen.

Telse Grill hatte mir die Flut von Kommentaren ausgedruckt und mit einem Milchkaffee serviert.

»Alle haben Sie jetzt aber nicht lieb«, warnte sie, als sie mir die Mappe hinlegte. Die neue FEMME ist seit einer Woche auf dem Markt. Ich streichele das Cover und freue mich darüber, dass wir die Lachfältchen des 42-jährigen Models nicht retuschiert haben, das Kleidergröße 40 trägt und in den Augen eine unfassbare Lebendigkeit besitzt. Ich liebe die Strecke, die wir mit »Frauenbilder« überschrieben haben. Frauen in allen Altersklassen, schwarz-weiß fotografiert von Helga, die ihre Ansichten über das Frauenbild verraten. Mikki und Polly sind auch dabei. Mikki hat Polly von hinten umschlungen, Polly hat sich mit geschlossenen Augen an sie gelehnt. Das ganze Heft ist expertenfrei. Es sind Frauen, die aus ihrem Leben erzählen, von ihren Erfahrungen, von ihrem Bauchgefühl, von ihren Gedanken. »Befindlichkeitsjournalismus« hieß das mal. Ich nenne es Vielfalt und Authentizität. Dazu braucht man keine zurechtgebogene Statistik und keinen Akademikertitel.

Dann überfliege ich den Blog. Ich bin mir fast sicher, dass ich weiß, wer ihn verfasst hat. Von Nestbeschmutzung ist darin die Rede, von einem Verhältnis mit Danny Martini, von Medikamentenabhängigkeit und von brutalen Ausfällen gegenüber dem Starfotografen Paris Bronski. Ach, ja. Die waren besonders schön gewesen.

Heiner Zerom tritt aus dem Fahrstuhl.

»Nee, nee, nee, Frau Levy. Haben Sie Erbarmen, lassen Sie mich erst mal ankommen. Wissen Sie, was die im Golfclub sagen? ›Na toll‹, sagen die, ›und als Nächstes werden auch noch Männermagazine gemacht, die mehr mit dem Leben und der Realität als den Bedürfnissen und kleinen schmutzigen Altherrenphantasien zu tun haben.‹ Da haben Sie mir ja was eingebrockt. Wie konnten Sie nur behaupten, ein Stripgirl ist deshalb sexy, weil es ein Stripgirl ist und damit unantastbar. Aber den Hausfrauenstrip könne man sich sparen?«

»Sie haben das Heft offenbar zum ersten Mal gelesen«, stelle ich fest.

»Ich? Ach was! Mit so was fange ich doch gar nicht erst an! Nein, Möhrchen hat es mir vorgelesen! Jedes verdammte Wort aus Ihrem Blatt! Ich hatte das ganze Wochenende keine ruhige Minute, dauernd ist sie mir nachgelaufen und wollte dies und das mit mir besprechen! So viel hat sie das ganze Jahr nicht mit mir geredet.«

Er sieht mich mit der kummervollen Mine eines Menschen an, der begriffen hat, dass erfüllte Wünsche schlimmer sind als Sehnsüchte, die man sich nur in wenigen Sekunden als wünschenswert vorstellt.

»Kommen Sie«, sagt er dann aufseufzend.

Er wirft seinen Mantel auf das schwarze Ledersofa und streicht sich mit beiden Händen durch die Haare. Dann kommt er auf mich zu.

»Machen Sie das nochmal«, sagt er, als er vor mir steht.

»Was?«

»Ich will wieder so etwas. Und nochmal und nochmal. Ich will, dass Sie Chefredakteurin bleiben. Es hat Stil, es hat Flair, es hat Herz … und es wird darüber geredet! In nur einer Woche haben wir die Ausgabe ausverkauft! Wir müssen nachdrucken. Zwischen den Jahren geht eine neue Ladung raus. Und das ist Ihr Verdienst! Suchen Sie sich aus, was Sie wollen. Mehr Geld? Neues Büro? Ich kauf Ihnen jeden Autor, jeden Mitarbeiter, oder wollen Sie eine neue Einrichtung? Ich bitte Sie, sagen Sie was!«

Er sieht es meinem Gesicht an, dass ich schon eine Entscheidung gefällt habe, ohne selbst zu wissen, dass es so ist.

»O nein«, entfährt es ihm. »Sie gucken so ablehnend. Aber, wissen Sie was? Das habe ich mir gedacht! Deswegen habe ich etwas, was Ihnen die Idee vielleicht … attraktiver macht.« Zero drückt auf einen Knopf an seinem Telefon. »Ich weiß, dass Sie zuhören, Telse, aber es wäre schön, wenn Sie so täten, als täten Sie es nicht. Er soll jetzt reinkommen.«

Dann wendet sich Zero wieder mir zu. Er ist begeistert wie ein kleiner Junge von seinem Streich. »Ich mache Ihnen jetzt ein Angebot, das Sie NICHT ablehnen KÖNNEN!« Ich höre die Versalien in seiner Stimme. Kommandoton.

In der Fensterscheibe sehe ich einen Mann. Groß, blond, nicht mein Typ, nicht schön. Als ich mich umdrehe, sehe ich den Mann, der mir fehlt, und der mich immer noch liebt. Ben sieht mich überrascht an, sein Gesicht ein Kaleidoskop an Meinungen.

»Eine Männer- und Frauenzeitschrift«, sagt Zero begeistert, »Zwei in einem, jeder ein Ich, zusammen ein Wir. In der Heftmitte die Dinge, die beide betreffen, das Paarleben, mal der Sex, mal die Beziehung, mal der Alltag, einfach der Dialog zwischen den Geschlechtern. Na! Ich bitte Sie! Das ist doch was! Anstatt zu trennen, was immer zueinander strebt, schlagen wir Brücken! Zwischen den Welten, und das ist in einer Zeitschrift Namens »Nous«! Wo nicht die Frauen den Frauen sagen, wie die Männer ticken, und umgekehrt, sondern wo wir endlich die

Gespräche führen, die in unserer Republik schon so lange vermieden werden! Die Leute sollen miteinander reden, und wenn sie das nicht können, lesen sie unser Blatt. Zusammen! Und Sie beide sind die Chefredakteure! Das Liebespaar der Nation! Und FEMME ... das kann ja Daphne Gretschmer machen, es wäre ja nicht gut, unsere Unique Selling proposition ganz zu ändern, wir sollten schon in dem Duktus bleiben, den man von uns gewöhnt ist, nicht wahr.«

Ich sehe Ben an, dass er nicht wusste, dass ich hier sein würde. Zero hat es clever eingefädelt. Wahrscheinlich war er so begeistert von der neuen Zutraulichkeit seiner Ehefrau, dass er sich diese Idee einer neuen Zeitschrift förmlich aus den Ärmeln geschüttelt hat. Und es war ja im Prinzip auch eine gute Idee. Aber Prinzipien haben ihre Tücken. Ich weiß das. Meine funktionieren nämlich nicht mehr.

»Nein«, sage ich.

»Gilt auch für mich«, sagt Ben.

Zero atmet scharf ein. Dann lässt er seinen Blick zwischen mir und Ben hin und her wandern. Wir stehen da wie zwei Schüler vor dem Rektor. *Gerion! Levy! Ich setz euch auseinander, wenn das so weitergeht!*

»Ach so ...«, sagt Zero, die Silben langgezogen wie Schweizer Fonduekäse. »Ihr seid ein unglückliches Liebespaar.« Dann lehnt er sich in seinem Lederdrehstuhl zurück. »Das ist natürlich ... schwierig. Die Chefredaktion eines Heftes, das für die Kommunikation und das Leben miteinander plädiert statt gegeneinander, mit zwei Chefs, die nicht miteinander reden ... nein, ich glaube nicht, dass das eine gute Idee ist. Schade.« Er knurrt auf. »Und wie soll ich das bloß meiner Frau erklären?«

»Frau Levy könnte das mit einem anderen Kollegen genauso gut«, wirft Ben rasch ein.

»Herr Gerion auch«, sage ich, »es gibt jede Menge Journalistinnen da draußen, die genau dasselbe machen können.«

»Wo liegt eigentlich Ihr Problem?«, fragt Zero. »Ich seh es Ihnen an: Ben, Sie lieben Helena, und Helena ... tja ... Ist Ihnen das egal?«
Ich kann nichts dagegen tun, aber das Lied ist in meinem Kopf. *Je ne regrette rien.* Edith Piaf. *Non! Je ne regrette rien.* Nein, ich bereue nichts.
»Mir? Nein. Egal ist mir das nicht.«
Je me fous du passé! Ich pfeife auf die Vergangenheit.

»Ja, was wollen Sie dann? Ein eigenes Heft? Bitte sehr! Entwickeln Sie ein Heft, wie es Ihnen passt! Nennen Sie es »Moi!« oder was auch immer Ihnen vorschwebt. Mensch, Sie sind doch eine Blattmacherin!«
Avec mes souvenirs. Mit meinen Erinnerungen.
J'ai allumé le feu. Habe ich das Feuer angezündet.
»Nein.«
»Was wollen Sie dann, Himmel nochmal? Ein Kind? Eine Boutique? Eine Auszeit?« Zero ist aufgestanden. »Sagen Sie es, und Sie bekommen es von mir.«
Ich sehe zu Zero und dann zu Ben. »Es ist gut so«, sagen seine Augen.
»Alles?«, frage ich. »Vor Zeugen?«
»Alles«, bekräftigt Zero. »Na gut, es wäre schön, wenn Sie es auf drei Wünsche beschränken könnten.«
»Gut«, sage ich. »Gut. Erstens. Stellen Sie mir nie wieder irgendwelche Auflagenbedingungen, sagen Sie mir nie wieder, dass ich Hausfrau und Mutter werden soll, und reden Sie über Ihre Frau nicht ständig wie über eine seltsame Spezies.«
Zero ist irritiert. »Wie? Ähm, also, das ist doch ...«
»Zweitens. Ich möchte, dass die FEMME-Redaktion eine Stellenausschreibung für einen neuen Chef formuliert. Redaktion sucht Chef. So was wie ›Erfolgreich eingeführtes Frauenmagazin sucht Blattmacher mit Herz, Hirn und leichtem Übergewicht.‹ Nicht Sie bestimmen dann meinen Nachfolger, sondern die Redaktion.«

»Das wird Daphne wenig gefallen«, quiekt Zero erschreckt auf. »Ich weiß. Aber der Redaktion gefällt Daphne auch nicht. Keiner arbeitet gern für einen dummen Boss. Aber Sie müssen es ihr ja nicht unbedingt sagen, wenn Sie miteinander im Bett liegen.«

Zeros Gesichtsfarbe wechselt von gesundem Alpinbraun zu Wachsweiß und Fetzenrot. »Ich ... wieso ... aber ...«

»Kann passieren. Den roten BH habe ich in der Boutique Bizarre gesehen, wenig später trug ihn Daphne, und Sie haben auch noch Telse Grill zum Einkaufen geschickt. Das ist widerlich, aber wie Sie das Ihrer Frau erklären, weiß ich auch nicht, wenn Sie mögen, kann ich das ja mal versuchen. Akzeptieren Sie diese Bedingungen?«

»Wenn es der Sache dient. Und drittens?« Zero ist heiser vor Zorn.

Ben schaut mich voller Stolz und Liebe an.

»Drittens. Ich will leben«, antworte ich. »Einfach nur leben. Und damit haben Sie wirklich nichts zu tun.«

Ich streife sacht Bens Hand, als ich den Raum verlasse, den Raum und die schöne, tote Scheinwelt. An der Tür drehe ich mich nochmal um.

»Sollten Sie auch mal versuchen, Zero.«

Mein Exverleger sieht mich an mit einer Mischung aus Respekt, Abscheu – und Angst. Ich sehe in seinem Blick das Abbild dessen, was ich von mir nie ahnte. Doch keine feige Frau, die es mit sich machen lässt. Sondern macht.

Wie er da so sitzt mit seinem elegisch tranigen Blick, als ob alle anderen schuld an seinem kleinen Leben sind, kann ich es mir nicht verkneifen.

»Aber, wissen Sie was: Es ist mir schnurz, was Sie tun oder lassen. Sie müssen damit glücklich werden, nicht ich. Und wenn Sie Ihre Geliebte zur Chefin machen, damit Sie sie los werden. Der eine denkt, er hat den anderen gelinkt, und beide halten sich für clever. Glückwunsch.«

Da verrutscht Zeros Blick und er beginnt zu schmollen.

Zeit zu gehen.

Balayés les amours. Weggefegt sind die Liebschaften.

Je repars à zéro ... Ich fange nochmal bei Null an.

Ich stecke meinen Kopf ein letztes Mal durch die Tür.

»Ach übrigens: Ich kündige.«

Ich ziele mit zwei Fingern auf Zero und drücke ab.

»Verstehen Sie jetzt, warum man diese Frau nur lieben kann?«, fragt Ben Heiner Zerom. Der hat die Unterlippe vorgeschoben.

»Schönen Tag noch«, sagt Ben und geht mir nach, aber nicht zu weit. Als ob er spürt, dass ich noch eine Strecke allein brauche.

Car ma vie, car mes joies. Denn mein Leben, denn meine Freuden.

Aujourd'hui, ça commence avec ... Heute beginnt es mit ...?

»Daphne, meine Süße. Ich will mich bei dir bedanken.«

Die derzeitige FEMME-Chefredakteurin steht in meinem alten Büro und sieht gestrandet aus. Die letzten zehn Tage hat ihr die Redaktion zu schaffen gemacht. Sie ist noch dünner geworden. Die weiß-rosa Rosen auf ihrem Schreibtisch lassen die Köpfe hängen.

»Ach, ja?« Daphne lächelt fahrig. Ein Zucken unter ihrem Lid.

»Aber, ja. Danke für Paris und dein Verhältnis mit Zero, danke für deine Zickigkeit und deine Intrigen, und herzlichen Dank auch für den überaus detailreichen Blog Blond in Hamburg. Furchtbar schlecht geschrieben. Das konntest nur du sein.«

»Das muss ich mir nicht sagen lassen!«

»O doch, genau das musst du. Weißt du, was ich am besten an dir finde? Den Beweis, dass man sich auch nach unten schlafen kann.«

Das Haustelefon klingelt. Als ich Daphne dabei beobachte, wie

sie nur zuhört und den Hörer dann wie in Trance neben die Gabel legt, weiß ich, dass Zero ihr gerade mitgeteilt hat, dass die Redaktion sich ihren neuen Chef ohne seine Einmischung suchen wird.
»Ach je. All die vorgetäuschten Orgasmen, ganz umsonst?«
Richterin Gnadenlos will mich dazu bringen, diese Frage laut auszusprechen. Aber ich tue es nicht. Irgendwann waren wir alle mal kleine Mädchen, die von Harmonie und Aufbruch träumten. Aber manche werden schon als miese kleine Arschlochmädchen
geboren.
»Du hast gewonnen, Helena.«
»Verloren hast du schon vor Jahren, Daphne.«
In ihr regt sich kein Verstehen. Keine Einsicht. Ihr Gesicht ist das einer Lügnerin, die sich nur ärgert, damit nicht durchgekommen zu sein. Sie wird ihr ganzes Leben lang vom Leben beleidigt sein.

Helga, die Fotochefin, sieht mit einem schalkhaften Lächeln von einer Reihe von Großformatdias auf dem Leuchttisch auf. »Hey, good looking«, sagt sie, und ich umarme sie spontan.
»Hey, ihr packt euch aber nicht gegenseitig in die Hose, oder? Sagt mir nur rechtzeitig Bescheid, dann gehe ich in die Kantine, ich will das einfach nicht mit ansehen müssen«, tuckt Lukas von hinten. »Wann bist du wieder zurück? Die da braucht so lang, bis sie irgendwas will. ›Pinguine!‹, schreit sie an einem Tag und am nächsten: ›Meerkatzen! Ich habe doch gesagt: Meerkatzen!‹«
Er rollt die Augen und zeigt in Richtung meines alten Büros.
»Gar nicht. Ihr werdet euch eure Chefin selbst suchen. Oder einen Chef.«
»Wir? Hmmm … reizend«, sagt mein bisexueller Art-Director. »Groß, blond, schlank, schwul und Cabriofahrer, das wäre nett.«
»Bis auf Schwul und Cabrio bin ich deiner Meinung, Hase«,

meint Helga. »Na, ja dann: Tschüss«, sagt sie noch und wendet sich wieder den Dias zu. Lukas geht in sein Büro.
Ich stehe etwas unschlüssig in dem Großraumbüro der Grafik herum. Die Layouter sehen auf ihre Bildschirme und schauen nicht mal auf.
»Ja. Okay. Tschüss dann.« Ich ziehe mir langsam den Mantel an.
Zwei Minuten später stehe ich vor dem Fahrstuhl und betrachte
 meine Füße.
»Enttäuscht?«, fragt Richterin Gnadenlos.
»Ein bisschen«, gebe ich zu. »Ich hatte gehofft ... ach, nichts.«
»Du hattest gehofft, ihnen nicht ganz egal zu sein?«
Ja. Aber das ist in Ordnung. Viele von ihnen waren mir jahrelang egal. Ich hab in meinem Hexenturm gesessen und gesoffen und hab so getan, als ob ich lebte. Und dabei vergessen, dass 45 Menschen, echte Menschen, um mich herum jeden Tag arbeiteten, fühlten, dachten, lebten, liebten, hofften. Jeder etwas anderes. Es gibt nicht – die Leute. Die Frauen. Die Männer.
Ich sehe auf und mich in den Spiegeltüren am Lift. Wie seh ich aus?
Langsam. Sehr langsam, entspanne ich meinen Bauch.
»Wie du«, sagt der Spiegel.
Der Lift öffnet sich mit einem Pling.
Kai-Arne kommt heraus und Nini, Barbara und Filumene, Roland Alisch und Kira Zeidlinger, und Barbara stöhnt: »Scheiße, ich dachte schon, wir müssten jetzt noch Stunden auf und ab fahren, bis wir dich endlich erwischen.«
»Telse hat uns Bescheid gesagt«, lispelt Nini, und Kai-Arne nimmt mich bei der Hand und sagt: »Hey, Boss.«
Und da kommen sie die Flure herunter, alle, alle, alle, Lukas und Helga grinsen von einem Ohr zum anderen, und jemand hält einen Titel von FEMME hoch. Sie haben mein neues und mein altes Gesicht in groß darauf gedruckt, Marlies trägt einen Ghet-

toblaster und dreht *Express yourself* von Charles Whright laut auf, irgendwo ploppen Korken von Flaschen, und die Volontäre pusten Luftschlangen.
Ich muss lachen, und da macht der Aufzug nochmal pling und Telse und Ben kommen heraus. Ben presst seine Lippen aufeinander, um sein Lächeln zu zügeln, und Telse kichert und kiekst und erzählt jedem, der es hören will, und auch jedem, der es nicht hören will, wie ich gekündigt habe und dass die Redaktion sich ihren Chef selber aussuchen darf. Ronald Alisch lauscht ihr verzückt.
Ich nippe an der Flasche, reiche sie weiter und ziehe an Bens Ärmel und verlange: »Halt mich.« Und er hält mich.
Marlies' Ghettoblaster keucht und scheppert und entlässt U2 in den Raum, *Desire*.
Ben hält mich, und mein Körper verrät mein Herz, ich dränge mich an ihn, dicht, dichter, fest, und ich drücke mich an ihn.
Um uns herum erheben sich vibrierende Hände und ein Chor von einem tiefen, tiefen »Oooohhhhhhh …«.
Sie strecken die Arme nach vorne und 900 Finger schütteln sich in der Luft, sie machen »ooohhhh …« wie bei einem Eckstoß während der Fußballweltmeisterschaft, Deutschland gegen Italien, und Ben tanzt mit mir, *Desire, Desire*. Und als die letzten Töne verklingen und die Mundharmonika verebbt, werden die Ohhhhhs lauter und höher, und Lukas ruft: »Macht schon!«
Ich ziehe Bens Ohr zu mir herab.
»Küss mich, Kollege«, und als er es tut, schreit die Redaktion auf, das Ohh endet in einem erlösenden Brüllen, 45 Stimmen schreien und jubeln und schreien, und Ben küsst und küsst und küsst mich.
Und ich küsse ihn.

Zwei Tage später. Es ist Weihnachten.
Meine Mutter kommt ins Wohnzimmer, mit einem Tablett und

Puddingschüsselchen. Für sich, Papa, Polly, mich – und Jackie. Ich öffne den obersten Knopf meiner Jeans.

Ich schiebe Jackie eine Portion hin, und das Kullerauge fiept ganz aufgeregt vor Glück und stürzt sich kopfüber ins Vergnügen. Vorher hat sie noch rasch ihre Minihundeweihnachtsmütze zerkaut, die Polly ihr aus einem Stück Filz und Mäusespeck genäht hat.

»Du machst mir gar keine Vorwürfe, dass ich seit drei Jahren nicht bei euch war, Mama.«

»Du wirst deine Gründe gehabt haben, Lenchen.«

»Das hat deine Mutter früher auch immer gesagt, wenn ich spät aus dem Studio kam: ›Albert Joachim Levy, du wirst deine Gründe haben.‹ Meine Vornamen hat sie nur gesagt, wenn sie sauer war.« Meine Mutter streichelt meinem Vater liebevoll über die scharf rasierte Wange. »Ich hatte eben Angst, du lernst dort jemanden kennen, der schöner, interessanter und aufregender ist als ich.«

»Was für eine absurde Vorstellung.«

Sie küssen sich, und in dem Moment kommt Polly herein und klatscht heftig Beifall. Sie trägt ein tannengrünes Wollkleid mit winzigen roten Rentieren darauf, die Doktorspiele miteinander machen. Olaf Kaschinski mixt Weihnachtscocktails.

Fanny nimmt sich ein weiteres Schüsselchen. »Spekulatiuspudding«, sagt Hanne fachmännisch und sperrt ihren Mund auf, um sich von Tim-Ake füttern zu lassen. Olaf balanciert ein Tablett mit dem Winterpunsch herein, hinter ihm Angelica, die für Mikki und sich zwei Weihnachtsfraukostüme genäht hat, mit Pollys Hilfe. Claire bugsiert schwer atmend ihr Cello die Treppe hoch, und Irma Roosenbaum trägt die Noten. Jo geht den beiden entgegen und wirft einen letzten Blick ins Treppenhaus.

Einer fehlt noch.

Ben ist mit meinem Vater in ein Gespräch vertieft. »Um Ihre Tochter zu werben ist ziemlich … spannend«, gesteht er.

»Tochter? Ich habe eine Tochter?«, ruft mein Vater erschrocken aus und tastet nach der Hand meiner Mutter.
Als er meinen alarmierten Blick bemerkt, sagt er nur: »Ein Scherz, Hella, nur ein Scherz. Gut siehst du übrigens aus.«
Ich streiche mir über den Kragen des einfachen Kleides. Seit zwei Tagen bin ich frei. Frei zu tun, zu lassen, zu lieben, zu denken.

Das kurze Klingeln an der Tür geht fast unter in dem lebhaften Rauschen der Gespräche meiner Lieben.
Der Mann ist etwas größer als ich und trägt eine Uniform der italienischen Handelsmarine.
»Helena Levy«, sagt er. Seine Augen haben sich an die weiten Horizonte gewöhnt, es ist ein offener, steter Blick aus grauen Augen.
»Matteo Teccolo.« Wir geben uns die Hand, der Mann, der Polly seit 47 Jahren liebt, und ich.
Drei Wochen hatte er jeden Abend im Tapeo gegessen und gewartet. Dann hatte er wieder die *Mia Martha* bestiegen und war in See gestochen.
Im Panamakanal erreichte ihn mein Anruf über Satellit.
»Wo ist sie?«, fragt der Italiener, ich öffne die Tür, damit er eintreten kann in diese wunderbare, kitschige, duftende Weihnachtswelt.
Das letzte Weihnachten mit Jo.
Das erste Weihnachten für Matteo und Martha Silberberg, genannt Polly. Sie spielt gerade mit Mikki das Faden-Aufnehmspiel mit einem langen, roten Haushaltsgummi.
Claire bemerkt den Kapitän zur See als Erste. Sie stößt Fanny an, die neben ihr sitzt, und beide verstummen. Nach und nach verlieren sich alle Gespräche im Raum und alle sehen ihn an.
Irgendwann fällt auch Polly die Stille auf.
Sie dreht sich zu uns um.
»Mein Herz«, sagt Matteo. Seine Stimme bebt wie unter Feuer.

»Matteo …«, entfährt es Polly, und sie lässt langsam das kompliziert verschlungene Gummi in den Schoß sinken.
Sie steht auf und hält sich an Mikkis Schulter fest. Ein unsichtbares Band zwischen den beiden alten Menschen lässt sie aufeinander zusteuern wie zwei Magnete. Kurz bevor sie aufeinanderprallen, bleiben sie dicht voreinander stehen. Matteo und Polly sehen sich in die Augen, tasten einander ab. Es gibt kein Warum. Kein Wieso. Kein Weshalb-hast-du-nicht?
 Dann schließt Polly die Augen. »Endlich«, flüstert sie, »endlich.«
Matteo nimmt seine Geliebte in die Arme, seine Lippen finden sich zu einem Kuss auf ihre Schläfe. »Verzeih«, sagt Polly schwach.
»Was denn«, sagt Matteo, »was denn.«
Irma stupst mir ihren spitzen Ellenbogen in die Seite und schiebt mir ihren Haustürschlüssel zu. Dann macht sie eine nickende Kopfbewegung, als wolle sie damit ausdrücken: »Sieh zu, dass die beiden allein sein können.«
Doch sie wollen nicht, sie gehen in die Küche, Hand in Hand und nebeneinander, ganz dicht, Polly legt ihren Kopf an Matteos Schulter, und sie gehen dorthin, wo niemand sieht, dass sie weinen.
Nach 47 Jahren nimmt Martha Silberberg ihr eigenes Leben wieder auf.
»Hast du gut gemacht«, wispert Jo und drückt meine Hand.
Als wir Stunden später erst über das zusammengewürfelte Weihnachtsessen herfallen – jeder hat etwas mitgebracht, die Tupperdosen stapeln sich in der Küche, im Backofen verbrennen die restlichen Kekskrümel, die Hanne mit Tim gebacken hat – und andächtig unsere Geschenke auswickeln, setzt sich Ben neben mich auf das breite Fensterbrett. Seine Augen sind ganz nah.
»Und wir?«, fragt er.
»Wir als wir, oder du und ich, als du und ich?«

»Happy Ends stelle ich mir anders vor.«

»Wir haben ein Happy Beginning. Nach Happy Ends fängt die Arbeit erst an.« Ich streichele Bens wunderschönes, zerklüftetes Gesicht.

»All diese Details, die man aushandeln muss. Wann, wo, wen …«

»Wenn ich nicht mit dir leben kann, will ich lieber allein sein.«

»Frag jetzt aber bitte nicht, ob ich dich heirate oder so.«

Seine Augen, ganz nah.

»Oder so.«

28

An einem Silvesterabend sitzt eine für den Dirigenten Andrey Boreyko fremde Frau auf dem ersten Platz der Cellisten. Beethovens Neunte wird ohne sie gespielt werden.
Als der Chor das erste Mal »Freude« ausstößt, sitzt eine Frau auf einem Schemel am dritten Gleis des Bahnhofs Dammtor. Zwischen ihren Beinen, die sie nie übereinanderschlägt, hält sie ein Cello. Die Fingerkuppen ihrer grauen Wollhandschuhe sind abgeschnitten. Unter ihrer Baskenmütze sieht man eine Strähne ihres dunklen Haares.
Sie spielt Tschaikowsky. Den ersten Satz des Schwanensee, Szene eins. Ihr Bogen streichelt das Instrument. Der Interregio nach Westerland fährt ein, und sie streicht den Bogen und die Schwäne fliegen heran, um zu sterben. Die Halle des Bahnhofes wird erfüllt, die Töne schweben bis unter das Dach und durch die Jugendstilfenster hinaus, über die Gleise, doch er, der es hören soll, hört es nicht. Er sieht sie nur.
Ein Beamter der deutschen Bahn setzt seine rote Mütze ab und greift zum Telefon zur Leitstelle. Als der Bogen das g-Moll streicht, hält er den Hörer in Richtung der Cellospielerin, damit der, für den ihre Musik gedacht ist, sie spielen hören kann. Die Ansage für die Ausfahrt des Interregio nach Westerland auf Sylt wird heute direkt in das Mikrofon des Bahnsteigs gesprochen. Als der Zug abgefahren ist, nimmt ein Mann im Leitstand fünf Kilometer östlich das Mikrofon zur Hand: »Gehen Sie nicht weg. Ich bin gleich da. Bitte.«

Die Cellospielerin sieht in eine Kamera und nickt.
Wenige Minuten später steht der Mann vor der Cellospielerin.
Sie spielt den Satz zu Ende. Dann sieht sie auf. Auf ihn, in das Gesicht des Mannes, in dessen Stimme sie sich verliebt hat. Sein Haar ist dicht und er trägt keine Brille.
»Wieso arbeiten Sie am Silvesterabend?«, fragt sie ihn.
»Weil ich den Tag nicht verpassen wollte, an dem Sie kommen.«
Die Cellospielerin lässt ihren Bogen sinken.
»Jetzt bin ich da.«
»Ja«, sagt der Mann zu Claire. »Ja.«

An einem Junitag wird ein geliebter Mann auf seinem letzten Gang begleitet. Die Luft ist aus Seide. Die Tränen aus Stein.
An seinem Grab stehen Angelica und Mikki. Sie fassen sich an den Händen. Unter Angelicas Blumenkleid wölbt sich Jos Kind in ihrem Bauch.
Der Trauerzug wird von 56 Frauen begleitet. Sie nehmen Abschied von Doctor Love.
Wir von Johannes Ritter. Der Mann mit dem goldenen Herzen. Geliebter Mann. Liebender Freund. Vermisster Vater.
In dieser Nacht träume ich von ihm. Es wird nicht das letzte Mal sein. Er ist hinter mir. Im Spiegel. Ich weiß, ich darf mich nicht umdrehen. »Johannes. Ich hab mich nie bei dir bedankt.«
»Wofür?«
»Dass du mich gelassen hast, wie ich bin. Dafür habe ich mich nie bedankt.«
»Dann fang auch jetzt nicht damit an.«
Er dreht sich weg. Ich höre ihn lachen. Der Soundtrack des Lebens.
»Niemand sollte sich dafür bedanken, wenn jemand, von dem man geliebt wird, einen werden lässt, wie man ist. Das ist normal. So ist Liebe gedacht.«

Als ich mich zu ihm umdrehe, wird er zu Luft, die ich tief einatme.

In einer Augustnacht fragt ein Mann eine Frau: »Glaubst du nicht, wir sind dafür zu … alt?« Er streichelt ihre geliebte Brust.
»Ach, Matteo. Wenn ich erst wieder zu Hause bei Irma bin, haben wir nicht so viel Ruhe wie hier in Lissabon. So schnell wird

sie dich nicht in unsere Seniorinnen-WG einziehen lassen.«
»Aye, mein Herz. Ich hab wirklich viel von dir gelernt, in letzter Zeit.«
»Ach? Komm, zeig mir, ob du es noch kannst …«

»Liebst du mich noch?«, fragt ein Mann eine Frau, einen Tag vor ihrem Geburtstag am 19. September. Die Luft ist mild und riecht nach Lavendel. Die Dächer von Florenz glänzen golden und nass in der Abendsonne.
Ich drehe mich zu Ben um, der von der Terrasse hereinkommt und mir ein Glas Limonenlimonade hinstellt. Er sieht mich mit diesem Blick an, der nur für mich ist.
»Jetzt gleich?«, frage ich.
»Nein. Schreib deine Geschichte ruhig noch zu Ende.«
»Das kann dauern.« Ich gebe ihm einen Kuss. Und noch einen. Bis wir nebenan auf dem Bett liegen und ein neues Kapitel beginnen.
Ich als ich. Du als du, und wir als du und ich.
Der Mond geht auf, während die Sonne noch am Himmel steht. Es hat geregnet.

»Nicht die Schönheit entscheidet,
wen wir lieben.
Sondern die Liebe entscheidet,
wen wir schön finden.«

Sophia Loren

Heleen van Royen

Göttin der Jagd

Band 16357

Gierig leben und jeden Tag lachen! Diana weiß, was sie hat: einen wunderbaren Ehemann, süße Kinder, einen guten Job. Und Diana weiß, was sie will: alles! Und zwar mit viel Sex in freier Wildbahn. Aber dann wird sie schwanger – nur von wem? Das Kind kann sie doch nicht bekommen? Diana muss eine Entscheidung treffen – und ihr ganzes Leben in Frage stellen.

»Witzig, erotisch, mutig!«

Für Sie

Heleen van Royen
Freie Wildbahn
Roman
Aus dem Niederländischen von Kristina Kreuzer
352 Seiten. Broschur

Sie will endlich mal keine gute Mutter sein müssen, keine gute Ehefrau, keine gute Tochter, keine gute Angestellte. Zum ersten Mal im Leben tut Julia etwas Unverantwortliches und nimmt sich eine Auszeit – die ihr ganzes Leben in Frage stellt.

Aufbrechend, ausbrechend, lebensverändernd: Keiner schreibt so ungeschminkt und eindrücklich über das Leben der modernen Frau wie Bestsellerautorin Heleen van Royen.

»Wie weit darf eine Frau gehen, um herauszufinden, was sie glücklich macht? Frech, lustig und dabei sehr berührend.«
woman

Krüger Verlag

Kluun

Mitten ins Gesicht

Roman

Band 16911

Stijn und Carmen sind jung, schön, gesund und leben aus dem Vollen. Bis Carmen schwer krank wird. Stijn tut alles, um ihr beizustehen, doch er fühlt sich völlig überfordert. Obsessiv stürzt er sich in Affären, um die Scheißangst zu betäuben. Aber er weiß, dass ihm nur eins bleibt: der Realität mitten ins Gesicht zu sehen – für Carmen.

»Ein emotionaler Dampfhammer.«
Kölner Stadtanzeiger

»Eine Geschichte, die atemlos macht.«
dpa

»Eine radikale Version der ›Love Story‹
fürs 21. Jahrhundert.«
Spiegel

»Ein bewegender Pop-Roman über Liebe und Tod.«
Freundin

»Kluun zieht einen tief hinein in seine Geschichte –
und trifft mitten ins Herz.«
Marie Claire

Fischer Taschenbuch Verlag